ASTRID SOZIO

Der rechte Pfad

Druckprodukt mit finanziellem
Klimabeitrag
ClimatePartner.com/17357-2401-1005

MIX
Papier | Fördert
gute Waldnutzung
FSC
www.fsc.org
FSC® C106954

Grafische Gestaltung: Buntspecht, Wien
Umschlagabbildung: © akinotombo/Adobe Stock
Druck und Verarbeitung:
Florjančič Tisk d.o.o., Maribor
ISBN 978-3-7117-2146-4

Informationen über das aktuelle Programm
des Picus Verlags und Veranstaltungen unter
www.picus.at

ASTRID SOZIO

Der rechte Pfad

ROMAN

PICUS VERLAG WIEN

You start walkin' backwards
though you know that it's wrong

Bob Dylan,
Last Thoughts on Woody Guthrie

Die den Herrn lieb haben, sollen sein, wie
die Sonne aufgeht in ihrer Pracht!

Richter 5,31

So wahr ich lebe, spricht dein Gott

»Am Ende ist einer tot«, sagt Maria und kann gar nicht hinsehen. Dabei hat sie extra Spiegel in die Obstbäume gehängt, um uns nicht aus den Augen zu verlieren, an den Tagen, an denen sie nicht aus dem Bett kommt. Dann muss sie sich nur aufsetzen, um uns zu sehen. Manchmal flattern ihre Haare aus dem offenen Schlafzimmerfenster. Die Spiegel in den Bäumen blitzen, wenn der Wind sie bewegt, und Licht tropft von unreifen Äpfeln und Birnen auf die Steinplatten, die einen Weg zwischen den Beeten hindurch bilden. Tritt bloß nicht auf die Erde! Der Alte hinter dem vergitterten Fenster im Erdgeschoss sieht alles und mit einem Blinzeln gefrieren die wässrigen Augen zu Eisstückchen, er kommt aus dem Laden und reißt sich im Vorbeigehen eine Rute von der Weide. Seine Strafen, Seine Schläge, unserer Seelen Wohlergehn.

Aber Gideon hört ihn immer kommen, und wir sind schneller, springen über den Bach, was verboten ist, rennen über die Kuhweide und in den Wald.

Der Wald ist auch verboten, aber tagsüber nicht ganz so sehr, wie wenn es dunkel wird. Unter den Bäumen ist es stickig, mehr Mücken in der hautwarmen Luft als Teufel in der Hölle. Ich atme durch meine Finger. Hinter den toten Bäumen kommt der See.

Gottes Antlitz auf der glatten, dunklen Oberfläche – bis Gideon hineinspringt. Hanna und Lea waten hinein. Nur ich traue mich nicht. Ich setze mich auf einen Baumstamm und pule Stückchen aus dem morschen Holz. Grünfaul, blaufaul, schwarzfaul.

Zwischen den Zweigen kann man schon den Mond sehen, als sie endlich aus dem Wasser kommen. Der Himmel ist noch hell, aber wir rennen trotzdem lieber. Gideon ist der Schnellste, obwohl Hanna und Lea fünf Jahre älter sind als er. Ich bin genauso alt wie er, und so langsam, dass sie nie aufhören werden, darüber zu lachen. Hanna läuft hinter mir, damit ich nicht im Wald bleibe. Wenn du hier nachts im Wald bleibst, verlierst du deinen Verstand. Der steigt hoch zum Mond und dann musst du jemanden finden, der ihn für dich zurückholt.

Als wir an der Gärtnerei ankommen, ist Hanna nicht mehr da. Dabei habe ich sie gerade noch ganz dicht hinter mir atmen gehört.

Als Maria merkt, dass Hanna im Wald geblieben ist, schaut sie auf den Mond, der so tief hängt, dass die Baumkronen ihn beinah berühren.

»Ich habs gewusst«, sagt sie und klatscht in die Hände. Am Ende ist einer tot, sie hat es immer gesagt. Oder vielleicht ist Hanna unterwegs, Marias Verstand vom Mond zurückzuholen. Gut gelaunt geht Maria ohne Abendessen ins Bett. Wir hören sie singen, während wir essen.

Es gibt Brotsuppe, aber erst wird gebetet. Manchmal vergesse ich das, dann schauen die anderen mich grinsend an und ich lege schnell den Löffel hin und falte die Hände, senke den Kopf, schließe die Augen. Sie beten, ich bewege die Lippen und sage Amen, wenn alle Amen sagen.

Beim Essen wird nicht gesprochen. Die Löffel klingeln in den Suppentellern wie Kuhglocken. Einer hat einen Sprung und klingt ganz dumpf. Plötzlich knallt es, nicht hier, weiter weg, aber ich zucke trotzdem zusammen.

»Das is nur dein Vater, Benni«, sagt Gideon leise, »und auch nur ne ganz kleine Kugl.«

Er kann so was hören.

»Wahrscheinlich n Hase. Oder n Fuchs.«

Augen wie Karfunkelstein.

»Oder Hanna«, sagt Lea.

Gideon lacht: »Bennis Vater hat noch nie danebngeschossn.«

Lea lacht nicht. Sonst lächelt sie immer. Daran kann man sie und Hanna unterscheiden. Alles andere ist genau gleich.

»Trotzdem«, sagt der Alte, »sie hat schon recht: Wer heut is frisch, gesund und rot, is morgn krank, ja wohl gar tot. Kann keiner wissn.«

Er legt seinen Löffel in den Suppenteller, der leer ist, bis auf die aussortierten Zwiebelstückchen, und spricht jetzt ganz allein zu mir, denn Gideon und Lea, die wissen längst, dass sie morgens nur aufwachen, weil Gott es so will. Wenn Er irgendwann nicht mehr will, ist es vorbei. Deshalb beten sie hier so viel und tragen den Heiland immer bei sich, im Herzen. Alle in Welsum haben Ihn, ich glaube, sie werden damit geboren. Nur mein Herz ist leer, ich bin immer nur über die Sommerferien hier. Aber wenn ich wirklich will, kann auch ich gerettet werden vor dem Tod.

Ich will. Wirklich. Ich will auf keinen Fall sterben. Nie.

»Dann hüte dich und bewahr deine Seele gut, dass sie nie vergisst, wer dir dein Lebn geschenkt hat.«

Ich nicke.

»Und jetz ab nach Haus, bevors zu dunkl wird.«

Lea bringt mich. Sie lächelt jetzt wieder und hält meine Hand. Meine andere Hand nimmt Gideon, der unbedingt mitkommen will. Im Wald unter den dichten Baumkronen sieht man nicht mehr viel. Dafür hört man viel mehr als tags. Wir rufen Hannas Namen. Gideon dreht sich immer wieder um.

»Hört ihr das nich? Das Hecheln?«

»Vielleicht ein Hund«, sagt Lea, »von der Jagd.«

»Bennis Vater hat kein Hund.«

»Dann gehn wir ebn Straße«, sagt Lea. Auch wenn es weiter ist und es keinen richtigen Weg, sondern nur einen schmalen Graben gibt zwischen Asphalt und Waldrand. Wir müssen hintereinander gehen. Gideon liest die Namen, die auf den Holzkreuzen stehen. Mike, Jessica. Es sind immer nur Leute von außerhalb, die aus den Kurven in die Bäume fliegen, keiner, den wir kennen.

Die Kreuze hören auf, als auch der Wald aufhört und neben uns wieder Weide ist. Lea steigt über den Stacheldraht, Gideon und ich kriechen darunter durch. Die Kühe schlafen schon, im Stehen, wir müssen nur auf ihre Kuhfladen aufpassen, die wie schwarze Löcher im Gras liegen. Beim Drüberspringen stinkt es kurz. Dann noch einmal Stacheldraht, ein Streifen nackter Erde und dann bin ich zu Hause.

Von vorn sieht es ganz normal aus. Dass es halb aus Glas ist, sieht man nur von hinten. Wir gehen immer hinten rum, durch das Loch in der Gartenhecke, weil da der Kirschbaum steht. Lea und Gideon bücken sich und sammeln ein paar ein. Ich mag sie nicht, sie haben immer braune Stellen. Gideon spuckt die Kerne so weit er kann, Lea fängt ihre in der hohlen Hand.

Klaus sitzt schon vor dem Fernseher, das blassblaue Licht füllt das ganze Haus. Wie ein Aquarium sieht es aus. Wir klopfen und Klaus kommt langsam wie ein halb toter Fisch zur Terrassentür.

»Gutn Abend, Herr Kühn«, Lea geht immer ein bisschen in die Knie, wenn sie Erwachsene begrüßt.

»Habn Sie was geschossn?«, fragt Gideon.

Klaus nickt und geht zur Küche, holt etwas aus dem Kühlschrank. Das können wir alles von draußen sehen, weil es im Glashaus keine Wände gibt, nicht in der unteren Etage. Er gibt Lea die Plastiktüte und ich schaue nicht schnell genug weg und sehe ein schönes schwarzes Auge in rohem rosa Fleisch aufblitzen.

Ich drücke mich an Klaus vorbei ins Haus, damit sie nicht sehen, dass ich weine.

»Danke«, höre ich Lea sagen, und Gideon fragt nach Hanna. Klaus hat sie nicht gesehen. Er wünscht den beiden eine gesegnete Nacht und Lea und Gideon kriechen mit ihrem toten Hasen durch die Hecke. Klaus setzt sich zu mir vor den Fernseher.

Der Tierfilm hat angefangen. *Alle Zebrafische sind im Larvenstadium vollkommen transparent, und unter bestimmten Bedingungen bleiben sie auch im Erwachsenenalter durchsichtig.* Wenn sie nicht vorher sterben. Ich muss schon wieder weinen und Klaus legt eine Hand auf mein Knie.

Das hat er noch nie gemacht. Er berührt überhaupt nie jemanden.

Wenn ich in Welsum ankomme, schüttelt er meine Hand, als wäre ich ein Erwachsener, und das macht er noch mal, wenn ich wieder fahre. Dazwischen berührt er mich nicht. Nie.

Jetzt liegt seine Hand auf meinem Knie und bewegt sogar den Daumen hin und her. Und dann sagt er, leise und ein bisschen heiser: »Hier in Welsum ist noch keiner verloren gegangen, Benjamin.«

Als er das sagt, weiß ich, dass ich gar nicht um den Hasen weine, sondern um Hanna. Ich bin sicher, dass sie tot ist. Und ich bin sicher, dass Klaus wirklich mein Vater ist. Renée hat doch nicht gelogen und mich einfach zu irgendeinem Freund geschickt, um mich mal loszuwerden. Er ist mein Vater, auch wenn wir uns überhaupt nicht ähnlichsehen, denn er kann in meinen Kopf hineinschauen und meine Gedanken aufräumen wie sonst nur Renée. Denn du wobst mich in meiner Mutter Leib und gabst mir meinen Namen: Benjamin. Das heißt geliebter Sohn.

Auch wenn in seinem Kirschbaum keine Spiegel hängen und er mich nie fragt, wo ich hingehe, mich nie anfasst, mich nicht mal richtig anschaut, sondern immer nur so an mir vorbeiguckt, auch jetzt.

Jeden Abend nach dem Tierfilm ruft Renée an. Und jeden Abend frage ich sie, ob sie sich genug erholt hat und ich nach Hause darf. Heute nicht. Heute stehe ich mit dem Telefonhörer in der Hand da und schaue zu Klaus, der vor dem Fernseher sitzt, und sage: »Ja, gut. Alles gut.«

Renée sagt nichts dazu, aber ich kann hören, dass sie lächelt.

Vielleicht erholt sie sich jetzt schneller.

In the Cold, Cold Night

Heute standen statt Kühen Einfamilienhäuser auf der Weide und aus den matschigen Reifenspuren, die zum Glashaus geführt hatten, war eine asphaltierte Straße geworden, mit Gehsteig zu beiden Seiten und Laternen, deren Licht sich im gewachsten Lack der parkenden Autos spiegelte. Und entlang der Straße ein neues Haus nach dem anderen, und in allen Häusern Licht, in den Erdgeschossfenstern. Sieben Uhr, Abendbrot, o Gott, von dem wir alles haben. Und der Wald schwarz und schweigend, weil kein Wind wehte. Es wären auch gar keine Blätter an den Zweigen gewesen, die hätten rauschen können. Das Rauschen war allein in meinen Ohren. Ich nahm – bestimmt zum hundertsten Mal – den Kopfhörer ab, steckte mir die Spitzen meiner kleinen Finger in die Ohren, rüttelte, hüpfte kurz auf dem einen, dann auf dem anderen Bein, als hätte ich Wasser in den Ohren und nicht das Echo von imaginären Schüssen.

Ich war überzeugt gewesen, dass das Rauschen aufhören würde, sobald ich aus dem Bus stieg. Beide Füße auf Gottes festem Grund. Doch es rauschte weiter. Denn hat Er nicht gesagt: Meine Gedanken sind nicht eure Gedanken und eure Wege sind nicht meine Wege. (Ja, der junge Mann kennt seine Bibel.)

Ich setzte meinen Kopfhörer wieder auf und ging weiter.

Ich hatte nicht angerufen. Klaus' vierstellige Telefonnummer, die ich in einem anderen Leben auswendig gelernt hatte, stimmte sicher nicht mehr, und ich hatte auch nicht versucht, seine neue Nummer herauszufinden. Früher hatte Renée meine Besuche hier mit ihm abgesprochen, und seit ich nicht mehr kam, hatten wir uns nur noch geschrieben. Früher Postkarten, heute E-Mails, zweimal im Jahr, Geburtstag und Weihnachten. Gottes Segen und frohes Fest, fünfundzwanzig Jahre lang. Ein einziges Mal – als Renée gestorben war – hatten wir uns außer der Reihe geschrieben. Telefoniert hatten wir nie.

Die neuen Häuser, das sah ich, während ich langsam weiterging, waren längst nicht mehr neu, da waren Rostreste unter Regenrinnen, abgeplatzter Putz. Nur die Haustüren sahen überall neu aus, fast alle hatten schwere Sicherheitstüren aus Metall und dicken Glassteinen, die überhaupt nicht zu den pastellfarbenen Häuschen passten.

Im letzten Sommer, den ich hier verbracht hatte, waren das noch türlose Rohbauten gewesen. Wenn man sich an die Wände lehnte, kam es kühl durchs T-Shirt. Und in der Ecke neben Lollis Isomatte lag der blaue Müllsack mit Hannas rotem BH. Und Lolli öffnet Bierflaschen an seinen Augenbrauen – wirklich? – und ich trinke, obwohl es meinen Mund austrocknet wie Angst. Wenn es dunkel wurde, mussten wir rennen. In Welsum dürfen Jungs fast alles, aber nicht draußen sein, wenn die Sonne untergeht. Meine Muskeln hatten das nicht vergessen, ich merkte, wie ich immer schneller ging und schließlich fast rannte. Auf kurzen Kinderbeinen und mit pochendem Herzen, als könnte ich den Anschluss verlieren und nicht mehr nach Hause finden.

Der Gehweg endete in einem großen, unförmigen Asphaltflecken, beleuchtet von einer letzten Laterne. Das Glashaus stand immer noch allein vor dem Wald. Von vorn sah es genauso aus wie die anderen Häuser: blassgrau gestrichener Putz, eine neue Sicherheitshaustür, Halbgardinen in den Fenstern. Aber kein Licht. Und kein Auto vor der Tür.

Ein grelles Außenlicht ging an, als ich an die Tür trat, und ich zuckte zusammen – einen Bewegungsmelder hatte ich nicht erwartet. In meinen ersten Sommern hier war das Glashaus nicht einmal an die Kanalisation angeschlossen gewesen, da hatte es eine Grube neben dem Haus gegeben und einmal in der Woche war der Saugtankwagen gekommen. Ich hatte drinnen gestanden, hinter der Glaswand, und dem Mann gewinkt, der den Schlauch anschloss. Er winkte zurück und wir hielten beide den Mund fest geschlossen, der Gestank klebte sonst tagelang auf der Zunge. Oder war ich da hineingefallen?

Jetzt roch es nur nach Wald, feuchtem Wald. Ich setzte meinen Kopfhörer ab, wartete, bis das Rauschen, das im ersten Moment der Stille immer anschwoll, wieder etwas abebbte, und klingelte.

Niemand kam. Es ging auch kein Licht an. Ich klingelte noch einmal und legte mein Ohr an die Tür, aber sie war viel zu dick, um etwas dahinter zu hören.

Was hast du denn erwartet?

Dass Frau Gothel die Tür aufreißt und über die Schulter zu Klaus ruft: »Der Junge is da«? Dass Klaus kommt, dir zunickt, ohne dich anzusehen, kurz und geschäftsmäßig deine Hand schüttelt, dich hereinlässt, als wärst du hier zu Hause, und dich nichts fragt, weil er nie Fragen stellt?

Benni, du Blödmann.

Auf der Fahrt hierher, zwischen Dortmund und Hagen, war mir kurz der Gedanke gekommen, dass auch in Welsum fünfundzwanzig Jahre vergangen sein könnten, dass Frau Gothel vielleicht nicht mehr lebte, Klaus möglicherweise gebrechlich oder krank war und mich gar nicht bei sich aufnehmen könnte. Aber als ich dann in die Regionalbahn nach Iserlohn gestiegen war und hinter den Zugfenstern die ersten kleinen Siedlungen sah, zwischen den jetzt im Winter grauen Hügeln und kahlen Wäldchen, war die Unruhe von mir abgefallen. In Welsum lief die Zeit anders. Ich würde ankommen und Frau Gothel würde uns Fischstäbchen braten und mein Bett beziehen, und nach Tagesschau und Tierfilm mit Klaus würde ich hinauf in mein altes Zimmer gehen, mich unter das Walposter legen, meine Augen schließen und einschlafen. Schnell und ohne Angst. Denn selbst wenn ich starb in der Nacht, war ich doch nicht allein.

Das hatten sie auch im Krankenhaus gesagt: Ich sollte in den nächsten Tagen möglichst nicht allein sein. Nicht wegen des gebrochenen Arms, sondern wegen des psychischen Traumas.

»Das wird Sie erst in ein paar Stunden oder Tagen so richtig treffen«, hatte die Ärztin gesagt. »Leben Sie allein?«

Ich hatte Nein gesagt, ohne zu zögern, und es war nicht gelogen, denn Vicky würde in ein paar Tagen oder ein, zwei Wochen zurückkommen. Müssen. Es war schließlich ihre Wohnung. Aber als ich dann zu Hause war, allein, und das Rauschen in meinen Ohren immer dichter wurde, sodass selbst Musik nicht dagegen ankam und ich fürchtete, taub zu werden oder zu sterben, da wusste ich, dass ich es keinen einzigen Tag allein aushalten würde. Und schon gar keine Nacht. Ich musste nicht nachdenken, wohin ich flüchten sollte: Ich hatte eine Fahrkarte nach Welsum gekauft, ohne Rückfahrt, meinen Rucksack gepackt und war in den Zug gestiegen.

Und jetzt stand ich hier und klingelte das dritte Mal, wie im Märchen, und niemand öffnete mir.

Vielleicht war Klaus gerade im Wald, jagen. Füchse und Hasen haben nie Schonzeit.

Ich holte mein Telefon heraus, um ihn anzurufen, aber selbst wenn die Nummer noch gültig gewesen wäre – ich hatte keinen Empfang. Oder er saß doch im Haus und hörte die Klingel nur nicht, weil er den Fernseher so laut gestellt hatte.

Ich schaltete die Taschenlampe an meinem Telefon ein und ging durch den Wald, an der Hecke, die den Garten umschloss, entlang um das Haus herum. Das grelle Licht verwandelte die

Hecke in eine Wand aus silbrigen Flecken. Sie war höher geworden, oder ich war nicht gewachsen. Das Loch gab es noch, aber das war sehr viel kleiner als früher, ich musste meinen Rucksack absetzen und mich so tief bücken, dass ich fast auf allen vieren ging. Die Zweige schoben mir beinah die Mütze vom Kopf und ich stieß mit der nackten Stirn gegen Metall.

Ein Zaun, ein grüner, engmaschiger Metallzaun, der innen an der ganzen Hecke entlang verlief, die Pfosten oben nach innen umgebogen wie bei einem Zoogehege. Den hatte es früher nicht gegeben. Ich machte das Licht am Telefon aus und wartete, bis meine Augen sich an die Dunkelheit gewöhnt hatten. Wenn irgendwo im Haus Licht brannte, müsste ich es jetzt sehen können. Die gesamte Rückwand und die Dachschräge bestanden aus riesigen Glasplatten, die mit großen silbernen Nieten an einem Metallgerüst befestigt waren, das man allerdings nur von Nahem sah. Im Sommer konnte man die Glaswand weit durch den Wald blinken sehen, so gleißend hell, dass man die Augen zukneifen musste, und wenn die Sonne tief stand, sah man nur eine leuchtende Wand. Wenn aber der Himmel bedeckt war, oder jetzt im Dunkeln, sah man alles dahinter. Das Glashaus war, solange nur irgendwo ein bisschen Licht brannte, ein Aquarium, und es gab kaum Verstecke. Abgesehen vom Windfang hinter der Eingangstür war das Erdgeschoss ein einziger offener Raum. Das Obergeschoss war nur etwa halb so groß wie das untere, sodass der Raum durch die enorme Höhe noch etwas größer wirkte und man sich noch etwas ausgestellter fühlte. Die Küche war nur durch eine Theke vom Rest abgeteilt. Vor der Glaswand stand der riesige Esstisch, dahinter war die Wendeltreppe, die zur Galerie führte, an der die Zimmer des Obergeschosses lagen. Die einzigen Zimmer, die Türen hatten. Klaus' Arbeits- und Schlafzimmer, das Bad und mein Zimmer. Aber selbst wenn man sich darin versteckte, wussten die Augen im Wald doch, wo man war, denn jedes noch so kleine Licht sickerte unter der Tür hindurch auf die Galerie hinaus. Sicher war man nur, wenn man es vor der Dunkelheit ins Zimmer schaffte und dort kein Licht machte bis zum Morgen.

Bei Klaus war immer Licht gewesen: ein elektrisch blauer Streifen, der weit in den Wald leuchtete.

Ich rieb meine Stirn und starrte durch den Zaun aufs Haus: Die Glaswand wie flüssiges Schwarz. Er war wirklich nicht da.

Ich ging zurück nach vorn, stand eine Weile unschlüssig herum und setzte mich schließlich auf die Stufe vor der Haustür. In den Nachbarhäusern leuchteten jetzt die Fenster in den oberen Etagen. Hier und da gab es Bewegungen hinter Vorhängen, irgendwo spielte jemand Blockflöte. Ich setzte meinen Kopfhörer auf und wartete. Ging das Außenlicht aus, hob ich meinen Gipsarm und schaltete es wieder an. *I hope this song will guide you home.*

Natürlich fing es an zu regnen, so sehr, dass ich irgendwann aufstehen und mich dicht vor die Haustür stellen musste, um einigermaßen trocken zu bleiben. Und dann ging auch noch die Musik aus. Erst die Blockflöte, dann die in meinem Kopfhörer. Mein Telefonakku war leer.

Vicky hätte laut gelacht. Ich hätte es gern gehört. Doch ich hörte nur Rauschen in meinen Ohren – oder war das der Wind? Jetzt flogen die Regentropfen auch unter das Vordach, in mein Gesicht, auf meinen viel zu dünnen Parka. Eins nach dem anderen gingen die Lichter in den Häusern aus. Ich stand mit meinem nutzlosen Telefon in der Hand da und fror. Meine Füße kalt und nass in den nutzlosen Turnschuhen. Als die Außenlampe wieder ausging, schaltete ich sie nicht wieder an. Ich hielt ganz still und schaute auf das schwache, vom Regen zitternde Licht, das von der Straßenlaterne auf den Asphaltfleck vor dem Haus fiel.

Maximale Tauchtiefe.

Wenn nötig, kann ein Belugawal bis zu siebenhundert Meter tief tauchen.

Fridolins Becken war acht Meter tief gewesen, aber immer hatte der kleine weiße Wal gegrinst, wenn er auftauchte. Auf und ab und auf und jedes Mal, wenn er hochkam, schwappte sein stinkendes Wasser über den Beckenrand auf meine neuen Turnschuhe. Hier in Welsum waren meine Schuhe immer nutzlos gewesen. Wenn ich abends die nassen Socken auszog, juckten meine Füße und die Turnschuhe waren am nächsten Morgen immer noch feucht und stanken nach Fisch. Das ging nie wieder weg – zurück zu Hause musste Renée sie wegwerfen.

»Entschuldigung? Hallo?«

Ich schreckte aus meinen Gedanken auf: Da stand ein Kind im Licht der Straßenlaterne, ein dickes Kind in einem roten Plastikmantel und gelben Gummistiefeln.

»Hallo«, ich machte einen Schritt auf das Kind zu und die Außenlampe ging an: »Bist du ganz allein hier draußen?«

»Schhh!«, das Kind zischte und strich über seinen enormen Bauch. Da sprangen die Druckknöpfe auf und etwas fiel heraus. Erst eine Mütze, dann ein Schrei, dann ein winziger Kopf. Das Kind fing ihn in seiner großen Hand auf und zischte leise und wippte von einem Fuß auf den anderen, es sah ein bisschen aus wie tanzen.

Ich ging hin und hob die Mütze auf.

»Danke«, sagte das Kind, das von Nahem eine Mutter war. Sie lächelte und setzte ihrem Baby die Mütze wieder auf, ohne das Zischen und Wippen zu unterbrechen. Dann starrte sie mich an.

Starrte, wie alle in Welsum starren, wenn sie einen Fremden sehen.

Plötzlich lachte sie leise, schüttelte den Kopf und sagte: »Benni.«

Es war keine Frage, sie wusste, wer ich war. Sie schob ihre Kapuze nach hinten und wartete, dass ich sie ebenfalls erkannte.

Ganz kurz fiel mir das Atmen schwer. Hanna.

Hanna, wenn sie alt geworden wäre.

»Lea«, sagte ich und es klang, als wäre ich gerannt.

Als Kinder waren sie sich ähnlich gewesen wie Spiegelbilder, aber trotzdem verwechselte sie nie jemand. Lea lächelte immer, Hanna fast nie, und wenn, dann schief, mit nur einem Mundwinkel.

Als wir uns das letzte Mal gesehen hatten, hatte sie mir eine Ohrfeige gegeben. Und dann ohne ein Lächeln gesagt: »Geh nach Haus, Benni, und komm bloß nich wieder.«

Jetzt konnte sie nicht aufhören zu strahlen und meinen Arm zu streicheln: »Benni! Wie schön, Benni, wie schön!«

Dabei spürte sie den Gips unter meinem feuchten Ärmel und sah mich an: »Was is denn da passiert?«

Ich schaute auf meine Hand, als müsste ich mich selbst erst wieder daran erinnern.

»Ach so, ich bin gestolpert.«

»Ach je, Elle oder Speiche oder beides?«

»Speiche.«

»Mein Ältester hatte ma beides, aber an der rechtn Hand. Konnte seine Abiturprüfung nich schreibn deswegn. Immerhin is bei dir links.«

»Ja, nur leider bin ich Linkshänder.«

Lea lachte laut und das Baby unter ihrem Mantel fing sofort an zu schreien und zu strampeln. Sofort begann Lea zischend im Kreis zu laufen, immer um mich herum, bei jedem Schritt tief in die Knie gehend. Als das Schreien fast abgeebbt war, flüsterte sie: »Is dir nich kalt?«

Es dauerte, bis ich verstand, dass sie mich meinte.

»Geht schon«, flüsterte ich zurück. Meine Sachen waren inzwischen so nass, als wäre ich damit in den Waldsee gefallen.

»Wills du bei mir wartn? Das dauert noch ne Weile, bis Klaus kommt, der is beim Stammtisch.«

»Beim Stammtisch?«

»Vom Verein, weiß du nich mehr?«

»Doch, doch, klar«, ich erinnerte mich dunkel an einen realen Tisch, Gideon und ich hatten ein paarmal darunter gesessen, eine düstere Höhle mit einer Decke aus rohem Eichenholz und Wänden aus Hosenbeinen mit scharf gebügelten Falten. Auf dem Boden blinkten wie feuchte Kiesel die geputzten Schuhe der alten Männer. Nie mehr als drei oder vier Paar. Manchmal blieb der Alte, Gideons Großvater, der den Verein gegründet hatte, auch allein. Dann durften wir unter dem Tisch hervorkommen und Bier probieren. Ob wir wollten oder nicht. Das war der Stammtisch gewesen.

Aber Klaus war dort nie hingegangen.

»Doch, schon ganz lang«, sagte Lea, »der is seit fast zehn Jahrn unser Vorstand, zusamm mit Gideon.«

»Gideon ist auch dabei?«

»Fast alle sind dabei. Wir sind ne richtige Institution. Nich nur hier in der Gegnd. Mit dem Internet hat man da ja heute auch noch ganz andere Reichweite.«

Ich versuchte, beeindruckt auszusehen und mich zu erinnern, was genau der Verein überhaupt gemacht hatte. Mir fiel das Schild ein, mit dem der Alte zu den Krankenhäusern in den umliegenden Städten gefahren war. *Der Sünde Sold ist der Tod.*

»Klaus geht auf Demos? Mit Gideon?«

Lea lachte: »Nee. Demos machn wir kaum noch, eher andere Aktionen. Vor allm Waldschutz. Deshalb heißn wir jetzt auch Verein zum Schutz allen Lebens.«

»Wir? Du machst auch mit?«

»Ja, aber ich mach hauptsächlich online. Zum Stammtisch schaff ich fast nie. Mit fünf Kindern.«

»Fünf?« Es war die Reaktion, die sie sich gewünscht hatte.

»Ja, ich weiß«, sie strahlte. »Und du?«

Ich schüttelte den Kopf: »Gar keine.« (Ein Herz ist noch kein Kind.)

»Na, was nich is«, Lea lächelte. »Aber dir is doch kalt, du zitters ja! Komm, du kanns bei mir im Warm wartn. Und ich finde bestimmt auch ne trockene Jacke für dich.«

»Schon gut«, sagte ich, »bis wir bei euch sind, ist Klaus doch garantiert zurück. Außerdem habe ich nur Turnschuhe an, damit jetzt noch durch den Wald –«

»Ich wohn doch nich mehr bei Vati!«

Lea lachte, lauter als vorher, aber das Baby schlief zu tief.

Vati. Lea war die Einzige der drei, die ihren Großvater so genannt hatte. Für Hanna und Gideon war er immer nur der Alte gewesen.

»Ich hab fünf Kinder, Benni, ich hab mein eigenes Haus. Da«, sie zeigte den Weg hinunter, »das erste in der Reihe. Jetzt komm. Vergiss dein Rucksack nich!«

Ein Herbstlaubkranz an der Haustür, ein kleiner Fisch über dem Klingelschild, eine schwarze Porzellankatze im einzigen schwach erleuchteten Fenster.

»Wo sind denn alle deine Kinder?«

»Na, die schlafn hoffntlich. Deshalb müssn wir auch ganz leise sein.«

Lea stieg aus ihren Gummistiefeln, bevor sie die Haustür aufsperrte. Ich folgte ihr hinein und nahm meinen Rucksack ab. »Ich bring ebn Debbie ins Bett«, flüsterte Lea und stieg, im tropfenden Regenmantel und ohne Licht zu machen, eine Treppe hinauf. Oben brannte ein halbmondförmiges Nachtlicht und ich sah, wie eine kleine Hand aus Leas Schatten herauswuchs und den Mond zu berühren versuchte. Lea flüsterte, und eine kleine Stimme flüsterte zurück. Dann verschwanden sie und alles wurde still. So still, dass ich das Rauschen in meinen Ohren wieder klar und deutlich hören konnte. Ich zog meinen klatschnassen Parka aus und wollte ihn aufhängen, da sah ich zwei nackte Kinderfüße auf der kleinen Bank unter der Garderobe stehen, die Zehen in die Sitzpolster gekrallt. Unter einem dick wattierten Mantel schnaufendes Atmen.

»Keine Angst«, flüsterte ich, »ich …«

»Nichts sagn!«, zischte das Kind aus dem Mantel und kurz darauf ging in der ersten Etage Licht an und Lea kam herunter, auf dem Arm das Baby, das kein Baby mehr war, und hellwach. Lea schüttelte es leicht, als sie vor mir standen: »Das is echt eine Qual mit dir.«

Das Kind starrte mich an. Es hatte verstrubbelte schwarze Zöpfe und einen schiefen Pony. Lea versuchte, es abzusetzen, aber das kleine Mädchen zog die Beine an, als wäre der Boden Lava.

»Jetz geh runter, Deborah!« Lea versuchte, die Hände des Mädchens von ihrem Pullover zu lösen, doch sobald sie eine Hand von ihrem Pullover abbekommen hatte, krallte sie sich sofort wieder fest. Schließlich ging Lea in die Knie, beugte sich so weit vor, dass Deborah mit dem Rücken auf dem Boden lag, und drückte ihr fest auf die Brust. Deborah sah aus, als wollte sie schreien, aber plötzlich lachte sie und zeigte auf die nackten Füße auf der kleinen Bank: »Da! Da! Vid!«

Lea sah die Füße und ihr Gesicht wurde hart.

»Raus«, sagte sie, »sofort.«

Aus dem Mantel trat ein Junge, auch er älter, als ich erwartet hatte. Er trug einen etwas zu großen roten Schlafanzug mit einem blauen Auto auf der Brust. Deborah sprang auf und wollte ihn umarmen. Der Junge rührte sich nicht. Er schaute nur ängstlich auf Lea. Die zeigte mit starrem Gesicht wortlos zur Treppe und David machte Deborah von sich los und stieg von der Bank. Dabei rutschte das Polster herunter. Er hob es hastig auf und wollte es zurücklegen, unter die Mäntel, aber wir hatten alle den dunklen Fleck gesehen. Lea nahm das Polster und drückte es dem Jungen in die Hand, so fest, dass er dabei etwas zurückstolperte.

»Auswaschn. Und deine Hose auch.«

Der Junge nickte, Tränen in den Augen, und lief, das nasse Polster an die Brust gedrückt, an uns vorbei die Treppe hinauf.

»Vid! Vid!« Deborah wollte ihm nach, aber Lea packte sie. Deborah strampelte und traf Lea am Knie.

»Au, spinns du?« Lea stieß das Mädchen von sich weg, dass es rücklings hinfiel. Deborahs Kopf schlug mit einem dumpfen, aber deutlichen Knall auf den Steinboden. Zuerst kam kein Geräusch aus ihrem weit aufgerissenen Mund, und Lea sah entsetzt auf ihr Kind und wollte sich gerade neben sie hinknien, da kam der Schrei. So schrill, dass ich mir beinah die Ohren zugehalten hätte. Lea tat es. Sie hielt sich mit beiden Händen die Ohren zu und schloss die Augen.

Der Schrei brach plötzlich ab, Deborah hustete, dann kam aus ihrem Mund ein ganz eigenartiges Geräusch und danach gar nichts mehr. Die Stille so dicht, dass mein Rauschen darin unterging. Deborahs Augen zuckten unruhig von mir zu Lea. Um den stummen, weit offenen Mund in dem nassen roten Gesichtchen bildete sich ein weißes Dreieck, das mir mehr Angst machte als jeder Schuss.

»Sie kriegt keine Luft mehr!« Ich schrie es, damit Lea mich hörte. Aber Lea nickte nur, hielt die Augen weiter geschlossen, die Ohren zu.

Mach was, Benni, mach was.

Ich kniete mich neben das Mädchen, schob meine unverletzte Hand unter seinen Rücken, legte die eingegipste auf seine Brust und richtete es vorsichtig auf, bis sein Oberkörper in der eingegipsten Hand ruhte und ich mit meiner gesunden Hand auf seinen Rücken klopfen konnte, vorsichtig, ganz vorsichtig.

Deborah würgte und dann landete auf meiner Jeans ein Schwall saurer Milch.

»Alles gut, das macht nichts, das macht gar nichts.«

Ich streichelte über den winzigen Rücken, der Stoff klebte auf der feuchten Haut und ich konnte deutlich die winzigen Rippen spüren und unter den Rippen ein klopfendes Herz.

(Ein Herz ist ein Mensch.)

»Alles gut, alles gut.« Das winzige Gewicht ihres Oberkörpers in meiner eingegipsten Hand. Ich konnte mich nicht erinnern, mich je so gut gefühlt zu haben. Bis Lea Deborah aufhob, an sich riss und mich ansah, als hätte ich einen nicht wiedergutzumachenden Fehler begangen.

»Klaus sollte jetzt zu Haus sein«, sagte sie, und damit ich verstand, dass sie mich rauswarf, öffnete sie mir, mit Deborah auf dem Arm, die Haustür.

Ich nahm meinen Parka. Die nassen Ärmel klebten innen zusammen, sodass ich meinen Gipsarm nicht gleich hindurchbekam. Ich schüttelte meine Arme und mein Telefon fiel aus der Tasche auf den Boden. Ich hob es auf und fühlte einen Sprung im Glas des Bildschirms. Ich wollte ihn mir genauer anschauen, aber Lea sagte: »Ich muss jetz wirklich Debbie ins Bett kriegn.«(Geh nach Haus, Benni, und komm bloß nicht wieder.)

Ich steckte das kaputte Telefon ein, nahm meinen Rucksack und ging.

Ich war noch nicht an ihrem Vorgarten vorbei, als Lea mir nachgelaufen kam. Ohne Jacke und nur in Strümpfen. »Warte, Benni? Warte!«

Sie hielt ihren langen Rock hoch, damit der Saum nicht durch die Pfützen schleifte. Es regnete noch immer und ihr Pullover war schnell so feucht, dass ich darunter deutlich die Form ihrer Brust sehen konnte.

»Hier«, Lea gab mir einen Schlüssel, an dem ein kleiner Plastikwal hing, »falls Klaus doch noch nich da is.«

»Danke.«

»Aber wenn du dich reinlässt, schreib ihm nen Zettel, den er auch sieht, sons denkt er noch werweißwas. Und du kanns ihm sagn, ich hol den Schlüssl gleich morgn wieder ab. Er mag das nich, wenn keiner den hat. Und wenn du Lust has, könn wir ja dann noch ne Runde spaziern gehn. Du bleibs doch ne Weile, oder?«

»Ja, klar.«

»Im Wald is Debbie auch immer ganz ruhig.«

Sie schaute zurück zum Haus, wo in der offenen Tür in einem hellen Rechteck ein kleiner Schatten stand. Dann umarmte sie mich. Vor langer, langer Zeit waren ihre Brustwarzen genau auf der Höhe meines Schlüsselbeins gewesen. Jetzt lag da ihr Kinn. Trotzdem fühlte es sich nicht an, als wäre sie geschrumpft, wie das Loch in der Hecke – nein, diesmal war ich gewachsen.

»Schön, dass du wieder da bist, Benni. Wirklich schön. Wirklich.«

Sie drückte mich noch einmal sehr fest.

»Gesegnete Nacht.«

»Danke.«

Ich sah zu, wie sie zurück zum Haus ging, den kleinen Schatten aufhob und das helle Rechteck um die beiden herum zu einem immer schmaleren Streifen wurde und verschwand.

First We Take Manhattan

Auf dem Asphaltfleck parkten jetzt drei Autos, aber im Glashaus brannte immer noch kein Licht. Ich steckte den Schlüssel ins Schloss. Mein Gips war an den Rändern aufgeweicht und wenn ich die Finger bewegte, gab er nach. Als ich den Schlüssel drehte, knackte es. Also versuchte ich es mit rechts. Es war überraschend schwierig.

Ich zog den Schlüssel heraus, steckte ihn andersherum ins Schloss, zog an der Tür, lehnte mich dagegen, mit meinem ganzen Gewicht – und wäre beinah hineingestolpert, als sie plötzlich aufging. Im halbdunklen Windfang dahinter stand ein großer Mann, mit etwas Glänzendem in seiner Hand.

»Das is kein Spielzeuch.«

Es war eine Pistole, und der Mann, der damit auf mich zielte, war Klaus.

Seine Stimme klang dünn, verwaschen, fast ein bisschen wie Renée, ganz am Ende, als sie nur noch weiße Flusen auf dem Kopf gehabt hatte und ihren Kaffee aus Schnabeltassen trinken musste, weil sie zu sehr zitterte. Klaus' Hand war ganz ruhig, er zielte mit der Pistole auf meine Brust und sah mir nicht in die Augen, sondern auf meine Stirn. Wie früher. (Er kann das nicht, bei niemandem, Benji, nicht nur bei dir.) Er sah auch aus wie früher. Ein schöner Mann, hatte Renée immer gesagt, beeindruckend groß. Das war er immer noch, beides. Vor ihm war ich nicht gewachsen. Ein bisschen älter sah er aus, sein Gesicht etwas schärfer gezeichnet, die Haare eher weiß als grau, aber immer noch dicht und ein wenig zerwühlt, als hätte er gerade geschlafen.

»Du has dir das falsche Haus ausgesucht.«

Was hast du erwartet? Dass er dich sofort erkennt? Offene Türen, offene Arme? Bringt das beste Gewand heraus für meinen Sohn und gute Schuhe, endlich gute, feste, wasserdichte Schuhe?

Du warst vierzehn, als er dich das letzte Mal gesehen hat, jetzt bist du vierzig, Blödmann.

Als ich meinen Namen sagte, klang es wie eine Lüge. Seit Renée tot war, hatte mich niemand mehr Benjamin genannt.

»Benjamin«, sagte Klaus und es klang, als wüsste auch er nicht, wer das sein sollte.

Benjamin. Das heißt geliebter Sohn. Er legte die Pistole weg, aber ins Haus ließ er mich immer noch nicht. Er stand nur da und schaute dicht über meinem Kopf ins Nichts.

Ich versuchte zu erklären, weshalb ich da war.

»Ich wollte dich nicht überfallen, aber ich hatte deine Telefonnummer nicht und per E-Mail … das war alles so kurzfristig … aber klar, wenn das jetzt nicht passt bei dir … Ich wusste nur nicht, wo ich sonst unterkommen soll.«

Es klang, als wäre ich schon obdachlos und würde gleich anfangen zu weinen. Aber mittlerweile war ich seit achtunddreißig Stunden wach und in meinen Ohren rauschte es, als stünde ich knietief im Meer. Ich wollte nur irgendwo im Trockenen sitzen. Oder liegen.

»Und wo has du mein Schlüssl her?«

»Von Lea«, ich gab ihm den Schlüssel mit dem Plastikwal, »ich hab sie getroffen, als ich auf dich gewartet habe, und ich war kurz mit bei ihr, weil es so geregnet hat. Sie holt ihn gleich morgen wieder ab, hat sie gesagt.«

Klaus nickte zufrieden und ließ mich endlich hinein. Und nahm mir meinen Rucksack ab, als wäre ich vier. Ich zog meine nassen Schuhe aus. Aus dem Wohnraum kamen leise Stimmen. Ich dachte, es wäre der Fernseher, aber dann hörte ich Schritte und die Windfangtür ging auf.

Ein Mann in meinem Alter starrte mich an. Er war kaum kleiner als Klaus, aber sehr viel schmaler, als hätte er eine lange Krankheit hinter sich. An seinem Kinn klebte ein Pflaster.

»Nee, ne?«, sagte er. »Benni? Ich fass es nich.«

Er breitete die Arme aus, als wollte er mich umarmen, tat es dann aber doch nicht und hielt mich nur an den Schultern fest und schüttelte mich sanft: »Gerade ebn haben wir noch von dir geredet. Wirklich gerade ebn. Du kenns mich doch noch, oder?«

»Doch, klar.«

Ich erkannte die Stimme, den Jungen fand ich nicht in dem knochigen, blassen Gesicht. Seine Augen waren heller als früher, wässrig, wie die vom Alten. Seine Haut war gräulich und wirkte wie zu straff gespannt über den deutlich hervortretenden Wangenknochen. Seine Haare waren grau geworden, aber immer noch erstaunlich dicht und immer noch zu lang für einen Bruder in Christus. *Remember me? I used to live for music.*

»Gideon.«

Er grinste und der Drachenzahn blitzte kurz auf, immer noch nicht überkront.

»Ich fass es nich, ich fass es nich.« Er half mir aus dem Parka. Als er meinen eingegipsten Unterarm sah, wusste er sofort, was passiert war. Obwohl der vom Regen aufgeweichte Gips aussah, als hätte ich ihn nicht erst seit heute Früh, sondern schon seit Wochen am Arm.

»Is das von gestern? Von dem Anschlag auf dem Weihnachtsmarkt? Wir habn da grad ebn noch drüber geredet, du wohns doch da, ne?«

Ich nickte.

»Scheiße«, sagte Gideon noch einmal. »Aber gut, dass du gekomm bis, oder?« Er schaute nickend zu Klaus. Der nickte kurz. »Komm rein, komm rein, wir haben hier noch n paar Leute, die sich freun werdn, dich zu sehn.«

Er schob mich vor sich her in den Wohnraum: »Jetz guckt ma, wer das war zu so später Stund!«

Es brannte nur ein Licht, eine neue Hängelampe, die über dem großen Esstisch schwebte wie etwas Lebendiges, die Aufhängung verschwand, wie der Rest des großen Raumes, im Schatten. Die Gesichter der Männer, die am Tisch saßen, und die kleinen grünen Bierflaschen leuchteten im von Rauchfäden durchzogenen Lichtkegel, es sah aus wie ein altes Gemälde. Vom Wald hinter der gläsernen Wand war nichts zu sehen, da war nur eine glatte schwarze Fläche, die nach oben hin nicht aufzuhören schien.

»Und, kennt ihr den noch?«, fragte Gideon die Männer.

»Komm ma bisschn näher, wir beißn nich … Ach, gerade habn wir noch … Warum has du nich gesagt, dass er kommt, Klaus!«

Sie schüttelten mir die Hand und warteten, dass ich sie erkannte. Ich hätte auch sie kennen müssen, sie hatten alle immer schon hier gelebt, in Welsum verschwindet keiner. Aber ich erinnerte mich nicht. Keiner der Männer war mehr jung, keiner mehr nüchtern, alle waren frisch rasiert. Gideon merkte es und sagte mir ihre Namen, es klang wie ein Auszählreim: »Das sind die Engels, eins, zwei, drei. Nummer vier is zu Haus, die Kinder habn Mumps. Das da is der Sohn vom Reitwein, den kenns du aber nur mit Haarn, und das is Piets Vater.«

Ich nickte, ihn erkannte ich tatsächlich. Bauer Eigendorf, dem hatte früher alles gehört, was nicht Wald war. Der Wald gehörte dem Reitwein, dem alten. Eigendorfs hatte auch die Kuhweide gehört, auf der das Glashaus stand, aber irgendwann waren die Kühe gestorben, alle, innerhalb von vier Wochen.

Deckseuche. (Sei froh, dass du nich da wars, Benni, wie das gestunkn hat.)

Danach war er eigentlich kein Bauer mehr, aber sie nannten ihn alle immer noch so. Er zog den letzten freien Stuhl neben sich zurück und sagte: »Setz dich. Aber Mütze nehm wir hier ab.« Als ich das nicht tat, wollte er mir tatsächlich die Mütze vom Kopf ziehen. Ich hielt sie fest, er lachte.

»Na komm, weniger als beim Reitwein wird schon nich drunter sein.«

»Jetz lass doch, sind hier ja nich in der Versammlung.«

Jemand schob mir eine Bierflasche und einen Flaschenöffner über den Tisch. Gideon setzte sich neben mich, ans Ende des Tisches, am anderen Ende nahm Klaus Platz. Vor ihm stand aufgeklappt ein Laptop, den er jetzt wieder anschaltete. Das Bildschirmlicht ließ sein Gesicht so ungesund aussehen wie Gideons. Als ich mein Bier öffnete, bemerkten alle den Gips.

»Was has du denn da gemacht?«, fragte der glatzköpfige Reitwein. Mark, oder Markus, ich erinnerte mich nicht.

»Nichts, ich bin nur blöd gestolpert.«

»Elle oder Speiche?«, fragte einer der Engels, der mir gegenüber saß.

»Speiche.«

»Na, immerhin is es links«, sagte Bauer Eigendorf.

»Benni is Linkshänder«, sagte Gideon und alle lachten. Auch Klaus. (Das macht er nicht, Benni, das kann er nicht.) Es klang falsch und sah auch falsch aus, künstlich, als würde Klaus' Mund von einer unsichtbaren Hand auseinandergeklappt. Ich hatte Klaus sonst nur manchmal fast lautlos durch die Nase lachen hören, kurze, spöttische Schnaufer.

»Aber so lustig is das einglich nich«, sagte Gideon, »den Arm hat er sich nämich bei dem Anschlag auf dem Weihnachtsmarkt gebrochn. Benni war da mittndrin.«

»Oha.« Die Männer hoben die Augenbrauen und sahen mich erwartungsvoll an.

»Es war kein Anschlag«, sagte ich. Sie nickten und warteten auf mehr.

»Wirklich viel gibt es da auch nicht zu erzählen.«

Ich trank einen Schluck Bier. Sie warteten weiter.

»Ich war nach der Arbeit mit meinem Chef noch einen Glühwein trinken und auf einmal hat etwas geknallt und …«

Bauer Eigendorf half mir: »Da hat er gedacht, dass jemand rumschießt.«

»Ich«, sagte ich, »ich dachte das.«

Ich war sicher gewesen. Absolut sicher. Weil ich, gleich beim ersten Knall, ganz deutlich Klaus vor mir gesehen hatte, auf dem Ansitz, wie er die Büchse runternimmt und lautlos durch die Nase lacht. Bei ihm liegt jedes Stück im Knall.

Ich trank noch einen Schluck.

Keiner fragte, wie der Sohn eines Jägers das Knallen von Feuerwerk mit einem Schuss verwechseln konnte. Sie nickten alle, auch Klaus, und warteten, dass ich weitersprach.

»Ich hab zu meinem Chef gesagt, dass wir besser abhauen sollten und dann …«

Dann waren alle gerannt. Obwohl ich es leise gesagt hatte. Und nur zu Manuel. Und zu dir.

Auch wenn ich dich überhaupt nicht kannte. Ich war dir auf den Fuß getreten, kurz vor dem ersten Knall. »Autsch.« Wie ein Kind, das sich nicht richtig wehgetan hat. Groß warst du, und eine schöne Nase hattest du. Und die gleichen nutzlosen Turnschuhe wie ich. Aber deine waren ganz neu, absolut sauber. Auf der weißen Schuhspitze ganz deutlich der Abdruck meiner Sohle. »Das tut mir leid, das wollte ich nicht. Ich kann dir die putzen, ich krieg die wie neu, und wenn nicht, dann bezahl ich die natürlich. Warte, ich geb dir meine Nummer.«

Manuel hatte mich eigenartig angeschaut, aber du hast gelächelt. Das Lächeln so schön und gerade wie die Nase. Genau in dem Moment hatte es geknallt. Nicht direkt bei uns auf dem Marktplatz, sondern ein oder zwei Straßen weiter. Alle sahen sich um. Du hast mich angesehen: »Was war das?« Und ich war ganz sicher gewesen: »Ein Schuss. Das sind Schüsse.«

Ich hatte es gesagt, nicht geschrien. Oder? Trotzdem waren plötzlich alle gerannt. Runter vom Platz, bloß runter vom Platz, zwischen den Buden hindurch, weg von der Musik und den Lichtern und den anderen rennenden Menschen, da ins Haus, nein, nicht das, zu viel Glas, da, die Tür, ich laufe eine Treppe hoch und in einen Flur. Ich höre Manuel hinter mir, aber als ich mich umdrehe, ist keiner da. Der Flur ist lang wie in einem Albtraum, überall Türen, die verschlossen sind. Die allerletzte geht auf, eine ältliche Frau sieht mich an, erst erschrocken, dann erleichtert: »Können Sie helfen?«

Im Zimmer ist ihr Mann dabei, eine der Matratzen vom Doppelbett zu ziehen, um sie vor das Fenster zu lehnen. »Dann können wir Licht machen, im Dunkeln ist es nicht auszuhalten.« Draußen knallt es immer wieder.

Das Haus ist ein Hotel, das ältliche Paar ist für den Weihnachtsmarkt hergekommen. Jetzt sitzen sie auf dem leicht verstaubten Teppich und beten. Ich hole mein Telefon heraus, stelle meinen Status auf *In Sicherheit* und schreibe an Vicky. *Ich liebe dich.* Die Nachricht geht nicht raus und mir fällt ein, dass ich versprochen hatte, ihr nicht zu schreiben, solange sie in New York war, sie meldet sich. Ich schicke sie trotzdem noch einmal, und noch einmal. *Ich liebe dich. Ich liebe dich.*

Nichts kommt bei ihr an. Irgendwann setze ich mich zu den alten Leuten und bete mit. Sie freuen sich, dass der junge Mann seine Bibel so gut kennt. Da hört Gott sicher zuerst hin. Ich bin selber erstaunt, wie viel mir einfällt. Als würde ich in Zungen reden. Herr, lass mich nicht zuschanden werden, neige zu mir dein Ohr und rette mich, du bist mein Schutz, dir befehle ich meinen Geist.

»Gut gemacht«, sagte Bauer Eigendorf und holte mich mit einem Schulterklopfen zurück ins Glashaus, zu den anderen alt gewordenen Jungen, »alle Hilfe kommt vom Herrn.«

»Wars du dann die ganze Nacht da in dem Hotel?«, fragte ein Engels.

»Muss er ja«, sagte ein anderer, »die habn doch ewig gebraucht, weil sie dachtn, da in den Budn hätte sich noch jemand versteckt.«

»Da has du aber ne lange Nacht hinter dir«, sagte der junge Reitwein.

Ich nickte, obwohl es mir nicht so vorgekommen war. Wir hatten gebetet und plötzlich war mein Kopf übervoll gewesen mit Dingen, an die ich seit Jahren nicht gedacht hatte. Marias Pelzmantel, Fridolins ewiges Grinsen, die Zerkarien unter Gideons Haut, getrocknetes Blut an Lollis Augenbraue, Leas Brustwarze an meinem Schlüsselbein. Hannas bierflaschenglasgrüne Augen und ihr roter BH, der Geschmack von Waldseewasser, in dem ich nie geschwommen bin. Ein bisschen wie das Bier, das mit jedem Schluck modriger schmeckte.

»Und wie has du dir dann den Arm gebrochn?«, fragte der junge Reitwein.

»Ich bin gestolpert«, sagte ich, »auf der Treppe, beim Rausgehen.«

»Als alles schon vorbei war?«

Ich nickte wieder.

»O Mann, was für ein Pech.«

Ein paar lachten und dann fingen sie an, darüber zu reden, wie sie die Nacht erlebt hatten.

»Wir habn das ja hier alles im Fernsehn mitgekriegt. Man

hat ja bei jedm runtergefallenen Rucksack gedacht, das is ne Bombe.«

»Ich frag mich echt, warum das so lang gedauert hat, bis die da die Kinder gefundn hattn mit ihrn Böllern.«

»Ich frag mich, wo die das Zeug herhattn.«

»Ich frag mich, wo die Mütter von den warn.«

»Ich frag mich gar nichts mehr«, sagte Bauer Eigendorf, »geht doch alles vor die Hunde heute.«

»O ja«, sagte der junge Reitwein. »In Duisburg habn sie letztens die Polizei gerufn, weil sie dachtn, der Hafn brennt. Und was wars? Sonnuntergang.«

»Traurig is das«, sagte der jüngste Engels, »wenn so viel Angst is in der Welt, dass das Abndrot zum Großbrand wird.«

»Aber wenn ich nichts von Schüssen gesagt hätte …«, sagte ich, irritiert, dass ich es aussprach. Meine Schuld, meine große Schuld. Gideon unterbrach mich sofort: »Wenn du nichts gesagt hättes und es wärn Schüsse gewesn, dann wärn richtig viele Menschn gestorbn. So wars nur einer.«

»Kanntes du den?«

»Nein«, sagte ich, und es war nicht gelogen, denn ich kannte nicht einmal deinen Namen.

»Ganz jung war der«, sagte Bauer Eigendorf, »noch keine dreißig.«

»Armer Kerl.«

»Jetz is er beim Herrn.«

Sie senkten die Köpfe und schwiegen kurz, für dich, und kehrten dann allmählich zu dem Gespräch zurück, das sie seit über fünfundzwanzig Jahren jeden zweiten Donnerstagabend beim Vereinsstammtisch führten: Was macht der Wald? Die ungeborenen Kinder? Die Fremden? Im christlichen Abendland herrscht große Hitze. Das setzt besonders der Fichte zu.

Ich wäre gern wie früher unter den Tisch gerutscht, um mit Gideon Kaugummis unter die geputzten Schuhe zu kleben und dann einzudösen. Ich war seit fast neununddreißig Stunden wach. Du warst fast vierundzwanzig Stunden tot. Ich hätte gern meine nassen Socken ausgezogen, meinen Gips trocken geföhnt, mein Gesicht und meine Augen gewaschen, die vom Zigarettenrauch brannten.

Ich schaute blinzelnd zwischen den Engels, die mir gegenübersaßen, hindurch auf die gläserne Rückwand, in der sich die Männer spiegelten, blasse Geister. Mein Blick glitt die Metallstreben hinauf am schwachen Spiegelbild der Zimmertüren oben an der Galerie vorbei zur Dachschräge, die auch aus Glas war.

Es regnete nicht mehr und musste schon vor einer Weile aufgehört haben, denn auf der Glasschräge waren keine Tropfen, die das Bild vom Mond, der durch die Wolken kam, verzerrten.

(Da geht dein Verstand hin, Benni, wenn du ihn verliers.)

Um fünf Uhr Früh war Blaulicht über den Rand der Matratze, die wir vor das Fenster geschoben hatten, geflackert. Das Knallen hatte da schon lang aufgehört und wir wussten, dass es vermutlich nur Kinder gewesen waren. Ich hatte wieder Empfang und alle meine Nachrichten an Vicky waren rausgegangen. Ich stand vom Teppich auf und schaute über den Rand der Matratze nach draußen. Um den Ring aus Weihnachtsmarktbuden stand ein Ring aus Polizeiautos und Krankenwagen. Eine Sanitäterin lief zu dem haushohen Weihnachtsbaum in der Mitte des menschenleeren Platzes und ging in die Knie. Da lag etwas, halb unter dem Baum, ein Haufen Kleider, und ein Arm, eine Hand, auf dem Rücken, die Finger leicht geöffnet.

Mir wurde eng in der Brust. Ich warf die Matratze um und riss das Fenster auf, um besser atmen und besser sehen zu können. In dem Moment hatte das Rauschen angefangen. Nicht besonders laut, ich konnte noch hören, dass die Sanitäterin etwas zu der Polizistin sagte, die mit rot-weißem Plastikband die Lücken zwischen den Buden absperrte. Was sie sagte, verstand ich nicht, aber ich wusste es, denn die Sanitäterin tat gar nichts für den Menschen, der da lag, sie kniete nur da und hielt die verlorene Hand. Die Polizistin knotete erst das Absperrband fest, bevor sie zu der Sanitäterin und dem toten Menschen ging. Unterwegs bückte sie sich und hob etwas auf. Deinen neuen weißen, jetzt vollkommen nutzlosen Turnschuh. Ich wandte mich vom Fenster ab und rannte aus dem Zimmer, auf den Flur, die Treppe hinunter und fiel. Es war wie in tiefes, wildes Wasser fallen. Erst rauschte es laut und immer lauter, dann stolperte mein Herz und dann stolperten meine Füße. Vom Aufprall spürte ich nichts. Als ich zu mir kam, kniete die Sanitäterin von draußen neben mir. Hinter ihr erkannte ich das ältliche Paar, mit dem ich gebetet hatte. Ich wurde auf eine Liege gelegt und ins Krankenhaus gebracht. Von der Fahrt weiß ich nichts mehr, in meiner Erinnerung wurde ich direkt mit der Liege, auf der sie mich transportierten, in die Röhre geschoben. »Durchleuchtet«, wie die Ärztin sagte, um zu sehen, ob bei dem Sturz nichts »durcheinandergekommen« war. Sie redete mit mir wie mit einem Kind. Vielleicht sah ich deshalb, als ich in der Röhre lag und mir vorstellte, was sie sehen würden, zuerst den Wald. Mein Geist ist eine Landkarte voller Bäume. Ein kreisrundes Loch darin, dort liegt der See, und dort hinten ist der Gottesacker. Da das Glashaus, darunter der Bunker (da bist du so sicher, da muss nicht einmal Gott mehr auf dich aufpassen), oben im Norden ist das Meer, auf der Insel habe ich Renée begraben, und auf der anderen, daneben, stirbt ein Wal. Und dahinter? HIC SVNT LEONES. Und über allem hängt der Mond, mein Verstand, in einem tiefen

Krater. (Und dann muss du ers ma jemand findn, der ihn für dich zerückholt.)

Diesmal war es Gideon, der mich zurückholte ins Glashaus, er berührte sachte mein Knie und sagte leise meinen Namen.

»Benni? Benni? Aufwachn!«

Ich rieb meine Augen und saß wieder zwischen frisch rasierten, fischäugigen Männern am großen Tisch, roch Zigarettenrauch, schmeckte, dass ich Bier getrunken hatte, und war froh, dass Gideon seine Hand noch etwas länger auf meinem Knie liegen ließ.

»Wir habn grad überlegt«, sagte Gideon, »das, was dir da passiert is, das is ne wichtige Geschichte.«

»Da kann man richtig gut sehn, was grad so alles falsch läuft in der Welt«, sagte der junge Reitwein.

»Deshalb dachten wir«, sagte Gideon, »vielleicht kanns du beim nächstn Stammtisch noch ma erzähln, wenn dann auch alle dabei sind.«

»Ja, klar.«

»Das wäre aber erst in zwei Wochen«, sagte Klaus. »Kannst du so lang bleibn?«

Er sah mich nicht an, als er das fragte.

»Ja, klar, mit meinem Arm kann ich sowieso nicht arbeiten, und wenn das für dich in Ordnung …«

»Gut«, sagte Klaus, klappte den Laptop zu und erhob sich, um die Männer zur Tür zu bringen. Gideon blieb bei mir und gab mir einen Flyer: »Da kanns du nachlesn, was du verpennt has.«

Es war kein zusammengefaltetes, selbst getipptes und viel zu oft kopiertes Flugblättchen wie die vom Alten früher, sondern ein professionell gedruckter Flyer aus dickem Hochglanzpapier, Porträtfotos von Gideon und Klaus, in Anzug und Krawatte. Gottvertrauen und gesunder Menschenverstand.

»Sieht offiziell aus«, sagte ich.

»Was dachtes du denn? Bloß weil wir hier am Küchntisch sitzn? Echte Politik wird immer am Küchntisch gemacht.«

Klaus kam, sehr langsam auf plötzlich wackligen Beinen, zurück in den Raum und sah uns an, als wüsste er nicht, wo er war. Wie Renée, kurz bevor sie ins Hospiz kam.

»Ist er krank?«, fragte ich Gideon flüsternd. Gideon lachte laut: »Der is sternhaglvoll, kanns du das etwa immer noch nich erkenn?«

Klaus drehte sich um, als wollte er zurück zur Haustür gehen. Gideon lief zu ihm und legte einen Arm um ihn: »Nich runter, keine friednsmäßige Nutzung, das weiß du doch. Wir gehn schön nach obn und schlafn in dem richtign Bett, aus dem wir auch wieder aufstehn könn.«

Er führte Klaus die Treppe hinauf und ins Bad. Ich holte meinen Rucksack aus dem Windfang und ging ebenfalls nach oben, in mein Zimmer.

Das Erste, was ich bemerkte, war der Gestank. Ein bisschen modriges Blumenwasser, wie in den Eimern in der Gärtnerei, etwas vom Waldsee im Sommer, und Lolli, als er aus der U-Haft kam. Dann sah ich die Knochen auf dem Bett. Große weiße Rippenbögen, die im Halbdunkel schimmerten wie frisch aus dem Fleisch herausgebrochen.

Ich war sicher, dass ich sie mir einbildete, aus etwas völlig anderem zusammensetzte, ich war fast vierzig Stunden wach und im Zimmer war es dunkel – aber die Knochen blieben auch, als ich Licht machte. Sie wurden nur etwas matter, und gelber. Es war ein ganzes Skelett: ein großer Fisch mit einem kleinen Schädel und einem langen Kiefer.

»Ach nee«, hörte ich Gideon hinter mir stöhnen, »hat er Fridolin wieder hier liegn?«

Er schob sich an mir vorbei und nahm den kleinen Schädel,

streichelte ihn und hielt ihn mir hin. »Keine Angst, der beißt immer noch nich.«

Gideon hatte auch den lebendigen Wal ständig gestreichelt. Ich hatte das nie gern gemacht.

»Stinkt noch genauso wie früher«, sagte ich. Gideon lachte. Er legte den Schädel wieder zu dem Skelett, beugte sich über das Bett und öffnete das Fenster dahinter. Bis auf Fridolin war das Zimmer unverändert: derselbe Tisch, derselbe Stuhl, derselbe Kleiderschrank. Das Walposter über dem Bett, die kleine Bibel auf dem Nachtkästchen.

Gideon zog eine große Plastikwanne unter dem Bett hervor und fing an, die Knochen wegzuräumen.

»Sachte! Ganz sachte«, sagte Klaus, der aus dem Bad zu uns herüberkam. Seine Haare waren feucht, seine Lippen bläulich. Als er neben mir stand, spürte ich die Kälte, die von seiner Haut aufstieg. Er stand wieder sicherer, seine Augen waren klar und seine Sprache nur noch leicht verschwommen. Er kniete sich neben Gideon und nahm sehr behutsam einen Knochen vom Bett und legte ihn in die Wanne.

»Warum has du den denn schon wieder rausgeholt?«, fragte Gideon.

»Weil Lea ein Freund hat, der mir eine Leiter und das nötige Werkzeug borgt.«

»Wer? Reiko? Wann?«

»Das müssn wir noch klärn.«

Ich kniete mich zu ihnen und half, auch wenn ich mich vor den spröden, rauen Knochen ekelte.

»Gehören die nicht eigentlich ins Museum?«, fragte ich.

»Nein«, sagte Klaus, »der gehört mir. Hat immer mir gehört, hat der Kessels selbst gesagt.«

»Kessels war der Zoodirektor«, sagte Gideon leise zu mir.

»Ich weiß«, sagte ich.

»Höchstpersönlich hat er mir das Skelett ins Museum gebracht«, sagte Klaus. »Herr Kühn, hat er gesagt, ich mag ihn gefangen haben, aber Ihnen gehört er.«

»Ist das wirklich Fridolin?«, fragte ich, »das sieht alles so klein aus.«

Der lebendige Fridolin hatte mir – auch nachdem ich ihn bestimmt hundertmal gesehen hatte – jedes Mal wieder den Atem verschlagen, wenn ich ihn das erste Mal aus dem Wasser auftauchen sah. Ein massiger weißer Kopf mit absolut gleichgültigen Augen und diesem ewigen Grinsen. Er war so echt und so fremd, dass man selbst sich winzig und unwirklich fühlte vor seinem Becken. Jetzt passten seine modrig riechenden Überreste unter ein schmales Bett. Und das Einzige, was sie in mir auslösten, waren der dringende Wunsch nach frischer Luft und nach einem großen schwarzen Müllsack.

»Da fehln ja auch n paar Hundert Kilo Blubber«, sagte Gideon. »Wenn du tot bis, wirs du auch winzig sein. Viel gewachsn bis du ja nich mehr.«

Ich sagte nichts dazu und räumte weiter Knochen vom Bett. Die Knochen waren überraschend leicht. Auf jedem klebte ein kleiner weißer Aufkleber mit einer Nummer darauf, dessen sauberes Weiß die Knochen noch gelber wirken ließ. Ich dachte daran, wie sie den lebendigen, strahlend weißen Fridolin aus dem Zoo abtransportiert hatten, als das Walarium geschlossen wurde. Wir hatten zugesehen, wie der Kran Fridolin aus dem Wasser gehoben hatte, in einer riesigen blauen Plastikplane, aus der die Schwanzflosse, die es nun nicht mehr gab, herausschaute. Wenn sie schlug, schwankte der ganze Kran.

»Warum ist er überhaupt wieder hier? Ist er nicht damals in irgendein Sea World in Amerika gebracht worden?«

»Irgndwann stirbt jeder«, sagte Gideon. »Das Skelett haben sie dann in Amerika präpariert und der Kessels hat es Klaus fürs Museum geschenkt, und als Klaus in Rente gegang is, hat er ihn mitgenomm.«

Gideon schaute bewundernd auf Klaus und ich begriff, dass sie die Knochen gestohlen hatten.

»Jetz guck nich so, Benni«, sagte Gideon. »Die lagn da eh nur rum. Hier könn wir den richtig aufhäng, obn am Dachgiebl, sodass er überm Esstisch schwimmt. Müssn nur die richtige Leiter finden.«

Klaus nickte und dann erzählte er, leise, als spräche er mit sich selbst oder zu dem Wal, wie Fridolin gefangen worden war, vom Zoodirektor Kessels. Es klang, als wäre Klaus dabei gewesen. Als könnte er ohne Probleme in ein Flugzeug steigen, auf Booten fahren, in Meeren schwimmen. Als wüsste er gar nicht, was Angst war. Das Rauschen in meinen Ohren wurde, während er erzählte, zum Rauschen von Wellen, der Gestank der Knochen wurde Salzwasserduft und wir waren auf Abenteuer, wie damals, auf der Fahrt zur Insel. Drei Männer und ein Wal, ich lachte und merkte, dass auch ich nicht mehr ganz nüchtern war. Als alle Knochen in der Wanne waren, schoben wir die Kiste wieder unter das Bett. Mit knackenden Kniegelenken und ins Kreuz gestemmten Händen erhoben wir uns. Klaus holte aus dem Kleiderschrank eine Bettdecke und ein Kissen.

»Nach Bettwäsche musst du morgen Frau Gothel fragen. Und das Licht draußen«, er wies zur Galerie, »das muss anbleiben. Wir haben da grad ein Tier im Wald, das will ich nicht im Garten haben.«

»Was denn für ein Tier?«

»Das wüsst ich auch gern«, sagte Klaus. Dann wünschte er mir eine gesegnete Nacht und ging. Gideon klopfte mir auf den Rücken, viel zu fest, wie früher, und sagte: »Ich fass es immer noch nich, dass du wirklich hier bis. Und is auch gut für Klaus, der is sons viel zu viel allein. Ich komm so oft ich kann, aber wenn immer einer hier is, is schon am bestn. Allein is nie gut.«

Ich dachte, er würde mich umarmen (wie kann einer allein sonst warm werden?), aber er schlug mir nur noch einmal auf den Rücken und sagte grinsend: »Gesegnete Nacht, Blödmann.«

Und da fühlte ich mich, als wäre ich nach Hause gekommen.

Still, still, still

Wer den Sohn hat, hat das Leben. Von den Pilzen lasst die Finger, die sind jetzt alle vergiftet. Dafür gibt es schon im Sommer die süßesten Äpfel. Die Frauenkreisfrauen schieben mit langen Messern die Wespen vom Kuchen.

»Noch nich!«, sagt Frau Gothel, die auf mich aufpasst, wenn Klaus nicht da ist. Sie ist sehr klein, manche Kinder sind schon größer als sie, und sie hat auch Zöpfe wie ein kleines Mädchen, aber weil sie immer schwarze Sachen anhat und eine Brille, die die Augen riesig macht, sieht man, dass sie alt ist. »Erst betn, dann essn.«

Sie bringt mich zum Zelt. Das ist kein Zirkus, das ist ein Erweckungszelt, nur für Kinder. Sonntagsschuhe schlurfen durch rote Asche. Zwei Wochen lang steht das Zelt auf dem Sportplatz hinter der Turnhalle und jeden Tag bringt Frau Gothel mich hin. Egal, wie heiß es ist.

Wir schneiden Fische aus und singen Lieder und ein echter Missionar in Safarikleidern und mit einem langen weißen Bart erzählt Geschichten. Er sieht aus wie der Weihnachtsmann im Urlaub. Als ich das Gideon zuflüstere, lacht er nicht.

»Den Weihnachtsmann gibts nich«, flüstert er. Ich will ihm sagen, dass ich das natürlich längst weiß, aber er sieht mich böse an: »Nur Jesus is echt.«

Und die Geschichten, die der Missionar erzählt, die sind auch alle echt, wirklich passiert. Nur lang her. Es sind spannende Geschichten mit wilden Tieren und Menschenopfern und Wundern. Das meiste glaube ich, bis plötzlich wie in einem Märchen der Teufel auftaucht. Ich sehe, wie die anderen Kinder kleiner werden, und fange an zu lachen. An den Weihnachtsmann glaubt keiner, aber den Teufel gibt es? Der Missionar sieht mich an. Ganz lang. Ich fühle mich schon unbehaglich, bevor er das mit den Äpfeln sagt.

»Ein fauler Apfel«, sagt er, »ein einziger fauler Apfel allein kann die ganze Ernte verderben.«

Und dann erklärt er mir, dass auch der Teufel echt ist. Man erkennt ihn nur schlecht, weil er keinen Pferdefuß und keine Hörner hat, sondern meistens unsichtbar ist.

»Des Teufels Schlachtfeld sind die Gedanken.« Deshalb darf man nichts glauben und auch auf sich selber nicht hören, sondern nur auf Gottes Wort.

Denn der Vater im Himmel will das Beste für dich. Sie singen, ich bewege nur die Lippen. Die Luft im Zelt ist dick und riecht wie ein Schwimmtier, das in der Sonne weich und kleiner wird. Als wir beim Lied aufstehen und die Arme gen Himmel strecken sollen, um den Herrn zu preisen, wird mir schwindelig. Wenn ich meine Oberarme gegen meine Ohren presse, sodass ich das Singen nicht richtig höre, sieht es aus, als würden wir alle ertrinken. Ich spüre mein Herz im Hals klopfen und etwas schwebt aus mir heraus. *Pass auf, kleines Ich, werd nicht groß.* Groß ist es nicht, aber es fliegt ganz hoch, bis unter das Zeltdach, wo es zitternd hängen bleibt. Die gelb-rot gestreifte Plastikplane dahinter verschwimmt und kriegt ein Loch, ich kann den Himmel sehen, gleißend helles Blau, das aufreißt, wie in der Geschichte. Und aus dem Riss fällt Dunkelheit.

Als ich meine Augen aufmache, liege ich auf dem Boden. Ich spüre die kleinen Aschekrümel unter meinem feuchten T-Shirt, ich fühle mein Herz schlagen, hinter den Rippen, nicht mehr im Hals, aber immer noch zu schnell. Ich schmecke Pfennige in meinem trockenen Mund und irgendwie ist alles zu hell, zu klar, zu deutlich. Als hätte vorher immer so eine dünne Gardine zwischen mir und der Welt gehangen und jetzt hatte sie jemand weggezogen. Ich rieche den Atem des Missionars, der sich über mich beugt. Milchkaffee. Im Nasenwinkel hat er ganz viele kleine gelbe Pickel. Er legt seine klebrige, warme Hand auf meine Stirn.

»Geht es?«

Ich nicke, aber als ich mich aufsetze, bewegt sich etwas in mir. Nicht der Heiland, es ist gar nicht im Herz, sondern im Bauch. Und kommt im Schwall heraus. Ein bisschen spritzt auf die graugrüne Hose des Missionars. Ein paar Kinder lachen. Der Missionar hilft mir hoch und sagt, mich dicht neben sich festhaltend: »Ich will mich am allerliebsten rühmen meiner Schwachheit, auf dass die Kraft Christi bei mir wohne.«

Gideon bringt mich nach draußen zum Kuchenstand, wo die Frauenkreisfrauen stehen.

»Hm?«, Frau Gothel hält ihren Kopf schräg und sieht mich lang an. Dann schickt sie Gideon zurück ins Zelt und gibt mir einen Plastikbecher mit Zitronenlimonade. Der Geschmack ist so heftig, dass es mich schüttelt und ich die Augen zukneife. Als ich sie wieder aufmache, ist wieder alles so überdeutlich. Ich kann sogar die Adern in den Flügeln der Wespe erkennen, die auf den Rand des Plastikbechers krabbelt. Und ich rieche Leas Schweiß, als sie aus dem Zelt kommt und zur Turnhalle läuft, um dort aus dem Duschraum einen Putzeimer zu holen und meine Kotze aufzuwischen.

Wer den Heiland im Herzen trägt, der hat keine Angst vor dem Tod. Ich aber habe seit dem Erweckungszelt immer Angst. Ich kann gar nicht mehr schlafen. Die anderen Kinder in Welsum haben vor gar nichts Angst. Das sagen sie nicht nur, das ist so. Gideon hat im Wald Pilze gegessen und einmal sehen wir die

Oppstiehls und die Engels auf den Bahngleisen liegen. Ganz furchtlos liegen sie da in der Sonne. Und in drei Minuten kommt der Zug. Gideon und ich stehen oben auf der Brücke und können nicht wegsehen.

Die Schienen glänzen wie Schlangen, die zwischen den Herkulesstauden schlafen. Sie liegen so still wie die Kinder auf ihnen. Es sind vier Jungen und drei Mädchen, sie liegen abwechselnd, Junge, Mädchen, Junge, Mädchen, und immer Kopf neben Fuß. Die drei Mädchen sind die Oppstiehls, sie sind Schwestern und haben alle hellrosa Haare.

»Die verliern«, sagt Gideon, »die gebn immer alle auf.«

Auch die Jungen sind Brüder, aber sie sehen sich nicht ähnlich.

»Das sind die Engels«, sagt Gideon und spuckt aus, »hoffentlich erwischt es die alle. Oder wenigstns den ältestn.« Der hat schon einmal eine Zigarette auf Gideons Arm ausgedrückt. Doch er steht auf, noch bevor der Zug zu hören ist. Vielleicht haben die Gleise gezittert. Kurz danach springen auch die anderen hoch und wir hören den Zug.

Die Oppstiehls bleiben liegen. Bleiben liegen, als wir den Zug schon sehen. Die Engels weichen zurück, zwischen die Herkulesstauden, kommen wieder heraus und rufen. Die Oppstiehls bleiben liegen. Die Engels treten den Mädchen gegen die Füße. Sie bleiben liegen.

Gideon beugt sich weit über das Brückengeländer, ich kneife die Augen zu, lege meine Hände davor und drehe mich um. Meine Beine zittern, als der Zug unter der Brücke durchrattert. Und hören auch nicht auf, als ich Lachen höre, mich umdrehe und die Engels und die Oppstiehls sehe, wie sie auf der anderen Seite vom Bahndamm aus den Herkulesstauden herauskommen. Gideon spuckt über das Brückengeländer. Dann bringt er mich nach Hause. Ich kenne den Weg immer erst am Ende des Sommers wieder.

Wir können den Fernseher schon durch das Loch in der Hecke flackern sehen. Die Kirschen auf der Wiese sind in diesem Jahr auch für Gideon zu braun. Nicht weil er Angst vor dem Tod hat, sondern weil sie einfach nicht schmecken.

»Wenn ich hier sterbe, werde ich dann hier beerdigt?«, frage ich Klaus beim Tierfilmgucken. *Wenn ein Wal stirbt und sein Kadaver auf den Meeresgrund sinkt, wird er zu einem Lebensraum für unzählige kleinere Lebewesen.*

»Das musst du deine Mutter fragen«, sagt er und guckt die ganze Zeit weiter auf den Fernseher, wo ein silbriges Tierchen aus einem Walauge kriecht. Er scheint überhaupt keine Angst vor dem Tod zu haben. Dabei ist er auch ein Heide, wahrscheinlich. Zur Versammlung geht er nicht, sonntags ist er im Wald. Wir beten auch nicht vor dem Essen. Aber wenn wir abends in unsere Zimmer gehen, sagt er: »Gesegnete Nacht« wie alle anderen in Welsum. Und niemand versucht, ihn zu bekehren. Vielleicht hat er den Heiland doch im Herzen.

Als Renée nach dem Tierfilm anruft, frage ich sie, wo ich beerdigt werde. Sie lächelt, das kann ich hören, ihre Lippen machen mit dem Speichel auf ihren Zähnen so ein Geräusch.

»Du stirbst nicht, Benji«, sagt sie, »noch lange, lange nicht. Dein Opa ist einhundertzwei geworden.«

»Ich will auch nicht sterben, wenn ich einhundertzwei bin.«

»Dann wirst du hundertdrei.«

»Ich will nie sterben.«

»Ach, Benji.« Sie klingt plötzlich furchtbar müde und in dem Moment weiß ich: Egal, wie alt ich werde, egal, wie oft ich in meinem eigenen Bett schlafe, ich werde immer etwas bleiben, von dem sie sich erholen muss. Sechs Wochen lang, jeden Sommer. Ich frage trotzdem: »Hast du dich schon erholt?«

»Nein, aber fast. Ich schlafe ganz viel. Wie Dornröschen.«

Da kriege ich Angst. Wenn Renée stirbt, wird sie für immer tot sein. Sie glaubt an gar nichts. Das weiß ich, das hat sie mir gesagt.

»Ich werde für dich beten«, sage ich und sie lacht.

»Ich sterbe nicht. Und du stirbst auch nicht.« Sie küsst die Luft, ein kleines, feuchtes Knacken kommt durch das Telefon, dann wünscht sie mir eine gute Nacht.

Auch Frau Gothel küsst die Luft, wenn sie mich ins Bett bringt. Sie bleibt jetzt immer länger, bis ich eingeschlafen bin, damit ich nicht nachts durch das Glashaus treibe wie ein verirrter Fisch und Klaus erschrecke. Wir beten und dann singt sie leise, so lange, bis ich einschlafe.

Tu uns des Himmels Reich aufschließen, wenn wir einmal gehen müssen.

Christus, der ist mein Leben

Jeden Abend bitten Frau Gothel und ich den Heiland, dass er in mein Herz einzieht, aber irgendwie klappt es nicht. Obwohl ich wirklich, wirklich, wirklich nicht für immer tot sein will irgendwann.

Frau Gothel schenkt mir eine Karte, die zeigt, wie man von Deutschland in den Himmel kommt. Es gibt einen breiten goldenen Weg, Richtung Osten, der geht geradewegs in einen Feuersturm hinein.

»Das is die, hm?, die Hure Babylon, da wills du nich hin.« Frau Gothel tippt auf die schmale Pforte im Westen: »Da, das is dein Weg. Steinig und schwer. Und ganz schmal, und immer bergauf. Aber nur so komms du nach, hm? Nach Jerusalem. Das is das Paradies.«

In Welsum ist es nicht schwer, dem schmalen Pfad zu folgen, weil es gar nichts von den Sachen gibt, die am goldenen Weg liegen: kein Kino, kein Theater, kein Kaufhaus. Aber wenn der Sommer vorbei ist und ich wieder zu Hause bin, komme ich immer wieder vom Weg ab. Es ist zu schön, nach der Schule ins Kino zu gehen, wenn die Musik anfängt, habe ich das gleiche Gefühl wie im Erweckungszelt, die Luft zittert vor Heiligkeit, und wenn ich aus dem Kino komme, sieht die Welt ganz klar aus, als hätte es geregnet. Vielleicht ist es gar keine Sünde, die in Welsum können das doch gar nicht wissen, sie waren ja noch nie im Kino.

»Hm?« Frau Gothel blinzelt, als ich ihr das sage. »Was Sünde is«, sagt sie und schiebt ihre Zeigefinger unter die Brillengläser und reibt sich die Augen, »das weiß man, hm?, auch ohne ausprobiern. Das merkt dein Herz.«

Dieses Jahr ist ein anderer Missionar im Erweckungszelt, er hat keinen Bart und trägt Jeans und T-Shirt statt Safarikleidung. Er malt uns die Hölle aus, bis uns die Augen brennen.

Hilf, o Herr Jesu, hilf du mir. Dass ich noch heute komm zu dir.

Ich bewege nur die Lippen. Ich will auf keinen Fall weg aus der Welt, nicht solange ich den Heiland nicht im Herzen hab. Und nicht, solange Hanna und Lea vor mir sitzen. Sie schwitzen und ihre weißen Blusen sind an manchen Stellen durchsichtig. Sie haben ihre langen schwarzen Locken wie immer zu Zöpfen geflochten, Leas liegen vorn über ihrer Brust, Hannas hängen hinten über die Lehne. Ich strecke meine Hand aus. Das Zopfende streicht über meine Haut, weich wie Renées Rougepinsel. Ich drehe die Hand um und öffne sie, die Locke rollt sich in meiner Hand wie etwas Lebendiges. (Pass auf, kleine Hand, der Vater im Himmel sieht immer auf dich.)

Hanna streckt sich und lehnt sich weit vor, ihre Zöpfe gleiten von der Lehne. Meine leere Hand riecht nach etwas Verbotenem. Haarspray oder Parfum. Als ich aus dem Zelt komme, verstecke ich sie in der Hosentasche, als hätte das Zopfende – wie der Rougepinsel – eine blassrote Spur hinterlassen. Wenn Frau Gothel daran riecht, kriegt Hanna richtig Ärger. Aber Frau Gothel sieht mich lang durch ihre dicken Brillengläser an und gibt mir einen Plastikbecher mit Zitronenlimonade.

Am nächsten Tag ist das Erweckungszelt abgebaut.

Meinetwegen. Das weiß ich genau, denn auch wenn ich immer noch ein Heide bin: Mein Herz weiß, was Sünde ist. Frau Gothel hält mich fest an der Hand und wir gehen zur Versammlung in die Turnhalle. Dort, wo auch die Erwachsenen beten. Alle tragen Hüte, aber die Schwestern behalten sie auf, die Brüder setzen sie ab. Frau Gothel trägt einen alten schwarzen Männerhut und setzt sich ganz nach vorn. Ich darf nicht neben ihr sitzen, ich muss ein Stück weiter hinten sitzen, und auf der anderen Seite des Ganges, der die Reihen der Klappstühle längs teilt. Im Erweckungszelt hatten wir alle zusammengesessen, hier sitzen Schwestern auf der einen, Brüder auf der anderen Seite. Und statt nach aufblasbarem Delfin riecht es nach Gymnastikschläppchen und altem Angstschweiß.

In der Halle ist es kaum kühler als im Zelt. Neben mir sitzt ein Junge mit vielen Pflastern im Gesicht. Eine Reihe vor mir, auf der anderen Seite, sitzen Hanna und Lea. Sie sehen beinah erwachsen aus von hinten. Ich kann ihre Stimmen heraushören, wenn gesungen wird. Hell und dünn und fast wie eine Stimme.

Es sind keine Kinderlieder, sondern alte, ganz alte Lieder, die die Leute genauso schon vor hundert oder zweihundert Jahren gesungen haben, und in hundert Jahren werden sie immer noch so singen. Und von Ewigkeit zu Ewigkeit. Dieselbe Heiligkeit in der Luft wie im Kino.

Mit Freud fahr ich von dannen zu Christ dem Bruder mein.

An diesem Abend muss ich mich nicht schlafend stellen, damit Frau Gothel endlich mein Zimmer verlässt. Ich schlafe, noch bevor sie Amen sagt, und träume von Hannas Zopfspitze. Sie schmeckt nach Zitronenlimonade.

Pass auf, kleines Auge, was du siehst

Der Gestank der Knochen war über Nacht so dicht geworden, dass ich ihn schmecken konnte, als ich aufwachte. Ich öffnete das Fenster und ich legte mich wieder zurück. Draußen war es noch dunkel. Ich dachte, ich würde sofort wieder einschlafen, aber das Rauschen in meinen Ohren war überraschend laut in der dörflichen Stille, und die Luft, die durch das Fenster strömte, war eiskalt. Ich zitterte und mein Zittern ließ die Knochen unter mir knacken.

Ich griff nach meinem Telefon, um nachzusehen, wie viel Uhr es war. Es ging nicht an. Ich hatte vergessen, dass es heruntergefallen war – war das erst gestern Abend gewesen? Der Sprung verlief in der Mitte fast senkrecht über den ganzen Bildschirm. Es war das erste Mal, dass ich vor dem Einschlafen nicht nachgesehen hatte, was Vicky an ihrem Tag in New York getrunken und gegessen und gesehen hatte, und mit wem.

Egal. Ich konnte die Bilder auch so vor mir sehen. Sie war seit drei Monaten weg und inzwischen wiederholten sie sich: Bagels, Straßenschluchten, Cocktailgläser mit Lippenstiftspuren, Polizeiautos, Büros, die wie Kinderzimmer aussahen, Typen mit kunstvoll zerzaustem Haar und bunten T-Shirts.

Ich stand auf, suchte mein Ladegerät aus dem Rucksack und schloss das Telefon an. Der Bildschirm wurde blasser schwarz und dann ging es an. Ich schaute immer noch nicht nach, was Vicky gemacht hatte. Ich hatte auch gar keinen Empfang und das Passwort für Klaus' WLAN war übertrieben lang, unmöglich zu erraten. Ich setzte meinen Kopfhörer auf und schloss die Augen.

Aber es war einfach viel zu kalt. Irgendwann kroch ich ganz unter die Decke, atmete meine Hände warm und schaute mir alte Bilder auf meinem Telefon an. Vicky, lang vor New York, im Schlafanzug tanzend. Vicky in einem Blumenkleid am Fluss. Und mein Lieblingsbild: Vicky, blass und müde, unter der fusseligen beigen Fernsehdecke auf unserem Sofa.

»Hm?«

Ich hatte nicht gehört, wie Frau Gothel ins Zimmer gekommen war, und hätte beinah aufgeschrien, als sie mir die Decke vom Kopf zog, so ruppig, dass meine Mütze herunterrutschte. Frau Gothel machte ein erschrockenes Geräusch und hielt sich eine Hand vor den Mund.

»Bis du krank?« Gottes Augen schauten voll Mitleid durch die noch dicker gewordenen Brillengläser auf die kreisrunden kahlen Flecken auf meinen Kopf.

»Was? Nein, nein«, ich strich mir über den Kopf und suchte im Bett nach der Mütze, »das sieht nur krank aus.«

»Ja, so was gibts, nach so schlimm Erlebnissn, hm? Da lässt man Federn.« Sie bückte sich und hob die Mütze, die aus dem Bett gefallen war, auf und gab sie mir.

»Nein, es ist wirklich nichts …«, ich setzte die Mütze auf, »ich bin einfach nur älter geworden.«

Für mich sah eher sie aus, als wäre sie nicht ganz gesund. Sie war viel dünner als früher und ihre rosa Haut hing an den Wangen herab, als wäre sie zu groß für ihr Gesicht. Vielleicht war es aber auch bei ihr nur das Alter, sie musste mindestens achtzig sein. Irritierend war auch, wie bunt sie gekleidet war. Früher hatte sie nur Schwarz getragen, schwarze Kleider, dicke schwarze Strumpfhose, alte schwarze Herrenschuhe. Jetzt hatte sie ein leuchtend bunt gestreiftes Strickkleid an, eine grüne Strumpfhose und gelbe Plastikschlappen. Doch sie redete und bewegte sich immer noch so schnell und viel wie früher.

»Und dein armer Arm, hm?«, sie berührte den Gips, der im Tageslicht noch einmal dreckiger aussah. Wenn ich die Finger bewegte, rieselten winzige Gipskörnchen auf die Bettdecke, »wie lang muss der dran bleibn? Hoffntlich kriegs du den vor Weihnachtn noch ab, hm? Aber bis dahin bleibs du ja hier, hm. Du bis ja links, hm?, da kanns du ja gar nich arbeitn, hm? Du bis doch noch Maler, hm? Ja, das geht nich. Kanns dir ja nich ma n Brot schmier. War genau richtig, dass du gekomm bis. Obwohl – wo is denn deine Frau einglich?«

»Vicky ist in New York, beruflich.«

»Ach, auch das noch. Da has du alles allein, hm? Da has dus genau richtig gemacht. Und wir freun uns, hm? Has du denn schlafn könn?«

»Ja, mir war nur etwas kalt.«

»Da muss du das Fenster zu, hm?« Sie ging ums Bett herum und schloss das Fenster. Ihre Zöpfe – früher grau, jetzt lila-weiß – waren immer noch so lang, dass die Spitzen den Po berührten, und wenn sie sehr schnell ging, tanzten sie.

Bevor sie ging, schaute sie sich noch einmal im Zimmer um, als wollte sie wie früher kontrollieren, ob nicht doch irgendwo ein besudeltes Taschentuch oder die Cellophanpapierhülle einer Zigarettenschachtel lag. Aber da war nichts. Sie schnalzte zufrieden und sagte: »Dann mach ich dir ma Frühstück, hm?«

Ich hatte vergessen, wie hell es wurde im Glashaus, ich musste die Augen zukneifen, als ich auf die Galerie trat. Vielleicht lag es aber auch nur an dem Bier von gestern, denn als ich nach oben durch das Glasdach schaute, war die Sonne bloß ein etwas hellerer Fleck in einem milchigen Himmel. Mein Mund war immer noch trocken und mir war leicht schwindelig. Unten stand Frau Gothel am Herd und rührte leise summend in einer Pfanne. Hm, hm, hm. Vom gestrigen Abend war keine

Spur mehr zu sehen, der große Tisch war leer und sauber, die weißen Fliesen fleckenlos, kein Hauch von Bier in der Luft. Und hinter der Glaswand glänzte der Wald schwarz und nass, als hätte Frau Gothel ihn gleich mitgeputzt.

»Ich hab dir ne Zahnbürste hingelegt«, rief Frau Gothel von unten, »du has deine ja vergessn, hm?«

»Danke.«

Im Bad roch es schwach nach Rauch und auf dem Waschbeckenrand lagen Bartstoppeln. Winzige silbrige Punkte. Früher waren sie schwarz gewesen und besser zu sehen. Mein Spiegelbild sah müder aus, als ich mich fühlte. Und älter. Ich wusch mich mit eiskaltem Wasser, putzte lang meine Zähne, setzte meine Mütze richtig auf und ging nach unten.

Frau Gothel hatte, wie früher, auf der Theke gedeckt, die die Küchenzeile vom Rest des Raumes abteilte. Den Tisch benutzten wir nur, wenn Klaus da war.

»Ist Klaus gar nicht da?«

»Dein Vater is, hm, im Wald.« Sie stellte einen Teller mit Rührei und eine Tasse vor mich. »Du trinks ja jetz bestimmt Kaffee, hm?«

Als ich den Kopf schüttelte, freute sie sich: »Immer noch Kakao?«

Weil ich sie nicht enttäuschen wollte, nickte ich.

Sofort goss sie Milch in einen Topf und bröckelte Bitterschokolade hinein. Vom Reitwein.

»Obwohl der jetz auch Pulver macht, in seiner Fabrik, aber das kaufn wir nur für den Bunker untn, braucht er ja alles in Pulverform.«

Pass auf, kleiner Mund! Vom Bunker darfst du niemals etwas sagen, verstanden? Denn wenn die Welt endet, wenn der Himmel in einem Pilz aus Rauch vergeht und die Erde wie ein Kleid zerfällt und die Menschen wie Mücken dahinsterben, weil einer seinen roten Knopf gedrückt hat, dann werden sie alle hineinwollen, in den Kugelschutzraum, der doch nur Platz für zwei bis vier Personen bietet.

Ich hatte Frau Gothel noch nie das Wort »Bunker« sagen gehört. Wenn sie in den Keller gegangen war, um dort Wäsche aufzuhängen, war sie an der Tür vorbeigelaufen, als wäre dort Wand. Als ich klein war, hatte ich geglaubt, nur ich könnte die Tür sehen – eine magische Tür, die ich nicht aufbekam. Auch Gideon hatte gestern vom Bunker gesprochen – keine friedensmäßige Nutzung – und Frau Gothel redete darüber, als wäre es ein völlig normaler Vorratsraum.

»Alles Mögliche hat er da als Pulver. Eier, Milch, Fleisch. Sogar Käse, hm? Und Karottn, wusstes du, dass es Karottnpulver gibt, hm?« Sie nahm meine Tasse, goss den Kaffee ins Spülbecken, füllte sie mit dem Kakao aus dem Topf und stellte sie vor mich.

»Gut?«

Ich pustete ein paarmal auf die dampfende braune Flüssigkeit, in der schwarze Stückchen schwammen, und nippte vorsichtig. »Sehr gut, danke.«

Frau Gothels Augen leuchteten, von ihren Augenwinkeln liefen die Falten wie Sonnenstrahlen zu den weißen Schläfen. Bennikind, mein Sonnenschein.

»Aber auch was essn, hm?«

Ich pikste etwas von dem Rührei auf, schluckte die salzigen, etwas zu braunen Krümel, während sie erzählte, was in Welsum passiert war im letzten Vierteljahrhundert, hm?

»Nich so viel wie anderswo in der Welt, aber doch schon einiges.«

Der Reitwein war noch reicher, die Engels noch ärmer, aber die hatten ja auch alle drei oder vier Kinder bekommen müssen, sie kam gar nicht mehr mit, sich all die Namen zu merken. Bauer Eigendorf hatte gar kein Land mehr, nur noch Geld, und war vielleicht sogar reicher als der Reitwein, das wusste man nicht so genau.

»Der Reitwein hat natürlich auch versucht, was von seim Land zu verkaufn, hm? Ein ganz großes Stück Wald. Die wolltn da n Hotel baun, und so was wie nen Trimm-dich-Pfad. Waldness habn die das genannt, aber wenn man sich die Pläne angeguckt hat, dann wär da am Ende vom Wald nich viel übrig geblieben. Aber das has du gestern bestimmt alles schon gehört beim Stammtisch, hm?«

»Nein.«

»Nich? Dabei is das doch, hm?, damit is der Verein ja ers so groß gewordn, als die angefangn habn, sich um den Wald zu kümmern. Lebn schützn heißt ja, alles Lebn schützn, also auch die Bäume und die Tiere. So is auch dein Vater dazugekomm, der macht das ja vor allm, um den Wald zu bewahrn. Die Idee kam aber einglich von Simon. Leas Ältestm. Has du den gestern einglich schon gesehn, als du bei Lea wars?«

Pass auf, kleiner Fuß, wohin du gehst, denn der Vater im Himmel schaut immer auf dich. Die Augen hinter den dicken Brillengläsern können vielleicht nicht sehen, wenn ein Ei anbrennt, deine Wege aber bleiben ihnen nicht verborgen.

»Nich? Na, jednfalls is der der Erste gewesn, der da gegn dieses Waldness was gemacht hat. Is einfach in den Wald gegangn und aufn Baum geklettert und nich mehr runtergekomm. Hat da sogar drin geschlafn, hatte sich son kleines Baumhaus gemacht. In der zweitn Nacht is das dann aber, hm?, als es so richtig geregnet hat und er ist rausgefalln und hat sich den Arm gebrochen, untn am Handgelenk, wie du. Konnt sein Abitur nich machn deswegn, konnt ja nich, hm?« Sie schrieb mit der Hand etwas in die Luft.

»Aber dafür kam das Fernsehn und hat Simon gefilmt, wie er Unterschriftn sammlt und …«

Die Türklingel unterbrach sie.

»Ah, da haben dem Simon wohl die Ohrn geklinglt, hm? Der is nämlich jetz Paketbote und kommt fast jedn Tag, hm?, weil dein Vater ja immer was für den Bunker bestellt.«

Frau Gothel wischte ihre völlig sauberen Hände an der Schürze ab und ging zur Tür. Aber es war nicht Simon, es war Lea. Sie kam nicht ganz in den Raum herein, sondern blieb unter der Galerie stehen. Sie wirkte älter als gestern Abend, da waren weiße Strähnen in den schwarzen Haaren, die sie zu einem Kranz um den Kopf geflochten hatte. Zwischen ihren Augenbrauen stand eine scharfe Falte, die auch nicht verschwand, als sie mir zulächelte.

»Ich hab dir was mitgebracht«, sie hielt zwei prall gefüllte Plastiktüten hoch und stellte sie dann vor mir ab. Sie hatte den dicken Steppmantel an, unter dem sich gestern Abend ihr kleiner Sohn versteckt hatte. Diesmal trug sie Deborah darunter, in einem Tragetuch. Als Lea den Mantel öffnete, bog Deborah sich nach hinten und schaute sich um, so gut es eben ging. Lea musste sich anstrengen, sie festzuhalten. Frau Gothel verzog missbilligend das Gesicht.

»Kanns du etwa immer noch nich laufn?«

»Heissss!«, schrie Deborah. Lea zischte, nicht tröstend, sondern scharf: »Jetz is gut.«

Dann sagte sie zu uns: »Ich wollte auch nur schnell den Schlüssl abholn und fragn, ob du mit spaziern wills, Benni. Ich hab dir Schuhe von meim Mann mitgebracht, und auch ne anständige Jacke.«

Frau Gothel zog aus einer der Tüten einen dicken roten Anorak mit einer pelzgesäumten Kapuze. »Ja, das is gut, hm? Die Sachn vom Professer sind ihm nämlich immer noch zu groß, ich hab heut Früh schon, hm?« Sie hielt mir den Anorak hin, um mir hineinzuhelfen. Ein Stück Gips brach ab, als ich meinen Arm durch den etwas zu engen und viel zu kurzen Ärmel schob. Frau Gothel bückte sich, um es aufzuheben, und blieb dann gleich vor mir knien, um mir in die Schuhe zu helfen, die Lea mitgebracht hatte. Schwere, gefütterte Wanderstiefel, die ich nie im Leben angezogen hätte und die deutlich zu groß waren.

»Ach, die müssn wir nur, hm? Schön fest«, sagte Frau Gothel und schnürte die Schuhe noch etwas fester. »So. Dann mit Gott, hm?«

Green Grass

Vom Asphaltfleck vor dem Haus führte ein Trampelpfad in den Wald. Unter den Bäumen war es feucht und die schweren Schuhe von Leas Mann sanken tief in den schlammigen Boden.

Zuerst sagte keiner von uns etwas, der Wald war still bis auf das satte Schmatzen, mit dem sich unsere Schuhe immer wieder vom Boden lösten. In meinen Ohren rauschte es nur leise, vielleicht war das aber auch der Wind, der weit über uns die letzten Blätter sacht bewegte. Ab und zu gab Deborah ein Geräusch von sich, gluckste oder wimmerte, dann tätschelte Lea sie und ging etwas schneller. Ihre Wangen röteten sich, aus dem geflochtenen Haarkranz lösten sich ein paar Strähnen. Sie trug keine Mütze und ihre Ohren sahen aus wie gefroren, ganz weiß und durchscheinend. Sie lächelte, als sie bemerkte, dass ich sie anschaute.

»Wir könn schon redn«, sagte sie leise, »nur nich zu laut, und wir dürfn nich langsamer werdn.«

»Okay«, flüsterte ich und überlegte, was ich sagen sollte. Kinder gehen immer, hörte ich Vicky.

»Frau Gothel hat erzählt, dein Sohn Simon hat den Wald davor gerettet, abgeholzt zu werden?«

»Simon is ausm Baum gefalln und hat sich dabei den Arm gebrochn. Elle *und* Speiche. Genau vor den Abiturklausurn. Die hat er natürlich so nich schreiben könn. Stattdessn hat er nur rumgelegn und auf einma wollt er gar kein Abitur mehr machn. Jetzt fährt er Pakete aus.«

Lea blickte nach oben in das Gewirr der kahlen Äste. Der

graue Wolkenschleier hatte sich aus dem Himmel herabgesenkt und in den obersten Zweigspitzen verfangen. Es sah unwirklich aus, ein bisschen so wie damals, als die Gespinstmotten gekommen waren. Ich holte mein Telefon heraus und machte ein Foto. Für Vicky.

»Weißt du noch, wie wir den Wald gerettet haben?«, fragte ich.

Die Bäume waren vollkommen eingesponnen gewesen, alle, im Wald, in der Gärtnerei, sogar der Kirschbaum hinter dem Glashaus war wie in weiße Gaze gewickelt. Und nicht nur die Bäume waren mit dem klebrigen Zeug eingesponnen, auch Zäune, Laternenpfähle. Marias Fahrrad hatte ausgesehen wie außerweltliches Gerät und alle waren sicher: Das wars für den Wald. War ja immer nur eine Frage der Zeit gewesen, bis das Waldsterben in Welsum ankam.

Trotzdem hatten alle geholfen, alle – außer Hanna – hatten mit Seifenlauge Stämme und Blätter und Nadeln gesäubert.

»Das war auch so ne Schnapsidee«, sagte Lea. »Wahrscheinlich haben wir dem Wald damit mehr geschadet als die Gespinstmottn. Die übrigns von selbs verschwundn wärn.«

»Wirklich?«

»Ja«, sagte Lea, »die Blätter komm ja auch von selbs zurück. Pass auf die Wurzeln da vorn«, sie hielt mich wieder am Ärmel, damit ich nicht über eine Wurzel stolperte. »Manchma muss man was tun, das stimmt schon, aber das meiste geht doch von selbs mit Gottes Hilfe.«

Sie blieb, wieder auf der Stelle marschierend, stehen und zeigte auf den Pfad, der sich vor uns teilte: »Da rechts runter komm wir an Reitweins Fabrik vorbei, das könnte stinkn, auch wenns im Winter nich ganz so schlimm is. Und das hier links wär der lange Weg zur Gärtnerei.«

»Zur Gärtnerei?«

»Ich dachte, du wills vielleicht Gutn Tag sagn und sehn, wie alles aussieht.«

Ich nickte: »Ja, klar.«

Wir nahmen den langen Weg und Lea erzählte von ihren Kindern. Simon war der Älteste, vierundzwanzig, danach kamen Andreas und Johannes.

»Zwillinge«, sagte Lea und mein Herz stolperte. *There's a bubble of me and it's floating in thee.*

Extrasystolen, völlig ungefährlich, hatte mir die Ärztin im Krankenhaus versichert, nachdem sie mich lang abgehört hatte: »Ihr Herz ist vollkommen gesund, Herr Weißdorn.« Allerdings kam jetzt auch noch ein Stechen dazu, rechts unterhalb der letzten Rippe, das war vorher nicht da gewesen. Es wurde so stark, dass ich nicht weitergehen konnte.

»O, bin ich zu schnell?« Lea drehte sich und marschierte auf der Stelle, im Takt gegen Deborahs Po klopfend.

»Geht schon.« Wir gingen etwas langsamer weiter und das Stechen verschwand. Dafür wurde das Rauschen in meinen Ohren lauter und war eindeutig kein Wind. Lea erzählte, dass David mich zuerst entdeckt hatte, gestern Abend.

»Der hätte am liebstn die Polizei gerufn, als er dich da um die Häuser schleichn gesehen hat«, sie lachte. »Der dachte, du bist ein Böser.«

»Das tut mir leid.«

»Schon gut, der hat im Moment Angst vor allm.«

Obwohl wir den langen Weg genommen hatten, konnten wir trotzdem schwach den Geruch der Kakaofabrik riechen.

»Meine Mutter hat mir nie geglaubt, dass das stinkt. Sie meinte immer: eine Kakaofabrik? Da duftet es doch bestimmt überall nach Schokolade.«

»Tuts ja auch«, sagte Lea, »aber nach verbrannter Schokolade.«

»Arbeitest du da noch?«, fragte ich.

»Beim Reitwein?« Es klang, als hätte sie nie dort gearbeitet.

»Ich weiß noch, du wolltest irgendwann deine eigene Tür dort haben, im Büro, dein Name auf einem Schild, und irgendwas mit International darunter.«

Lea nickte langsam. »Du has echt ein Elefantngedächtnis.«

»Und? Hast du deine eigene Tür bekommen?«

»Nee, ich hab die halbe Ausbildung geschafft, dann kam Simon. Und du?«

»Ich hab auch keine Tür«, sagte ich, »ich bin Anstreicher.«

»Anstreicher? Ich dachte, du has studiert.«

»Ich hab es probiert, aber das Einzige, was mir in der Zeit Spaß gemacht hat, war meinen Freunden beim Streichen zu helfen, wenn sie umgezogen sind. Alles schön weiß machen, das mochte ich.«

»Und das reicht dir?«, fragte Lea und blieb stehen, ohne zu wippen, ohne Deborah zu tätscheln: »Wände weiß streichn? Und deiner Frau?«

»Vicky war immer egal, was ich mache. Die hat ihre eigene Tür und bekommt ein so irrwitziges Gehalt, dass …«

»Es geht doch nich um Geld«, unterbrach mich Lea. »Man will doch auch was erreichn. Und du has sogar Abitur!«

Sie schüttelte den Kopf und wir gingen schweigend weiter. Wenig später traten wir aus dem Wald auf die Straße, an deren Ende die Gärtnerei stand.

Schief sah das gelbe Haus aus, die Fassade voller gezackter Risse, als hätte ein Kind sie darauf gekritzelt. Die Schaufenster waren zu schmutzig, um hineinsehen zu können. Auf der Fensterbank stand eine Porzellankatze, ein paar Plastiktöpfe mit grauer Erde und ein umgekipptes Pappschild: *Notebook Ambulanz! Handy Reparatur!*

Früher hatten hier große Eimer voller Blumen gestanden. Rosen für fünf Mark das Stück. (Das kauft dir hier keiner ab, Maria. – Dann behalt ich sie ebn, sind eh viel zu schön zum abgebn.)

Ich wollte Lea die Tür aufhalten, aber es war abgesperrt. Lea holte ihr Telefon aus der Manteltasche. »Die Klingel is kaputt, man muss anrufn, dann komm sie runter.«

Sie hielt sich das Telefon vor den Mund, sagte: »Wir sinds«, und steckte es wieder ein.

»Du hast Empfang hier?«, fragte ich.

Sie schüttelte den Kopf: »Ich benutz Gideons WLAN.«

Ich musste lachen. Sie runzelte die Stirn: »Was denn?«

»Nichts, nur – früher hattet ihr nicht mal ein Festnetztelefon.«

Während wir warteten, dass jemand herunterkam, wurde Deborah wach. Lea öffnete den Mantel, zog Deborah aus dem Tuch und stellte sie auf den Boden. Das kleine Gesicht war rot und verschwitzt, wie gestern Abend, aber sie lächelte. Als sie hinter der Tür Gideon auftauchen sah, klatschte sie sogar in die Händchen und dann drückten sich beide die Nasen an dem schmutzigen Glas platt.

Drinnen roch es wie früher nach Erde und Blumenwasser, aber Pflanzen gab es keine bis auf ein menschenhohes braungrünes Gewächs mit vertrockneten Blättern hinter der Kasse. Auf den Pflanztischen standen ein paar Anzuchttöpfchen mit grauer Erde, dazwischen vereinzelte, kaum gesäuberte Kürbiskerne. Vielleicht auch vom letzten Jahr. Auf dem Boden lagen Zigarettenstummel und Hustenbonbonpapierchen. Gideon sah verschlafen aus und trug offenbar auch noch seine Schlafkleidung: eine eingelaufene karierte Hose, die so weit über den Knöcheln endete, dass man ein gutes Stück seiner haarlosen

Waden sah, und einen fleckigen, ausgeleierten Pullover, der eine magere Schulter freiließ.

Lea fragte: »Habn wir dich geweckt?«

»Nee, ich bin schon seit neun am Rechner.«

Er nahm Deborah auf den Rücken und kletterte mit ihr auf allen vieren die Stiege hinauf.

Der Alte lag auf demselben grünen Sofa, auf dem er auch früher geschlafen hatte. Er hatte eine Decke über sich gebreitet, aus der ein verbundener Fuß mit schwarzen Zehennägeln herausschaute. Als ich aus der Bodenluke kletterte, war mein Gesicht ganz kurz so dicht vor dem verletzten Fuß, dass ich die ungewaschene Haut unter dem Verband riechen konnte. Deborah blieb in sicherem Abstand von dem Alten, der die Arme nach ihr ausstreckte.

»Na komm, komm zum Oppa!«

»Nu mach«, Lea wollte das Mädchen zu dem Alten schieben, aber Gideon ging dazwischen. »Lass sie, wenn sie nich will.«

Wech, der Alte spuckte aus wie früher. Wir waren gerannt, wenn seine Augen so voller Eissplitter waren. Deborah blieb unbeeindruckt. Sie flüsterte Gideon etwas ins Ohr und er öffnete weit seinen Mund. Deborah steckte ihren Finger hinein, tippte auf einen Zahn und quiekte, als Gideon knurrend den Mund schloss und beinah ihren Finger biss.

Deborah drehte sich zu mir um: »Onkl Gideon hat nen echtn Drachnzahn.«

»Ich weiß, den hat er schon lang«, sagte ich.

»Ja, weil er es in fünfundzwanzig Jahrn nich geschafft hat, genug Geld für ne Krone zu sparn«, sagte der Alte.

»Du kanns mir das Geld gern gebn«, sagte Gideon. Er nahm Deborah an die Hand und ging mit ihr aus der Küche. »Komm, wir streichln das Tier.«

Der Alte sah mich an: »Da bis du also.«

»Ja, da is er«, Lea klang stolz, als hätte sie mich gefunden und unter großen Widrigkeiten hergebracht. Sie stellte den einzigen Stuhl, den es in der Küche gab, etwas näher ans Sofa für mich: »Setz dich doch, dann kann ich auch die Luke zumachn.«

»Ja, halt bloß Abstand, wenn die an die Luke geht, haut sie dir sons den Fuß kaputt. Aber pass auf mit dem Tisch!«

Als er es aussprach, stieß ich mit meinem Kopf gegen eins der Tischbeine.

Sie hatten den Tisch, weil nicht genug Platz war in der kleinen Küche, auch früher schon an Seilen hochgezogen, sodass er unter der Decke hing, aber damals war ich kleiner gewesen, und nur der Alte hatte sich manchmal gestoßen.

»Gut, dass du was aufm Kopf hattes«, sagte der Alte. »Bis du doch bisschn gewachsn, ne? Der Tisch is nämich derselbe.«

Die Seile waren neu, leuchtend orangefarbene Kletterseile, die nicht mehr an den Haken in der Wand festgeknotet, sondern mit glänzenden Karabinern eingehakt wurden. Ich setzte mich, Lea schloss die Luke (Klappe zu, Affe tot) und begann, in der kleinen Küche aufzuräumen. Als sie die Spüle putzte, wackelten die Blumentöpfe auf dem Abtropfgitter und Wölkchen von Trauermücken stiegen aus der Erde und schwebten um die braunen Pflanzen. Mir kam es vor, als würde das Rauschen nicht mehr in meinen eigenen Ohren erzeugt, sondern von ihnen.

Es gab einen neuen Kühlschrank, der so breit war, dass der Spültisch und der Herd daneben aussahen wie Kinderspielzeug. Dort, wo früher der Buffetschrank mit den weiß überstrichenen Glasscheiben gestanden hatte, gab es nur noch eine niedrige Bank mit einem nagelneu aussehenden Fernseher darauf, der so groß war, dass er unmöglich versteckt werden konnte. Lea hockte sich mit einer Schüssel Wasser und einem Trockentuch neben das Sofa und fing an, den Verband des Alten zu wechseln.

»Und du bis auch verletz?«, fragte der Alte.

Ich berührte meinen Kopf: »Nein, das geht schon wieder.«

»Er meint dein Arm«, sagte Lea, »zieh ma Jacke aus.«

»Mütze wills du nich?«, der Alte sah mich an, Eissplitter in den Augen, »na komm, wir werdn alle nich jünger. Und manche sind sogar schon tot.«

Lea sah mich an, wie sie vorher Deborah angeschaut hatte: Nu mach.

Ich nahm die Mütze ab. »Na, bisschn is doch noch da«, der Alte grinste schadenfroh. Lea unterdrückte ein Lachen und konzentrierte sich dann wieder auf das gelbbraun gefleckte Ende des Verbands, das sie eben vom Fuß des Alten wickelte. Ein säuerlicher Geruch verbreitete sich in der Küche. Die Trauermücken sanken langsam zurück in die Erde. Lea strich mit den Fingerspitzen weiße Salbe auf den grünlich gelben Bluterguss am Fuß des Alten. Der Kräutergeruch der frischen Salbe überdeckte den säuerlichen Gestank nach ungewaschener Haut.

»Fertig«, Lea stand auf, warf das alte Verbandszeug weg und wusch sich noch einmal die Hände. »Ich geh ma guckn, was die beidn andern machn.«

Als sie weg war, sah der Alte mich lang an, die Eissplitter waren zu klarem Wasser geschmolzen.

»Und du wars also der, der Wolf gebrüllt hat, da aufm Weihnachtsmarkt.«

Ich wusste nicht, was ich sagen sollte. Also nickte ich.

»Ich hätts nich anders gemacht«, sagte der Alte. »Wenn das so knallt ... Ich weiß noch, wie das war, wenn hier der Fliegeralarm losging«, er zog seine Decke höher, als wäre ihm kalt. »Das war auch nie für uns hier, das war immer nur Probe, die richtign sind über uns weggeflogn, nach Hagn. Gab ja nix Kriegswichtiges hier. Aber wenns so losheult, dann is egal ob Probe oder nich, die Angst is echt. Das steckt in den Knochn.«

Er streckte seine Beine, dass seine Kniegelenke laut knackten, und sagte: »Hol dir ma ne Cola ausm Kühlschrank. Und bring mir eine mit.«

Ich stand auf und ging zu dem riesigen Kühlschrank. Abgepacktes Fleisch, Sahnekäsedreiecke und zwei Etagen voller Coladosen. Kein Bier. Als ich die schwere Tür schloss, wackelte wieder der Spültisch und die Trauermücken stiegen auf. Wieder war es, als würden sie das Rauschen verursachen, das ich hörte, und als sie sich wieder niederließen, glaubte ich sogar, es würde leiser in meinen Ohren.

»Wech«, schnaubte der Alte. »Das hat Gideon sich im Internet bestellt, den Dreck. Dreck mit Trauermücknlarvn. Weil er meint, unser Bodn hier pass nich zu sein Pflänzchn.«

Während er redete, bewegte der Alte seine Finger so, als würde er eine Kugel aus Knete rollen und mir fiel ein, wie er uns gezeigt hatte, woran man erkannte, welche Erde man vor sich hatte. Sand, Schluff, Lehm, Ton, wenn du weiß, was du in der Hand has, kriegs du alles groß.

»In dem Dreck wächst gar nix«, der Alte lachte laut.

»Was sollte es denn werden?«

»Haschisch«, sagte der Alte. »Brauchs gar nich so zu guckn, ich weiß schon lang, dass ihr das raucht.«

Als wären wir erst gestern hier gewesen.

»Gideon hat mir irgendwas vom Pferd erzähln wolln von wegn Papier draus machn, oder Brot.«

Auf dem kurzen Flur zwischen Schlafzimmer und Küche waren Schritte zu hören.

Der Alte legte einen Finger an die Lippen, »aber verrat ihm nich, dass ich das weiß.«

Im nächsten Augenblick kam Gideon herein. Er schaute auf meinen nackten Kopf, sagte nichts und grinste erst, als ich meine Mütze wieder aufsetzte.

»Kann ich auch ne Cola?«, fragte er.

Ich dachte, er meinte mich, und stand auf und holte eine Dose aus dem Kühlschrank. Gideon zog die Augenbrauen hoch: »Fühls dich ja schon ganz wie zu Haus.« Er sah mich an wie Lea, am ersten Abend, als ich Deborah geholfen hatte. Ein nicht wiedergutzumachender Fehler.

»Wills du vielleicht noch in den Gartn?«

»Ja, klar.«

»Dann trink ma aus, die Dosn bleibn hier, da is Pfand drauf.«

Im Garten rauschte es nur noch leise in meinen Ohren, ein zischender Wind, der um die Obstbäume fuhr, verschluckte es. Gideon hatte sich einen ähnlichen Anorak angezogen, wie ich ihn trug, dick und mit pelzbesetzter Kapuze, nur dass seiner blau war und nicht rot. Mit den nackten Füßen war er in gelbe Gummistiefel gestiegen und jetzt ging er, nur die Trittsteine berührend, zwischen den Beeten und den Obstbäumen voraus. In den Zweigen hing nichts mehr, keine Blätter, keine Scherben. Die Erde in den kleinen Beeten war verziert von feinen weißen Reifzeichnungen. Die früher winzigen, geraden Buchsbaumhecken, die sie voneinander trennten, waren fast kniehoch und schief.

»Und?«, fragte Gideon, »alles wie früher, oder?«

Ich nickte.

»Nur das Gewächshaus ist neu«, sagte ich, »da stand früher der Schuppen.«

»Ah ja, lang her.«

Dachte er auch an Lolli? Ich schaute ihn von der Seite an, aber ihm war nichts anzusehen.

Wir gingen bis zum Bach, der bloß eine mit halb gefrorenem Matsch gefüllte Rinne war.

»Rüber könn wir nich«, sagte Gideon, »da baut der Reitwein sich ne Lagerhalle.«

Auf dem Acker hinter dem Bach war eine tiefe Grube ausgehoben, in der wie vergessen eine Baggerschaufel lag. Wir standen eine Zeit lang da, dann drehten wir um und gingen zurück zum Gewächshaus. »Da is bisschn wärmer«, sagte Gideon.

Von Weitem konnte man sehen, dass einige der Scheiben gesprungen waren, und eine fehlte ganz und war durch eine trübe Plastikfolie ersetzt, die leise Geräusche machte, als Gideon mir die Tür aufhielt.

Es war hier nicht wirklich wärmer. In großen Kübeln standen hüfthohe Pflanzen, alle grau oder braun oder sogar schwarz und vollkommen geruchlos. Die Erde sah aus wie die oben in den kleinen Töpfchen, aber als ich mit dem Fuß gegen einen Kübel stieß, flog nichts heraus.

Gideon zog einen Verdampfer aus seiner Jackentasche und klickte ihn an.

»Ist das Gras?«

»Nee, Rhabarber«, sagte Gideon. Ich nahm den Verdampfer und nach zwei tiefen Zügen war das Rauschen in meinen Ohren so leise, dass ich mich konzentrieren musste, um es zu hören, und Gideon nickte mir zu, als hätte ich den Fehler zumindest teilweise wiedergutgemacht.

Als wir aus dem Gewächshaus wieder herauskamen, stand Lea mit Deborah auf dem Arm unter den Obstbäumen. Sie wirkte erschöpft, und Deborah sah aus, als hätte sie geweint.

»Sie will bei dir bleibn«, sagte Lea zu Gideon.

»Wirklich?« Gideon strahlte. Er nahm ihr Deborah ab, die sofort anfing, heftig zu strampeln. »Du stinks!«

Gideon lachte und setzte sie ab: »Dann muss du wohl doch mit Mama gehn.«

»Nein! Nein! Noch klettern!«

Deborah lief zu einem Birnbaum und versuchte, die Arme um den Stamm geschlungen, sich hinaufzuschieben. Gideon half ihr und schob sie am Po den Stamm hoch, bis sie den ersten Ast mit den Händchen packen konnte.

»Guck, Mama, guck.«

»Nee, ich guck nich mehr«, sagte Lea, »ich geh jetz.«

Lea sah mich an. »Bleibs du noch? Ich lass sie ungern allein mit Gideon. Ihr könnt sie ja dann zusammn zurückbringn.«

»Ja, klar.«

Kurz nachdem Lea gegangen war, brach der Ast, an dem Deborah hing. Sie fiel auf den hart gefrorenen Boden und ihre Augen füllten sich mit Tränen, aber statt zu weinen lachte sie. Gideon schüttelte bewundernd den Kopf und sah zu mir: »Die is wie Hanna, genau wie Hanna.«

Sie lief zwischen uns auf dem Heimweg, einen Zeigefinger von jedem in der kleinen Faust umklammert, und wenn ein Zweig oder eine Wurzel oder ein – von wem? – zusammengeschobenes Häufchen hart gefrorener schwarzer Blätter im Weg lag, ließen wir sie darüberfliegen. »Eins, zwei, drei, Engelchen, flieg!«

Zwischendurch blieb Gideon immer mal wieder stehen und zeigte Deborah bemooste Stellen an den Baumstämmen: »Das is die Wetterseite, kanns du auch fühln, is immer kälter.« Deborah berührte die Rinde mit ihrem bunten Fäustling.

»Handschuh muss du schon ausziehn.« Deborah zog beide Fäustlinge aus, gab sie Gideon und befühlte den Stamm.

»Wenn du weiß, wo die Wetterseite is, weiß du immer, wie du nach Haus komms«, sagte Gideon.

»Denn die Wetterseite zeigt immer nach – na, wohin, Benni?«

»Westen?«

Gideon schnalzte leise mit der Zunge: »Ts, Benni, Benni. Nach Nordn. Und dein Haus«, er tippte mit dem Zeigefinger auf Deborahs Nase, »is im Nordn. Von hier aus.«

Wir gingen weiter und Deborah lief weit voraus. Als wir sie

zwischen den schwarzen Stämmen kaum mehr sehen konnten in ihrem dunkelblauen Schneeanzug, packte Gideon mich am Arm und zog mich hinter einen Baumstamm.

»Ma guckn, ob sie allein nach Haus findet.«

»Was? Spinnst du? Die ist doch viel zu klein.«

»Nee, die mag so was.«

Ich schaute um den Stamm herum, ob ich Deborah noch erkennen konnte.

»Die darf uns nich sehn, sons kommt die zurück«, Gideon legte sich auf den Boden, auf den feuchten, gefrorenen Waldboden, in seiner Schlafanzughose. Ich weiß nicht, warum ich mich neben ihn legte.

Lay your head where my heart used to be.

Vor meinem Gesicht lag ein großes schwarzbraunes Blatt, das ganz starr blieb, wenn mein Atem dagegen dampfte. Das Rauschen kehrte in meine Ohren zurück, in einer neuen Qualität: hart und pfeifend, wie ein Staubsauger. Und dahinter, ganz weit entfernt, Deborahs Stimme, klein und weich.

»Die hat Angst«, sagte ich.

»Die kriegt keine Angst«, flüsterte Gideon, »ich sag dir, die is wie Hanna.«

Endlich stand ich auf: »Ich seh sie nicht mehr!«

»Ja, weil sie jetz den Weg sucht«, sagte Gideon. Er erhob sich ebenfalls. An seiner Schlafanzughose klebten Blätter, und als er sie abzupfte, blieben große, feuchte Flecken. Ich wäre am liebsten gerannt, aber Gideon spazierte, die Hände auf dem Rücken ineinandergelegt, gemächlich durch den eiskalten Wald und erzählte, wie wichtig er war für Deborah. Weil Lea das Mädchen verzog, sie immer noch stillte, in ihrem Bett schlafen ließ, wenn der Mann nicht da war.

»Und der is nie da. Weil er immer Geld verdien muss. Wie deine Frau. Mit der du nich verheiratet bis.«

Er grinste. In Welsum haben die Bäume Ohren. Judasohren, auch im Winter.

Wir fanden Deborah weinend, mit dem Gesicht an einen Baumstamm gelehnt. Sie pulte mit ihren nackten, von der Kälte rot gefrorenen Fingern an der Rinde herum und drehte sich nicht um, als wir näher kamen.

»Du wars schon genau richtig«, sagte Gideon. »Genau da hintn is dein Haus.«

Er strich ihr über den Rücken. Deborah rückte von ihm weg.

»Na komm, Mama wartet«, sagte Gideon.

Deborah drehte sich nicht um.

»Jetzt komm, Debo, so schlimm wars doch nich.« Gideon hockte sich neben sie und machte sich so klein er konnte.

»Soll ich dir ma was sagn?«, flüsterte er. »Mit Benni hier hab ich das auch ma gemacht, und der hat sich total verlaufn.«

Deborah zog Rotz hoch und schaute kurz zu mir: »Echt?«

Ich wollte Nein sagen, aber dann kam eine Erinnerung, so undeutlich und ungreifbar wie die kleine Atemwolke, die aus Deborahs Mund kam. Die Wetterseite der Bäume schmeckt nach Salz, mehr wusste ich nicht.

»Er hat geheult wie n Schlosshund«, sagte Gideon, »nich wie du!« Er pikste Deborah mit seinem Zeigefinger auf Bauchhöhe in den Schneeanzug. »Dabei war er schon groß, so groß wie Andreas und Johannes, mindestens. Und es war im Sommer, er hatte überhaupt keine kaltn Hände.«

Gideon nahm Deborahs Hände zwischen seine und blies darauf. Dann zog er ihr die Handschuhe wieder an und hob sie auf seine Schultern. Sie wehrte sich nicht, aber sie wirkte eigenartig schlaff.

»Wir bring Onkl Benni besser als Erstes, sons verläuft er sich wieder«, sagte Gideon. Bis wir am Glashaus ankamen, hatte sie sich erholt und saß strahlend auf Gideons Schultern.

»Tschüs, Onkl Benni«, sagte sie zu mir und winkte mit einer von Gideons Haarsträhnen.

Frau Gothel hatte mir eine dickere Decke herausgesucht und das Bett bezogen, das Fenster war gekippt, die Heizung auf die höchste Stufe gestellt und mehrere Fächer im Kleiderschrank leer geräumt. Klaus blieb bis zum Abend in seinem Zimmer. Als es dunkel wurde, sah ich das bläuliche Licht von seinem Computerbildschirm unter der Tür herausfließen. Zum Abendessen kam er raus.

Cornflakes, Tagesschau, Tierfilm.

»Gesegnete Nacht, Benjamin. Und mach das Licht nicht aus.«

»Warte! Kannst du mir vielleicht das Passwort für dein WLAN geben? Ich hab hier nirgendwo Empfang.«

Klaus ging in sein Zimmer und kam mit einem kleinen Zettel wieder heraus.

Benutzername: Gast

Passwort: Benjamin76?

Ich saß lang auf dem Bett, in Renées rosa Pullover, die dicke Daunendecke über dem Kopf, das Fenster weit geöffnet gegen den Gestank der Knochen, und schaute mir die Bilder von Vickys letzten beiden Tagen an. Sie hatte einen neuen Lippenstift, neue Fingernägel und einen neuen Freund. Einen Typ mit wild zerzausten Haaren und einem Einhorn-T-Shirt. Der Sprung im Bildschirm ließ es aussehen, als wäre er einmal abgerissen und wieder angeklebt worden. (Wer von beiden wills du lieber sein?)

Ich wischte das Foto weg und überlegte, ob ich sie anrufen sollte. In New York war es halb fünf am Nachmittag. Am Ende schickte ich ihr das Bild, das ich im Wald gemacht hatte von dem Zweiggekritzel vor vernebelten Himmel. *Rate mal, wo ich bin?*

Wenn man Vicky eine Frage schickte, antwortete sie immer, sie konnte gar nicht anders, selbst wenn sie wollte. Da bin ich gestört, hatte sie immer gesagt. Offenbar hatte New York sie geheilt. Ich sah, dass sie die Nachricht las, aber eine Antwort kam nicht.

Jesu, hilf siegen, du Fürste des Lebens

»Hände über die Decke und Augn zu, hm? Gott wirds dir lohn.«

Frau Gothel macht das Licht aus, die Tür lässt sie ein Stück auf. Ich höre sie die Wendeltreppe hinuntergehen und raschelnd ihren Mantel anziehen. Erst wenn die Haustür ins Schloss fällt, hole ich den Reisekatalog heraus, den ich unter der Matratze versteckt habe. *Enjoy your life!*

So verbringen andere ihre Sommerferien: Ein hübscher Junge mit sichtbaren Brustmuskeln springt von einem Steg in einen grünen See, hinter dem niedrige Berge in den Himmel ragen. Ein Mädchen mit nassen Haaren liegt am Ufer und lacht, sie liegt auf dem Bauch, ein Bein ist angewinkelt, der Fuß gestreckt wie bei einer Tänzerin. Das Rückenband ihres Bikinis ist dünn wie ein Faden. Ich würde gern meinen Finger darunterschieben, über die von der Sonnencreme glitschige Haut. Und dann daran riechen.

Aber ich bin nicht in Frankreich, Frankreich ist teuer. Ich bin, wie jeden Sommer, in Welsum. Bei einem Vater, für den ich unsichtbar bin. Das Einzige, was ich an meinen Fingern rieche, wird meine eigene Wichse sein. Und wenn ich Glück habe, Hannas Haare. Und Spiritus und Schmierseife, das spritzen wir auf die Beete in der Gärtnerei, gegen die Schnecken, wenn wir nicht auf wackligen Leitern in den Bäumen stehen und Kirschen essen. Auch ich, das muss sein, denn bei Kirschen kann man nie wissen, auch wenn sie noch so rot aussehen. Bei Äpfeln schon.

»Da lasst ihr die Finger von!«, brüllt der Alte.

Wenn wir beim Ernten in die Nähe einer Spiegelscherbe kommen, spucken wir darauf und wischen das Glas mit unseren T-Shirts sauber. Falls Maria sich doch eines Tages wieder aufsetzt im Bett und wissen will, wo wir sind.

Ich bin schon drei Wochen hier und habe sie noch nicht gesehen. Und Hanna und Lea sehe ich immer nur von Weitem, die sind auf dem Acker und säen Spinat und Steckrüben und sind immer schneller fertig mit ihrer Arbeit als Gideon und ich. Wenn wir kommen, sind sie schon über den Bach gesprungen und zum See. Und den finden Gideon und ich allein nicht, dreimal haben wir es schon versucht und beim letzten Mal hätten wir fast nicht mehr zum Glashaus gefunden.

Ich klopfe an die Terrassentür und Frau Gothel macht auf. Gottes Augen hinter der Brille sind gerötet. Sie packt mich am Handgelenk und scheucht Gideon mit der anderen Hand weg.

»Du machs, dass du nach Haus, hm? Ich hab ein Hühnchen mit Benni zu rupfn.«

Sie zieht mich mit meinen dreckigen Turnschuhen ins Haus, bis zum Sofa, auf dem Klaus sitzt.

»So, da is er.«

»Jetzt nicht«, sagt Klaus, ohne den Blick vom Fernseher zu wenden. Über eine sonnige Waldwiese laufen Leute mit Rucksäcken, Picknickdecken, Wanderstöcken. Einer hält ein Stück Stacheldraht.

Gulasch, Bier und Wein, sagt der Sprecher. Eine Frau mit einem Kind auf dem Arm sagt: *Und jetzt ganz schnell nach Deutschland.*

Das ist die Tagesschau, so spät bin ich also gar nicht, ich verstehe nicht, weshalb Frau Gothel so wütend ist. Als ich sie frage, macht sie nur »hm?« und schickt mich auf mein Zimmer.

»Sofort!« Nicht mal die schmutzigen Schuhe darf ich ausziehen.

Ich öffne die Zimmertür und weiß sofort, was passiert ist: Frau Gothel hat den Reiseprospekt entdeckt. Er liegt, zusammen mit zwei zerknüllten Taschentüchern, auf dem Nachtkästchen neben dem Bett. Da, wo sonst die Kinderbibel liegt, aus der Frau Gothel mir früher vorgelesen hat. Die Taschentücher muss sie aus dem Mülleimer geholt haben. Die Sünden meiner Jugend. Hat sie ihre Putzhandschuhe dafür angezogen?

Ich setze mich aufs Bett, ziehe meine Schuhe aus und warte.

Unten läuft immer noch der Fernseher, es klingt immer noch nach Nachrichten, obwohl es längst Zeit für den Tierfilm wäre. Dazwischen höre ich Klaus' aufgebrachte Stimme. Verhandelt er mit Frau Gothel über meine Strafe?

Ach lass mich schmecken dein kräftig Versühnen und dies zu meiner Demütigung dienen.

Das Hochglanzpapiermädchen im Bikini lacht, für sie gibt es die Hölle nur im Märchen und der Teufel ist so glaubhaft wie der Weihnachtsmann. Wahrscheinlich hat sie recht – aber falls nicht, dann gibt es ein böses Erwachen, wenn sie am Jüngsten Tag ihrem Schöpfer gegenübersteht.

Plötzlich habe ich Heimweh, so heftig, als wäre ich wieder vier, ich muss fast heulen. Ich nehme eins von den Taschentüchern und halte die Tränen auf. Es stinkt nach Sperma, ich lache, weine, werfe es in den Papierkorb, hole es wieder heraus. Beweisstück A.

Ich warte.

Irgendwann muss ich pinkeln. Leise stehe ich auf und schleiche mich über die Galerie zum Bad. Unten sagt Klaus: »Unglaublich, absolut unglaublich.«

Frau Gothel sagt nichts.

»Das wird den Russen nicht gefallen«, sagt Klaus und dann

ruft er mich zu sich. Ich muss immer noch pinkeln, aber ich traue mich nicht, jetzt noch ins Bad zu gehen. Ich laufe nach unten. Klaus hält mir den Telefonhörer hin: »Deine Mutter.«

Frau Gothel ist nicht mehr da. Der Hörer ist warm. Klaus muss mit ihr geredet haben. Das macht er sonst nie. Er gibt den Hörer immer gleich an mich. Hat er ihr von den Taschentüchern erzählt?

Mein Gesicht brennt, als ich Renées Stimme höre. Vor ihr schäme ich mich mehr als vor Frau Gothel und dem Heiland zusammen.

»Ich fasse es nicht, Benji, ich fasse es nicht.«

Sie klingt gar nicht wütend oder enttäuscht, es hört sich eher an, als würde sie sich freuen.

»Hast du das gesehen?«

»Was?«

»Die Nachrichten? Kriegst du denn gar nichts mit?«

»Nein, ich war in meinem Zimmer und …«

»Da haben gerade ein paar Hundert Menschen mit einem Picknick«, ihre Stimme überschlägt sich fast bei dem Wort, »die ganze Welt und du hockst in deinem Zimmer?«

Sie wartet gar nicht auf eine Antwort.

»Mit einem Picknick. Das ist doch unbegreiflich.«

»Ja«, sage ich, weil ich wirklich nichts begreife.

»Du klingst ganz komisch. Ist alles gut?«

»Ja.« Ich versuche nur, mir nicht in die Hose zu machen.

»Ist es wegen dem, was Klaus gesagt hat? Das ist Quatsch. Niemand wird irgendwen angreifen. Wir sind in Europa, hier fängt keiner mehr Krieg an, auch die Russen nicht.«

In dem Augenblick kann ich nicht mehr einhalten. Zwischen den Beinen ist es warm, bis es in den Socken ankommt, ist es kalt. Klaus kriegt nichts mit. Er ist nach oben in sein Zimmer gegangen. Renée schweigt, als wüsste sie, was passiert ist. Nur der Fernseher spricht noch. Nicht mehr über das Picknick, sondern über Seepocken.

Die kleinen Krebstiere verfügen über den stärksten in der Natur vorkommenden Haftstoff. Wenn sie sich einmal festgesetzt haben, können auch sie selber sich nicht mehr entfernen. Selbst die stärksten Gezeiten können sie nicht lösen.

»Mama? Ich muss jetzt aufhören.«

Ich lege auf und gehe, breitbeinig, in meiner nassen, stinkenden Hose wieder nach oben. Ziehe mich aus, wasche die Hose und die Unterhose mit Klaus' Rasierseife aus und weiß nicht weiter. Es gibt keinen Ort, an dem Frau Gothel sie nicht finden wird. Ich wringe die Sachen aus und nehme sie mit in mein Zimmer, öffne das Fenster weit und hänge sie darüber. Jetzt muss ich es nur schaffen, morgen Früh aufzuwachen, bevor Frau Gothel kommt, damit ich sie wieder herunterholen und verstecken kann.

When the Wind Blows

Immer wieder wache ich auf in der Nacht, weil ich denke, dass es Morgen ist, und jedes Mal ist es noch stockfinster und meine Sachen sind immer noch feucht. Irgendwann stehe ich auf, um mich nach unten zu schleichen und eine Plastiktüte zu holen. Darin kann ich die feuchten Sachen in meinem Rucksack verstecken, bis ich nach Hause fahre.

Klaus sitzt im Dunkeln vor dem Fernseher. Er bemerkt mich, bevor ich auf der Treppe umdrehen kann.

»Ich kann auch nicht schlafen«, sagt er und klopft mit der flachen Hand neben sich auf das Sofa.

Der Film, den er schaut, ist nicht besonders aufregend, ein rundlicher alter Mann mit einer knubbeligen Nase baut aus bunten Türen und Kissen eine Bude im Wohnzimmer, die immer wieder zusammenfällt. Er hat eine Frau mit einer genauso knubbeligen Nase, die ständig Kuchen bäckt. Sie hören Radio und viel mehr passiert lange nicht. Ich schlafe beinah ein, aber Klaus sitzt kerzengerade da und hält sich sogar mit den Fingern am Rand der Sofakissen fest, so fest, dass seine Knöchel weiß werden.

Und plötzlich explodiert eine Bombe. Die alten Leute verstecken sich in der selbst gebastelten Bude. Und Klaus fängt an zu weinen. Er wischt die Tränen nicht weg und macht auch keine Schniefgeräusche, es laufen einfach Tropfen über sein Gesicht. Dabei schaut er nicht mehr auf den Fernseher, sondern hoch zum Glasdach, das, wenn kein Mond und keine Sterne dahinter leuchten, wie eine dunkle Flüssigkeit aussieht.

Auch noch, als die beiden lebendig aus ihrer Bude wieder

herauskrabbeln. Ich sage ihm, dass sie überlebt haben, aber er schüttelt den Kopf.

»Die sind tot, sie wissen es nur noch nicht.«

Er hat recht. Die beiden rundlichen Leute werden ganz schnell immer dünner und schwächer und kränker, und dann kriechen sie ein letztes Mal in ihre Bude und sterben. Jetzt heule ich auch. Die Musik, die kommt, macht es noch schlimmer, auch wenn ich nicht viel vom Text verstehe. Die alten Leute werden nie wieder Radio hören.

Klaus legt seine Hand auf mein Knie und sagt: »Keine Angst. Uns kann das nicht passieren. Unser Bunker hat Strahlenschutzwände. Willst du mal sehen?«

Wir gehen zusammen in den Keller. Ich bin fast nie da, die geheimnisvolle Tür kriege ich doch nicht auf und entlang der Treppe hängen Jagdtrophäen, die eklig riechen. Ein Rehkopf, ein Fuchsfell, ein Kasten mit Hasenpfoten und Wildschweinzähnen. Hier unten gibt es außer der verbotenen Tür, die ich nicht aufkriege, auch gar nichts Interessantes. Waschmaschine, Wäscheleinen, Vorratsregale.

Dass die Tür verboten ist, hat nie jemand gesagt, das sagt Frau Gothels Schweigen und die Tür selber, die so gefährlich aussieht wie der Waffenschrank, der danebensteht und mit dicken Ketten und Vorhängeschloss gesichert ist. An der Tür ist keine Kette und kein Schloss, aber sie ist aus Metall, hat dicke Nieten überall, ist leuchtend rot gestrichen und es gibt drei Hebel, die man öffnen muss.

»Was ich dir jetzt zeige, darfst du niemandem erzählen«, sagt Klaus.

Ich nicke.

»Wirklich nie.«

Ich nicke. Klaus drückt die Hebel einen nach dem anderen herunter und schiebt die Tür auf. Bei ihm sieht es ganz leicht aus. Kühle Luft strömt uns aus dem Dunkel entgegen. Ich zittere in meinem Schlafanzug. Klaus macht Licht und ich sehe einen schmalen, kurzen Gang. An einer Wand hängt ein großes blaues Blechschild, an dem fabrikneu aussehende Werkzeuge hängen: eine Axt, ein Hammer und noch andere Sachen, die ich nicht kenne.

»Befreiungswerkzeug«, sagt Klaus. Dann gibt es noch einen Mülleimer und zwei voll bepackte Rucksäcke, einen großen blauen und ein kleinen roten.

»Notfallrucksäcke«, sagt Klaus. Der große ist seiner, der kleine rote, der aussieht, als könnte ein Kind ihn mit in den Kindergarten nehmen, ist meiner. Es hängt ein Plüschtier daran, ein grauer Esel mit einer Hundemarke um den Hals. Wahrscheinlich hat Klaus die Sachen besorgt, als ich vier war.

Am anderen Ende des kurzen Ganges, gegenüber der Eingangstür, ist eine weitere Tür, klein, grün und mit abgerundeten Ecken. Auch hier gibt es noch zwei Hebel und viele dicke Nieten. Bevor Klaus die Tür öffnet, sagt er ein drittes Mal, dass wirklich niemand wissen darf, dass es hier unten diesen Schutzraum gibt.

Der Raum dahinter ist eine Kugel. In die Rundung eingebaut sind zwei Etagenbetten mit schmalen Pritschen, eins auf jeder Seite.

»Wasser«, sagte Klaus und zeigt auf die wabbeligen silbernen Päckchen, die mit Gurten an der gewölbten Wand befestigt sind. Überall sind Dinge befestigt, mit Gurten und Nieten, und überall gibt es Stangen und Hebel, die etwas bewegen, einen Tisch oder einen Sitz ausklappen. Es gibt eine Kurbel, mit der man Luft hineinkurbeln kann, durch einen Filter natürlich, falls die Welt draußen verseucht wurde. Unter den Pritschen sind in Metallkisten Vorräte versteckt. Ich darf einen

Keks probieren. Er schmeckt staubig und ich muss lange kauen, bis ich die süßen Krümel schlucken kann. In einer Kiste gibt es Spiele. Schach, Mühle und einen Kassettenrekorder und Kassetten. Ganz oben in der Stahlkugel ist eine Luke, an der eine ausklappbare Leiter befestigt ist.

Das ist der Notausgang, falls die Tür verklemmt ist.

»Und wo kommt man da raus?«

»Hinter dem Kirschbaum«, sagt Klaus und mir fällt der kreisrunde Fleck auf der Wiese ein, der nie richtig grün wird.

»Cool«, sage ich und Klaus lacht. Ich habe ihn noch nie lachen gehört. Mir wird warm.

Dann sagt er: »Heute schlafen wir besser hier«, und mir wird schlecht.

Er geht in den Gang und schließt die Tür zum Keller. Ich höre nicht, wie sie zufällt, aber ich merke, dass sie geschlossen ist, weil ich keine Luft mehr kriege.

»Müssen wir jetzt nicht an der Kurbel drehen?«

»Nein, nur wenn der Strom ausfällt.«

Langsam beruhigt sich mein Atem wieder. Ich ersticke doch nicht. Eigentlich mag ich es hier unten, einigermaßen.

»Ich muss aber noch mal aufs Klo.«

»Du kannst hier gehen, vorn in der Schleuse«, sagt Klaus und zeigt auf das Ding, das ich für einen Mülleimer gehalten habe.

Ich stehe lange neben dem Eimer und bin nicht sicher, ob das alles wirklich ist. Ob ich noch wirklich bin. Vielleicht ist das auch meine Strafe? Ja, natürlich, das haben sie sich so ausgedacht, Frau Gothel, Klaus und Renée. Sie wollen mir Angst machen. Ich glaube mir schon fast, da sagt Klaus: »Ich weiß, es ist gewöhnungsbedürftig. Aber es ist einfach sicherer im Moment. Nach dem, was die sich da in Ungarn getraut haben, kann niemand sagen, wie die Russen reagieren. Willst du oben oder unten schlafen?«

»Oben«, sage ich, weil ich denke, dass er damit mein Zimmer meint, oben im Haus. Aber ich soll mich auf die obere Pritsche legen. Er legt sich auf die untere, nimmt den Kassettenrekorder und schaltet ihn ein.

So long, child, I'm on my way.

Es ist das Lied aus dem Film. Klaus löscht das Licht. Keiner von uns sagt: Gesegnete Nacht. Hier unten ist es so dunkel und sicher wie im Bauch eines Wals, hier brauchen wir Gottes Segen nicht. Und Gottes Zorn wird uns auch nicht finden.

So long, child, it's awful dark.

Ich schlafe ein. Ein Krachen weckt mich und ich weiß nicht, wo ich bin. Eine Finsternis, die man greifen kann. Und unter mir, unter meinem Bett, atmet etwas, laut und feucht. Mein Mund wird so trocken wie von dem Bier, das ich mit Gideon probiert habe.

(Meine Güte, Benji, das ist dein Vater.)

Ich höre Renée, als läge sie neben mir, und da weiß ich wieder, wo ich bin. Im Bunker unter dem Glashaus. Atomsicher, für zwei bis vier Personen. Zwei bis vier sind drei. Vater, Mutter, Kind.

Hat Klaus an Renée gedacht, als er den Bunker einbauen ließ? An das Kind in ihrem Bauch, den kleinen Unfall, der nun mal da ist und nicht sterben soll, wenn die Welt untergeht, weil den Russen nicht gefällt, dass ein paar Hundert Menschen gepicknickt haben?

Die beiden haben lang miteinander telefoniert heute, der Hörer war ganz warm. Wenn es wirklich Krieg gibt, kommt sie dann her? Ich stelle mir vor, wie ich ihr alles zeige: das Glashaus, den Bunker, die Gärtnerei. Da sind die Bahngleise, auf denen die Kinder lagen, und hier gehts zur Turnhalle und zum Erweckungszelt, aber durch den Wald ist es kürzer. Nur wenn es dunkel wird, geht man besser den langen Weg. Und was hier immer überall stinkt, das Verbrannte, Süße, das ist die Kakaofabrik. Ich hab dir doch gesagt, das duftet nicht.

Wie ein Vierjähriger wispere ich im Dunkel mit meiner unsichtbaren Mama, bis ich wieder einschlafe. Peinlich ist mir das erst, als ich aufwache. Ich bin nicht sicher, ob es Morgen ist, es ist immer noch absolut dunkel. Klaus hat mich geweckt, er stöhnt, als hätte er Schmerzen. Ich weiß nicht, was ich machen soll. Ich warte, dass es aufhört, aber es hört nicht auf. Schließlich sage ich leise seinen Namen. Er reagiert nicht. Ich klettere von der Pritsche hinunter und stehe im Dunkeln neben ihm. Er wimmert jetzt nur noch, leise, als würde ihn jemand im Traum treten. Ich fasse ihn nicht an und sage auch nichts mehr. Ich taste mich zu der runden Tür, ziehe sie auf, steige in die Schleuse, finde den Griff, mit dem man die Außentür öffnen kann, und kriege sie auf. Es geht ganz leicht.

Die Welt ist strahlend hell und heil, als ich nach oben komme. Frau Gothel ist da, die Spuren meiner schmutzigen Turnschuhe von gestern Abend sind weggeputzt und es riecht nach Kaffee und Kakao. Ich will ihr sagen, dass es Klaus nicht gut geht, aber Gottes Augen hinter den Brillengläsern blitzen: »Wenn dein Vater mitkriegt, dass du da, hm? Das is kein Spielzimmer. Wenn da ma die Tür zufällt, da hört dich keiner. Und warum da ne nasse Hose über deim Fenster hängt, will ich gar nich, hm?«

»Die wollte ich …«

»Hab ich schon«, sagt Frau Gothel, »und jetz will ich nichts mehr hörn. Aber eins sag ich dir, hm? Wer sein Vergnügn mehr liebt als Gott, der wird im Feuer endn.«

Dann kocht sie mir Kakao.

Bonnie, Why'd You Cut My Hair

Ich schlief, bis ein Klingeln mich aus einem farblosen, zähen Schlaf riss, der noch lang an meinen Gedanken klebte und mich orientierungslos machte. Ich griff nach meinem Telefon, aber es war die Türklingel, die ich gehört hatte. Vom Glashaus. Ich war in Welsum. Mein zweiter Morgen hier. Samstag, Frau Gothel hatte frei. Geklingelt hatte Lea. Sie kam, um aus dem kläglichen Rest Haare unter meiner Mütze eine Frisur zu machen. Das hatte Frau Gothel mir gestern bereits angekündigt. »Da muss du dich bei der Versammlung nich so schäm, hm? Auch wenns vor dem Herrn ja völlig egal is, wie viel da noch aufm Kopf wächst. Nur mit Mütze, hm?, das geht nich. Einglich dürfest du ja gar nich, als Ungetaufter. Aber Lea hat das alles mit dem Reitwein, hm? Und mit dein Haarn kriegt die auch was hin. Wer weiß, vielleicht wills du dich ja irgndwann auch noch taufn lassn, wenn du schon ma da bis, hm? Habn wir ja damals nich mehr geschafft. Der Reitwein wartet jednfalls mit offnen Arm, hat er gesagt.«

Ich stand aus dem Bett auf und trat aus dem Zimmer auf die Galerie. Es war nicht nur Lea, sie hatte ihre Söhne mitgebracht. David und zwei deutlich größere blonde Jungen: Andreas und Johannes, die Zwillinge. Diesmal schlug mein Herz keine Extrasystolen. Dafür sahen sie zu fremd aus: dicke goldblonde Haare, große, offene Gesichter mit erstaunlich dunklen Augenbrauen, rote Lippen. So musste Leas Mann aussehen. Sie rannten zur Glaswand und starrten hinaus, als wäre dort etwas Unglaubliches zu sehen. Deborah war nicht dabei. Dafür aber ein junger Mann, der langsamer unter der Galerie hervortrat und mich sofort entdeckte. Mein Herz stolperte. Er sah Lea am ähnlichsten, nein, eigentlich nicht Lea, sondern Hanna, nachdem sie ihren Zopf abgeschnitten hatte. Sogar seine Stimme klang wie ihre, als er mir, Spott im Mundwinkel, »Gutn Morgn« zurief und damit auch die anderen auf mich aufmerksam machte. David winkte mir, die Zwillinge stießen einander an und lachten leise und mir wurde bewusst, wie ich aussah, eben aufgewacht, in Renées rosa Pullover, mit nackten Beinen. Immerhin hatte ich meine Mütze auf. Lea stieß beiden kurz in den Rücken und sah sie wütend an, dann lächelte sie zu mir herauf.

Ich hatte erwartet, dass sie nur mir die Haare schneiden würde – das, was davon noch übrig war –, aber als ich angezogen aus meinem Zimmer kam und über die Galerie zur Treppe ging, saß Klaus auf einem Stuhl im Bad vor dem Waschbecken und Lea kämmte seine nassen Haare und lachte albern über etwas, das er gesagt hatte. Sie hatte rote Wangen wie im Wald.

Ein schöner Mann, immer noch.

Andreas und Johannes standen flüsternd vor der Glaswand und schauten nach draußen, sie drehten sich nicht um, als ich herunterkam. Simon nickte mir lächelnd zu und sah jetzt Lea ähnlicher als Hanna. Er stand bei David, der auf einem der hohen Hocker an der Küchentheke saß und offenbar Angst hatte zu fallen, denn er krallte sich an Simons Ärmel fest und sah beinah so ängstlich aus wie an dem Abend, als ich ihn unter dem Mantel entdeckt hatte. War das erst vorgestern gewesen?

»Er hat keine Angst vor Ihnen, sondern vor dem Tier«, sagte Simon und diesmal lächelte er mit beiden Mundwinkeln, sodass er Lea etwas ähnlicher sah und mir das Atmen nicht ganz so wehtat, wenn ich ihn anschaute.

»Welches Tier?«, fragte ich.

»Na, das im Wald«, sagte Simon, »hat Onkl Klaus Ihn nichts davon gesagt?«

Onkel Klaus? Ich musste lachen.

»Na, so lustig ist das nich«, sagte Simon, »wenn das ne Wildsau ist und die kommt hier in den Gartn, kann das sogar richtig gefährlich werdn.«

»Wenn es eine Wildsau ist«, sagte einer der Zwillinge.

»Was nich wahrscheinlich is«, sagte der andere.

»Eichhörnchen sind auch gefährlich«, sagte David und schaute kurz zu mir hoch, die Augen aufgerissen: »Wenn die ein beißen, kann man sterbn.«

Am Ende ist einer tot.

»Für dich is Haareschneidn gefährlicher«, sagte Simon und kämmte David die Haare mit gespreizten Fingern von hinten nach vorn und dann wieder aus der Stirn. Leise sagte er zu mir: »Mama hat ihm beim letzten Ma«, er machte mit Zeige- und Mittelfinger die Blätter einer Schere nach, die in Davids Ohr schnitt.

»Autsch«, sagte David und hielt sein Ohr.

Klaus kam, sich den Nacken kratzend, die Treppe herunter. Seine Haare waren nicht viel kürzer, aber kunstvoll zerzaust, wie die von den Jungs auf Vickys Fotos.

»Onkl Klaus!«, die Zwillinge stürzten auf ihn zu und Klaus wich nicht zurück, sondern lächelte – etwas zu sehr – und klopfte jedem mit einer Hand auf die Schulter.

»Na, dann lasst mal hören«, sagte er mit verstellter Stimme, als wollte er dem Onkeltitel auch wirklich gerecht werden. Außer mir schien das niemand seltsam oder komisch zu finden.

Die Zwillinge zogen Klaus zur Glaswand und fingen an, Tiernamen aufzusagen.

»Fuchs, Dachs, Luchs.«

Klaus wiegte den Kopf. »Könnte sein, könnte alles sein.«

Von oben rief Lea nach David.

»Diesma passiert nichts«, flüsterte Simon, hob David vom Hocker und trug ihn bis zur ersten Stufe der Treppe.

»Warum muss Debbie nich?«, fragte David.

»Wenn du groß bis«, sagte Simon, »lässt du deine Haare wachsn, bis du drüber stolpers, okay?«

David nickte und ging langsam nach oben. Als er endlich ankam, packte Lea ihn am Handgelenk, zog ihn ins Bad und schloss die Tür. Kurz darauf summte die Haarschneidemaschine und Simon atmete geräuschvoll aus: »Zum Glück nimmt sie diesma nich die Schere.«

Er ging zum Kühlschrank, holte eine Tüte Milch heraus, füllte zwei Gläser und die Zwillinge kamen und holten sie ab. Dann schenkte er Klaus eine Tasse Kaffee ein und fragte mich, was ich trinken wollte. Als wäre er hier zu Haus und ich zu Gast.

Ein einziges Mal war Hanna hier oben im Haus gewesen. Einmal.

»Wasser«, sagte ich. »Danke. Macht ihr das immer hier, mit dem Haareschneiden?«

»Manchma hier, manchma bei uns, manchma beim Opa.«

Wenn er redete, sah er mich an, und weil ich nicht wollte, dass er damit aufhörte, fing ich an, ihm Fragen zu stellen.

»Ich habe gehört, ohne dich gäb es den Wald nicht mehr?«

Sein Mundwinkel zuckte, wie bei Hanna, wenn ich etwas Dummes gesagt hatte. Benni, du Blödmann.

»Hätt ich gewusst, was die am Ende draus mach, hätt ich das nie gemacht«, sagte er. »Bisschn Wald weniger und dafür kein«, er hob die Hände und hakte Anführungszeichen in die Luft, »›Verein zum Schutz alln Lebens‹ – wär besser für die Welt.«

»Warum?«

Simon blickte zu Klaus und den Zwillingen, die jetzt auf dem Sofa saßen und sich auf Klaus' Telefon Tiere anschauten.

»Wildkatze? Goldschakal? Tasmanischer Teufel?«

»Weil die sich bei ihrm Naturschutz auch gern mal von Nazis helfn lassn.«

Sein Gesicht blickte weiter auf Klaus, aber aus den Augenwinkeln beobachtete er meine Reaktion.

»Wirklich?«, fragte ich. Simon nickte. Er wollte noch etwas sagen, aber da kam oben David aus dem Badezimmer und rief: »Hat gar nich wehgetan!«

Seine Haare waren kurz rasiert, seine Nase noch etwas rot vom Weinen, aber er sah glücklich aus. Er sprang die Treppe herunter und zeigte Simon, dass Lea sogar über seinen Arm rasiert hatte. Lea beugte sich über das Geländer: »Dann kanns du jetz, Benni!«

Sie nahm meine Mütze so vorsichtig ab, als wäre es ein Verband. »Soll ich einfach ma machn?« Sie hielt die Haarschneidemaschine hoch, sodass ich sie im Spiegel sah.

»Ja, klar.«

Sie arbeitete schweigend und blickte nur selten auf und lächelte mir über den Spiegel zu. Ich saß zu tief, um mein eigenes Gesicht im Spiegel zu sehen, und irgendwann schloss ich die Augen. Das Rauschen in meinen Ohren verlor sich im Summen der Maschine. Ab und zu fühlte ich ihre Fingerspitzen auf meiner Kopfhaut, und obwohl sie warm waren, bekam ich Gänsehaut davon.

»Ich glaub, deine Frau wird sich freun.«

»Wir sind eigentlich nicht verheiratet.«

»Freun wird sie sich trotzdem«, sagte Lea, als wäre es für sie vollkommen normal, dass ein Mann und eine Frau ohne Gottes Segen zusammenlebten. Aber danach sagte sie nichts mehr. Als sie die Maschine abschaltete, war es für einen Moment still, ganz still, auch in meinen Ohren.

»Wills du nich guckn?«

Ich stand auf und das Rauschen kehrte zurück. Mein Gesicht war blass, aber es sah nicht so krank aus wie sonst, wenn ich mich ohne Mütze sah, im Gegenteil, sie hatte meine kümmerlichen Flusen ganz kurz rasiert, und weil die Stoppeln alle weiß waren, fielen die kahlen Flecken dazwischen kaum noch auf.

»Besser?«

»Ja, danke.« Ich strich mir über den Kopf und spürte die kahlen Stellen nicht einmal mehr richtig. Lea wickelte das Kabel um die Maschine und legte sie auf den Waschbeckenrand. Dann nahm sie ihr Telefon, das auf einem Stapel Handtücher hinter uns im Badezimmerregal lag.

»Komm, wir machn Foto für deine Frau!«

»Nee, lass.«

»Warum denn nich?«

»Weil wir nicht verheiratet sind«, sagte ich, selber überrascht, wie aggressiv ich klang. »Wir sind gar nicht mehr zusammen. Sie ist seit drei Monaten in New York und wenn sie zurückkommt, muss ich aus ihrer Wohnung verschwunden sein.«

Lea lächelte: »Vielleicht überlegt sie es sich anders, wenn sie dich endlich mal ohne Mütze sieht.«

Als hätte ich das, was ich gesagt hatte, nicht wirklich gemeint, sondern nur im Streit gesagt. Als läge es an mir, zu entscheiden, ob es wahr war oder nicht. Und irgendwie kam es mir auch so vor.

»Okay«, sagte ich, »aber du musst mit drauf.« Wir drehten uns zum Spiegel und mein Spiegelbild legte seinen Arm um Leas und Lea legte ihren Kopf an meine Schulter und mein mitgenommener Gips sah auf ihrer bunt gestreiften Strickjacke noch schmuddeliger aus.

Lea gab mir ihr Telefon: »Du has längere Arme.«

Auf dem Foto sah ich doch wieder alt und blass aus, aber Lea nickte zufrieden: »Richtig schön. Gib mir ma deine Nummer, dann schick ich dir das. Und dann kanns du auch ma guckn, was ich außer mein fünf Kindern noch so mache. Für den Verein und so.«

Ich tippte meine Nummer in ihr Telefon. Dann wollte ich meine Mütze aufsetzen, aber Lea nahm sie mir aus der Hand und warf sie in den Mülleimer, zu Klaus' Haaren.

»Die brauchs du jetz nich mehr.«

Während sie auch noch Andreas und Johannes die Haare schnitt, kochte Simon eine Suppe und Klaus gab weiter den Onkel und spielte mit David Dame. Ich deckte den großen Tisch für alle. Wir hatten uns gerade gesetzt und die Hände gefaltet, da klingelte Leas Telefon. Es war die Nachbarin, die auf Deborah aufpasste. Wir alle konnten Deborah schreien hören, durch das Telefon. Lea verdrehte die Augen, stand aber trotzdem auf, stellte ihren Teller zurück in die Küche und machte sich auf den Weg, um Deborah abzuholen.

Simon verteilte die Suppe.

»Das kenn Sie wahrscheinlich nich«, sagte er zu mir, »das is Brotsuppe.«

Ich musste lachen: »Doch, das kenn ich. Und bitte sag du, gesiezt werde ich nur beim Arzt.«

Er nickte.

Wir waren beinah mit dem Essen fertig, als David plötzlich erschrocken Luft holte: »Wir habn gar nich gebetet!«

»Nich schlimm«, sagte Simon, »so schnell kommt man nich in die Hölle.«

Als sie gegangen waren, verschwand Klaus in seinem Zimmer. Ich legte mich aufs Sofa. Lea hatte mir das Foto von uns geschickt: Meine Blässe, meine Augenringe waren verschwunden, ich sah aus, als wäre ich im Urlaub. Und Lea war richtig hübsch auf dem Bild. Ich schickte es an Vicky, *die mütze ist im müll*, schrieb ich darunter.

Sie antwortete nicht.

In New York war es erst halb elf morgens, vielleicht schlief sie noch. Sie hatte auch noch kein Foto von ihrem Tag gepostet.

Lea hatte mir auch den Link zu ihrem Leben geschickt, wie Vicky teilte sie jeden Tag. Ich wischte mich durch Jahre: Lea mit einem Kind auf dem Rücken und zweien an der Hand, Lea schwanger, Lea auf den Wald zulaufend, über die Schulter zurückblickend. Lea über etwas in der Küche, im Keller, im Garten gebeugt, Leas Hände in Großaufnahme, wie sie Teig kneten, nähen, Erde umgraben, sich zum Gebet falten. Lea an einer Tischkreissäge. Und sehr viele Bilder von einem Puppenhaus, das sie offenbar für Deborah zu Weihnachten baute. Ihre Kinder waren immer nur von hinten zu sehen, kleine Köpfe oder verschwommene Silhouetten. Ihr Mann war auf keinem Bild. Zu den Fotos schrieb sie nur wenig: Herzchen in allen Farben, aneinandergelegte Hände oder kleine Fische, Bibelsprüche: *Denn ihr sollt euch nicht schmücken, liebe Schwestern, und auch keine kostbare Kleidung tragen.* Es gab auch Bilder von aufwändig kalligrafierten Bonhoeffer-Zitaten – *Wir müssen dem Rad in die Speichen fallen* – oder motivierende Sprüche in fetten Großbuchstaben: *MANCHMAL MUSS MAN ETWAS TUN! OHNE WALD SIND WIR NICHTS.*

Sie postete viele Termine von Vereinstreffen und Lebensschützerdemos, Spendenaufrufe, offene Briefe, auch den Flyer, den Gideon mir gegeben hatte. Dazwischen immer wieder Nähanleitungen und Bilder von gottgefälligen Frisuren und lange Traktate, die sich lasen wie die Pamphlete, die Frau Gothel mir früher aufs Nachtkästchen gelegt hatte. *Wie komme ich von Deutschland aus in den Himmel?*

Zuerst schaute ich alles an und las auch das meiste, aber es wiederholte sich und irgendwann sah ich nur noch bei den Fotos, die alt aussahen, länger hin. Die meisten waren von Lea mit Filtern auf alt gemacht, aber es gab auch einige wenige, die wirklich von früher waren: Gideon vor einem Weihnachtsbaum, Maria und der Alte beim Rosenschneiden, Lea mit einer Schultüte, Hanna neben ihr abgeschnitten. Nicht vom Sprung in meinem Bildschirm, sondern tatsächlich, mit einer Schere, man sah noch den Rand einer zweiten Schultüte neben Leas nacktem Arm.

Ein einziges Bild fand ich von Hanna: Sie musste achtzehn oder neunzehn sein, ihre langen Haare waren offen, eine Locke hing ihr quer über dem Gesicht, das sie mit einer Hand festhielt, als wäre es eine Maske. Sie hatte lila Schatten unter den Augen und ihr Quecksilberlächeln im Mundwinkel. Ich strich mit dem Finger über die Locke, als könnte ich sie wegstreichen, und vergrößerte dabei versehentlich das Bild. Plötzlich war das Quecksilberlächeln kein Spott, sondern ein Bluterguss, und das Gesicht war nicht Hannas, sondern Leas, und an der Hand, die dieses Gesicht festhielt, war ein Ehering. Und unter dem Bild stand:

Ich wünsche mir, dass es auch euch eine Freude wird, GOTT zu gehorchen und euch euren Männern unterzuordnen.

Und es gehörten zwei weitere Bilder zu dem Eintrag: ein von Lea offenbar selbst gepinseltes schwarzes Herz mit weißer Schrift: *Wie viele Frauen sind im Herzen nicht willig, ihrem Mann die Führung zu überlassen?*

Und ein blassrosa Kissen, auf das Lea mit schwarzem Faden einen Spruch gestickt hatte: *Gott wird nicht auf Orden, Medaillen oder Titel sehen, sondern auf Narben.* Mir wurde übel.

Ich überlegte, Lea zu schreiben, aber ich wusste nicht was. Ich tippte, löschte, tippte, löschte und hatte immer noch nichts abgeschickt, als Klaus aus seinem Zimmer kam zum Abendbrot.

Tagesschau, Tierfilm, gesegnete Nacht.
»Und lass das Licht an!«

Im Bett, unter dem halb geöffneten Fenster, schwachen Knochenduft in der Nase, auf dem Kopf meine Mütze, die ich aus dem Mülleimer geholt hatte, weil ich ohne sie fror, schaute ich die Fotos an, die Lea eben gepostet hatte: Davids sauber rasierter Hinterkopf, Andreas' und Johannes' goldblonde Schöpfe und das Bild von mir und ihr. Darunter stand, zwischen dunkelroten Herzchen … *wenn alte Freunde heimkommen …*

Endlich wusste ich, was ich ihr schreiben konnte: *danke für den haarschnitt!*

Sie antwortete sofort: *gern (Kuss-Emoji), schlaf gut (Stern-Emoji, Herz-Emoji, Schlaf-Emoji)*

A Hard Rain's A-Gonna Fall

Im nächsten Jahr gibt es einen neuen Reisekatalog, mit demselben Jungen und demselben Mädchen. Sie sind älter geworden, das Mädchen hat noch größere Brüste bekommen, man kann auf dem Bild sehen, dass sie hüpfen, als das Mädchen von einem Steg in ein ruhiges graublaues Wasser springt. Sie hält den Jungen an der Hand, beide haben die Knie angezogen und ihre freien Arme gen Himmel gereckt. Preiset den Herrn.

Renée lacht, als ich frage, in welches Meer die beiden springen.

»Das ist ein See, in Mecklenburg.« Sie hat den Prospekt schon durchgeschaut und wenn ich will, kann ich dieses Jahr auch so etwas machen. Mecklenburg können wir uns leisten.

»Und gar nicht nach Welsum?«

»Wie du willst.«

Ich denke an Klaus, wie er im Bunker gewimmert und geschnauft hat. An Hannas Haare. An Zitronenlimonade.

»Einen See gibt es auch in Welsum«, sage ich.

Ein paar Wochen später bin ich zurück im Glashaus. Diesmal ist es nicht, als wäre ich nie weg gewesen, denn die Kinderbibel auf meinem Nachtkästchen ist fort. Stattdessen liegt da eine echte, für Erwachsene. Butterbrotpapierseiten mit Goldschnitt im Lederumschlag mit Reißverschluss. Gottes Wort, übersetzt vom Reitwein, dem alten, dem die Kakaofabrik gehört. Die Seiten knistern und riechen nach verbrannter Schokolade.

In der Bibel liegt ein Faltblatt: vorn eine Zeichnung von einem Jungen, der aufrecht im Bett sitzt, die Knie angezogen, das Gesicht mit den Händen bedeckt, und innen gibt es Tipps, wie man es schafft, seine Glieder nicht der Sünde zur Verfügung zu stellen.

Ihr seid aus dem Vater, dem Teufel, und die Begierden eures Vaters wollt ihr tun.

Wollen die Hände unter die Decke wandern, falte sie, hm?

Das »hm?« denke ich mir dazu. Frau Gothel kann es nicht machen, sie ist krank und kommt nicht. Bevor sie krank geworden ist, hat sie noch mein Bett bezogen, die Bibel und das Faltblatt hingelegt und Essen vorgekocht. Der Kühlschrank ist voller Plastikdosen mit glitschigen Soßen.

Ich lege meinen Reisekatalog auf die Bibel und schlafe lang.

Wenn ich aufwache, ist Klaus bei der Arbeit. Gideon hat noch keine Ferien und Hanna und Lea arbeiten seit letztem Herbst in der Kakaofabrik, die haben nur noch am Wochenende Zeit. Ich esse Cornflakes aus der Schachtel und wandere durch das Glashaus, das jeden Tag heißer wird, schaue mir Klaus' Schallplatten an – hören kann ich sie nicht, denn der durchsichtige Plattenspieler ist verboten –, gehe in Klaus' Zimmer, blättere in seinen Büchern – Tierzeichnungen und Balkendiagramme – und lese die grün-weiß gestreiften Computerausdrucke, die er über sein Bett gepinnt hat.

Gestorbene Männer nach ausgewählten Altersklassen
(Stand 1990)
Gestorbene Männer nach ausgewählten Todesursachen
(Stand 1990)
Lebenserwartung von Männern
· bei Geburt
· mit 30 Jahren
· mit 70 Jahren
(Stand 1990)

Was hat das mit seiner Arbeit zu tun? Er arbeitet im Zoo, mit Tieren. Warum hat er sich das ausgedruckt? Etwas in mir löst sich auf, und ich fühle mich leichter, als ich begreife, dass Klaus genauso viel Angst vor dem Tod hat wie ich. Von da an suche ich jeden Tag nach weiteren Ähnlichkeiten. In seinem Kleiderschrank finde ich alte Bekannte: Anzüge, die Renée vor Jahren für ihn genäht hat. Ich erinnere mich, wie sie im Atelier hingen, traurige graue Geister zwischen bonbonfarbenen Abendkleidern. Ich habe unter Renées Tisch gesessen, während sie von Hand die letzten Nähte gemacht oder Knöpfe angenäht hat, und habe Bilder gemalt für Klaus. Die haben wir mit in das Paket gelegt, das wir dann ans Ende der Welt geschickt haben. An einen Vater aus Fotopapier. Das war, bevor ich jeden Sommer herkommen musste.

Ich ziehe einen Anzug an. Die Schultern sind viel zu breit, die Hosenbeine viel zu lang. Ich sehe aus wie ein Kleinkind, das sich verkleidet hat. Als ich die Hose hochziehe, finde ich in der Tasche ein kleines Foto: ein fettes Baby auf einem Töpfchen. Auf der Rückseite des Fotos steht in Renées Handschrift: *Keine Windeln mehr!*

Ich durchsuche auch die anderen Anzüge, finde aber nur noch ein Foto: ich, in einer bunten, von Renée genähten Latzhose, mit einer Urkunde in der Hand. Auf der Rückseite: *Er rechnet wie ein Weltmeister.* Das Foto ist zerknittert, als hätte Klaus es oft vorgezeigt. Ausgerechnet dieses Bild. Wegen der bescheuerten Hose haben sie mich noch in der vierten Klasse ausgelacht. Ich stecke die Bilder zurück und gehe wieder nach unten.

Die Luft im Glashaus ist inzwischen so warm wie Badewasser, ich schwitze, auch wenn ich ganz still auf dem Sofa liege. In meinem Zimmer ist es noch heißer. Kühl ist es nur im Keller. Und am kühlsten ist es im Bunker.

Ich habe keine Angst mehr vor den Rehköpfen und den Hasenpfoten, aber gut fühlt es sich immer noch nicht an, wenn die Glasaugen einem hinterherschauen. Den ersten Hebel kann ich leicht bewegen, der zweite ist schwerer, beim dritten muss ich mich mit meinem ganzen Gewicht daran hängen, aber er gibt nach. Die Tür – so dick wie mein Unterarm – schwingt wie von selbst auf.

Es ist, wie in kühles, aber nicht zu kaltes Wasser steigen. Alles hier unten ist kühl, es riecht sogar kühl und die Dinge sehen aus wie frisch gewaschen in dem Neonlicht: der Kloeimer, die Notfallrucksäcke, das Befreiungswerkzeug. Inzwischen weiß ich alle Namen: Hammer, Axt, Säge, Brecheisen, Spaten, Spitzhacke. Hinter der Schleuse, im Kugelraum, ist es sogar noch kühler.

Zuerst bin ich vorsichtig, lasse beide Türen weit auf und bleibe immer nur kurz hier unten, um mich abzukühlen, aber nach ein paar Tagen bin ich nur noch hier. Gehe gleich nach dem Aufstehen mit meinen Cornflakes nach unten und komme nur hoch, wenn ich Hunger habe. Von den Vorräten hier unten kann man fast nichts essen, es sind entweder Konserven oder Pulver, Eipulver, Butterpulver, Vitaminpulver. Es gibt auch eine Gebrauchsanweisung für den Raum, dick wie ein Buch, darin liegen Listen, die Klaus ausgedruckt hat. Jeden Monat prüft er die Sachen hier, tauscht aus, was abgelaufen ist. Ich bin froh, dass ich nichts gegessen habe.

Ich probiere die Kurbel für die Lüftung aus, klappe die Leiter zum Notausstieg herunter. Irgendwann finde ich die Kassetten.

Es sind dreizehn Stück, immer nur beschriftet mit einer Jahreszahl. Die erste ist mein Geburtsjahr, die letzte heute. Ich lege mich auf die Pritsche und mache die Kassette an, die so alt ist wie ich. Ist das Klaus, der da singt? Es ist das erste Mal, dass ich richtig Musik höre, wirklich hinhöre, auf die Instrumente, die Stimme, und auf den Text.

Oh, where have you been, my blue-eyed son?
Oh, where have you been, my darling young one?

Ich stelle mir vor, wie Klaus in einem von Renée genähten Anzug, mit einem Foto von mir in der Hosentasche, auf einer Bühne sitzt, Gitarre spielt und singt.

Obwohl ich schnell herausfinde, dass es nicht Klaus ist, der da singt, sondern ganz viele verschiedene Männer, deren Namen ich oben auf Klaus' Schallplatten wiederfinde, bleibt es für mich so, als wären die Lieder alle für mich, von Klaus. Denn ganz eindeutig hat er die Kassetten für mich gemacht, das sieht man an den Jahreszahlen, und ich höre es auch, denn alles, was gesungen wird, passt auf mich und mein Leben.

And what'll you do now, my blue-eyed son?

Jetzt stelle ich mir vor, wie Klaus abends auf dem Sofa sitzt, allein in seinem viel zu großen Glashaus – das passt auch besser als eine Bühne – und statt auf den Fernseher schaut er auf das Foto aus seiner Hosentasche: *rechnet wie ein Weltmeister.* Und dann sucht er in seiner Plattensammlung nach genau dem richtigen Lied für mich. Und singt leise mit, während er es auf Kassette überspielt.

I'll stand on the ocean until I start sinking.

Einmal schlafe ich ein und als ich nach oben komme, ist Klaus zu Hause. Er sitzt am Esstisch und isst Cornflakes. Die vorgekochten Sachen von Frau Gothel isst er nie, ich glaube, er weiß nicht, wie man sie warm macht, ich habe ihn noch nie einen Topf auf den Herd stellen sehen. Zuerst sagt er nichts und schaut mich auch nicht an. Ich gehe an ihm vorbei und will die Treppe hoch in mein Zimmer, da hebt er den Kopf und sagt: »Keine friedensmäßige Nutzung, das hatte ich dir erklärt.« Dabei sieht er mir in die Augen. Richtig lang und ohne zu blinzeln.

Also kann er es doch, wenn er will. Es geht mir durch und durch und ich muss weggucken.

»Ab morgen kommst du mit in den Zoo«, sagt Klaus, bevor er endlich seinen Blick von mir abwendet. Er steht auf, räumt seine leere Schale in die Spülmaschine und setzt sich vor den Fernseher. Die Tagesschau ist vorbei, der Tierfilm läuft.

Männchen und Weibchen begegnen einander nie, die Meeresströmung treibt den Samen zu den abgelegten Eiern.

Ich esse, an der Küchentheke stehend, kalte Nudeln, schaue auf die kleinen Fische, fühle mich, als würde ich gleich heulen, und weiß nicht warum. Ich würde ihn gern nach den Kassetten fragen. Aber ich sage gar nichts.

Down, Down, Down

Wir stehen so früh auf, dass mein Mund zu müde ist zum Kauen. Als wir am Zoo ankommen, knurrt mein Magen. Klaus gibt mir einen Geldschein und verschwindet.

Ich kenne den Zoo, er hat mich früher schon ein paarmal mitgenommen. Es ist wie im Dorf, alle, die hier arbeiten, wissen, wer ich bin, während ich niemanden kenne. Sie winken mich zu sich, ich muss Tiere streicheln, Mistgabeln halten, tote Fische und tote Mäuse werfen. Alles an mir stinkt, wenn wir zurück ins Glashaus kommen, und ich kann duschen so lang ich will, irgendwas an mir riecht immer noch nach Tier.

»Sag ihm einfach, dass du nicht mitwillst«, sagt Renée am Telefon, »du magst doch gar keine Tiere.«

Aber ich sage nichts. Ich gehe mit und verstecke mich vor den Tierpflegern im Walarium. Wenn keine Vorführungen sind, kommt hier niemand rein. Oft schwimmt Fridolin noch im Vorführbecken, weil er zu groß ist für das andere. Auch das hier scheint ihm zu klein, denn er taucht immer nur an derselben Stelle auf und ab, auf und ab. Über den Rand schwappt Wasser, es sieht klar aus, ist aber grün und stinkt, deshalb sitze ich jetzt in der dritten Reihe. Mit grünlichen Turnschuhen.

Renée hat mir einen Walkman geschickt, mit dem höre ich die Kassetten aus dem Bunker. Immer, wenn Klaus am Wochenende in seinem Zimmer sitzt und unter seiner Tür das bläuliche Licht vom Computer durchscheint, gehe ich runter und hole mir eine neue.

Einmal kommt Gideon nachmittags in den Zoo, verschwitzt und blass, weil ihm schlecht ist von zwei Stunden Straßenbahnfahren. Er stellt sich direkt vor das Becken, damit Fridolin ihn nassspritzen kann. Dass er stinkt, stört ihn nicht. Er streckt auch immer wieder die Hand aus und versucht, den großen weißen Kopf zu streicheln.

»Wie Plastik, nur ganz anders. Fass doch auch ma an!« Ich schüttele den Kopf.

Wir trinken lauwarme Orangina, die Dosen bekommen wir im Zooshop geschenkt. Wenn Gideon getrunken hat, kann man die Haare auf seiner Oberlippe sehen, sie kleben dann etwas zusammen und sind dunkler. Auch am Kinn hat er schon einen Fleck aus blassen, feinen Haaren, obwohl er gerade mal sieben Monate älter ist als ich. Und Sachen sagt, die ein Kindergartenkind sagen würde: »Was mags du lieber, Wale oder Delfine?«

Dabei kippt seine Stimme, weil er schon im Stimmbruch ist, und ich muss lachen.

»Blödmann«, sagt Gideon und schaut auf Fridolin. Irgendwann fragt er wieder: »Jetz sag doch ma. Wale oder Delfine?«

»Mir egal.«

»Egal?« Er sieht mich an, als wäre ich ein Zootier, und zwar eins der unwirklicher aussehenden, ein Bergbongo oder ein Lemur. Und ich sehe ihn in dem Augenblick wie alle anderen ihn sehen, alle, die nicht aus Welsum kommen: ein eigenartiges Kind, das nach Fisch stinkt und angezogen ist wie ein alter Mann, mit seiner ausgebeulten beigen Cordhose, dem karierten Oberhemd. Ein Kind, das sich die Haare selber schneidet mit der Bastelschere. Die verklebten Flusen an Kinn und Oberlippe sehen weniger wie Bart aus, mehr wie Dreckflecke. Er tut mir leid.

Er merkt es und dreht sich schnell zu Fridolin um, die Schultern hochgezogen. Ich hole meinen Walkman heraus: »Willst du mal hören?«

Ich gebe ihm den Kopfhörer und schalte die Kassette ein.

He went down, down, down and the devil called him by name. Fridolin grinst und taucht im Takt auf und ab.

»Wo has du das her?«, flüstert Gideon. Selbst flüsternd quietscht und kippt seine Stimme.

»Von Klaus.«

»Echt? Du weiß, dass man davon süchtig werdn kann.« Das hat er in der Sonntagsschule gelernt.

»Das stimmt auch«, sage ich. Er grinst, hört noch kurz zu, nimmt dann den Kopfhörer ab und will ihn mir zurückgeben.

»Wir können auch zusammen hören«, sage ich, und den Rest des Nachmittags sitzen wir nebeneinander im Walarium, die Köpfe dicht beieinander, halten jeder mit einer Hand einen Hörer ans Ohr, der Drahtbügel ein gespannter Bogen über unseren Händen, die sich beinah berühren. Es ist unbequem, weil wir uns die Hörer falsch herum ans Ohr drücken, und von der Musik, die durch das orangefarbene Schaumgummi kommt, verschwindet das Meiste in unseren gewölbten Händen. Aber es macht mir nichts aus. Ab und zu überlasse ich Gideon den Kopfhörer auch ganz und finde mich noch großzügiger. Nur wenn wir Leute hinter uns hören, muss ich ihn schnell wieder nehmen. Auch Welsumer Familien besuchen manchmal den Zoo und ein Walkman ist fast so schlimm wie ein Fernseher.

Als Klaus kommt, weil es Zeit ist, nach Hause zu fahren, erschrickt Gideon. Nicht wegen der Musik, sondern weil er viel zu lang geblieben ist. Wenn er jetzt in die Straßenbahn steigt, kommt er erst im Dunkeln zu Hause an.

»Wir können dich doch mitnehmen«, sage ich und Klaus nickt.

Im Auto kriege ich kurz Angst, dass Gideon ihn nach den Kassetten fragt, aber sie reden nur über Tiere. Über Wale und Delfine. Klaus hat Gideons Frage sofort beantwortet: »Wale, eindeutig.«

Ich habe ihn noch nie so viel reden gehört wie auf dieser Autofahrt. Die beiden klingen wie ein Tierfilm. Ich bin froh, als wir endlich an der Gärtnerei ankommen und Gideon aussteigt.

»Wenn du wieder mal in den Zoo möchtest, fährst du mit uns«, sagt Klaus. »Und wenn du allein kommst, sag am Eingang, dass du mein Gast bist, du musst keinen Eintritt zahlen.«

Gideon strahlt.

Von da an ist Gideon jeden Tag mit im Zoo, und wenn Klaus Zeit hat, führt er ihn herum, lässt ihn Wasserproben nehmen, die Delfine füttern und kauft ihm sogar im Zooladen ein Poster. Dasselbe Poster, das über dem Bett in meinem Zimmer hängt: Wale und Delfine.

»Danke, Herr Kühn.« Gideon hält das eingerollte Poster, als hätte er nie etwas Kostbareres in der Hand gehabt.

»Sehr gern«, sagt Klaus und lächelt. Das habe ich vorher noch nie gesehen. Also kann er auch das, wenn er will.

Es brennt die erste Kerze

Sonntag. Zum ersten Mal wachte ich in Welsum auf und wusste gleich, wo ich war. Der Fußboden im Bad war eiskalt und die Luft roch nach Zigarettenrauch. Ich fragte mich, ob Klaus heimlich hier rauchte, weil ich da war, oder ob er immer nur hier rauchte. Mein Gesicht sah dem auf Leas Fotos so wenig ähnlich, dass ich wegschauen musste. Ich wusch mich mit kaltem Wasser, zog einen sauberen Pullover von Renée an – blau, nicht rosa, wegen der Versammlung – und ging nach unten. Klaus saß in Anzug und Krawatte am Esstisch und aß Cornflakes.

»Wir müssen zu Fuß gehen, Frau Gothel hat heute keine Zeit, uns zu fahren«, sagte er.

»Gehst du auch zu der Versammlung?«

Er wirkte irritiert: »Selbstverständlich.« Als wäre er schon immer jeden Sonntag dort gewesen. Plötzlich war ich mir nicht mehr sicher, ob ich mich richtig erinnerte. Hatte er nicht manchmal dort gesessen, ein paar Reihen vor mir? Aber warum hatte Frau Gothel mich dann immer mitgenommen? Ich trank eilig ein Glas Wasser, zog den roten Anorak von Leas Mann und seine Schuhe an, und wir gingen.

Sonnenfunkeln im klaren Himmel, Frostkristalle an den blattlosen Zweigen und das Knirschen unserer Schuhsohlen auf dem harten Waldboden. Und kein Wort, nur das leise Rauschen in meinen Ohren.

Als wir an der Turnhalle ankamen, waren die Brüder und Schwestern bereits drinnen und sangen. »Es brennt die erste Kerze im schönen Advent.«

Klaus zog vorsichtig die Tür auf, ich nahm meine Mütze ab und fühlte mich nackt. Klaus' Schuhsohlen quietschten auf dem Plastikboden, er holte zwei Klappstühle und wir setzten uns ganz hinten auf die Seite der Brüder. Reihen von Anzugrücken und sauber rasierten Nacken über weißen Hemdkragen vor uns. Ganz vorn auf der Schwesterseite stand jemand auf und sah sich um. Gottes große Augen. Frau Gothel nickte, als sie sah, dass wir die Zuspätkommer waren, und setzte sich wieder.

Es roch wie früher, wie in jeder Turnhalle, nach altem Angstschweiß und neuen Gymnastikschläppchen. Meine Ohren wurden warm, meine Füße auch und mein Kopf fühlte sich nicht mehr ganz so nackt an. Das Händefalten war etwas schwierig mit dem Gips am Handgelenk.

Nach dem Lied kam die Stille, in der die Brüder darauf warteten, dass der Heilige Geist einen von ihnen berührte. Es gab keinen Priester, jeder Mann durfte aufstehen und predigen und beten, wenn sich in ihm Gottes Wort regte. Die Frauen durften zuhören.

Wie früher fast immer war es auch heute der Reitwein, der sich als Erster erhob. Und wie früher trug er einen braunen Anzug, ein weißes Hemd mit großem, spitzem Kragen und dazu eine neu glänzende smaragdgrüne Krawatte. Kleiner war er geworden, weißhaarig, und seine Stimme zitterte leicht, war aber immer noch laut genug, um ohne Mikrofon von allen gehört zu werden. Er öffnete seine kleine Bibel mit dem Goldschnitt und hielt sie aufgeschlagen auf den flachen Händen vor sich, sah aber nicht hinein, während er sprach.

»Ich hatte dich gepflanzt als einen edlen Weinstock, ein ganz echtes Gewächs. Aber wie hast du dich mir verwandelt in entartete Reben eines fremdartigen Weinstocks!«

Als er mich ansah, lief mir, wie früher im Erweckungszelt, ein Schauer über den Rücken. Ich spürte, wie ich unter den

Achseln schwitzte. Dann merkte ich, dass er gar nicht mich, sondern Klaus ansah. Trotzdem war ich froh, als er seine Bibel schloss und sich wieder setzte.

Ein paar andere standen noch auf, beteten für kranke Verwandte, oder einfach so für die Erlösung von dem Bösen, und dann gab es Abendmahl. Christi Leib, Christi Blut.

Als Ungetaufter musste ich sitzen bleiben wie die Kinder. Wie die Kinder wurde ich schläfrig. Und wie die Kinder freute ich mich, als es vorbei war und das letzte Lied gesungen wurde.

O Welt, ich muss dich lassen

Nach dem Gottesdienst standen die Brüder in Gruppen auf dem Parkplatz vor der Turnhalle, rauchten und redeten laut und lachten leise. Die kleineren Kinder rannten zu einem Spielplatz, den es früher nicht gegeben hatte, die größeren folgten ihnen langsam. Die Schwestern waren in der Halle geblieben, um aufzuräumen. Gideon und Klaus gingen von einem Brudergrüppchen zum nächsten und schüttelten Hände, zündeten Zigaretten an. Der alte Reitwein kam zu mir.

»Schön, dich hier zu habn. Hand schüttln könn wir ja leider nich, Markus hat erzählt, die is in Gips?«

»Die linke«, sagte ich und dann gaben wir uns die Hand. Der Reitwein sagte nichts weiter, sah mich nur an und hielt meine Hand zu lange fest. Ich fing wieder an zu schwitzen. Die Luft war zwar kalt, aber die Sonnenstrahlen waren überraschend warm, und der Reitwein sah mich immer noch an. Ich fing an, über den Bruch zu reden.

»Nichts Schlimmes, nur die Speiche, musste auch gar nicht operiert werden und in vier Wochen kommt der Gips auch schon wieder ab.«

»Also vier Wochn bleibs du hier«, sagte der Reitwein, »das is schön. Vielleicht ja sogar bis Weihnachten?«

»Ich weiß noch nicht genau …«

»Wenn du in der Zeit mal reden möchtest«, der Reitwein legte eine Hand auf meine Schulter.

»Danke.«

»Gott liebt dich nämlich, auch wenn du ihn nich immer geliebt has.«

Wie früher wusste ich nicht, was ich dazu sagen sollte, wenn sie so aus dem Nichts von Gott sprachen. Ich nickte und war froh, als Gideon zu uns kam.

»Dein Vater will nach Haus«, sagte er zu mir, »aber ich dachte, du komms noch mit aufn Gottesacker, einma Hanna Hallo sagn. Ich bring dich dann auch, damit du dich nich verläufs.«

Die Gräber sahen alle gleich aus, schlichte, quadratische Granitplatten, auf denen nur Namen und Jahreszahlen eingemeißelt waren. Keine Engel, keine Sprüche, keine Wünsche. Keine Kerzen, keine Blumen. Manchmal etwas Efeu, Heidekraut, Sternenmoos, meist aber nur nackte Erde um den Stein. Ich las die Namen und rechnete, während ich hinter Gideon her ging. Vierundneunzig, achtundneunzig, fünf, neunundachtzig, drei, einhunderteins. Wer seine Kindheit überlebte, wurde alt in Welsum.

Wir kamen zuerst an Marias Grab vorbei, wo der Alte stand, die wässrigen Augen blutunterlaufen. Kein Bleiben ist auf Erden. Er beachtete uns nicht und wir gingen an ihm vorbei, als würden wir ihn nicht kennen.

Gideon zeigte auf einen rötlichen Stein: »Den kenns du auch noch.«

Ich las: *Peter Eigendorf – Geboren 1969 – Heimgegangen 2015.*

»Piet?«

»Letztes Jahr im Winter hats den erwischt«, sagte er.

Piet war der Älteste gewesen, den ich in Welsum kannte, acht Jahre älter als Gideon und ich, und sehr viel größer. Er hatte schöne Schuhe und ein blau bemaltes Schrotgewehr, mit dem er die Spatzen aus dem Weizen holen sollte – aber er traf nicht. Absichtlich. Gideon hatte ausgespuckt deswegen – allerdings nicht in Piets Beisein. Und Hanna hatte ihn geküsst – nicht dafür, glaube ich, sondern weil er wirklich nett war, und hübsch.

Im See, mit Zunge.

»Woran ist er gestorben?«

»Deckseuche«, sagte Gideon.

»Was bitte ist …«, während ich die Frage stellte, begriff ich, was Gideon meinte, und mir wurde übel. Gideon grinste, als hätte er lang darauf gewartet, mir das erzählen zu können. Ganz kurz wurde ich so wütend, dass ich ihm am liebsten das Grinsen aus dem Gesicht geschlagen hätte, wie der Alte das früher gemacht hatte. Aber ich tat gar nichts, sagte auch nichts und wir gingen weiter zu Hannas Grab.

Es war dicht mit Efeu bewachsen und von einer sauber beschnittenen winzigen Buchsbaumhecke umrandet. Der weiße Stein war sauber, die Buchstaben darauf klar und dunkel, wie frisch nachgezogen. Und unter den Efeublättern lagen Dinge, ich konnte nicht genau erkennen, was es war, bunte kleine Plastikteile. »Hi«, sagte Gideon, »Guck ma, wer da is!«

Er drehte sich zu mir um: »Wills du nich Hallo sagn?«

Ich hatte mir manchmal vorgestellt, an ihr Grab zu gehen. Eine Blume oder einen Stein hinzulegen, ihren Namen zu sagen, den in meinem Leben keiner kannte, und sie endlich zu fragen, wo ihr Rucksack gewesen war. In meiner Vorstellung hatte sie dann immer geantwortet, ganz leise, wie Blätterrascheln, oder durch ein Zeichen, aber als ich jetzt hier stand, war mir klar, dass gar nichts passieren würde. Damals hatte mich ihr Tod angesprungen und meine Rippen zerquetscht und mir die Luft genommen für ein Jahr und auch danach noch, manchmal, für ein paar Augenblicke – jetzt passierte nichts. Mein Herz stolperte nicht einmal. Ich kam mir nur albern vor, als ich halblaut »Hey« sagte. Ich dachte an Reneés Grab, an dem ich auch seit der Beerdigung nicht mehr gewesen war. Auch da hatte ich nichts zu sagen gehabt.

Gideon redete mit Hanna, als gäbe es sie noch. Er erzählte von mir und von dem Anschlag, der keiner gewesen war, von den fehlenden Haaren unter meiner Mütze, lachte und drehte sich immer wieder zu mir um. Er kam sich überhaupt nicht albern vor, und ich glaube sogar, er hörte sie antworten, denn nach einer Weile kniete er sich hin, zupfte an den Efeublättern herum, und redete leiser, als hätte sie ihn etwas gefragt.

Ich stand hinter ihm, hörte seine Stimme nicht mehr durch das Rauschen in meinen Ohren und fror. Ich war froh, als der Alte zu uns herüberkam und sagte: »Jungs, mir wird langsam kalt.«

Als wir vom Gottesacker kamen, stand Lea mit einer Schar Kinder auf dem fast leeren Parkplatz vor der Turnhalle. David war auch dabei und Deborah winkte mir.

»Kann einer von euch ein Foto von uns machn?«, fragte Lea, »wie wir gehn?«

Gideon nickte und nahm ihr Telefon. Lea klatschte in die Hände und die Kinder stellten sich auf, zu zweit, Hand in Hand. Lea hob den rechten Arm, angewinkelt, wie ein Militärzeichen, und dann marschierten die Kinder hinter ihr her die Straße entlang.

»Mach erst, wenn wir da an der Robinie sind«, rief Lea, ohne sich umzudrehen, »sodass der Baum mit drauf ist.«

Als alle am Baum vorbei waren, machte Lea wieder das Handzeichen und die Kinder blieben augenblicklich stehen. Lea lief zu uns zurück.

»Zeig. Nee, das geht gar nich, da bin ich total verschwomm. Du muss die Kinder unscharf machn.«

»Ich muss jetz nach Haus«, sagte Gideon, »Vati wird kalt.«

Ich hatte ihn den Alten noch nie »Vati« nennen hören, und es klang auch nicht, als würde er das oft tun. Vielleicht machte er es nur, um Lea zu ärgern. Sie sah nämlich verärgert aus, als sie sich jetzt von ihm abwandte und mich anschaute: »Kanns du?«

»Benni müssn wir mitnehm, allein verläuft er sich, das weiß du doch!«

»Wirklich?« Lea sah mich an, »du muss nur die Hauptstraße lang.«

»Ich weiß, klar kann ich dein Bild machen.«

Gideon warf mir einen eigenartigen Blick zu, bevor er mit dem Alten ging.

Ich weiß nicht mehr, wie oft die Kinder vom Gottesacker zur Robinie laufen mussten, bis wir ein Foto hatten, das Lea gefiel. Die Kinder bekamen blasse Lippen, David sah aus, als würde er gleich weinen, und irgendwann blieb Deborah einfach stehen und ging nicht mehr weiter. Lea, die nur einen dünnen Strickmantel trug, zitterte, wenn sie bei mir stand, um die Bilder durchzuschauen.

Ich war so erleichtert wie die Kinder, als sie endlich sagte: »Ich glaub, wir habn eins.«

Sie umarmte mich und ihre Lippen berührten meine Wange. Mehr ein Versehen als ein Kuss. Meine kalte Haut spürte es kaum.

Abends, unter der warmen Decke, sah ich das Foto, das ich gemacht hatte, lang an. Lea hatte es gepostet.

Wenn ihr nicht werdet wie ein Kind, stand darunter.

Der Hintergrund war unscharf wie mit Wasserfarben gemalt, Blau, Grün, Grau verliefen ineinander und auch die Kinder verschwammen an den Rändern, deutlich waren nur die wie in das Foto hineingezeichnet aussehenden Zweige der Robinie und Leas Gesicht. Die Falten um ihre Augen, jedes einzelne weiße Haar in den schwarzen Zöpfen, ihr Strahlen. Und deutlich war auch, dass sie mich ansah.

schönes bild!, schrieb ich ihr.

Wieder antwortete sie sofort: *danke (Kuss-Emoji)*

gehen wir morgen wieder spazieren (drei Baum-Emojis)?

Song to the Siren – Take 7

Dieses Jahr riecht man die Kakaofabrik kaum. Dafür stinkt der Waldsee, das Wasser ist schleimig, Gottes Antlitz ein verschmierter Sonnenfleck auf der trüben Oberfläche. Wir steigen über Brennnesseln, die uns beinah bis zum Bauchnabel gehen. Ich verbrenne mich am Bein und beiße mir auf die Lippen. Hinter uns kommen Hanna und Piet.

Piet ist der Sohn vom Bauern, dem hier fast alles gehört. Die Kuhweide, auf der das Glashaus steht, die Kuhweide hinter der Gärtnerei, die Rapsfelder. Nur der Wald gehört ihm nicht, der gehört dem Reitwein von der Kakaofabrik.

Ich kenne Piet aus dem letzten Sommer. Gideon und ich haben für den Alten Fleisch vom Bauern geholt und Piet hat uns mit in die Scheune genommen und uns sein Schrotgewehr gezeigt. Den Holzgriff hatte er angemalt, weiß, verziert mit blauen Schnörkeln, wie so ein Omabett in einem alten Bauernhaus.

»Damit hol ich die Spatzn ausm Weizn.«

»Zeig ma.«

Fünfmal hatte er geschossen, keinmal getroffen.

»Absichtlich«, hatte Gideon auf dem Rückweg gesagt und ausgespuckt wie der Alte.

Jetzt steht Piet da, in einem übertrieben bunten Hemd, und hält Hannas Hand, nicht wie im Kindergarten, sondern mit ineinander verschränkten Fingern. Als würden sie zusammen beten wollen. Natürlich weiß ich, dass es was ganz anderes heißt.

»Kenns du Benni einglich?«, fragt Hanna.

»Ja, klar«, sagt Piet, »du has ma ins Erweckungszelt gekotzt.«

»Und du kannst keine Spatzen treffen«, sage ich und bin selber überrascht. Gideon lacht und klopft mir auf den Rücken. Piet lacht auch.

»Wohl wahr«, sagt er. Dann kniet er sich hin, um seine Schuhe auszuziehen. Elegante braune Lederschuhe, keine Turnschuhe. Er zieht sich bis auf die Unterwäsche aus. An den Seiten schauen Schamhaare heraus. Aber er ist auch viel älter als wir, sieben oder acht Jahre. Er faltet seine Klamotten so ordentlich wie Frau Gothel. Auch Hanna zieht sich aus. Sie hat Haare unter den Armen und nur ein Unterhemd unter dem Kleid, keinen BH. Wenn man ganz genau hinschaut, sieht man ihre Brustwarzen durch das graugewaschene Hemd, zwei kleine Schatten. Und zwischen den Beinen ist auch ein Schatten, aber da schaue ich nicht so genau hin.

Gideon zieht sich nackt aus. Er hat schon Schamhaare. Ich schaue schnell weg und er rennt in den See, bis er bis zur Brust im Wasser steht. Dort dreht er sich um und spritzt in meine Richtung.

»Komms du?«

»Gleich.«

Piet geht vorsichtig, mit hochgezogenen Schultern, ein paar Schritte ins Wasser.

»Scheiße, is das kalt!«

»Ich rauch ers ma«, sagt Hanna, breitet ihr Kleid auf dem Boden aus und setzt sich darauf. Ich setzte mich neben sie und schaue zu, wie sie aus Piets Hosentasche eine Packung Tabak und Blättchen holt. Sie fährt mit ihrer Zunge über ihre Unterlippe, benetzt ein Blättchen mit der Lippe und klebt es an ein zweites. Ihre nackten Beine sind bis zu den Knien gebräunt und mit schwarzen Haaren gestrichelt. Über den Knien ist die Haut weiß und die Haare sind fein und blond. Sie stellen sich auf, als Wasser die Haut trifft.

»Jetz komm, Benni!«, ruft Gideon.

»Hör ma auf«, ruft Hanna, »du machs das Gras nass.«

Ich lache, weil ich denke, sie meint die paar Grashalme am Ufer. Sie sieht mich an, Spott im Mundwinkel, und ich erkenne, dass sie gar keine Zigarette dreht, sondern eine Tüte. Das Wort kenne ich von Renée. Drei Blättchen zusammengeklebt, ein gerolltes Stück Pappe, Tabak und – Hanna wickelt es eben aus einem Stück Alufolie – Gras.

»Weiß du, was das is?«

»Ja, klar«, sage ich. Hanna hebt die Blättchen mit dem Tabak und den graugrünen Krümeln vorsichtig von ihren nackten Knien und dreht sie zusammen, rollt sie an der Spitze zu und hält sie mir hin. Mir ist nie aufgefallen, dass ihre Wimpern so dicht sind, lang und gebogen. Oder ist sie geschminkt?

Wie man raucht, weiß ich, ich habe es auf dem Schulklo geübt. Einmal, mit einer normalen Zigarette. Ich zünde die Spitze an und atme tief ein. Den Geruch kenne ich aus Renées Atelier, aber der Geschmack überrascht mich. Er ist noch viel widerlicher als Zigarettengeschmack und ich spucke den Rauch aus, als wäre er etwas Festes.

»Du muss länger«, sagt Hanna, nimmt mir die Tüte ab und zeigt es mir.

»Benni, komms du jetz?«, ruft Gideon.

»So kalt is es wirklich nich«, sagt Piet, der jetzt bis zu den Knien im Wasser steht und mit beiden Händen Wasser schöpft und es sich über Bauch und Brust gießt. Seine Unterhose ist durchsichtig.

»Sieht aber kalt aus«, sagt Hanna und zeigt auf Piets Unterhose. Piet schaut an sich herunter. »Gibt Blutpimml und Fleischpimml.«

Gideon lacht hysterisch, mit seiner kippenden, krächzenden Stimme, und Piet taucht ihn unter. Ganz kurz nur, und er schaut zu Hanna dabei. Gideon taucht wieder auf, spuckt Piet an und ruft dann, durchs Wasser springend: »Blutpimml! Fleischpimml! Blutpimml!«

Hanna gibt mir die Tüte zurück. Diesmal schaffe ich es, den Rauch in meiner Lunge zu halten, auch wenn mir schlecht wird. Beim Ausatmen muss ich husten, bis mir Tränen kommen.

Hanna, Spott im Mundwinkel, klopft mir auf den Rücken.

»Gleich noch ma, dann wirds besser.«

Sie hat recht. Es schmeckt immer noch eklig und kratzt im Hals, aber es lässt sich aushalten. Wir rauchen und schauen auf den See. Piet schwimmt mit kurzen Zügen, das Kinn hoch übers Wasser haltend, wie eine alte Frau. Gideon ist untergetaucht. Schon lange.

»Kommt der auch noch ma wieder hoch?«, ruft Piet.

»Ja, der übt nur«, ruft Hanna.

Es gibt Taucher, das hat Gideon mir erzählt, die können zehn Minuten unter Wasser bleiben. Gideon schafft vier Minuten und vierundfünfzig Sekunden. Das hat er mir gezeigt, nicht hier am See, sondern in der Gärtnerei, mit dem Kopf im Blumeneimer. Ich habe ihn gestoppt mit meiner Uhr. Wenn er groß ist, wird er mit Pottwalen tauchen.

»Der is jetz aber schon lang da untn«, ruft Piet.

»Wenn das Wasser kalt ist, kann man länger tauchen«, rufe ich ihm zu. Das hat Gideon mir erklärt. In das Blumenwasser hatten wir Eiswürfel gemacht, damit er es länger schafft.

Piet schwimmt im Kreis: »Das is doch scheiße!«

Dann holt er tief Luft und taucht.

Ganz falsch, denke ich, obwohl ich selber gar nicht tauchen kann. Ausatmen, nicht einatmen, bevor man runtergeht, das hat Gideon gesagt. Keuchend kommt Piet wieder hoch.

»Scheiße, da untn is alles voller Pflanzn.«

Ein See ist kein Eimer. Und selbst Wale können ertrinken, wenn sie vergessen zu atmen.

Ich stehe auf. Dann setze ich mich wieder, ziehe Turnschuhe und Socken aus und gehe vorsichtig zum Ufer. Ich hatte mir vorgestellt, dass ich rennen würde, aber der Waldboden ist zu piksig. Ich hatte mir vorgestellt, dass ich kopfüber ins Wasser springen würde, aber es ist eiskalt und irgendwie dick.

Piet taucht immer wieder unter, und wieder auf, wie Fridolin, nur ohne das ewige Grinsen.

Dicht vor mir fällt etwas zischend ins Wasser. Hanna hat die Tüte hineingeworfen und rennt jetzt an mir vorbei, das Wasser spritzt und sie springt kopfüber, die Arme vorgestreckt, genauso wie ich es mir vorgestellt hatte, hinein. Ich stehe am Ufer und ich tue gar nichts. Ich bete nicht mal. Ich atme nur.

Hanna taucht wieder auf und ihr nasses Gesicht ist so voller Angst, dass ich weinen möchte. Noch nie habe ich gesehen, dass Hanna Angst hat. Sie holt tief Luft und will gerade wieder eintauchen, da kommt Gideon hoch, in der Mitte des Sees, Faust voran. Um seinen Arm klebt eine schleimige grüne Pflanze.

»Ganz untn!«, ruft er, »ich war ganz untn!«

Piet schwimmt zu ihm und schlägt ihm mit der flachen Hand ins Gesicht. Es klatscht laut und nass.

»Du spinns«, sagt Hanna und keiner weiß, ob sie Gideon oder Piet meint.

Gideon schwimmt erstaunlich schnell zum Ufer. Piet folgt ihm, aber gerade, als er so nah am Ufer ist, dass er stehen kann, kommt Hanna hinter ihm her, hängt sich an seine Schultern und küsst ihn, auf den Hals. Er dreht sich zu ihr um und sie küssen sich auf den Mund. Lang. Und mit Zunge.

»Sag nich, du has auch gedacht, ich ersauf«, sagt Gideon, der vor mir aus dem See steigt. Er grinst und zeigt auf meine Armbanduhr und den Walkman an meinem Gürtel.

»Damit wärs du ins Wasser für mich?« Er strahlt. Dann setzt er sich, nass und nackt, auf Hannas Kleid, das auf dem Boden liegt. Er öffnet seine Faust und zeigt mir einen großen, grau glitzernden Stein.

»Von ganz untn«, sagt er, »da is sogar Kristall drin. Wills du den habn?«

Als wären wir fünf.

»Danke«, sage ich und stecke den Stein in meine Hosentasche. Gideon trocknet sich mit Hannas Kleid ab, überall, und gründlich, besonders zwischen den Beinen, dann wirft er es in die Brennnesseln und zieht seine Unterhose wieder an. Mehr nicht. Ich schalte meinen Walkman ein und wir hören Musik, wie im Walarium, jeder mit einer Schaumgummimuschel in der gewölbten Hand. Dabei schauen wir Hanna und Piet zu, die sich untertauchen, umeinander schwimmen, sich küssen und flüstern.

Das Wasser trägt die Worte bis zu uns ans Ufer.

»Natürlich geht das.«

»Und wenn was reinkommt? Kann man davon nich krank werdn?«

Gideon legt sich hin und ich muss mich mit ihm hinlegen, wenn ich weiter Musik hören will. Ich mag es überhaupt nicht, auf dem Waldboden zu liegen, ich kann jede Nadel und jedes Tierchen spüren. Etwas Kaltes, Schleimiges kriecht über meine Wade, ich schlage danach, aber es ist kein Tier. Es ist Gideon, der mit seinem großen Zeh an die Stelle tippt, die ich mir an den Brennnesseln verbrannt habe. Plötzlich brennt meine Haut dort wieder, brennt höllisch. Ich lasse den Kopfhörer los und setze mich auf. Die Haut ist knallrot und geschwollen und voller dicker gelber Blasen. Gideon setzt sich ebenfalls auf.

»Sieht nach Herkules aus«, sagt er, legt den Kopfhörer auf den Waldboden und berührt, ganz sachte, mit seiner seewasserkühlen Hand die Stelle. Es fühlt sich gut an, aber ich ziehe mein Bein trotzdem weg. Und dann sage ich, ich weiß nicht warum: »Nächsten Sommer komme ich wahrscheinlich nicht mehr.«

Gideon starrt mich an. »Echt? Warum nicht?«

Ich zucke mit den Schultern: »Keine Ahnung. Ich will auch mal was anderes machen.«

»Und dein Vater?«

»Der merkt doch gar nicht, ob ich da bin oder nicht.«

»Natürlich merkt der das. Du bis sein einziger Sohn. Wenn ich nen Vater hätte …«, er redet nicht weiter und schaut auf den See, wo Hanna und Piet sich immer noch küssen.

Er hat noch nie von seinem Vater gesprochen. Ich weiß gar nicht, wie lang ich geglaubt habe, dass der Alte sein Vater ist. Aber der ist sein Großvater, das hat Frau Gothel mir erklärt.

So nebenbei wie möglich frage ich: »Kennst du deinen Vater gar nicht?«

»Ich glaub, nich ma Mama kennt den«, sagt er. Ich lache, aber Gideon hat es ernst gemeint. Ganz kurz bin ich nicht sicher, ob er vielleicht nicht weiß, wie Kinder gemacht werden.

»Blödmann«, sagt Gideon, als er bemerkt, wie ich ihn anschaue. Dann erzählt er mir, dass Maria, als sie jung war, immer nachts aus dem Fenster gesprungen und mit dem Zug nach Dortmund gefahren ist, zum Tanzen. Und von da ist sie dann schwanger wiedergekommen. Zweimal. Erst mit Hanna und Lea, und fünf Jahre später mit Gideon.

»Meinst du, es ist der gleiche Mann?«, frage ich.

Jetzt schaut Gideon *mich* an, als wäre ich der Idiot, und weist dann mit einer Handbewegung, als wollte er ein Auto präsentieren, auf Hanna im See.

»Sieht das für dich so aus?«

Hanna steht jetzt etwas näher bei uns am Ufer und wringt gerade ihre langen Haare aus. Das Wasser reicht ihr bis zur

Hüfte, und in der nassen Unterwäsche wirkt sie nackter, als wenn sie gar nichts anhätte. Alles an ihr ist klar und deutlich, weiß oder schwarz, nasse Haare wie schwarze Algen auf ihren Schultern und zwischen ihren Beinen, die Brustwarzen sind kleine dunkle Kreise, die Augenbrauen klare flache Dreiecke. Bei Gideon ist alles verwaschen und undeutlich.

»Kann doch trotzdem sein, dass ihr denselben Vater habt«, sage ich, »ich sehe auch nicht aus wie Klaus.«

»Siehst du aus wie deine Mutter?«

»Vielleicht ein bisschen.«

»Ich seh aus wie niemand«, sagt er.

»Doch«, sage ich, »du hast blonde Haare, wie Maria.« Wir wissen beide, dass es nicht stimmt. Marias Haare sind golden, wellig und dick, Gideons sind grau, dünn und ausgefranst, weil er sie ständig um seine Finger wickelt. Wie jetzt.

»Egal«, sagt er und hebt den Kopfhörer wieder auf. Er hält ihn mir hin, ich schüttle den Kopf: »Du kannst gern alleine hören.« Ich wollte ihm einen Gefallen tun, aber er sieht gekränkt aus, also rücke ich näher an ihn heran, nehme meine Seite des Hörers und halte mein Ohr daran. Dumpfe Musik sammelt sich in meiner hohlen Hand.

Long afloat on shipless oceans I did all my best to smile.

Im See steht Piet inzwischen bei Hanna, sie hält ihn an den Oberarmen und drückt sich an ihn, ihre Brüste platt auf Piets nackter, haarloser Brust.

»Wer von beidn möchtes du lieber sein?«, fragt Gideon leise.

»Was?«

»Hanna oder Piet?«

Beide, denke ich, aber selbst hier, mitten im Wald, würde ich das niemals laut sagen. Stattdessen sage ich: »Bescheuerte Frage.«

»Warum?«, fragt Gideon, und als ich nicht antworte, fragt er noch mal: »Sag ma, warum?«

Bevor er ein drittes Mal fragen kann, kommen Hanna und Piet aus dem Wasser. Wir versuchen zu erkennen, ob Piets Penis immer noch klein ist, aber Piet hält erst die Hand davor und dann dreht er sich zur Seite und zieht seine Hose direkt über die nasse Unterhose. Ziemlich schnell erscheint ein dunkler Fleck zwischen seinen Beinen, als hätte er sich eingepinkelt. Hanna zieht ihr Kleid aus den Brennnesseln.

»Warum is das denn so nass?«

Gideon lacht.

»Arschloch«, sagt Hanna. Ihre nassen Wimpern kleben zusammen, Sternzacken um ihre blitzenden grünen Augen.

»Du kanns mein Hemd nehm«, sagt Piet. Er gibt ihr sein blau-weiß gestreiftes, ordentlich zusammengelegtes Hemd. Hanna nimmt es. Aber sie zieht es nicht über ihre nasse Unterwäsche, sie zieht die Unterwäsche erst aus. Ohne sich wegzudrehen oder etwas zu verstecken. Nackt ist doch eindeutig nackter als mit nassen Sachen.

»Pass auf, dass dir die Augn nich rausfalln«, sagt Piet zu mir. Gideon lacht.

»Lass ihn doch«, sagt Hanna.

»Er kommt nächstes Jahr eh nich wieder«, sagt Gideon.

»Wirklich nicht?« Hanna hat jetzt Piets Hemd übergezogen und knöpft es gerade zu. Ihre Schamhaare sind schon verborgen, die Brustwarzen auch, aber ihren Bauchnabel kann ich noch sehen.

»Ich versteh sowieso nich, wie man freiwillig nach Welsum komm kann. Überall is besser als hier«, sagt Piet.

»Stimmt doch gar nich«, sagt Gideon.

Und Hanna sagt, mit einem schiefen Grinsen: »Nee, hier is richtig schön.«

Sie hat das Hemd jetzt so weit zugeknöpft, dass man von ihrer Haut nur die schon sonnengebräunten Stellen sieht, nicht mehr die blassen. Sie hebt ihr nasses Kleid auf, nimmt Piet an die Hand und sagt zu Gideon: »Sag dem Altn, ich komm erst nachm Essn.« Dann steigen Piet und sie über die Brennnesseln.

Ich kann sie noch sehen, als ich längst wieder auf dem Waldboden liege und durch meine geschlossenen Augen die Sonne flimmert, und ich weiß genau, dass ich mich für immer daran erinnern werde: Hanna in Piets weitem, blau-weiß gestreiften Hemd, aus dem ihre nackten, langen Beine herausschauen, Piet mit freiem Oberkörper und dem großen dunklen Fleck am Po.

(Wer von beidn möchtes du sein?)

Touch me not, come back tomorrow.

Ich wache auf, weil Gideon aufspringt und sich am ganzen Körper kratzt. Seine Fingernägel ziehen weiße Linien über die glatte Haut, auf der nichts zu sehen ist.

»Was ist denn los?«

»Da guck«, Gideon zeigt mir ein paar kleine Erhebungen auf seinem Unterarm, »das sind Zerkarien, die komm ausm Wasser.«

»Sind die gefährlich?«

»Nee, aber … scheiße«, Gideon dreht mir den Rücken zu, »kratz mich ma da, da, da!«

Ich stelle mich hinter ihn und kratze.

»Fester, fester.«

Seine Haut ist fest und glatt und kühl. Ich kratze, bis sein Rücken von roten Strichen schraffiert ist. Aus einem läuft ein feiner dunkelroter Faden Blut und Gideon seufzt erleichtert.

»Danke.«

Er dreht sich zu mir um. Sein Gesicht ist ganz nah. Die paar Barthaare über der Oberlippe sind genauso hell und fein wie die Haare an Hannas Beinen. Ich spüre sie überhaupt nicht, als er mich küsst. Und zuerst spüre ich auch den Kuss kaum. Es schmeckt ganz leicht nach Waldseewasser und ist erstaunlich weich. Ich hätte nicht gedacht, dass ein Junge so weich ist. Aber ich habe auch noch nie ein Mädchen geküsst.

Gideons Hand legt sich vorsichtig auf meinen Rücken, zieht sich aber sofort wieder zurück, als hätte sie sich verbrannt. Pass auf, kleine Hand. Aber sein Mund passt nicht auf, der bleibt auf meinem. Und von Zungen war in dem Lied sowieso keine Rede, die dürfen tun, was sie wollen. Von Schneidezähnen auch nicht. Es klickt leise, als sie aneinanderstoßen, und wir müssen beide lachen. Gideon räuspert sich und sagt: »Jetz weiß du, wer von beiden ich sein wollte.«

Seine Stimme quietscht überhaupt nicht, als er das sagt, sie ist ganz tief und etwas heiser und ich kriege Gänsehaut davon. Ich will ihn gern weiterküssen, so sehr, dass ich selbst erstaunt bin darüber. Aber Gideon dreht sein Gesicht weg und sagt: »Ah, Scheiße« und fängt wieder an, sich zu kratzen. Sich wie wild zu kratzen.

»Ich muss nach Haus und unter die Dusche, vielleicht hilft das.«

Er zieht sich an und wir rennen beinah nach Hause. Gideon bringt mich bis zur Hecke, winkt kurz und läuft weiter. Ohne mich noch mal zu küssen. Natürlich nicht. Gott ist nie weit weg in Welsum und überall an den Bäumen hängen Judasohren. Und eigenartig viele Spinnweben.

Ich krieche durch das Loch in der Hecke, springe über den gelben Rasenfleck, der, wenn man weiß, dass darunter der Notausstieg vom Bunker ist, total auffällig ist. Im Vorbeilaufen sehe ich, dass auch im Kirschbaum alles voll Spinnweben ist. Keine Netze, sondern richtig dicht gewebte Stücke. Oder sind das Nebelfetzen? Am helllichten Tag?

Ich gehe zurück und berühre eins der weißen Gewebe. Es bleibt an meinen Fingern kleben und ich muss mit Klaus' Rasierseife und der Nagelbürste lang schrubben, um alles wieder abzukriegen.

Jockey Full of Bourbon

Nach den ersten drei Tagen in Welsum wusste ich morgens immer, wo ich war, aber ich verlor jedes Gefühl für Zeit. Tausend Jahre wie ein Tag, ein Nachmittag eine ganze Ewigkeit, in Welsum war die Zeit immer schon anders gelaufen: Nichts Neues unter der Sonne, sie geht auf und geht unter, es brennt die zweite Kerze im schönen Advent, mein kahler Kopf friert und ich schwitze unter Reitweins Blicken, ein neuer Mensch kommt, ein alter geht, die Schonzeit beginnt, der Herr wird gekreuzigt, die Brüder beten, die Schwestern backen, dann stellen sie das Erweckungszelt auf den Ascheplatz, die Kinder schwitzen unter dem Plastikdach, bis es knallt, der Herbst, der Herbst, der Herbst ist da. Auf dem Gottesacker werden die Namen der Toten aufgesagt, dann brennt wieder ein Lichtlein, dann zwei, dann drei, dann vier und dann kommt Gott auf die Welt, wird in Windeln gewickelt und Klaus schreibt eine E-Mail: *Gottes Segen für das neue Jahr, lieber Benjamin.*

Es war, als wäre ich seit Jahren hier. Wenn ich über meinen Kopf strich, wunderte mich, dass die Haare nicht nachwuchsen. Auch deshalb trug ich lieber weiter meine Mütze. Wenn ich aus meinem Zimmer kam, war Klaus nicht da. Er war im Wald auf der Suche nach dem mysteriösen Tier. Ich wartete darauf, Schüsse zu hören, aber es blieb sonntagsstill, jeden Tag.

Two-Dollar pistol but the gun won't shoot.

Im Bad fand ich silbrige Bartstoppeln im Waschbecken und kalten Zigarettenrauch in der Luft. Ich duschte, bis der Geruch verschwand. Frau Gothel kochte mir Kakao, *hm?, hm?,* und dann kam Lea, mit der schlafenden Deborah im Tragetuch, um mit mir spazieren zu gehen.

Wir gingen, bis Deborah aufwachte, weil einer von uns auf einen Zweig getreten war oder zu laut gelacht hatte. Dann musste Lea zurückrennen, damit Deborah sich nicht in Rage schrie.

»Das geht sons über Stundn. Und wenn sie dann endlich aufhört zu schrein, weint David, weil er vor irgendwas Angst hat. Ich weiß echt nich mehr, was ich machn soll.« Sie sah mich an, als könnte ich, der außer dem Kind, das ich selber gewesen war, keines kannte, ihr helfen.

»Das hört doch bestimmt irgendwann auf«, sagte ich. »Wie du gesagt hast: Das meiste geht von selbst vorbei. Wie bei den Gespinstmotten.«

»Aber manchma muss man auch was tun«, sagte sie, »manchma reicht betn allein nich.« Etwas in ihrem Gesicht veränderte sich, das Verzweifelte verschwand, sie sah trotzig aus, irgendwie mehr wie Hanna. Ich musste an das alte Foto denken, das sie von sich gepostet hatte, mit dem Bluterguss im Mundwinkel. *Wie viele Frauen sind im Herzen nicht willig, ihrem Mann die Führung zu überlassen?*

Wollte sie ihren Mann verlassen?

War sie deshalb so froh, dass ich da war? Weil ich ein Ausweg war? Überall is besser als hier.

Sie hatte ihren Mann ein paarmal erwähnt, er hieß Jakob und verkaufte Klimaanlagen, vor allem dort, wo es heiß war. Spanien, Italien. Dieses Jahr sogar am Nikolausabend, dabei kam er da sonst immer nach Hause, durch die Terrassentür, in einem Nikolauskostüm. Obwohl Verkleiden in Welsum verboten war. Als Lea den Kindern heute Früh gesagt hatte, dass er nicht kommen würde, hatte David geglaubt, sein Vater wäre tot. Jakob hatte sofort angerufen, um ihn zu trösten und versprochen, den Nikolausabend nachzuholen.

»Wie nett«, hatte ich gesagt.

»O ja«, hatte Lea gesagt, »mit Kindern ist Jakob toll.«

Und mit dir? Ich überlegte, wie ich danach fragen könnte, nebenbei, aber bevor mir etwas einfiel, wurde Deborah wach und jammerte. Lea schloss die Augen, lächelte tapfer und sagte: »Dann bis morgn.«

Sie lief los und ich setzte meinen Kopfhörer auf und ging langsam allein zurück. Die Schuhe von Leas Mann passten jeden Tag besser und ich verlief mich nie. Mittags war Klaus meist zurück, wir aßen schweigend und ohne vorher zu beten. Klaus legte eine Platte auf.

Hey little bird, fly away home.

Nach dem Essen ging er in sein Zimmer, telefonierte oder tippte eilig etwas. Ich legte mich aufs Sofa, setzte meinen Kopfhörer auf, schaute mir Vickys und Leas Leben an und döste darüber ein. Cornflakes zum Abendbrot, Tagesschau, Tierfilm. *Unverpaarte Männchen trommeln länger.*

Die Walknochen knackten, wenn ich mich hinlegte, und der Geruch schlich sich, trotz des immer gekippten Fensters, in meine Träume, ebenso wie das Rauschen in meinen Ohren. Und Bilder von Lea. *I'm all alone with someone else's wife,* unter Wasser, und wenn wir nicht bald auftauchen, ist am Ende einer tot.

Eines Abends schickte Manuel mir ein Foto deiner Traueranzeige. Unter deinem Namen stand: *Nur wer vergessen wird, ist tot.*

da gehen wir hin, oder?, schrieb Manuel. Ich dachte an deine schöne, gerade Nase, an den traurigen Haufen Kleider auf dem Marktplatz, unter dem großen Weihnachtsbaum, den nackten Arm, der daraus hervorgeschaut hatte, die geöffnete, besiegte Hand. Und den nagelneuen nutzlosen Turnschuh. Nichts davon würde ich je vergessen. Tot warst du weiterhin, seit dreizehn Tagen. Irgendwann würden es Jahre sein, wie bei Renée, Jahrzehnte, wie bei Hanna. Viel zu lang.

Ich antwortete: *ist das nicht nur für die familie?*

Manuel schrieb: *nein, steht doch da*

Ich schrieb: *ich bin gerade gar nicht zu hause, ich bin in welsum, bei meinem vater*

kannst du nicht für die beerdigung kurz kommen?, schrieb Manuel.

Ich wusste nicht, was ich antworten sollte. Alles klang nach Ausrede.

wo ist denn welsum?, schrieb Manuel und ich antwortete: *ich versuch es.*

Ich stellte mein Telefon auf lautlos und setzte meinen Kopfhörer auf.

Am Sonntag in der Turnhalle kamen mir plötzlich die Tränen, als die Brüder und Schwestern ansangen und die Luft vor Heiligkeit zitterte. Vielleicht stimmte es ja doch. Wer an mich glaubt, der wird nicht sterben, und nur wer vergessen wird, ist tot. Als ich es später, auf dem Gottesacker, halblaut zu Hannas Grabstein sagte, lachte Gideon: »Schön wärs.«

Er sagte nicht viel zu Hanna an dem Tag, legte nur ein kleines buntes Plastikding, das ich nicht genau erkennen konnte, auf das Grab und entschuldigte sich bei ihr, dass wir nicht länger blieben: »Is einfach zu kalt.«

Ein paar Tage später, der Tierfilm war gerade vorbei und Klaus hatte mir schon eine gesegnete Nacht gewünscht, mich an das Licht erinnert und wollte eben nach oben gehen, da drehte er sich noch einmal um und fragte, ob ich mit ihm jagen gehen wollte.

»Wirklich?«

Er hatte mich nicht mehr mit in den Wald genommen, seit ich das Rehfleisch ausgespuckt hatte.

Es hatte einen See aus Sonnenlicht um sich gehabt. Als es knallte, verschwanden seine Vorderbeine und es sank, als würde es im Licht ertrinken. Die Hinterläufe strampelten wild. Das heißt Schlegeln und ist gut, denn so fließt das Blut in den Körper und dann schmeckt das Fleisch besser.

Wir baumen ab und gehen hin. Von Nahem sieht es gar nicht mehr tot aus. Die großen schwarzen Augen glänzen, als würden sie sich freuen, mich zu sehen. Klaus gibt mir einen Tannenzweig. Der letzte Bissen für das Reh. So zeigt man seinen Respekt vor der Natur. Ich schiebe den Zweig zwischen die weichen Lippen und mir wird übel, aber ich schaffe es, die Kotze hinunterzuschlucken. Als Klaus mir das frische, dunkle Rehfleisch serviert, schaffe ich es nicht. Ich kaue lange an dem Bissen, der viel fleischiger schmeckt als alles, was ich bisher gegessen habe, und schlucke, mit Tränen in den Augen, und sofort kommt er wieder hoch. Und Klaus sieht mich an, wie der Alte mich ansieht: Gewogen, gewogen und zu leicht befunden.

Danach hat er mich nie wieder mitgenommen.

»Ja, klar komm ich mit. Jetzt sofort?«

»Später, ich wecke dich.«

Was immer wir schießen, diesmal werde ich es nicht ausspucken.

I'm Your Man

Der winzige Taucher neben dem Pottwal ist überlagert von einer deutlich sichtbaren Schicht Fingerabdrücke.

»Das bin ich«, sagt Gideon und tippt noch einen fettig grauen Abdruck oben drauf, »wenn ich groß bin.« Die anderen Taucher sind unberührt. Mit Delfinen kann jeder schwimmen, mit einem Blauwal keiner.

»Was wills du werdn, wenn du groß bis?«, fragt er mich.

»Keine Ahnung.«

Ich bin das erste Mal in Gideons Zimmer. Sonst waren wir immer im Garten oder im Wald und ein paarmal war ich zum Abendbrot hier. Aber nur in der Küche. Noch nicht mal im Bad. Wir pinkeln in den Bach. Das Zimmer sieht – bis auf das Walposter und den Schulrucksack unter dem Schreibtisch – nicht aus wie ein Kinderzimmer. Das Bett ist ein Ehebett, voll mit geblümten Decken und Kissen, der Kleiderschrank ist hundert Jahre alt. Auf den Stühlen, die auf den beiden Seiten vom Bett stehen, liegen Klamotten, die ganz sicher nicht von Gideon sind. Kleider und ein Pelzmantel. Es gibt noch ein zweites Poster, das hängt über der anderen Bettseite: Der breite und der schmale Pfad. Die goldene Stadt und die Hure Babylon sind viel besser zu erkennen als auf meinem kleinen Bild.

»Das is nich meins«, sagt Gideon, »das is von Lea.«

Deshalb die vielen Decken und Kissen, sie schlafen alle hier. Ich schiebe das Zeug etwas zur Seite und setze mich auf die Bettseite, auf der Hanna und Lea schlafen. Lasse meine Hand wie nebenbei von meinem Oberschenkel rutschen und streiche über das Laken. Da bewegt sich etwas unter dem Deckenberg und ein Fuß schiebt sich heraus. Ein alter Fuß, graue Haut, dicke gelbe Zehennägel und eine Krampfader über dem Knöchel. Ich springe auf.

»Das is nur Mama«, sagt Gideon, »Die schläft noch.«

»In deinem Bett?«

Gideon sieht mich wieder an, als wäre ich ein Idiot. Benni, du Blödmann.

»Was glaubs du, wie viel Zimmer es hier obn gibt? Has du ma die Fenster gezählt von draußn?«

Sie schlafen alle hier, Hanna, Lea, Gideon und Maria, in einem Bett. Maria dreht sich unter den Decken und auf einem Kissen erscheinen ein paar goldblonde Haarsträhnen wie etwas Lebendiges.

»Lass gehn«, sagt Gideon, »wenn wir den Weibern mit den Kartoffeln helfn, gehts schneller los.«

Hanna und Lea haben heute Geburtstag. Sie werden achtzehn. Und ich bin eingeladen. Es ist das erste Mal, das ich zu einer Party gehe, bisher war ich immer nur auf Kindergeburtstagen.

»Pass auf, wo du hintritts.«

Gideon sagt es immer noch, wenn wir durch den Garten gehen. Und der Alte beobachtet uns auch immer noch, durch das kleine Gitterfenster bei der Kasse. Denn der Vater im Himmel hört ja auch nicht auf damit. Marias Spiegel in den Bäumen sind inzwischen blind, da hilft auch keine Spucke mehr. Aber Maria kommt sowieso nicht mehr unter dem Berg aus Decken und Kissen hervor. Sie steht fast gar nicht mehr auf.

Dafür lässt der Bundeskanzler uns nicht aus den Augen. Der Alte hat ihn vor ein paar Tagen an die Schuppenwand gekleistert. Das ovale Gesicht mit der Strichbrille ist so hoch wie wir, die Falten auf der besorgten Stirn dick wie Finger. Daneben lehnt das Schild, mit dem der Alte demonstrieren geht, vor den großen Krankenhäusern in Dortmund oder Essen oder Bochum.

Der Sünde Sold ist der Tod, die Gabe GOTTES aber ist das ewige LEBEN. Die Buchstaben sind sattschwarz, die malt er immer wieder nach. Die Ränder der Spanplatte aber sind aufgeweicht, und an der Holzlatte, an die das Schild genagelt ist, kann man genau sehen, wo der Alte sie immer festhält, da sind drei ganz glatte dunkle Vertiefungen. Wenn er damit loszieht, müssen Hanna, Lea und Gideon die Arbeit in der Gärtnerei machen. Der Bundeskanzler behält sie im Auge.

Hanna sitzt auf einem Wäschekorb voller dreckiger Kartoffeln auf dem Acker. Sie hat ein langes weißes Kleid an, es sieht ganz neu aus und passt überhaupt nicht auf einen Acker oder zu Hanna. Sie sieht aus wie ich in Klaus' Anzug. Ich gratuliere ihr.

»Danke.« Aus Hannas Nasenlöchern kommt Rauch und sie hält mir die Zigarette hin. Es ist eine selbst gedrehte und als ich einatme, fliegt mir ein Fädchen Tabak in den Rachen und ich kann gar nicht mehr aufhören zu husten. Gideon klopft mir auf den Rücken.

Vom Bach kommt Lea. Sie trägt das gleiche weiße Kleid wie Hanna, aber zu ihr passt es, sogar hier auf dem Acker. Sie hält den Rock hochgerafft, weil ihre Füße nass sind.

»Piet sind die Kühe wieder abgehaun und Lea is voll in ein Fladn gelatscht«, sagt Hanna. Sie schnipst ihren Zigarettenstummel in einen Kuhfladen, der zwischen den Kartoffelpflanzen liegt. Die Ränder sind eingetrocknet, aber in der Mitte ist ein feucht glänzender Fußabdruck zu sehen.

Gideon lacht.

»Ja, sehr witzig«, sagt Lea. Durch den weißen Stoff kann man deutlich sehen, dass sie, genau wie Hanna, keinen BH trägt. Ihre Brüste sind viel größer als im letzten Sommer. Größer als

Hannas, die fast gar nicht wachsen. Dafür werden bei ihr die Ohren und die Nase immer größer. Eigentlich, vor allem, wenn sie neben Lea steht, sieht man, dass Hanna gar nicht hübsch ist.

Ich gratuliere auch Lea und sie umarmt mich. Ihre Brustwarze drückt sich an mein Schlüsselbein, ein ganz warmer, weicher Punkt auf festem, etwas weniger warmem Fleisch.

»Danke, Benni.« Sie strahlt wie Gideon, als er das Walposter von Klaus bekommen hat. Dabei habe ich überhaupt kein Geschenk. Gideon hat gesagt, in Welsum macht man das nicht. Die zwanzig Mark, die Renée mir geschickt hat, damit ich ein Geschenk kaufen kann, liegen noch im Glashaus, in meiner Bibel.

Wir gehen zurück zum Haus. Hanna und Lea tragen den Wäschekorb mit den Kartoffeln, ein paar davon nehmen sie mit hoch in die Küche. Der Alte wird uns nachher Reibekuchen machen. Er dreht das Schild an der Ladentür auf *GESCHLOSSEN* und dann steigen wir hinter ihm die Stiege hinauf in die Küche.

Klappe zu, Affe tot.

Gideon lässt den Tisch herunter, der über der Bodenklappe unter der Zimmerdecke hängt, an einem dicken Seil, das am Ende aufgeribbelt ist in vier einzelne Stränge, die an den Tischbeinen festgebunden sind. Langsam, langsam! Sonst brechen die Beine. Lea kocht Kaffee, Hanna verteilt Teller, Kuchengabeln und Servietten. Ich gehe einen Schritt in den Flur, um nicht im Weg zu stehen. Es ist heiß, eng und drückend in der Küche. Und im Rachen fühle ich immer noch den Tabakfaden.

Als alles fertig ist und die Kerze auf dem Kuchen brennt, gehen Hanna und Lea Stühle aus dem Schlafzimmer holen. In der Küche gibt es nur das Sofa, da darf ich sitzen, weil ich Gast bin, und neben mir sitzt der Alte. Hanna und Lea kommen mit den Stühlen und hinter ihnen kommt Maria, auf lauten, hochhackigen Schuhen, die klingen, als würden sie Löcher in den rohen Holzdielen hinterlassen. Sie trägt ihren Pelzmantel.

Es ist nicht das erste Mal, dass ich sie darin sehe, aber das erste Mal von so nah. Das Ding ist gruselig, zusammengesetzt aus vielen verschiedenen Fellen, raue mausgraue und flauschig weiße Fetzen, breite glänzend schwarze Streifen und struppige rote, verfilzte gelbe Zotteln an den Ärmelsäumen, und der Kragen ist ein Fuchs, mit Knopfnase und Augen. Alles echt, das kann ich riechen, manche von Renées Kundinnen haben echte Pelzmäntel.

»Ach, Benni«, Maria hält meine Hand lang fest und setzt sich neben mich auf die Sofalehne. Hanna, Lea und Gideon setzen sich auf ihre Stühle. Der Alte holt seine Bibel, die genauso aussieht wie die auf meinem Nachttisch, zieht den Reißverschluss auf und schiebt mit geschlossenen Augen seinen knotigen Zeigefinger zwischen Butterbrotpapierseiten.

»Na, das passt ja«, sagt er, nachdem er die gefundene Stelle überflogen hat, dann liest er laut: »Viele, die im Staub der Erde schlafen, werden aufwachen, die einen zum ewigen Leben, die andern zu ewiger Schmach und Schande.«

Er legt die Bibel weg, faltet die Hände und wir senken die Köpfe.

»Lieber Herr Jesus.«

Warum ist es immer, immer heiß, wenn sie beten? Das bilde ich mir nicht ein, ich kann sehen, wie die Härchen von Marias Pelzmantel flimmern. Und ich sehe, dass ich nicht der Einzige bin, der die Augen nicht richtig schließt. Hanna zwinkert mir zu. Spott im Mundwinkel, als der Alte anfängt, über das Böse zu reden, das sich nun, da Hanna und Lea erwachsen sind, vor ihnen auftun wird.

»Und in ihrer Schwachheit werdn sie deine Stärke dringnd brauchn, wenn der Satan nach ihn greift. Deshalb bittn wir dich, halt du deine Hand über sie. Das has du ja schon immer gemacht, und mach das bitte weiter, damit sie nich …«, der Alte hat den Faden verloren und es dauert, bis er ihn wieder findet. Jetzt öffnet auch Gideon die Augen und zwinkert mir zu. Nur Leas Augen sind die ganze Zeit fest geschlossen. Endlich findet der Alte ein Ende: »Damit sie nich erwachn dereinst zu Schmach und Schande ewiglich. Amen.«

Der Alte atmet deutlich hörbar und zufrieden aus. Die Kerze auf dem Kuchen flackert.

»Amen«, wiederholen wir und die Kerze flackert wieder.

Lea steht auf, schenkt Kaffee ein, Hanna verteilt kleine grüne Bierflaschen, eine für den Alten, eine für Gideon und eine für mich.

»Zur Feier des Tages«, sagt der Alte und öffnet alle Flaschen.

»Ich dachte, wir habn Cola«, sagt Gideon.

»Wer kein Durst hat, muss gar nix trinkn«, sagt der Alte, nimmt Gideon das Bier weg und gibt es Maria.

»So, auf euch!«, sagt der Alte und wir stoßen an.

Eigentlich will ich nur so tun, als würde ich trinken, aber dann schlucke ich doch etwas hinunter, um den Tabakfaden, der mir immer noch im Rachen hängt, runterzuspülen. Zwei, drei, vier Schlucke, obwohl es immer noch so widerlich ist, wie als ich fünf war. So alt kann ich gar nicht werden, dass mir das schmeckt. Und der Faden geht auch nicht weg.

»Moment mal!«, ruft Maria, »wir habn noch gar nich gesung! Hol ma die Gitarre!«

Gideon steht auf und kommt mit einer Gitarre zurück. Ich hatte keine Ahnung, dass er Gitarre spielen kann. Er zieht seinen Stuhl ein Stück vom Tisch weg und schlägt ein paar Akkorde.

»Vie-hiel Glück und vie-hiel Segen«, der Alte singt am lautesten.

Danach gibt es Kuchen. Staubtrocken, aber mit den Krümeln schlucke ich auch endlich den Tabakfaden hinunter. Der Alte isst nichts. Er trinkt nur und stellt mir Fragen.

»Gehs du auch aufs Gymnasium? Kriegs du gute Notn? Und was für ein Professer is dein Vater überhaupt?«

»Er ist Doktor«, sagt Gideon.

»Dokter? Das wär mir aber neu«, sagt der Alte.

»Doktor in Meeresbiologie«, sagt Gideon. »Bennis Vater ist der Erste in seiner Familie gewesn, der studiert hat.«

Wirklich? Hat Klaus ihm das erzählt?

»Der Erste und der Letzte, wenn ich mir den hier so angucke«, sagt der Alte und schlägt mir auf den Rücken und lacht und schaut dabei reihum alle anderen an, ob sie auch mitlachen. Sie machen es, aber nicht so laut und lang wie er, mit einem Mund, der so weit offen ist, dass man alle Zähne sieht. Sie sind ganz gerade und ganz weiß, wie aus Plastik. Wie Fridolins Haut. Als er endlich aufhört zu lachen, trinkt er seine Flasche aus und steht auf. Die anderen springen sofort auch auf, Gideon schiebt die Stühle zur Seite, Hanna räumt den Tisch leer, Gideon zieht ihn hoch, damit der Alte die Luke öffnen und nach unten in den Laden gehen kann.

Als sein roter Kopf ganz verschwunden ist, setzt Lea sich zu mir.

»Der macht nur Spaß«, sagt sie, »dem is Schule einglich egal, der hat sich noch nie eins von unsern Zeugnissn angeguckt. Kriegs du Geld für gute Notn?«

Ich nicke. »Fünf Mark für eine Eins.«

»Wenn ich das bekomm hätte, wär ich reich«, sagt Lea. Sie hätte lieber Abitur gemacht, statt in die Kakaofabrik zu gehen, das weiß ich von Gideon. Aber in Welsum machen nur die Jungen Abitur, wenn sie es denn schaffen. Die Mädchen bekommen Kinder, und bis dahin gehen sie in die Kakaofabrik.

»Aber wenn wir die Ausbildung fertig habn, könn wir damit genauso viel werdn wie mit Abitur«, sagt Lea. Ich weiß nicht, warum sie heute so viel mit mir redet, normalerweise sagt sie fast gar nichts zu mir. Aber sie wirkt auch anders, aufgedreht. Als hätte sie Bier getrunken.

»Weiß du, was mein Traum is? N eigenes Büro, ganz obn, mit eigener Tür. Und auf dem Schild steht: Lea Eigndorf, irgendwas mit International.«

Sie lehnt sich zurück und schaut verträumt zur Küchendecke. Stockflecken und Spinnweben.

Solange noch einer draußen ist, darf die Klappe eigentlich nicht geschlossen werden, aber Maria steht plötzlich auf und wirft sie zu, mit dem Fuß. Ihre Schuhe sind aus knallrotem Lackleder, aber in dem Rot sind Risse, an manchen Stellen ist es ganz abgeblättert.

»Bei einer Party muss man auch tanzn!« Sie fängt an, sich in den Hüften zu wiegen und zu summen, und streichelt Gideon über den Kopf: »Komm, bitte, einma, für mich.«

Gideon stöhnt, aber er nimmt die Gitarre und fängt an zu zupfen. Leicht und leise, Töne wie Glasmurmeln, sie rollen zwischen seinen Fingern hervor, immer schneller, immer mehr, die Töne rollen über den Boden und verschwinden unter dem Sofa, dem alten Küchenbuffet. Ich hatte keine Ahnung, dass er so Gitarre spielen kann.

Maria fängt an zu singen. Dabei wiegt sie sich, ohne die Füße richtig vom Boden zu heben. Die dünnen Absätze sehen aus, als würden sie gleich brechen. Und ihr Pelzmantel öffnet sich, und man kann das Kleid darunter sehen, lang und weiß, wie das von Hanna und Lea, aber fast durchsichtig. Vielleicht ist es auch ein Nachthemd. Sie streckt ihre Hand nach mir aus: »Darf ich bittn? Na, komm, trau dich!«

Sie ist größer als ich, auch ohne Schuhe, aber mit den Absätzen ist sie beinah so groß wie Klaus. Ich bin genau auf Augenhöhe mit dem Fuchs am Kragen. Maria legt ihre Arme auf meine Schultern, verschränkt die Finger hinter meinem Kopf und zieht mich dicht an sich. Der Pelzmantel stinkt, aber Maria darunter riecht gut, wie Hannas Haare. Parfum oder Rouge oder etwas anderes Verbotenes.

Sie singt leise mit. Es klingt, wie wenn kleine Kinder Englisch sprechen, ein paar Worte sind verständlich, der Rest Kauderwelsch.

»You and me … picking … forget me nuts …«

Hanna lacht.

»Nots«, sagt sie, »forget-me-nots, Mama. Vergissmein-NICHT. Nich nuts. Gibt keine Vergiss-mich-Nüsse.«

»Wär aber schön«, sagt Maria, »oder?« Sie küsst mir auf die Haare, dann gähnt sie. »Ich leg mich lieber noch ma hin, heut Abend gehts ja noch weiter mit der Party. Du bleibs doch noch, oder Benni?«

»Ja, klar.«

Es ist eigenartig leer in der Küche, als sie fort ist, obwohl der Raum winzig ist und wir zu viert. Keiner redet. Hanna spült das Geschirr, Lea schält Kartoffeln, Gideon zupft an seiner Gitarre herum, ein Lied geht in das andere über und ich sitze auf dem Sofa und versinke in so etwas wie einen Traum, spüre Leas Brustwarze an meinem Schlüsselbein und rieche etwas Verbotenes. Irgendwo plätschert Wasser, aber ich kann nicht schwimmen und auf meinen Arm springt ein nasses Tier.

Es ist kein Tier, es ist ein Spüllappen. Hanna hat ihn auf mich geworfen.

»Wir brauchn dein Walkman, Benni. Dann kann Gideon ma was Gutes spieln.«

Ich mache den Walkman von meinem Gürtel ab und gebe ihn Gideon. Er setzt sich den Kopfhörer auf und fängt an zu spielen. Erst unsicher und löchrig, dann immer besser und am Ende so perfekt, dass ich genau weiß, welches Lied es ist. Ich hoffe, Lea weiß es nicht. Aber woher sollte sie das kennen?

»Du muss auch singn«, sagt Lea.

»Gibt kein Text«, sagt Gideon.

»Doch, natürlich gibts da Text«, sagt Hanna und mit einem schiefen Grinsen fängt sie an zu singen. Nicht mit ihrer Kirchenstimme, sondern tief und etwas heiser. Und sehr deutlich. »If you want a doctor, I'll examine every inch of you.«

Lea zieht die Augenbrauen zusammen und hört auf, Kartoffeln zu schälen. Sie geht zu Gideon und nimmt ihm den Hörer vom Kopf. Aber offenbar war sie ausgerechnet in Englisch nicht gut in der Schule, denn als sie versucht, ein bisschen mitzusingen, klingt es so falsch und unsinnig wie bei Maria. Gideon grinst: »Na, so wird das nix mit international« und nimmt ihr den Hörer wieder ab.

Hanna kennt das ganze Lied.

»The moon's too bright, the chain's too tight, the beast won't go to sleep.« Sie trocknet weiter ab, während sie singt, aber sie schaut mich an: »And if you want another kind of love, I'll wear a mask for you.«

Ist das Spott im Mundwinkel oder etwas anderes? Lea sieht es auch und kriegt dunkelrote Flecken am Hals. Oder hat sie bemerkt, dass meine Hose eng geworden ist? Auf jeden Fall weiß sie, dass das, was Gideon da spielt, des Teufels Musik ist. Sie reißt ihm den Hörer herunter und wirft mir den Walkman in den Schoß. Es tut weh, aber ich mache kein Geräusch.

»Das kanns du zu Haus hörn, Benni, hier singn wir andere Lieder.«

»Du spinns«, sagt Hanna.

»Du spinns«, Lea sieht Hanna an, wie eine wütende Mutter: »Das is gefährlich, so was zu hören. Davon wird man süchtig.«

Sie geht zurück zu ihren Kartoffeln und stimmt ein anderes Lied an: »Eines wünsch ich mir vor allem andern, eine Speise früh und spät.« Sie haut Gideon mit einer ungeschälten Kartoffel auf den Kopf, nicht fest, aber auch nicht sanft: »Los, spiel mit.«

Gideon gehorcht.

»Ewig soll er mir vor Augen stehen … so blutig und so bleich … wie er dürstend rang um meine Seele.«

Ich weiß nicht, ob ich gehen soll, aber bleiben will ich eigentlich auch nicht. Als ich aufstehe, hört Gideon sofort auf zu spielen und sagt: »Du kanns nich weg, es gibt doch noch Reibekuchn und Cola!«

Das ist die ganze Party: Reibekuchen und Cola und ich bin der einzige Gast. Nicht einmal Piet kommt. Und Maria steht auch nicht mehr auf.

Es geht los, als der Alte nach oben kommt. Er zieht sein Hemd aus, gießt Öl in die Pfanne, schnaubt, als ihm heißes Fett auf die nackten Unterarme spritzt, und spuckt, *wech, wech,* in die trockene Erde der Tomaten auf der Fensterbank. Schweiß klebt ihm die grauen Haare zu schwarzen Strähnen zusammen, sodass man die faltige rosa Kopfhaut sieht.

»Nu nimm schon«, brüllt er Lea an, als die ersten Reibekuchen fertig sind, »sons schmeiß ich alles ausm Fenster.«

Lea hält schnell einen Teller hin, der Alte lässt die Reibekuchen daraufrutschen. Drei schwarzbraungelbe Fladen schwimmen in einer Lache aus Fett. Hanna und Gideon ziehen sich jeder einen auf ihre Teller und fangen sofort an zu essen.

»Nimm«, Lea lächelt mir zu, »ich kann wartn.«

Es schmeckt nicht so widerlich, wie es aussieht, aber im Bauch fühlt es sich an wie Stein. Zum Glück schlingen die anderen so, dass keiner merkt, dass ich mein Essen nur in immer kleinere Stücke zerteile. Die Luft ist diesig von Schweiß, Fett, Bier. Heißer als beim Beten.

»Könnten wir vielleicht ein Fenster aufmachen?«, frage ich leise Gideon, der neben mir auf dem Sofa sitzt. Er nickt, stopft sich noch schnell etwas in den Mund, steht auf und zwängt sich zwischen dem Alten und dem Tisch zum Fenster durch. Er hat die Hand gerade am Griff, da klatscht etwas. Ich kapiere erst was, als Gideon sich wieder neben mich setzt und ich auf seiner Wange die roten Streifen sehe, drei Streifen, wie die Vertiefungen im Holzstab des Demoschilds.

»Das bleibt zu«, sagt der Alte, »der schleicht da draußn schon wieder rum.«

»Wer?«, frage ich Gideon leise, aber Gideon schüttelt den Kopf. Hanna antwortet.

»Der Tod«, sagt sie. »Wir habn den fast jeden Abend im Gartn. Wie ne verirrte Katze.«

»Du lachs«, sagt der Alte, »aber wenn ich ma nich mehr bin …« Er lässt die letzten drei Reibekuchen auf den Teller in der Mitte des Tisches rutschen, legt die Pfanne in die Spüle und setzt sich neben Gideon auf das Sofa. Wir rutschen so weit es geht von ihm weg. Er schnaubt. *Wech, wech.*

»Wills du nichts essn?«, fragt Lea ihn. Er schüttelt den Kopf. »Die letztn kanns du der Mama bring, bei der Hitze ernähr ich mich flüssig.«

Lea bringt die Reibekuchen zu Maria ins Schlafzimmer und kommt mit dem vollen Teller wieder zurück. Maria schläft schon.

»Wie spät is denn?«, fragt der Alte. »Schon acht? Dann mach ma an.«

Der Fernseher ist in dem alten Küchenbuffet versteckt. Fernseher sind auch verboten, wie Musik, und ich darf niemandem verraten, dass er hier steht. Der Alte erinnert mich jedes Mal daran und zeigt mir dabei die Faust, die nach Krankenhaus riecht. Die anderen ziehen den Tisch hoch, sonst kann man den Fernseher nicht sehen.

»Könn wir jetz Cola?«, fragt Gideon. Der Alte nickt und holt selber die Colaflasche aus dem Kühlschrank. Eine Flasche für fünf Leute. Vier Finger hoch im Glas. Gideon strahlt. Er trinkt langsam und isst dabei die kalten Reibekuchen auf, die Maria nicht wollte. Wir schauen Tagesschau und ich denke an Klaus. Er weiß nicht, wo ich bin. Er war in seinem Zimmer, als ich gegangen bin, und da darf ich ihn nicht stören. Er kommt erst raus, wenn die Tagesschau anfängt.

Guckt er jetzt oder macht er sich Sorgen, weil ich nicht da bin?

Ganz kurz der Gedanke: Vielleicht hat er gar nicht gemerkt, dass du nicht da bist. Als der Tierfilm anfängt, stehen Hanna und Lea auf und gehen ins Bett. Ich könnte auch aufstehen und gehen, noch ist es hell genug. Aber ich bleibe sitzen. Ich bleibe, bis Klaus merkt, dass ich fehle. Bis er vom Fernseher weg und aus dem Glashaus hinaus auf den Wald schaut und Angst kriegt.

Benjamin, das heißt geliebter Sohn.

Kein anderes Wesen verbreitet so viel Angst und Schrecken in den Geschichten vom Meer wie der Riesenkalmar, sagt der Fernseher, hier und im Glashaus. Gleich ruft Renée an. Renée ist nicht aus Welsum, sie wird es nicht normal finden, dass ein dreizehnjähriger Junge abends um zehn noch nicht zu Haus ist und sein Vater nicht genau weiß, wo er ist. Sie wird ihn anschreien, wird ihm sagen, er soll die Polizei rufen und dann zum Bahnhof fahren und ein Zugticket kaufen. In drei Stunden könnte sie da sein. Wenn jetzt überhaupt noch ein Zug fährt.

Vielleicht kommt sie auch nicht. Vielleicht glaubt sie Klaus. In Welsum ist noch nie einer verloren gegangen. Ich bin müde, und mein Kopf fühlt sich eigenartig an. Ich will nicht mehr hier sein.

Aber als ich aufstehe, sagt der Alte: »Du gehs nirgndwo hin, gleich wirds dunkl.«

»Ich kann meinen Vater anrufen, damit er mich abholt.«

Der Alte lacht: »Und mit welchm Telefon?« Sie haben keins. Sie haben wirklich kein Telefon.

Gideon sagt nichts, er sieht mich mit glasigem Blick an: »Is doch nich so schlimm.«

»Du kanns mit mir hier aufm Sofa schlafn, da is genug Platz für zwei so dünne Spargl wie uns«, sagt der Alte.

Motorpsycho Nightmare

Ich bekomme einen Schlafanzug von Gideon, der mir an Armen und Beinen zu lang ist. Der Alte schläft in Unterwäsche. Er liegt auf dem Rücken, trinkt ab und zu aus einer Bierflasche, die neben ihm auf dem Boden steht, und schaut aus dem kleinen Küchenfenster auf den Vollmond.

Ich rolle mich auf die Seite und passe auf, dass nichts von mir den Alten berührt.

Es ist heiß. Heißer als am Tag. Und die Luft wird immer drückender. Der Alte schnarcht, furzt, rülpst. Und trinkt alle paar Minuten wie ein Verdurstender aus seiner Bierflasche. Ist er wach, oder wird er immer wieder wach? Ich traue mich nicht, mich umzudrehen. Da knallt etwas, draußen im Garten, etwas Schweres ist umgefallen, oder heruntergefallen. Der Alte sitzt kerzengerade im Bett.

»Has du das gehört?« Seine Stimme ist überraschend klein, gar nicht alt, eher wie von einem Kind.

»Da is er wieder, hörs du das?« Ich höre es. Schritte, auf den Wegsteinen, nicht auf den Beeten.

Der Alte trinkt den letzten Schluck aus seiner Flasche und geht, mit der leeren Flasche in der Hand, zum Fenster, öffnet es weit, lehnt sich hinaus und brüllt: »Haubloßabdu!«

Dann schleudert er die leere Flasche nach dem Tod, der im Garten lauert.

Sie zerspringt klirrend. Eine Sekunde später donnert es, wie zur Antwort. Der Alte zuckt und springt zurück, schließt das Fenster. Kurz darauf klopfen die ersten Regentropfen an die Scheibe.

Wie Fingerknöchel. Der Alte lacht und sieht mich an, als hätte er den Regen gemacht. Er öffnet das Fenster weit und lehnt sich hinaus. Kühle feuchte Luft zieht in den engen, heißen Raum und ich atme tief ein. Es fühlt sich an, als hätte ich seit Stunden nicht mehr geatmet.

Danach schläft der Alte schnell. Aber ich liege wach. Irgendwann stehe ich auf, gehe zum Fenster, halte meine Arme und dann mein Gesicht in den Regen, der jetzt dicht wie ein Vorhang ist. Allmählich wird mir kühler. Mit nassen Armen und nassem Gesicht gehe ich zurück zum Sofa, setze meinen Kopfhörer auf und schalte unter der Decke den Walkman an. Der Alte merkt nichts.

You go to sleep right now. That you don't touch my daughter and in the morning, milk the cow.

Die Kassette habe ich heute aus dem Bunker geholt. Klaus macht sich keine Sorgen, und er hat auch nicht die Polizei gerufen, weil er genau weiß, wo ich bin. Nichts ist verborgen vor dir.

Careful with That Axe, Eugene

Klaus stand, in einer dicken dunkelbraunen Jacke voller Taschen, Büchse über der Schulter, Gehörschutz um den Hals, Rucksack auf dem Rücken, vor meiner Zimmertür.

»Wir müssn los.«

Er klang nur leicht verschwommen, nicht komplett verwaschen wie am ersten Abend. Er war nicht betrunken, sondern müde. Ich war selber nicht ganz wach. Ich hatte sein Klopfen schon im Traum gehört, aber gedacht, es seien Fridolins Knochen, die von unten gegen den Lattenrost klopften, weil ich sie mit meinen Bewegungen im Schlaf zerbrach.

»Ich bin sofort da!« Eilig zog ich mich an. Zwei Paar Socken, zwei Pullover, im Wald ist es kalt. Klaus wartete unten im Windfang. Ich schnürte die Schuhe von Leas Mann fest zu.

»Was ist mit der Jacke?«, fragte ich. »Ist die nicht zu auffällig?« Der Anorak von Leas Mann war knallrot.

»Im Dunkeln sieht man keine Farbn«, sagte Klaus. Er gab mir einen Gehörschutz: »Is besser für die Ohrn, gerade wenn man schon Probleme mit den Ohrn hat.«

Es wunderte mich nicht, dass er das wusste. Auch wenn ich inzwischen wacher war, lag unter allem in dieser Nacht etwas Traumartiges, das noch verstärkt wurde, als wir aus dem Haus traten und es anfing zu schneien. In dicken, feuchten Flocken. Anders als der Schnee blieb es jedoch liegen und zerging auch nicht, als der Schuss fiel oder der Morgen dämmerte.

Wir liefen denselben Weg, den ich mit Lea tags spazierte, vom Asphaltfleck über den Spazierweg in den Wald. Nachts, bei Schneefall, sah es völlig anders aus. Noch schöner.

Als vom Licht der letzten Straßenlaterne nichts mehr bis zu uns drang, knipste Klaus eine Taschenlampe an. Das rote Licht glitzerte auf den feuchten Blättern und erinnerte mich an Leas Festbeleuchtung im Flur. Er gab sie mir, während er die Pistole lud, die er im Holster unter der Jacke trug. Normalerweise machte man das erst am Ansitz.

»Gehen wir nicht zum Ansitz?«, fragte ich flüsternd.

»Doch, aber bis dahin is weit und wer weiß, was uns auf dem Weg begegnet.«

»Ich dachte, die Tiere haben mehr Angst vor uns als wir vor ihnen.«

»Tiere schon«, sagte Klaus, steckte die Pistole zurück in den Holster, nahm mir die Taschenlampe wieder ab und ging voraus.

Er lief schnell und ich fing schon nach ein paar Metern an zu schwitzen, obwohl es bitterkalt war im Wald. Wenn ich zu weit zurückfiel, blieb Klaus stehen und wartete, ohne sich nach mir umzusehen, bis ich aufgeholt hatte. Ich war dankbar für den Schnee, wenn auch nicht viel davon bis zum Boden durchdrang, blieb doch eine feine Schicht auf dem Weg, in der ich Klaus' Spuren sah, im Restlicht seiner Taschenlampe.

Irgendwann verließen wir den Wanderweg und gingen quer durch den Wald. Obwohl jetzt Wurzeln und Zweige im Weg lagen, fiel es mir leichter, Klaus zu folgen, weil er immer langsamer wurde und schließlich ganz stehen blieb. Der Lichtkegel der Taschenlampe glitt über den gefrorenen Boden, hob sich, fing ein paar Schneeflocken, streifte eine dichte Wand aus Gestrüpp, glitt seitlich daran entlang und fiel ins Nichts. Vor uns lag eine baumlose Senke und am Rand stand der Hochsitz.

Als Klaus die Lampe darauf richtete, blitzten oben auf dem Dach zwei Augen auf, Karfunkelstein. Eine Sekunde später flitzte mit lauten Kratzgeräuschen ein Eichhörnchen kopfüber die Kanzel hinab und verschwand im Wald.

Lauf, Jäger, lauf.

Ich wollte nach oben klettern, aber Klaus hielt mich zurück: »Die untersten Sprossn sind angesägt, du kannst erst auf die dritte treten.«

»Angesägt? Von wem?«

»Spinnern.« Klaus steckte die Taschenlampe in seine Jackentasche, wischte die feuchte Schneeschicht von der höchsten Sprosse, die er erreichen konnte, hielt sich dann mit beiden Händen daran fest und machte, mit dem Rucksack auf dem Rücken und der Büchse über der Schulter, einen Klimmzug, sodass er seine Füße gleich auf die dritten Sprosse von unten stellen konnte. Mit einer Hand in Gips versuchte ich gar nicht erst, ihm das nachzumachen. Ich wartete, bis er oben in der Kanzel war, und stellte dann meinen Fuß doch auf eine der angesägten Sprossen, dicht am Holm. Es knackte, aber nichts brach.

Klaus hatte die Taschenlampe neben sich auf die Bank gelegt, seine dicken Handschuhe ausgezogen und war dabei, die Büchse zu laden. Ich setzte mich neben ihn und sah zu, wie er mit seinen langen, schönen Fingern die Patronen in das Magazin setzte.

Ich erinnerte mich, dass er mir das mal gezeigt hatte, da musste man mit dem Daumen drücken und dieser Hebel hieß Kammerstängel und der kleine Flügel, den Klaus jetzt zur Seite legte, war das Allerwichtigste: gesichert. Klaus setzte das Zielfernrohr auf, zog die Handschuhe wieder an und lehnte die Büchse neben sich an die Wand. Dann holte er ein kurzes, sehr dickes Fernrohr aus dem Rucksack. Das war neu.

»Wärmebildgerät«, sagte Klaus. Er machte die Taschenlampe aus und es wurde vollkommen dunkel. Kein Mond. Und vollkommen still, bis auf das Rauschen in meinen Ohren. Klaus schaute durch das Wärmebildgerät. Ich lehnte mich zurück und mir fiel wieder ein, wie lang diese Nächte wurden. Lang und still und sogar im Sommer zu kalt. Meine Finger schmerzten jetzt schon vor Kälte und wurden steif, egal, wie oft ich sie aus den Jackentaschen holte und warm atmete. Und meine Zehen konnte ich bald gar nicht mehr spüren oder bewegen.

Es wurde besser, als sich die Wolken vor dem Mond auflösten und ich wieder etwas erkennen konnte. Erst nur undeutliche Schatten, dann Blätter, Stämme, Zweige. Es hatte aufgehört zu schneien. Ich holte mein Telefon heraus und schaute auf die Uhr. Halb neun in New York.

»Nicht!«, flüsterte Klaus und ich machte den Bildschirm eilig aus. Nach und nach kroch die Kälte überall hinein, und was nicht taub wurde, schmerzte. Endlich lachte Klaus leise durch die Nase. »Da is er.«

Ich versuchte zu erkennen, was er sah, aber in dem fahlen See aus Mondlicht, der auf dem Boden der Senke lag, bewegte sich nichts. Und der Rest war schwarz.

Klaus gab mir das Wärmebildgerät. Es war erstaunlich schwer, und zuerst erkannte ich beim Hindurchschauen nur verschwommene graue Felder und etwas Schwarz am Rand. Aber dann war da ein kleiner grellweißer Fleck, der sich langsam von links unten nach rechts oben bewegte.

»Das Weiße ist das Tier? Und was ist das?«

»Wenn ich das wüsste.«

Der weiße Fleck blieb stehen. Zog sich wie ein Wassertropfen in die Länge und verharrte so. Ich nahm das Gerät herunter. Das Tier stand jetzt in der Mitte der Senke, in einem See aus Mondlicht, aber so weit weg, dass ich nicht mehr erkennen konnte als einen rundlichen, großen Schatten.

»Das ist aber groß«, flüsterte ich. Klaus nickte und griff in Zeitlupe nach seiner Büchse, legte sie sanft auf das Fensterbrett und schaute durch das Zielfernrohr.

Ich setzte vorsichtig meinen Gehörschutz auf, den ich, wie meinen Kopfhörer sonst, um den Nacken gehängt hatte. Dabei hätte ich wissen müssen, dass Klaus nicht schießen würde. Was man nicht kennt, das schießt man nicht. Man braucht genau das richtige Kaliber, sonst bleibt vom Fleisch nichts Essbares, und aus Fetzen und Knochensplittern lässt sich auch keine Trophäe machen.

Das Tier bewegte sich jetzt langsam durch den Mondlichtsee. Klaus folgte ihm mit der Büchse und ich sah mit bloßen Augen zu, wie es aus dem Licht zurück in den Wald verschwand. Klaus lehnte die Büchse an die Wand.

»Das war eindeutig keine Wildsau. Dafür war der Balg zu hell. Eventuell ein Winterfuchs, ein sehr fetter, aber die halten eigentlich nicht so still.«

»Meinst du, es kommt noch mal wieder?«

Klaus schüttelte den Kopf. Doch statt einzupacken und zurückzugehen blieb er sitzen, streckte die Beine aus, holte eine Thermosflasche und einen Blechbecher aus dem Rucksack. Er goss etwas Heißes in den Becher und gab ihn mir. Er selber trank aus dem Deckel der Flasche.

Was wir tranken, konnte ich nicht schmecken, ich verbrannte mir die Lippen daran und es kratzte in der Kehle, aber es wärmte.

»Warten wir noch auf Rehe?«

Klaus schüttelte den Kopf: »Auf einen Hasen. Den beobachte ich schon seit Wochen, aber der sitzt immer ganz schlecht.«

Wir verkrochen uns so gut es ging in unseren Jacken, Klaus trank ab und zu aus seiner Flasche, bot mir aber nichts mehr an. Hasen kommen erst, wenn es hell wird.

Wolken zogen vor den Mond und es wurde dunkel. Irgendwo flüsterten kleine Tiere, ihr Gemurmel rollte über den gefrorenen Boden und auch Klaus fing an, leise zu sprechen. Ein bisschen wie am ersten Abend, als er von Fridolin erzählt hatte.

Diesmal sprach er vom Verein. Wie viel der Verein für den Wald getan hatte und wie gut es dem Wald jetzt ging. Möglicherweise war das Tier sogar ein Wolf. Seine Stimme wurde etwas zu laut für den Ansitz, als er das sagte – nachts im Wald darf man nur das Allernötigste flüstern. Und dann erzählte er, immer lauter und eigenartig gut gelaunt, Geschichten von dummen Jägern, die schossen, ohne zu denken, bergauf, oder sich selbst in den Bauch. Ein Jäger aus Kurpfalz, der hat mal einen Goldschakal erschossen, weil er ihn für einen Fuchs hielt. Ein anderer einen Luchs.

Obwohl er eindeutig wach war, verschwammen seine Wörter immer mehr und plötzlich fragte er, in einem abrupten Themenwechsel, ob ich immer noch vorhatte, zur Vereinssitzung am Donnerstag zu kommen. (Ach, Benni, kanns du immer noch nich erkenn, wenn einer besoffn is?)

»Du hattest ja gesagt, du erzählst dann noch mal von deinem Erlebnis auf dem Weihnachtsmarkt.«

»Ja, klar, eigentlich schon, nur … übermorgen ist auch die Beerdigung von …« Ich hatte deinen Namen vergessen. »Von dem Toten.«

»Ich dachte, du kanntest den nicht«, sagte Klaus.

»Nein, nicht richtig, nur …«, ich schaute aus dem Ansitzfenster hinaus auf die tierlose Lichtung, und dann erzählte ich der Dunkelheit, wie ich aus dem Hotelfenster geschaut und dich auf dem Marktplatz unter dem Weihnachtsbaum liegen gesehen hatte. Die Hand ausgestreckt wie besiegt. Wie die Polizistin deinen nutzlosen Schuh aufhob. Auf den ich getreten war, ein paar Stunden vorher. Wie schön deine Nase gewesen war, und dein Lächeln.

Als ich fertig war, sagte Klaus: »Das war gut, dass du das ausgelassen hast. Das lässt du beim Stammtisch dann besser auch weg.«

Er schenkte sich noch einmal aus der Thermosflasche ein, trank und sagte nichts mehr.

Das Erste, was wieder sichtbar wurde, waren die Nebelfetzen, die wir ausatmeten. Dann wurde der Himmel silbrig, als hätte der Mond sich darin aufgelöst. In der schwarzen Masse, die der Wald auf der anderen Seite der Senke bildete, erschienen wie Löcher und Risse helle Stellen, das Zweiggewirr wurde deutlicher, ich erkannte Nester, hörte Amseln. Und dann kam der Hase.

Er war überraschend groß und kam mir alt vor, weil er so grau aussah. Lautlos setzte Klaus den Deckel zurück auf die Thermosflasche, griff nach seiner Büchse, löste die Sicherung.

Ein winziges Klicken, das der Hase hörte. Er drehte ein Ohr und schlug einen Haken, blieb dann aber wieder sitzen und schaute zum Hochstand. Klaus legte an. Ich wollte mir eben den Gehörschutz aufsetzen, als es knallte.

Bei Klaus lag jedes Stück im Schuss. Der Hase war ein graues Häufchen und ich war taub. Ich hörte kein Klicken, kein Rascheln, als Klaus die Büchse entlud und alles zusammenpackte, ich hörte nicht einmal mehr das Rauschen in meinen eigenen Ohren.

Wir kletterten nach unten. Einen letzten Bissen bekommen Hasen nicht, dafür sind sie zu klein. Klaus ging zu einem Baum, um zu pinkeln. Ich merkte, dass ich auch dringend musste. Wie ich da, taub und mit steifen Fingern, meine Hose öffnete und meinen dampfenden Urin sah, kam ich mir vor, als hätte ich ein Abenteuer überstanden.

Klaus hob den toten Hasen hoch, sah ihn zufrieden an und gab ihn mir. Ich nahm ihn ohne zu zögern an den Hinterläufen. Es war nicht schlimm, ich konnte kaum die Knochen fühlen unter dem kurzen, dichten Fell, es war eher, als würde ich ein sehr fest ausgestopftes Plüschtier tragen. Ein erstaunlich schweres, langes Plüschtier, ich musste ihn etwas anheben, damit die Vorderpfoten nicht über den gefrorenen Boden schleiften. Klaus sah mich an: Gewogen, gewogen und – ich konnte den Blick nicht deuten und er selber schien nicht genau zu wissen, was er dachte.

Dann sagte er: »Ich weiß nicht, warum ich dich nie leiden konnte.«

Ganz deutlich, als wäre er mit dem Schuss plötzlich nüchtern geworden. Und ich wunderte mich gar nicht, weshalb ich es trotz meiner tauben Ohren hörte, mein eigenes Lachen hörte ich wie unter Wasser. »Ich kann mich selbst auch oft nicht leiden.«

»Du bist nicht der Mittelpunkt der Welt«, sagte Klaus. Diesmal verstand ich schon schwerer. Er bückte sich nach seinem Rucksack und schulterte die Büchse. »Als du klein warst, dachte ich, das wäre normal, für ein Kind, dieser Glaube, dass alles, was um dich herum passiert, durch dich bedingt ist. Auch wenn es bei dir extrem war. Aber so wichtig bist du nicht. Nur ein Hauch sind die Menschensöhne, allesamt leichter als ein Hauch.«

Damit drehte er sich um und ging. Ohne Taschenlampenlicht, obwohl es noch lange nicht hell war, unter den Bäumen. Ich folgte ihm. Als das taube Gefühl in meinen Ohren allmählich nachließ und das Rauschen zurückkam, verstand ich – wie man im Aufwachen einen Traum versteht, bevor man ihn vergisst –, weshalb er mir das gesagt hatte: Es war nicht meine Schuld, dass die Menschen panisch geworden waren auf dem Weihnachtsmarkt. Was ich gesagt hatte, hatte vermutlich kaum jemand gehört. Und es war auch völlig bedeutungslos, ob ich zu deiner Beerdigung ging. So wichtig war ich nicht.

Als wir am Glashaus ankamen, war es in New York halb eins in der Nacht und in Welsum schneite es wieder, staubfeine, leuchtende Flocken aus einem sehr hellen Himmel. Mein ganzer Körper schmerzte von der Kälte, das Handgelenk unter dem Gips fühlte sich wund an und ich stank nach Tierfell, Blut und Schweiß. Aber es ging mir so gut wie lange nicht, sogar dann noch, als ich unter der Dusche – den Gips in einer Plastiktüte eingewickelt – das traumartige Gefühl der Nacht mit heißem Wasser abwusch.

Love Is Just a Four-Letter Word

Das Erste, was ich sehe, als ich die Augen aufmache: Der Alte steht in Unterwäsche am Fenster und raucht. Die graue Unterhose hängt schlaff von seinem Po herunter, seine Beine sind dünn und haarlos und bleich, wie Birkenzweige.

»Komma her«, er winkt mich mit der Zigarette zu sich, »guck ma da draußn, was is das?«

Es ist keine Frage, wie er sie sonst stellt, wenn wir irgendetwas falsch gemacht haben im Garten, Erbsen neben Bohnen pflanzen oder so. Diesmal weiß er die Antwort selbst nicht.

Ich stehe auf. Ich muss ganz dicht neben dem Alten stehen, um auch aus dem kleinen Küchenfenster sehen zu können. Er stinkt nach Rauch, und nach Altsein. Manchmal riecht Renée auch so, morgens nach dem Aufwachen.

»Siehs du das?«

Man kann es gar nicht übersehen: In allen Obstbäumen unten im Garten hängen weiße Fetzen, es sieht aus, als wäre Rauch drin hängen geblieben. Und alle Sträucher sind wie in Watte eingepackt und auf allen Beeten liegt auch Weiß. An manchen Stellen ist das Zeug fein, fast wie ein Spinnennetz, an anderen ganz dicht, sodass man gar nicht genau erkennen kann, was darunter ist. Marias Fahrrad, das seit Jahren unberührt an derselben Stelle am Gartenzaun lehnt, sieht aus wie aus einer anderen Welt. Und alles glitzert, wenn keine Wolke vor der Sonne ist. Es ist so eigenartig und schön, dass es mir gar nichts ausmacht, so dicht neben dem Alten zu stehen. Dass Lea und Gideon in die Küche gekommen sind, merke ich erst, als Lea sagt: »Hanna is weg.«

Sie ist bereits fertig angezogen, schwarzer Rock und weiße Bluse, die Haare zu einem Zopf geflochten, die noch feuchten Wimpern kleben zusammen, als wäre sie geschminkt.

»Habt ihr noch gar nich ausm Fenster geguckt?«, fragt der Alte.

»Das Fenster war zu«, sagt Gideon und fängt fast an zu weinen, »Lea hat das zugemacht.«

»Weils geregnet hat«, sagt Lea und man kann hören, dass sie darüber schon länger streiten, sie will noch etwas sagen, aber der Alte packt sie an der Schulter und zieht sie zum Fenster, dreht ihren Kopf mit seiner Hand so, dass sie hinausschauen muss.

Lea atmet erschrocken ein.

»Was …? Was ist das?«

Der Alte lässt sie los, zieht seine Hose an, schiebt fluchend das Sofa zusammen und reißt die Klappe auf. Keine Socken, keine Schuhe und obenrum nur das Unterhemd, in dem er geschlafen hat, so läuft er nach unten. Wir kommen ihm nach. Alle, sogar Maria. Ohne Schuhe, ohne Pelzmantel, in dem weißen Kleid von gestern, das also wirklich ihr Nachthemd ist. Nur Hanna fehlt.

»Die is weg, Benni, kapiers du das nich?«, Gideon schaut kaum auf die verzauberte Welt. Wir anderen können nicht wegsehen. Es sind ganz feine weiße Gewebe, in denen schwarze Pünktchen hängen. Manche bewegen sich.

»Gespinstmottn«, sagt der Alte. Er geht zu einem Apfelbaum, streicht sanft über den silbern eingesponnenen Stamm und flucht. Das Zeug klebt, er reibt lange, bis die weißen Fäden zu einem grauen Klumpen werden, den er an seiner Hose abstreift, und mir fällt ein, dass ich so etwas kenne – der Kirschbaum, bei uns im Garten, da hat so etwas drangeklebt. Nachdem Gideon und ich uns geküsst haben. Mir wird heiß.

»Der is hin«, sagt der Alte heiser, »die sind alle hin.« Als er uns anschaut, sind seine Augenlider ganz rot und seine Augen hell und wässrig. Er spuckt aus, geht in den Schuppen und holt eine Axt.

»Was macht er denn jetz?«, fragt Lea.

»Lass ihn«, sagt Maria.

»Der haut den Baum ab!«, ruft Gideon, der jetzt doch hinschaut. »Spinnt der?«

Er will zum Alten laufen, aber Maria hält ihn fest.

»Wenn du dem jetzt dazwischn komms …«, sie schüttelt den Kopf und lacht leise, »Weiß du nich mehr, als du Läuse hattes und er euch alln die Haare abrasiert hat? Ratzekahl, obwohl nur du die Viecher hattes, und ich hatte sogar schon das Shampoo zum Rauswaschn und wollt ihn aufhaltn. Hätt mich fast n Zahn gekostet.«

Sie lächelt, als wäre die Geschichte eine ihrer schönsten Erinnerungen.

Wir schauen schweigend zu, wie der Alte den Apfelbaum fällt. Es dauert unerträglich lang, obwohl der Stamm gar nicht dick ist. Der Alte schnauft, sein Gesicht wird ganz rot, wie beim Reibekuchenbacken, und das Unterhemd nass und durchsichtig. Irgendwann wirft der Alte die Axt weg, schmeißt sich gegen den Baumstamm, zwei-, dreimal, flucht und spuckt gegen den Stamm. Da neigt sich der Baum, ganz langsam. Es passt überhaupt nicht zu dem krassen Krachen, mit dem der Stamm aufbricht. Wie ein Maul voller Splitter.

Lea geht langsam zu ihm, die Hände vor sich haltend.

»Vielleicht könn wir das Zeug irgendwie runterkriegn«, sagt sie leise, »mit Spiritus oder Schmierseife.«

»Wech«, der Alte spuckt in ihre Richtung, »das is für Schnecken.«

Er schaut auf den gefällten Baum und seine wässrigen Augen gefrieren. Er nickt langsam: »Vielleicht, wenn wirs mit heißm Wasser machn«, sagt er und wir laufen und holen uns Eimer.

Maria und Lea rennen in die Küche und stellen Töpfe auf den Herd.

Dass Klaus sich inzwischen doch Sorgen machen könnte, fällt mir gar nicht ein. Ich denke nur daran, dass das weiße Zeug zum ersten Mal aufgetaucht ist, nachdem Gideon und ich uns geküsst haben. Und inzwischen denkt auch Gideon daran, das weiß ich. Und wir beide wissen, ohne dass wir darüber reden müssen: Wenn wir die Bäume nicht befreien können, bleibt Hanna verschwunden. Unsere Strafe, ihrer Seele Wohlergehn.

Ich tauche meinen Schwamm in die kochend heiße Seifenlauge, ohne Putzhandschuh, damit es wehtut. Dann fange ich an, den Stamm eines Birnbaums zu schrubben. Das weiße Zeug ist zäh wie Aufkleberreste. Gideon holt eine Leiter und steigt nach oben, um dic Zweige zu befreien. Als er oben ist, schreit er auf: »Der ganze Wald is weiß!«

Von Weitem sieht es wunderschön aus, kristallene Zweige in durchscheinendem Nebel, aber von Nahem sieht man die dicken schwarzen Larven sich in den silbernen Geweben winden.

Alles ist wie eingefroren, der Wald und auch die Menschen, die ihn zum ersten Mal anschauen. Als Gideon mich zurück zum Glashaus bringt, weil der Alte gesagt hat, dass wir jetzt alle brauchen, auch Klaus, sehen wir überall an den Fenstern, auf den Balkonen, in den Gärten Brüder und Schwestern stehen und auf den Wald starren.

»Das is es«, flüstern sie, »das wars. Hattn die Zeitungn doch recht mit dem Waldsterbn.«

Dann spricht sich herum, dass man die klebrigen Gespinste abwaschen kann und die Brüder holen Leitern aus ihren Garagen und Kellern, die Schwestern bringen Schwämme und Eimer. Und alle laufen zum Wald – die eigenen Gärten können warten.

Alle helfen. Klaus zieht ein T-Shirt an und sieht damit aus wie verkleidet. Und eine von den Anzughosen, die Renée für ihn genäht hat, vor hundert Jahren. Frau Gothel kommt hustend, mit Schal um den Hals und im Kittelett, sogar Maria verlässt die Gärtnerei, in Gummistiefeln und einem richtigen Kleid, mit blauen Blumen.

Der Alte kocht Seifenlauge in der Gulaschkanone, die Schlange länger als beim Waldfest, selbst die kleinsten Kinder stehen mit ihren bunten Sandeimern an. Wir tragen Handschuhe, die der Reitwein für alle gekauft hat, dünne gelbliche Gummihandschuhe wie beim Arzt. Überall im Wald ist das winzige Schnalzen zu hören, mit dem das pulvrige Gummi auf die Handballen trifft, hundert Ärztinnen und Ärzte, die sich an eine riesige Operation machen.

Manche Bäume sind vollkommen weiß, von den Wurzelteilen, die aus der Erde rausschauen, bis zur Krone, und jedes einzelne Blatt ist eingesponnen.

»Das bringt doch nix«, sagt Gideon immer wieder, und irgendwann tut er nur noch so, als würde er schrubben. Aber wenn man wirklich fest reibt, geht es ab. Nur wenn es an der eigenen Haut klebt, an den nackten Beinen oder Armen, kriegt man es kaum wieder runter. Da bleiben überall klebrige graue Reste, selbst nach dem Duschen.

Lea singt bei der Arbeit. Sie klettert sogar ohne Leiter in die Bäume und lächelt, als sie eine halb zerquetschte Larve aus ihrem Ausschnitt holt. Je ekliger es wird, desto besser. *Näher mein Gott zu dir.* Sollte je ein Aussätziger nach Welsum kommen, wird Lea, da ist sie sich jetzt nach der Sache ganz sicher, überhaupt keine Scheu haben, ihn zu berühren.

Maria, die vor einem Haselstrauch kniet, ekelt sich auch nicht. Ihr tut es leid um die Larven und die Schönheit. »Sieht so verzaubert aus, wie im Märchn.«

»Ich finds nur widerlich«, sagt Piet, der ein paar Meter weiter an einer Birke herumschrubbt. Er trägt eigene Putzhandschuhe, knallrosa Dinger, die bis zu den Ellbogen gehen.

»Schick«, sagt Gideon grinsend.

»Ich krieg Ausschlag von den anderen«, sagt Piet, »und mit den hier kann ich nich fühln, wie die Viecher sich bewegn.«

»Meins du so?« Gideon hält eine schwarze Larve hoch, die sich zwischen seinen Fingern windet. Langsam drückt er sie in der Mitte zusammen und wirft sie Piet ins Gesicht. Piet weicht zurück, stolpert und fällt rücklings hin.

»Spinns du?«

Gideon lacht.

»Warum? Du rolls dich doch gern aufm Waldbodn rum. Oder meins du, wir wissn nich, wo Hanna nachts hingeht, wenn sie ausm Fenster springt?«

Endlich verstehe ich, weshalb es so schlimm war, dass Lea das Fenster geschlossen hat. Hanna ist rausgesprungen. Es war nicht der Tod, den der Alte und ich im Garten gehört haben, es war Hanna. Und als sie wieder reinwollte, war das Fenster zu.

Gideon baut sich vor Piet auf, der sitzend fast immer noch so groß ist wie Gideon, und bestimmt zwanzig Kilo schwerer.

»Wo is meine Schwester?«, fragt Gideon. Mir fällt auf, dass seine Stimme gar nicht mehr krächzt und kippt, sie ist ganz fest und fast so tief wie die von Piet.

Piet unterdrückt sein Lachen und sagt so ernst er kann: »Ich hab kein blassn Schimmer. Aber die kommt schon wieder. Die is doch immer wiedergekomm.«

»Diesma nich«, sagt Maria. Es klingt seltsam gut gelaunt. Am Ende ist einer tot, sie hat es ja schon immer gesagt.

»Doch, klar«, sagt Piet, »in Welsum is noch keiner verlorn gegangn.«

Da spuckt Gideon ihn an. Der Rotz hängt an der Seite von Piets Nase und Piet lächelt. Er könnte Gideon nehmen und gegen den nächsten Baum werfen. Er tut es nicht. Er bleibt sitzen und sagt: »Tut mir leid.«

»Arschloch«, sagt Gideon, dann rennt er weg. Lea kommt herüber: »Was war los?«

»Nix«, sagt Piet, wischt sich Gideons Rotz vom Gesicht und steht auf. Lea sieht mich an und als ich ihr auch nichts sage, verdreht sie die Augen und sagt: »Geh wenigstns hinter ihm her, dass der nich noch mehr Blödsinn macht.«

Ich finde ihn bei Klaus, sie teilen sich einen Eimer, waschen zusammen eine Eiche und reden über Tiere.

»Ein Meisenpärchen verfüttert über zehntausend Raupen an eine einzige Brut, die hättn das hier in Nullkommanix erledigt für uns.«

»Da hast du recht«, Klaus klingt stolz. Ich setze meinen Kopfhörer auf und gehe zurück zu Maria, Lea, Piet und meinem Eimer.

Seems like only yesterday I left my mind behind.

Dress Rehearsal Rag

Mein Spiegelbild sah nicht annähernd so großartig aus, wie ich mich fühlte, als ich aus der Dusche kam. Nass waren die kurz rasierten Haare dunkler und die kahlen Stellen wirkten größer als je zuvor. Meine Augen waren gerötet, die Lider geschwollen, ich sah nicht bloß erschöpft aus von meiner Nacht auf dem Ansitz, sondern krank, richtig krank. Unter der Dusche war das Rauschen in den Ohren immer schön, danach aber umso schlimmer.

Ich zog die Plastiktüte von meinem Gips ab. Ganz trocken war er nicht geblieben und wenn ich meine Finger bewegte, konnte ich meine ungewaschene Haut darunter riechen.

Now, if you can manage to get your trembling fingers to behave, why don't you try unwrapping a stainless steel razor blade?

Es half nicht viel, auch rasiert sah ich aus, als gehörte ich ins Krankenhaus. Oder nach Hause, unter eine Fernsehdecke mit Armen, neben Vicky. In New York war es kurz vor zwei in der Nacht.

Die Sonne war immer noch nicht über die Baumwipfel gekommen, als ich aus dem Bad auf die Galerie trat. In den Zweigen hing rosa Nebel. Ich machte ein Foto und wollte es gerade an Vicky schicken, da sah ich, dass Klaus mit darauf war. Er stand draußen auf der Terrasse und zerwirkte den Hasen. Erkennen konnte man ihn nicht, ein Mann unbestimmten Alters, mit wildem Haarschopf, der an etwas arbeitete, das – selbst wenn man es vergrößerte – nur vielleicht ein Tier war. Etwas Fell, ein paar Stellen Rot. Könnte auch ein Kuscheltier sein.

»Benjamin?« Klaus rief mich, winkte, dass ich zu ihm nach unten kommen sollte. Ich zeigte auf das Handtuch, in das ich mich gewickelt hatte, und dann mit dem Daumen zu meiner Zimmertür. »Gleich!«

Ich zog einen von Renées Pullovern über und hätte mich am liebsten wieder ins Bett gelegt. Stattdessen stieg ich in eine von Frau Gothel gebügelte Jeans, die unerträglich steif war, und ging nach draußen zu Klaus.

Die Kälte draußen war wie ein Schlag, aber Klaus störte sie gar nicht. Er hatte seinen Jagdmantel ausgezogen und über einen der Gartenstühle gehängt, trug nur ein grau kariertes Hemd, die Ärmel hochgekrempelt. Sein Atem war sichtbar, und auch aus dem Hasen, dem er eben mit einem kleinen Messer das Bauchfell aufschnitt, dampfte es. Der Kopf war bereits abgeschnitten und lag auf dem Gartentisch.

»Ich brauche dich nur kurz«, sagte Klaus, »das Fell lässt sich zu zweit leichter abziehen.«

Er griff mit beiden Händen in das am Bauch aufgeschnittene Hasenfell und zog es leicht Richtung nicht mehr vorhandenem Hasenkopf. Ich sollte in die andere Richtung ziehen, über die Hinterläufe. Mir wurde leicht übel, aber ich schob meine Fingerspitzen zwischen Fell und Fleisch. Es war immer noch warm. Mit einem Ruck, der stärker war, als ich erwartet hatte, riss Klaus an dem toten Tier. Das Geräusch, mit dem die Haut sich vom Fleisch löste, drang ganz klar durch das pfeifende Rauschen in meinen Ohren. Ich hätte sie gern fest zugehalten. Unter dem Fell lag eine silberne Haut, durch die rosa Muskeln und Blut schimmerten.

»Zieh!«, rief Klaus.

»Mit dem Gips geht das nicht«, sagte ich. Klaus hob die Augenbrauen. »Dann halt wenigstens fest. Geht das?«

»Ja, klar.«

Mit einem letzten Ruck zog Klaus das Fell vom Oberkörper des Hasen ab und legte es zu dem Kopf auf den Tisch. Dann musste ich die Vorderläufe halten. An den Pfoten hing noch Fell, aber direkt darüber war rohes Fleisch. Ich schaute nicht hin, aber ich konnte es fühlen, kühl, nicht mehr warm, und glatt und feucht.

Ich schaute auf den Wald, auf die Sonne, die gar nicht ganz über die Bäume steigen würde. Metallgeschmack im Mund und Gänsehaut zwischen den Schulterblättern. Ich wollte nur noch ins Bett.

Ich war gerade wieder im Haus und wusch mir den Hasengeruch und das Blut von den Fingern – vom Gips würde es nicht mehr runtergehen –, als es klingelte. Lea, dachte ich, aber es war Simon.

In Arbeitskleidung und mit einem großen Paket.

»Könn Sie mich reinlassn? Ich bring die schweren Sachn immer gleich runter.«

»Runter?«

»In den Bunker«, sagte Simon und es klang nicht, als wüsste er, dass der Raum ein Geheimnis war. Wenn er es wusste, wer wusste es noch? Und wenn die Welt endet, wer darf dann hinein?

(Zwei bis vier Personen: Vater, Mutter, Kind.)

Simon merkte, dass ich etwas nicht verstand, und lächelte, nicht wie Hanna, sondern wie Lea: »Onkl Klaus is letztes Jahr gestürzt, als er ein Paket runtergebracht hat, deshalb mach ich das jetz immer.«

Ich nickte und ließ ihn hinein. Ich weiß nicht, warum ich ihm nachging.

Ich war, seit ich hier war, noch nicht unten gewesen. Hatte nur vom Flur aus ein paarmal hinuntergeschaut und gesehen, dass immer noch die Schädel an der Wand hingen. Einer davon hatte dem Reh gehört, dem ich den letzten Bissen zwischen die weichen schwarzen Lippen geschoben hatte. Ich wusste nicht, welcher.

Simon ging vorsichtig, um keines anzustoßen. Unten vor der Tür blieb er stehen und sagte: »Wenn Sie schon da sind, könn Sie mir die Tür aufmachn? Ich stell das immer in die Schleuse, damit Onkl Klaus sich kein Bruch hebt.«

»Ja, klar.«

Zwei Hebel, der erste ganz schwer, der zweite leichter, und dann schwingt die Tür wie von selbst auf. Immer geölt. Betonkühle Luft und Finsternis. Ohne zu suchen, fand ich den Lichtschalter neben der Tür.

»Das is so albtraummäßig hier«, sagte Simon, der über die Schwelle in die Schleuse stieg. Ich ging mit ihm hinein.

Nichts sah anders aus. Nichts war kleiner oder staubiger oder blasser. Die Platte in der Schleuse, an der die Befreiungswerkzeuge befestigt waren, immer noch leuchtend blau, Schaufel, Axt und Brecheisen glänzend wie eben erst gekauft. Ich wollte die zweite Tür öffnen, die von der Schleuse in den Schutzraum führte, aber Simon sagte: »Bloß nich. Ich lass die Sachn immer hier bei dem Mülleimer stehn, den Rest macht Onkl Klaus selber.«

Er stellte das Paket neben den hüfthohen grünen Metalleimer und ich lachte: »Das ist kein Mülleimer, das ist die Toilette.«

Simon verzog den Mund.

»Warst du noch nie ganz drinnen?«, fragte ich.

»Nee«, Simon schüttelte den Kopf, »mir reicht das hier schon.«

Wie Hanna. Ich hatte auf sie einreden müssen wie auf ein kleines Kind, bis sie sich hineingetraut hatte. Simon ließ sich nicht überzeugen. Er stellte sein Paket ab und ging hinaus. Ich blieb.

Die Luft in dem kugelförmigen Raum hinter der zweiten Tür war immer etwas wärmer als in der Schleuse. Auch heute. Ich war erstaunt, dass ich nur noch in der Mitte des Raumes aufrecht stehen konnte.

Ich denke selten wach an den Bunker, aber ich träume von ihm, immer noch. Immer denselben Traum. Ich liege auf der unteren Pritsche, den Kassettenrekorder auf der Brust, und auf der Pritsche über mir liegt Hanna und summt leise mit, was wir hören. Ein Zopfende hängt über die Bettkante, das ich streicheln könnte, manchmal eine Hand. Natürlich komme ich nie dran.

Die Pritschen waren wie immer fertig bezogen, aber nur die untere war gemacht, das Bettzeug auf der oberen Pritsche war zerwühlt, als wäre eben erst jemand aufgestanden. Oder als läge noch jemand darin. Ich berührte die Bettdecke, beugte mich über das Kopfkissen und roch daran. Erwartete Zitronenlimonadengeruch und Rougeduft, aber es roch nach Dosenmais.

Ich dachte an den kleinen roten Rucksack, den Klaus hier immer für mich stehen hatte. Fertig gepackt mit einer Wasserflasche, drei Konservendosen – Thunfisch, Mais und Pfirsiche –, einem winzigen Päckchen Cornflakes, einer kleinen Tüte H-Milch und Jodtabletten. Außen dran hatte ein graues Plüschtier gehangen, ich wusste nicht mehr, was für ein Tier, aber ich erinnerte mich, dass es eine Hundemarke um den Hals trug. Benjamin stand darauf, und die Telefonnummer vom Glashaus und dahinter, in Klammern, das Wort: Papa.

Klaus hatte den gleichen Rucksack gehabt, nur in Blau, und größer und auf seinem Blechschild stand nur sein Name. Den Rucksack gab es noch, ich fand ihn unter der Pritsche. Die Kiste mit den Kassetten, die früher darunter gewesen war, fand ich nicht. Als ich wieder aufstand, spürte ich einen stechenden Schmerz im Rücken, wie von einem Messer, und dann ertönte ein kreischendes Pfeifen, wie ein Alarm.

Ich hielt mir die Ohren zu und das Pfeifen zog sich zusammen und war nur noch in mir. Irgendetwas in meinen Ohren musste kaputtgegangen sein, das Trommelfell, oder eins der kleinen Knöchelchen, vielleicht hatte ich mir, als ich im Hotelzimmer gefallen war, nicht nur die Speiche gebrochen, sondern auch etwas in den Ohren verletzt, angebrochen, eingerissen. Oder ich hatte einen Infarkt im Ohr. Oder im Herzen, denn das schlug jetzt auch viel zu schnell. Das waren keine harmlosen Extrasystolen, es stolperte so heftig, dass es gegen meine Rippen stieß. Und dann tanzte etwas vor meinem linken Auge, ein Stück zu hoch, um es genau erkennen zu können.

Ein winziger blinkender Pixel. Ein schlagendes Herz. (Ein Herz ist noch kein Kind.) Ich rieb beide Augen, aber das Blinken wurde nur heftiger und jetzt tauchten überall in meinem Blickfeld solche Punkte auf.

That's not the electric light, my friend, that is your vision growing dim.

Sie mussten irgendetwas übersehen haben im Krankenhaus, vielleicht hatte ich einen kleinen Infarkt gehabt, auf dem Weihnachtsmarkt, oder in der Nacht, oder bei meinem Sturz. Vielleicht war ich deshalb überhaupt erst gefallen. Vielleicht hatte ich auch einen Herzfehler, schon mein Leben lang, angeboren, vererbt – ja, ich hatte das stolpernde Herz von Klaus geerbt, deshalb war er auch nie auf Expedition gegangen, hatte uns nie besucht, deshalb hatten sie ihn im Hubschrauber weggeflogen, bevor er den Wal sehen konnte –, weil er ein krankes Herz hatte. Und wahrscheinlich war auch deshalb das Pixelherz in Vickys Bauch ausgegangen. Durch meine Schuld, durch meine große Schuld. (So wichtig bist du nicht.)

Ich wandte mich zur Tür, aber da war keine Tür mehr, nur ein dunkelrotes Loch, das sich rasend schnell ausbreitete wie Tinte. Oder Hasenblut. Ich wollte rufen, aber es war zu spät: Die rote Tinte wurde schwarz und ich stürzte, wie auf der Treppe im Hotel.

Das Letzte, was ich sah, war meine Hand, die ungebrochene, die versuchte, nach dem metallenen Bettpfosten zu greifen. *And the veins stand out like highways* und ich dachte: Ich hätte Vicky wirklich gern noch die Wohnung weiß gestrichen, bevor ich verschwinde.

»Ich weiß«, sagte sie. Dann gab es mich nicht mehr.

Shelter from the Storm

Try imagining a place where it's always safe and warm. Das Lächeln war Hannas, aber der Blick war fremd.

»Könn Sie mich hörn?«

Ich nickte und spürte, dass ich auf hartem Boden lag. Beton, wie im Rohbau. Aber das neben mir war nicht Hanna, das war Simon. In meinen Ohren rauschte es weich und leise und ohne Pfeifen.

»Sie sind gestürzt«, sagte Simon und ich sagte: »Bitte sag du, sonst fühle ich mich noch älter«, und setzte mich auf.

»Warten Sie«, Simon legte einen Arm um mich und half mir hoch. Es war mir unfassbar peinlich, so auf ihn gestützt die Treppe hochzuschleichen, aber loslassen wollte ich ihn auch nicht. Klaus war nicht mehr draußen im Garten, und vom toten Hasen war auch nichts mehr zu sehen. Simon brachte mich zum Sofa.

»Ich muss jetz weiter, aber ich sag Onkl Klaus schnell noch Bescheid.«

»Nein, musst du nicht, alles gut. Ich bin ja nur gestolpert.«

»Sie warn bewusstlos!«

»Du«, sagte ich, »bitte.«

»Du wars bewusstlos.«

»Mir geht es aber wirklich wieder gut.«

Er nickte und stand noch eine Zeit lang unschlüssig da. Dann brachte er mir ein Glas Wasser und ging. Ich legte mich auf das Sofa und schloss die Augen. Sie brannten, als hätte ich die Nacht in Trockennebel getanzt.

Kurz darauf kam Frau Gothel. Sie hatte Simon noch getroffen und lief, im Mantel und mit klappernden Schuhen, zu mir, als käme es auf Sekunden an.

»Hm? Hm?« Sie legte mir eine Hand auf die Stirn. »Fieber has du nich. Aber blass bis du, weiß wie ne Wand. Aber das is ja auch nich, hm? Wenn man so umkippt. Ich mach dir, hm?, du brauchs Zucker.«

Frau Gothel rührte eilig einen Kakao an, dann ging sie nach oben, um mit Klaus, der sich in seinem Zimmer schlafen gelegt hatte, »ein Hühnchn zu rupfn, hm?«.

»Das könn Sie nich machn, der steht doch noch unter Schock, hm? Und mit seim Arm die ganze Nacht da im Wald, ohne Essn, hm? Und Sie solltn das auch nich. Warum nehm Sie nich einfach was von dem Astronautnzeug aus Ihrm Bunker, hm?«

Klaus sagte wohl etwas, denn Frau Gothel schwieg kurz und sagte dann zufrieden: »Umso besser.«

Sie kam wieder nach unten, wartete, bis ich meinen Kakao ausgetrunken hatte, und brachte mich in mein Zimmer. Sie blieb in der Tür stehen und wartete, bis ich wirklich im Bett lag. Dann setzte sie sich zu mir auf die Bettkante. Die Walknochen unter dem Bett knackten. Sie tat, als hätte sie es nicht gehört.

»Nimms du einglich was? Wegn der Angst?«

»Was meinen Sie?«

Frau Gothel strich ihren Rock glatt und schaute auf ihre Hände.

»Deim Vater hat das richtig gut, hm? Hat bisschn gedauert, bis sie das richtige Mittel gefund hattn, aber dann, hm? Ich weiß wirklich nich, warum er damit aufgehört hat. Wenns so was gibt, dann soll man das auch nehm, das hat nichts mit fehlndem Gottvertraun, hm? Und wenn man schon aufhörn will, dann muss man das richtig machen, so ausschleichn, nich von eim Tag auf den andern. Das war ganz schlimm. Sogar ich dachte, der stirbt.«

Sie faltete ihre Hände und schwieg kurz. Dann fragte sie: »Has du das gemacht? Irgndwas abgesetzt, was du nehm solltes?«

Ich schüttelte den Kopf: »Ich nehme gar nichts. Also, ich brauche auch nichts.«

Sie lächelte, schaute aus dem Fenster und spielte mit dem Ende ihres Zopfes, als wäre das, was sie mir jetzt sagen würde, nicht wirklich von Bedeutung.

»Das is nichts, hm? Das is auch gar nich deine Schuld, so was is vererblich, wusstes du das? Dein Vater hat das von seiner Mutter, hm, und jetzt hats dich ebn erwischt. Has einglich Glück, dass es erst so spät, hm? Ich hatte ja damals schon gedacht, jetzt gehts auch bei dir los, als sie dein Vater mit dem Hubschrauber von der Insel geholt habn.«

Gottes Augen hinter den Brillengläsern können sogar durch die Zeit sehen und wissen selbst Dinge, die auf den entlegensten Inseln geschehen, oder auf dem offenen Meer. Nur unter Wasser sind sie blind. Sonst würde Hanna ja noch leben. Der Wal am Strand lebte noch, als der Hubschrauber mit Klaus abhob. *And old men with broken teeth stranded without love.*

Ich war wirklich hundemüde und wollte nur noch allein sein.

Frau Gothel tätschelte die Bettdecke, dort, wo sie mein Knie vermutete.

»Jednfalls, du bleibs hier, bis deine Frau zurück is, hm? Allein sein is nie gut bei so was. Und sag ihr, sie soll dich abholn, hm? Allein im Zug is nämich, wenn du da umkipps, auf offener Strecke, und brichs dir was, dann müssn die dich auch noch mitm Hubschrauber einsammeln.«

Sie warf ihren Zopf über die Schulter nach hinten und stand auf.

»Und jetz schlaf dich ma richtig aus.«

Sie zog die Tür leise hinter sich zu. Ich setzte meinen Kopfhörer auf und schloss endlich meine brennenden Augen.

I'm livin' in a foreign country, but I'm bound to cross the line.

Saved

Drei Tage waschen wir den Wald. Überall riecht es nach Schweiß und Seifenlauge, erst am Abend des dritten Tages kommt ein bisschen Waldgeruch zurück. Und der Gestank von verbranntem Kakao. Die Fabrik läuft wieder, im Wald sind nur noch die verheirateten Frauen und wir Kinder. Auch Lea ist zurück in der Fabrik, und Piet, der dort in den Semesterferien arbeitet. Klaus ist im Zoo, der Alte in der Gärtnerei.

Hanna ist immer noch verschwunden und langsam ist das kein Spaß mehr, Arbeitsverweigerung ist etwas anderes als Schule schwänzen. Noch drückt der Reitwein ein Auge zu, aber nicht mehr lange.

Die Gespinste der Motten fallen jetzt fast von selbst von den Bäumen und wir müssen sie nur noch einsammeln. Unter der regenbogenfarbig schillernden Oberfläche in unseren Eimern liegen Berge von schwarzen Leichen.

»Warum müssn wir die überhaupt einsammln«, sagt Gideon, »die sind doch einglich Dünger.«

»Nicht mit der ganzn Seife, du Penner«, sagt ein Junge, der mit Gideon aufs Gymnasium in der Stadt geht, aber hier in Welsum wohnt. Einer der wenigen Heiden. Er schlägt Gideon im Vorbeigehen mit der Hand auf den Hinterkopf. Gideon macht gar nichts. Das gehört dazu, wenn man den Heiland im Herzen trägt.

Wir tragen unsere Eimer zur Straße und kippen sie in den Gully. Seifenblasen bilden sich in den runden Löchern des Gullydeckels. Gideon will sie zertreten, aber seine Schuhsohlen sind zu seifig, die Blasen flutschen nur zur Seite, platzen nicht.

»Ich hab kein Bock mehr«, sagt Gideon. »Du findes von hier nach Haus, oder?«

»Ja, klar«, sage ich und Gideon verdreht die Augen, weil ich klinge wie Piet. Dann geht er, seinen leeren Eimer schwenkend, nach Hause, den langen Weg die Straße entlang. Ich schaue ihm nach und weiß nicht, ob ich auch gehen oder weiterhelfen soll. Ich stehe ziemlich lange so da und schaue zu, wie Gideon immer kleiner wird. Keine von den Frauen, die zum Gully kommen, um ihren Eimer auszuleeren, sagt mir, dass ich wieder an die Arbeit gehen soll, und die Kinder tun, als wäre ich gar nicht da. Dann kann ich auch gehen. Eine neue Kassette aus dem Bunker holen, wenn Klaus noch nicht zurück ist.

Ich gehe wie Gideon die Straße entlang, nur in die andere Richtung, durch die Kurven mit den Holzkreuzen. Ich lese die eingebrannten Namen: André, Moritz, Pascal.

Kein einziger biblischer Name, kein einziger, der aus Welsum kommt. Wenn jetzt jemand mich überfährt und sie dann ein Kreuz für mich aufstellen, wäre ich der Erste, bei dem man denken könnte, ich wäre von hier. Benjamin, geliebter Sohn.

Als ich im Glashaus ankomme, ist keiner da. Es ist das erste Mal, dass Klaus mir einen Haustürschlüssel gegeben hat, weil Frau Gothel so lang krank war. Ich ziehe gleich im Windfang meine verklebten, schmutzigen Sachen aus. Aus der Hose fallen Raupen, tote und lebende. Ich trampele auf ihnen herum, bis sich keine mehr bewegt, und will gerade den Staubsauger aus dem Keller holen, da klopft es an die Terrassentür. Gideon, denke ich und gehe, in Unterhose, in den Wohnraum.

Hinter der Glaswand, auf der Terrasse, steht Hanna.

Sie grinst nicht, mit keinem Mundwinkel. Obwohl sie sieht, dass ich bloß eine Unterhose anhabe, und dass ich rot werde. Aber sie selbst sieht auch nicht richtig aus: Sie hat einen flauschigen roten Pullover an, der viel zu warm ist für den Tag, und sie sieht trotzdem aus, als würde sie frieren. Ihre Haare hängen offen runter und sie hat eine Hose an. Eine Frau, die das tut, ist dem Herrn ein Gräuel. Und noch dazu eine Jeans. Die darf in Welsum keiner tragen. Auch deshalb kriegt Gideon so viele Schläge in der Schule. Ich mache die Terrassentür auf.

»Kann ich rein?«

»Ja, klar.«

Sie ist noch nie im Glashaus gewesen und sieht sich um wie in einem Museum. Sie spricht auch ganz leise und passt auf, dass der vollgestopfte Jutebeutel, den sie über der Schulter trägt, nirgendwo anstößt.

»Wo is dein Zimmer?«

»Oben.«

Ich gehe vor, was ein Fehler ist, denn jetzt hat sie meinen Hintern – in Unterhose – genau vor ihrem Gesicht. Als wir oben sind, grinst sie, mit einem Mundwinkel, sagt aber nichts. Im Zimmer lacht sie kurz, als sie das Walposter sieht. Dann setzt sie sich vorsichtig auf mein Bett und blättert, während ich mir eilig eine Hose und ein T-Shirt anziehe, im Reisekatalog.

»Wolltes du einglich da deine Ferien verbringn?«, fragt sie.

»Nee«, sage ich.

»Doch zu schön hier, oder was?« Sie verzieht das Gesicht und krümmt sich, als hätte ihr jemand in den Bauch geschlagen. Zuerst denke ich, das ist ein Spaß und lache, aber das ist ernst. Sie hat irgendwas.

»Bist du krank?«

»Nich mehr als sons. Wo isn das Klo?«

Ich gehe mit ihr aus dem Zimmer raus auf die Galerie und zeige es ihr, als könnte sie sich auf den zwei Metern zur Badezimmertür verlaufen. Sie bleibt lang drin, mit ihrem Jutebeutel. Ganz kurz höre ich die Dusche laufen, dann ist es wieder still. So lang, dass ich überlege, anzuklopfen, aber da geht die

Tür auf. Hanna ist blass und ihr Atem riecht, als hätte sie gekotzt. Ihre Haare sind feucht.

»Mir gehts doch nich so …«, sie hält sich den Bauch, »has du vielleicht ne Wärmflasche?«

»Ja, klar.« Ich laufe nach unten in die Küche und schalte den Wasserkocher an. Schaue auf die Uhr am Herd, während ich warte, dass das Wasser heiß wird, und frage mich nicht, warum sie nicht nach Hause geht, wenn sie krank ist. Ich bin zu glücklich.

Als ich in mein Zimmer komme, liegt Hanna auf meinem Bett, eingerollt wie ein Baby. Sie nimmt die Wärmflasche und legt sie sich auf den Bauch und ich kapiere, was mit ihr los ist. Renée muss ich auch immer eine Wärmflasche machen, wenn sie ihre Tage hat.

»Kann ich vielleicht hier bleibn heute?«

»Ja, klar«, sage ich. Für immer. Ich setze mich auf die Bettkante. Hanna schließt die Augen.

»Du darfs nur keim sagn, dass ich da bin, ja.«

»Ja, klar.«

Ich schaue sie lange an, irgendwann setze ich mich auf die Bettkante. Hanna rührt sich nicht. Ist sie eingeschlafen? Will sie etwa über Nacht hierbleiben?

Sie nickt müde.

»Dann kriegt Klaus aber mit, dass du hier bist. Der kommt gleich nach Hause.«

»Ich mach kein Mucks.«

»Und morgen kommt auch Frau Gothel, ganz früh.«

»Die kommt doch hier nich rein, oder?«

»Doch, ständig.«

Hanna lächelt mit einem Mundwinkel und sagt: »Armer Kerl.« Ich muss an Gideon denken, wie der Junge ihn geschlagen hat.

»Warum gehst du nicht einfach nach Hause? Die machen sich total Sorgen.«

»Ich geh ja, aber nich so. Ich muss erst wieder fit sein. Komm, Benni, eine Nacht, oder zwei. Ich versteck mich unterm Bett, wenn die Gothel reinkommt.«

Da habe ich die Idee: »Ich weiß, wo du hinkannst. Da findet dich nie jemand.«

Hanna duckt sich angeekelt weg von den Schädeln entlang der Kellertreppe und vor der Bunkertür drückt sie ihren Jutebeutel an sich wie ein Kuscheltier. Ich öffne die Tür, alle drei Hebel, aber Hanna ist gar nicht beeindruckt von meiner Stärke.

»Keine zehn Pferde«, sagt sie. Wie Renée früher, wenn ich gefragt habe, ob sie nicht mitkommen will nach Welsum. Mit mir. Vatermutterkind. Keine zehn Pferde kriegen mich in das Kaff. Aus so einem Dorf kommst du so wenig weg wie von einer Insel.

»Komm, das ist cool da drin«, sage ich und trete in die Schleuse ein.

Hanna schüttelt den Kopf.

»Was, wenn wir die Tür nich wieder aufkriegn? Wenn die klemmt?«

»Die klemmt nicht, Klaus kontrolliert das alles ständig.«

»Und wenn uns die Luft ausgeht?«

»Es gibt eine Lüftung, elektrisch.«

»Und wenn uns der Strom ausgeht?«

»Dann müssen wir kurbeln.«

Da grinst sie, schwach, und kommt mir nach. Ich zeige ihr das Werkzeug, die Toilette, die beiden Notfallrucksäcke.

»Das is deiner?« Immer noch derselbe Kindergartenrucksack mit Plüschtier dran. »Kriegt der nich mit, dass du wächst, oder was?«

Durch die zweite Tür geht sie voran. Und sie findet es wirklich cool.

»Aber die Tür nich ganz zumachn«, sagt sie.

Dann klettert sie hoch auf die obere Pritsche, mit Wärmflasche und Beutel. Ich suche eine Kassette aus, dann lege ich mich unter sie.

I was blinded by the devil, born already ruined.

Ich kann genau sehen, wo ihr Körper ist, die Matratzen liegen auf groben Metallgittern, die sich leicht durchbiegen. Da liegt ihr Kopf, da ihr Po, und da hängt eine Hand über den Rand, die ich anfassen könnte.

I'm so glad, so glad, I want to thank You, Lord.

Bevor Klaus nach Hause kommt, gehe ich wieder nach oben, damit er nicht sieht, wo ich war. Später essen wir Cornflakes, schauen die Tagesschau, den Tierfilm, wünschen eine gesegnete Nacht. Alles ist wie immer, nur habe ich ein Geheimnis, das ich auch Renée nicht verrate am Telefon.

»Du klingst aber happy heute, Benji, was ist los bei euch?«

»Nichts, alles wie immer.«

Im Bett bete ich, dass Klaus nicht ausgerechnet heute Nacht Angst vor irgendetwas kriegt und selbst im Bunker schlafen will. Kurz vor Mitternacht schleiche ich wieder nach unten.

Im Bunker ist Licht an, das sieht man von der Kellertreppe aus, weil die Tür zu weit aufsteht. Hanna wälzt sich auf ihrer Pritsche, stöhnt und wimmert, als hätte sie einen Albtraum. Der Jutebeutel ist heruntergefallen, ein paar Dinge sind rausgerutscht: Unterwäsche, Damenbinden, eine goldene Wimpernzange.

»Mach was«, sagt Hanna, »mach irgendwas.«

Ich denke, sie redet im Schlaf, aber dann sagt sie meinen Namen: »Jetz mach doch was, Benni!«

»Soll ich die Wärmflasche noch mal …«

Sie wirft mir die Flasche an den Kopf.

»Und bring Schmerztablettn mit. Oder Bier. Oder beides.«

Ich bin mir nicht mehr sicher, ob sie wirklich nur ihre Tage hat. So ist das bei Renée nicht. Sie sieht wirklich schlecht aus, kreidebleich. Ich möchte Klaus holen, oder am allerliebsten Renée anrufen, aber das sage ich nicht, ich sage nur, dass es bei uns im Haus kein Bier gibt.

»Klaus trinkt überhaupt keinen Alkohol.«

»Dann hol was anderes. Aspirin oder so. Nein, warte, kein Aspirin, Ibuprofen habn sie gesagt.«

»Wer?«

»Jetz mach schon, Benni.«

Ich gehe hoch und finde tatsächlich eine Packung Schmerztabletten und nehme auch noch eine Dose mit kalten Nudeln, einen kleinen Kuchen und eine Flasche Saft mit nach unten. Ich rieche das Gras schon auf der Kellertreppe. Hanna lächelt, mit beiden Mundwinkeln.

»Hab schon was gefundn, das hilft.« Sie sieht irgendwie dämlich aus, wenn sie so breit grinst, aber ich bin froh, dass sie nicht mehr wimmert.

»Das kannst du hier nicht machen, das riecht man im ganzen Haus.«

Es soll streng klingen, aber es hört sich an wie betteln.

»Wenn Klaus rauskriegt, dass wir hier unten sind – das ist kein Spielzimmer, das darf man in Friedenszeiten eigentlich gar nicht – und es darf auch überhaupt niemand außer mir wissen, dass wir den Bunker haben, der ist überhaupt nur für zwei bis vier …«

»Is ja gut, Benni«, Spott im Mundwinkel, »wenn du nachher n paar Streichhölzer im Flur anzündes, wird dein Vater nix riechn.«

Sie wirft mir eine Schachtel Streichhölzer zu, ich gebe ihr die Schmerztabletten. Die ganze Packung. Sie nimmt vier Stück. Ich gebe ihr die kalten Nudeln und den kleinen Kuchen und lege mich auf die untere Pritsche. Sie isst, als hätte sie tagelang nichts gegessen, ich kann sie schmatzen hören. Als sie fertig ist, streckt sie sich aus, ein Fuß fällt aus dem Bett, er steckt nackt in einem bunt angemalten Turnschuh. Unter ihrem Knöchel ist Dreck, ein ganz schwarzer, krümeliger Fleck. Ich strecke meine Hand aus und berühre ihn. Sie zuckt und zieht den Fuß ein. Aber kurz darauf hängt sie ihren Arm aus dem Bett, die Finger winken.

Ich denke trotzdem lange nach, ob sie wirklich will, dass ich sie anfasse. Vorsichtig strecke ich meine Hand aus. Sie hält mich sehr fest und dann erzählt sie leise, wo sie war. In Dortmund, bei einer Freundin von Maria, die Hebamme ist.

»Immer, wenn Mama schwanger war, is sie zu Ruth. Wenn sie rechtzeitig war, hat die ihr geholfn, die Kinder zu verliern und wenn nich, hat sie ihr geholfn, sie zu kriegn.«

Es dauert, bis ich kapiere: »Du bist schwanger?«

»Nich mehr«, sagt Hanna und sofort denke ich an blutige Stricknadeln und schmutzige Küchentische, Bilder aus Filmen, wie Renée sie sich gern anschaut. Geburt und Tod, Sex und Blut, Schönsein – dasselbe, was auch in Klaus' Tierfilmen passiert. Nur zu noch schlechterer Musik.

Zwischen Hannas und meiner Hand bildet sich Feuchtigkeit, und ich lasse sie los.

»Es war nich schlimm«, sagt Hanna, »ich musste nich ma die Nacht im Kranknhaus bleibn. Weisheitszähne rausholn war schlimmer.«

»Weiß Gideon das?« Sonst weiß Gideon alles, sie flüstern nachts im Bett, das hat er mir erzählt. Hanna ist seine beste Freundin.

»Bis du wahnsinnig? Gideon is doch noch viel zu klein. Außerdem, der wird bald getauft, und da holn die alles aus ihm raus, ob er will oder nich.«

Ich verstehe nicht ganz, was sie meint, aber ich frage nicht nach. Manches will ich nicht wissen.

»Und Lea?«

»Spinns du? Die erzählt doch sogar ohne Beichte alles, und wenn sie nix hat, denkt sie sich was aus, damit sie bestraft werdn kann. Nee, ich hab nur Mama davon erzählt. Und die hat mir dann die Adresse von Ruth gegebn. Ich glaub, sie dachte, ich krieg das Kind, lass es adoptiern und bleib da. Werd Kranknschwester oder so. Aber das konnt ich nich. Ich mein, ich weiß ja wenigstns, wer meine Mutter is, aber das Kind wüsste dann ja gar nix. Und außerdem, die Geburt? Nee, danke. Das Wegmachn hat mir schon gereicht.«

Ich möchte mir die Ohren zuhalten und laut singen. Ich will nicht wissen, dass ein Kind aus ihr rausgeholt wurde, und ich will schon gar nicht wissen, wie es in sie hineingekommen ist. Ich hoffe nur, dass Gott uns hier unten wirklich nicht hört, und dass kein Blut auf die Matratze kommt, denn das kriegt man nicht mehr raus und dann weiß Klaus, dass wir hier waren. Bevor sie noch mehr erzählen kann, stehe ich auf.

»Penns du nich hier?«, fragt Hanna.

»Nee, wenn Frau Gothel morgen kommt, muss ich in meinem Bett liegen. Habe ich doch gesagt.«

»Okay, aber mach die Türn nich ganz zu, ja?«

»Ja, klar.«

Als ich schon in der Schleuse bin, sagt sie noch mal: »Benni?«

»Ja?«

»Nichts. Schlaf gut.«

Let Your Fingers Do the Walking

Zwei Tage blieb ich im Bett. Der kleine weiße Wal unter mir musste inzwischen so zerschlagen sein, wie ich mich fühlte. Ab und zu schaute ich auf mein Telefon und versuchte auszurechnen, wie viel Uhr es in New York war, aber das klappte nicht richtig. *There is a liquid sky all over the world.*

Wenn ich aus dem Fenster schaute, war es mal dunkel, mal heller, manchmal schneite es, manchmal nicht. Manuel schrieb:

wo bist du?

Heute war deine Beerdigung. Ich lag im Bett und antwortete nicht. Ich war in meinem Leben auf genug Beerdigungen gewesen, von Menschen, die ich wirklich gekannt hatte. Dich hatte ich ein einziges Mal gesehen.

wo bist du?

Außerdem hätte ich gar nichts zum Anziehen gehabt. Für Renées Beerdigung hatte Vicky mir eine Krawatte gekauft und sie mir auch umgebunden. Für Hannas Beerdigung hatte Frau Gothel meine Lieblingsjeans schwarz gefärbt. Damit kannte sie sich aus, *hm?,* sie färbte seit Jahren alle ihre Kleider schwarz. Allerdings hatte sie noch nie Jeanshosen gefärbt und die vorher orangefarbenen Nähte hatten ein abscheuliches Braun angenommen.

ich geh jetzt los, schrieb Manuel. Ich hatte die Hose wegwerfen müssen. *Let your fingers do the walking.*

Ich schloss die Augen. Als ich sie das nächste Mal öffnete, stand auf dem Nachtkästchen ein Teller mit Fischstäbchen und Toastbrot. Draußen war es dunkel und – ich schaute auf mein Telefon – in New York war es Mittagszeit. Ich hatte zwei Tage im Bett gelegen. Vicky hatte einen neuen Mantel und Lea hatte zwei neue Zimmer in Deborahs Puppenhaus eingerichtet. Eine winzige Bibel auf dem winzigen Nachtkästchen. Manuel hatte geschrieben: *wo warst du?*

Ich legte das Telefon weg und aß. Die Fischstäbchen waren kalt, der Toast labberig. Ich aß trotzdem alles auf und war eben fertig, als es an die Tür klopfte und Gideon hereinkam, ohne meine Antwort abzuwarten.

»Wie isses? Kanns du mit zum Stammtisch heute? Du bis doch unser Ehrngast.«

»Ja, klar.«

Verleih uns Frieden gnädiglich

Das Dorf war unverändert Postkarte: Kopfsteinpflaster, Fachwerkimitat, schiefe Dächer. Alles glänzte feucht von den wässrigen Schneeflocken, die unregelmäßig fielen. Ich war froh, dass ich den Anorak von Leas Mann trug und nicht meinen eigenen nutzlosen Parka. Gideon parkte direkt vor dem Krug. Das alte Schild hing noch, aber es waren neue rote Neonbuchstaben darüber angebracht: Habibis Bierbar. An den Butzenscheiben in der Tür klebte ein Aufkleber *Raucherclub*, auf der Türmatte stand *Members Only*.

Gideon hielt mir die Tür auf. Eine Wand aus Spielautomatengeräuschen, Stimmen und Zigarettenrauch. Wir hängten unsere Jacken an die übervolle Garderobe und Klaus ging voraus. Es gab mehr Tische als früher und sie waren alle besetzt, es mussten dreißig oder vierzig Leute sein. Nicht nur alte Männer, auch junge, und Frauen, nicht an eigenen Tischen, sondern zwischen den Männern, mit Biertulpen vor sich. Viele eindeutig Schwestern in Christus, aber auch andere.

»Damit has du nich gerechnet, was?«, Gideon sah stolz aus, »und das sind noch nich ma alle.«

An dem Tisch, der früher allein der Stammtisch gewesen war, saßen die Männer, die an meinem ersten Abend auch im Glashaus gewesen waren: der junge Reitwein, Bauer Eigendorf, die Engels, diesmal alle vier, und zwischen ihnen ihre Frauen. Alle hatten dieselben leicht rosa schimmernden blonden Haare.

»Kenns du die noch?«, fragte Gideon. »Das sind die Oppstiehls.«

Sie warteten lächelnd, bis ich mich an sie erinnerte: drei rosahaarige Mädchen, die zwischen vier schmutzig blonden Jungen quer auf den in der Sonne gleißenden Schienen liegen. Herkulesstauden werfen Schatten auf ihre nackten Füße.

»Wer zuerst aufsteht, hat verloren.«

»Genau die«, sagte Gideon.

Sie hatten Plätze für uns freigehalten: Klaus am Kopf des Tisches, ich links von ihm und neben mir Gideon. Klaus schob die Baumscheibe, in die der Alte vor langer, langer Zeit mit einem Lötkolben das Wort *Stammtisch* gebrannt hatte, zur Seite und stellte seinen Laptop vor sich auf den Tisch.

Eine Kellnerin kam. Sie war ungefähr in meinem Alter, hatte lange, oben schwarz und an den Spitzen blond gefärbte Haare, aus denen zwei abstehende Ohren herausragten.

»Und du bist Benni aus der großen Stadt.« Sie gab mir die Hand.

»Yasemine gehört der Ladn hier«, sagte Bauer Eigendorf. Er sprach den Namen Jaseh-miene aus.

»Eigentlich meinem Vater«, sagte Yasemine. »Was willst du, ein Bier?«

»Mag er nich«, sagte Gideon.

»Wir haben auch Wein«, sagte Yasemine.

»Gern, danke.«

Klaus bestellte Wasser und ich ärgerte mich, dass ich das nicht auch getan hatte. Der Wein war sauer und trocknete meinen Mund fast genauso aus wie Bier. Außerdem wollte ich nicht angetrunken sein, wenn ich gleich reden musste. Ich wollte nicht versehentlich etwas sagen über dich. Eigentlich wollte ich gar nichts sagen, schon gar nicht vor so vielen Leuten.

Klaus klopfte mit einem Kugelschreiber an sein Wasserglas und eröffnete die Sitzung.

»Punkt eins: Entlastung des Vorstands.«

Er redete eine Weile und ich versuchte, Gesichter zu erkennen. Die meisten nickten mir zu, als hätten sie mich früher gut gekannt, und ich nickte zurück, ohne eine Ahnung zu haben, wer sie waren. Erstaunlich viele von den jüngeren Schwestern trugen ihre Haare wie Lea: statt der üblichen geflochtenen Zöpfe in einem Kranz um den Kopf gelegt. Einen einzigen Menschen erkannte ich, Doktor Hintz, den Dorfarzt, mit den gelben Pflanzenfresserzähnen. Er prostete mir zu. Es gab ein paar Abstimmungen, dann gingen sie über zum nächsten Tagesordnungspunkt: dem Wald.

»Dem geht's so schlecht wie seit 1984 nich.«

»Am schlimmstn sind Fichtn, die habn am meistn gelittn.«

»Ja, die schaffn das hier nich mehr, die Sommer sind viel zu heiß.«

»Wo is denn der Ursprung? Der muss da doch was kenn, als Gärtner.«

»Der Alte is immer noch fußkrank«, sagte Gideon.

»Wir brauchn diese japanischn Bäume«, sagte eine der Oppstiehls und zeigte der Runde an unserem Tisch auf ihrem Telefon ein Foto von einem rotviolett beblätterten Baum. »Blutahorn. Die haltn alles aus, Hitze, Frost. Und kriegn auch keine Borkenkäfer. Und die sind auch noch richtig schön, aber teuer.«

»Da könnten wir helfen«, sagte ein Mann, der eben erst hereingekommen war. Er hatte lange, wellige Haare und einen flauschigen Vollbart, der zu seiner weichen Stimme passte. Er trug einen Parka, der aussah wie meiner und offenbar genauso nutzlos war, denn er rieb sich jetzt kräftig mit den Händen über die Oberarme.

Ein paar kannten ihn, aber die meisten starrten ihn an, wie man in Welsum eben Fremde anstarrt.

»Entschuldigung, ich wollt nicht unterbrechen«, er lächelte, zog den Parka aus und kam zu unserem Tisch.

Der junge Reitwein sprang auf und holte ihm einen Stuhl, die Engels und Oppstiehls rückten, damit der Mann sich mir gegenüber an Klaus' Seite setzen konnte. Er lächelte mir zu: »Ich bin Reiko.«

»Ben.«

Er nickte, aber nicht so, als hätte er das längst gewusst, sondern als würde er sich freuen, nicht der einzige Fremde hier zu sein.

»Und ihr habt wirklich Geld?«, fragte Gideon, überraschend unfreundlich, den lächelnden Reiko.

»Wir nicht, aber wir können Geld sammeln. Wir haben eine ganz gute Reichweite. Und ich glaube, Lea könnte auch einiges zusammenbekommen.«

Klaus nickte und tippte etwas und dann redeten sie lang darüber, welche Bäume man anpflanzen könnte.

Japanische Kirsche, Wisteria.

»Das is ne Kletterpflanze!«

»Gibts denn gar keine deutschn Bäume mehr?«

»Besser fremde Bäume als gar kein Wald.«

Ich entspannte mich. Es sah nicht so aus, als würde noch jemand an meiner Geschichte interessiert sein. Mir fiel erst jetzt auf, dass hier überhaupt keine Musik lief außer dem Gedudel der Spielautomaten. Ich trank noch etwas von meinem Wein. Reiko, der ebenfalls Wein trank, prostete mir zu und lächelte. Auch er sah gelangweilt aus. Ich fragte Gideon, wo die Toilette war, und ging dann an den dudelnden Spielautomaten vorbei hinunter in den Keller.

Es gab keinen Spiegel über dem Waschbecken und ich blieb lange unten, trank etwas von dem kellerkalten Wasser aus der hohlen Hand. Als ich wieder nach oben kam, war alles still, bis auf Reikos weiche Stimme.

»Was ist das für eine Mutter, die ihr Kind in ein Boot setzt, das den sicheren Tod bedeutet? Was ist das für eine Mutter, die ihrem Kind die Wurzeln, die Heimat, die Familie stiehlt, für ein bisschen mehr Geld?«

Er hatte sich hingestellt und las die Sätze von seinem Telefon ab. Immer, wenn er aufblickte, sah er jemanden an und lächelte, bevor er wieder auf sein Telefon schaute.

»Wenn im Mittelmeer Kinder ertrinken«, las Reiko, »dann kann man dafür niemand anderem die Schuld geben, als den Müttern, die diese Kinder in die Boote gesetzt haben.«

Mir fiel ein, was Simon gesagt hatte: Die lassen sich von echten Nazis helfen. Ich sah Reiko an, der immer noch mit weicher Stimme seine menschenverachtenden Gedanken vorlas. Ich wäre am liebsten gegangen. Einfach raus. Stattdessen schlich ich mich geduckt zurück zu meinem Platz, wie in einer Theateraufführung. Die meisten Anwesenden nickten zu dem, was Reiko las, aber aus einigen Ecken kam auch aufgeregtes Flüstern und eine Frau – mit Leas Haarkranzfrisur – sagte halblaut: »Das ist völlig aus dem Kontext gerissn.« Als Reiko sich setzte, klopften dann aber doch fast alle mit den Fingerknöcheln auf die Tische. Ich nicht. Immerhin das machte ich nicht.

Reiko trank einen großen Schluck von seinem Wein und lächelte mir zu. Auch die Engels sahen mich an, Bauer Eigendorf und Klaus.

»Du bis dran, Benni«, flüsterte Gideon.

»Was?«

»Was du uns letztes Ma erzählt has«, Bauer Eigendorf nickte mir aufmunternd zu. »Von dem Anschlag.«

»Es war kein Anschlag.«

Reiko lachte leise und ich wurde wütend. Nicht auf ihn, auf mich, dass ich immer noch hier saß, dass ich überhaupt mitgekommen war, dass ich nicht einmal darüber nachgedacht hatte, weshalb sie wollten, dass ich erzählte, was passiert war. Benni, du Blödmann.

»Ich kann auch nicht mehr sagen als das, was bereits aus den Nachrichten bekannt ist.«

»Nich dein Ernst«, Gideon sah mich an, als wollte er ausspucken.

»Lass ihn«, sagte Reiko, »er hat doch recht. Wir wissen alle genau, was passiert ist. Die Einzelheiten sind auch gar nicht wichtig. Bitte nicht falsch verstehen«, er sah mich freundlich an, »ich will das auf keinen Fall kleinreden, was dir da passiert ist. Aber die Erkenntnis, die man daraus gewinnt, die ist doch immer die gleiche: Es funktioniert nicht.«

»Was funktioniert nicht?«, fragte ich und ärgerte mich sofort darüber, weil es jetzt klang, als hätten wir das Gespräch genau so einstudiert.

»Multikulti«, sagte der junge Reitwein, »Weiß du, wie viele junge Männer deutscher Herkunft es heut noch in Deutschland gibt?«

»Was hat das damit zu tun?«, fragte ich und hörte meine Stimme wacklig werden, und immer leiser, wie an der Uni, wenn ich Referate halten sollte. »Die Kinder, die das gemacht haben, waren, soweit ich weiß, deutsch.«

»Die Angst«, sagte Reiko, »es geht um die Angst, die wir alle haben, und eben nicht grundlos. Denn auch wenn es in dem Fall kein Anschlag war, so haben wir doch genügend echte Anschläge erlebt, und da ist es absolut verständlich, dass du in so einer Situation als Erstes denkst, dass auf dich geschossen wird. Man kann sich eben nicht mehr sicher fühlen. Und das hat etwas damit zu tun, dass hier zu viele Menschn aus fremden Kulturn leben.«

Ich stand auf.

»Wo wills du denn hin?«, fragte Gideon.

»Ich will mit so was nichts zu tun haben«, sagte ich, nicht ganz so laut, wie ich es gern getan hätte. Ich schaute zu Klaus, der die ganze Zeit nur auf seinen Laptop blickte und ab und zu etwas tippte. Er wirkte seltsam desinteressiert. Blickte auch nicht auf, als ich den Tisch verließ und mit meinem Weinglas zum Tresen ging, wo Yasemine Gläser spülte. Sie trocknete ihre Hände ab und wollte mein Glas auffüllen.

»Nein, danke, nur ein Wasser, bitte.«

»Alles gut? Bis bisschn blass um die Nase.«

»Ja, klar, danke. Aber habt ihr eigentlich gar keine Musik hier?«

»Leider kaputt«, sagte Yasemine. Sie stellte mir ein Glas Leitungswasser hin und ich trank und versuchte, nicht zu hören, was sie hinter mir redeten, aber ein paar Frauenstimmen stachen immer wieder durch das Rauschen in meinen Ohren, sosehr ich auch versuchte, sie darin untergehen zu lassen.

»Also ich will nich eines Tages aufwachn und nach Moslemgesetzn lebn.«

»Und die Völker, die dir nicht dienen werden, werden zugrunde gehen, und ihre Länder werden verheert, ja verheert.«

Ich sah Yasemine an: »Stört dich das gar nicht?«

Sie hob eine Augenbraue. Es waren sehr schön geschwungene, dichte schwarze Augenbrauen über fast schwarzen Augen.

»Was meinst du?«

»Was die reden.«

»Warum? Meinst du, weil mein Vater Türke is, will ich nach der Scharia leben?«

»Nein, natürlich nicht, aber …«, ich schaute über meine Schulter, »die Völker werden zugrunde gehen?«

Yasemine lachte: »Du darfst das nicht so ernst nehmen. Du warst doch schon öfter hier, du kennst das doch. Früher waren die doch garantiert noch schlimmer.«

»Da war ich zu klein, glaube ich, und eigentlich ging es da auch immer nur um Abtreibung. Also, gegen Abtreibungen. Da waren keine Nazis dabei.«

Yasemine lachte laut: »Nazis? Die sind betrunken, das hört man doch. Hast du noch nie betrunken dummes Zeug geredet?«

»Nicht so dummes Zeug.«

Yasemine hob wieder ihre Augenbraue, nahm eine leere Biertulpe, hielt sie unter den Zapfhahn und ließ Bier hineinlaufen. »Kann ich kaum glauben«, sagte sie. »Aber ich weiß natürlich, was du meinst. Am Anfang hab ich das ja auch gedacht. Aber das ist alles Gerede. Das, worum es wirklich geht, ist der Wald, und ich finde, es zählt, was wir tun, nicht, was ein paar von uns im besoffenen Kopf hier erzählen.«

»Uns?«

»Ja, ich bin auch dabei.« Sie schloss den Zapfhahn und stellte das volle Bier auf ein Tablett. »Können also gar nicht alles Nazis sein«, sie zwinkerte mir zu, in Zeitlupe, sodass ich das grüne Glitzern auf ihrem Lid sah. Dann nahm sie die nächste leere Tulpe, drehte den Zapfhahn auf, das Bier strömte weiß hinein und wurde gelb.

»Aber das, was dieser Reiko da vorgelesen hat …«

»Was er da vorgelesen hat, das hätte er gar nicht lesen dürfen«, sagte Yasemine, »das hat Lea längst gelöscht.«

»Lea?«

»Gideons Schwester? Die, mit der du jeden Tag spazieren gehst? Von ihr ist der Text. Aber so wie Reiko es gelesen hat, kommt das falsch rüber. Das hat ne ganz lange Vorgeschichte.«

Yasemine stellte das Bier ab, nahm das nächste leere Glas und erzählte sie mir.

»Du hast bestimmt die Buchhandlung am Bahnhof gesehen, da, wo früher ein Friseur war. Die machen manchmal

Lesungen für Kinder, und bei einer wurde ein Buch vorgelesen, über schwarze Schafe, die von Wölfen gejagt werden und übers Meer fliehen und dann ertrinken, weil ihnen die weißen Schafe, die im Land auf der anderen Seite leben, nicht helfen wollen. Die Geschichte war wohl schon schlimm genug, aber die Buchhändlerin hat dann auch noch extra betont, dass das wahr ist, und dass wir hier in Deutschland die weißen Schafe sind und die anderen schwarzen Schafe ertrinken lassen. Das hat den Kindern natürlich Angst gemacht, und Leas Sohn hat sich buchstäblich in die Hose gemacht. Und daraufhin hat Lea das geschrieben. Um deutlich zu machen, dass das Thema sehr komplex ist, eben nicht einfach nur weiße und schwarze Schafe, und absolut nicht für Kinder geeignet.« Yasemine schloss den Zapfhahn und stellte ein letztes Bier auf das Tablett.

»Und das, was Reiko da gelesen hat, ist dabei rausgekommen?«

»Nicht ganz«, sagte Yasemine. »Er hat da einiges weggelassen. Und Lea ist auch ziemlich schnell klar geworden, dass sie damit übers Ziel hinausgeschossen ist, und sie hat das dann auch gelöscht.«

»Gelöscht? Sie hat das online gestellt?«

»Und wieder gelöscht«, sagte Yasemine, »also alles längst geklärt.« Sie nahm das Tablett und ging zu den Tischen.

Eine sehr junge Schwester, die ihre Haare wie Lea zu einem Kranz um den Kopf geflochten hatte, sagte: »Manchma kann man nich nur betn. Da muss man selbst Gottes Werk tun«, und mir wurde klar, dass ich nicht der Einzige war, der sich jeden Abend im Bett Leas Leben ansah. Alle Frauen hier schauten sich das an, und anders als ich verstanden sie, was sie da sahen. Folgten den Links und wussten genau, worum es bei den gottgefälligen Flechtfrisuren, den schnellen Brotrezepten, den Bonhoeffer-Zitaten ging. Eine von den Frauen stimmte jetzt ein Lied an, dessen erste Zeile ich auch schon gestickt auf einem von Leas Fotos gesehen hatte: »Es ist ja doch kein anderer nicht, der für uns könnte streiten.« Nach und nach stimmten alle mit ein: »Als wir und unser Gott allein.«

Es klang wie in der Turnhalle, doch statt Heiligkeit zitterte etwas ganz anderes in der verrauchten Luft. Etwas, das mir Übelkeit bereitete. Ich stand auf, griff den roten Anorak von Leas Mann von der Garderobe und ging nach draußen, bevor Yasemine zurückkommen und mir erklären konnte, dass auch das alles nicht so gemeint war.

»Schön«, war das Letzte, was ich hörte, bevor sich die Tür hinter mir schloss, »schön, dass man wieder singen darf bei euch, Ya-se-mi-ne.«

Nowhere

Draußen war es schön. Nach dem verrauchten Raum kam mir hier alles überdeutlich und klar vor, das Kopfsteinpflaster glänzte feucht, es hatte wieder angefangen zu schneien und das Rauschen in meinen Ohren dämpfte die Welt, als würde der Schnee schon zentimeterhoch liegen. Tatsächlich lag nur auf den Hecken vor den Häusern und auf dem Sattel des einzigen Fahrrads, das entlang der Straße an einer Laterne lehnte, eine ganz dünne, durchscheinende weiße Decke, die sich, wenn ich mit der Fingerspitze darüberfuhr, augenblicklich in Tropfen verwandelte. Ich zog den Reißverschluss des roten Anoraks bis unters Kinn hoch, setzte meine Mütze auf und den Kopfhörer.

Don't send me out to my cold car.

Nach und nach kamen die Ersten aus der Kneipe, nickten mir zu, wünschten eine gesegnete Nacht, schlossen die letzten Knöpfe an ihren Jacken, setzten die Mützen auf und gingen nach Hause.

Gideon, Reiko und Klaus kamen als Letzte.

»Gehts wieder?«, fragte Gideon, »die Luft da drin is wirklich übl.«

Reiko sah mich an, als wollte er mir gleich die Hand auf die Stirn legen.

»Alles gut? Ist ein schwieriges Thema.«

»Nicht wirklich«, sagte ich.

Reiko nickte verständnisvoll: »Hab ich früher auch gedacht. Ich dachte, das ist alles ganz einfach, soll jeder leben, wie und wo er will und alles ist gut. Aber dafür sind wir alle doch leider zu verschieden. Selbst Helmut Schmidt hat gesagt, es war ein Fehler, so viele Ausländer herzuholen. Wusstest du das? Wurzeln und Heimat, das sind wichtige Dinge. Sonst wärst du doch jetzt auch nicht hier. Dir ist etwas Schreckliches passiert und du bist dorthin geflüchtet, wo du dich sicher fühlst. In die Heimat.«

»Ich bin nicht von hier«, sagte ich.

»Nicht?«

»Nee«, sagte Gideon und schlug mir zu fest auf den Rücken, »Bennis Heimat is der Himmel, und bis er dahin darf, is er hier am nächsten dran, oder, Benni?«

Reiko und Gideon lachten, Klaus nicht. Er stand etwas abseits, als hörte er gar nicht zu, und prüfte immer wieder mit einem Fuß, wie rutschig das Kopfsteinpflaster war. Dann fragte er Gideon: »Hast du Winterreifen aufgezogen?«

»Noch nich«, sagte Gideon.

»Ich hab auch keine«, sagte Reiko und ging zu dem Fahrrad, das an der Laterne lehnte. Er schob es auf die Straße und schwang sein Bein über den Sattel.

»Beim nächstn Mal redn wir länger, ja? Wenns nich so kalt is.«

Sicher nicht, dachte ich, aber ich sagte gar nichts. Klaus antwortete für mich: »Nein, Benjamin fährt morgen wieder.«

»Echt?« Gideon starrte mich an. »Ich dachte du has Krankschein bis Weihnachtn.«

Ich schaute auf Klaus. Er sah mich nicht an, er betrachtete die Straße, auf der inzwischen deutlich der Schnee liegen blieb. (Ich weiß nicht, warum ich dich nie leiden konnte.) Benjamin heißt Blödmann, nicht geliebter Sohn.

»Schade«, sagte Reiko, »aber dann gute Reise.« Er winkte mit den Fingern und fuhr davon.

Klaus saß, wie auf der Hinfahrt, vorn neben Gideon und hielt sich an dem Haltegriff über dem Seitenfenster so fest, dass seine Fingerknöchel ganz weiß wurden. Irgendwann sagte Gideon: »Wusstet ihr, dass das Ding sogar Angstgriff heißt?« und warf über den Rückspiegel einen Blick auf mich. »Ach, ich dachte, du hängst da auch dran.«

»Nein.«

»Dann is ja gut.«

Danach sagte niemand mehr etwas. Ich setzte meinen Kopfhörer auf, lehnte den Kopf an das kühle Fenster, atmete mein müdes Spiegelbild blind und wischte es weg. Im Dunkeln war der Wald eine unbewegliche schwarze Wand und nur die vorbeifliegenden Straßenlaternen und die Kreuze im Straßengraben zeigten, dass das Auto sich doch bewegte.

Nowhere is where I'm headed to.

Was hatte ich denn erwartet? Es war eine Scheißidee gewesen, von Anfang an. Ich hätte längst zurückfahren sollen, meine Sachen packen und endlich eine Wohnung finden. Und Vickys Wände weiß streichen und dir eine Blume aufs Grab legen.

Renée hatte immer gesagt: Ein Dorf ist auch nichts anderes als eine Insel. Wenn du zu lang bleibst, kommst du nicht mehr weg. Hau ab, Benni. Oder willst du für immer hierbleiben und mit Nazis Bäume pflanzen?

Gideon hielt auf dem Asphaltfleck vor dem Glashaus. Klaus stieg so eilig aus, als hätte er tatsächlich Angst um sein Leben gehabt auf der Fahrt. Gideon ließ den Motor laufen, drehte sich aber noch einmal zu mir um und berührte mein Bein: »Warte kurz, Benni.«

Ich nahm den Kopfhörer ab.

»Du weiß, dass er das nich so meint, ja? Er is sauer gewesen. Er hatte dich so groß angekündigt, und du kriegs erst den Mund nich auf und sags dann, wir wärn alle Nazis.«

Er lachte. »Ich mein, ich kann da drüber lachen, aber du kenns doch Klaus.«

Wir schauten zu ihm, wie er ins Glashaus ging und die Tür hinter sich schloss.

»Wahrscheinlich macht er mir gleich gar nicht mehr auf«, sagte ich.

»Blödsinn«, sagte Gideon, »der kriegt sich wieder ein. Und du wills doch gar nich nach Haus, deine Frau kommt doch wahrscheinlich eh nich mehr zurück.«

»Doch, klar. Und ich hab versprochen, dass ich die Wohnung streiche, bevor sie da ist.«

»Mit Gipsarm?«

»Das geht schon.«

Gideon nickte, schaute wieder nach vorn und sagte, mich durch den Rückspiegel anschauend: »Na dann. Kanns ja ma wiederkomm, in fünfundzwanzig Jahrn, oder so.«

An diesem Abend schaute ich mir keine Bilder von Vicky oder Lea an im Bett. Ich packte meinen Rucksack, legte meinen Parka und meine von Frau Gothel geputzten nutzlosen Turnschuhe bereit und kaufte mir eine Rückfahrkarte.

Nowhere is where no one will be there.

Visions of Johanna

»Wir habn jeden einzelnen Baum gewaschn«, sagt Gideon, »wir hättn sie längst findn müssn. Oder ihre Leiche.«

»Hanna ist nicht tot«, sage ich.

Gideon spuckt in den fast ausgetrockneten Bach. Dann schaut er wieder rüber zum Wald, als hätte er Hanna verschlungen.

»Sie war noch nie länger als drei Tage weg«, sagt Gideon. »Eigentlich immer nur ne Nacht. Sie springt raus, fährt nach Dortmund, kommt zurück und macht mich wach, mit ihrn arschkaltn Füßn.«

Ihre Füße waren auch im Bunker kalt, richtig blau waren ihre Zehen, als ich am Morgen hinuntergekommen bin. Aber ihr ging es besser. Sie saß auf der oberen Pritsche und baumelte mit den Beinen. Sie hatte Panzerplatten gefrühstückt, das Wasser in den Wänden gefunden und sogar eine Tube Zahnpasta. Ich klebte die Kekspackung vorsichtig mit Tesafilm wieder zu, füllte den Silberbeutel, aus dem sie Wasser genommen hatte, mit Leitungswasser auf – voller Bakterien, aber die würde Klaus ja wohl kaum finden –, und die Zahnpastatube musste ich austauschen gegen eine neue, von oben, was gar nicht so einfach war mit Frau Gothel im Haus. Und dann füllte ich, was noch schwieriger war, die Wärmflasche neu auf, für Hannas Füße, und holte mehr Essen für sie. Schokolade, Wasser, Äpfel.

»Du bis so lieb, Benni. Wenn du jetz noch ein Kleid für mich organisiern könntes, kann ich auch wieder verschwindn.«

»Ein Kleid?«

»In der Hose kann ich hier nich rumlaufn.«

»Warum gehst du nicht, wenn es dunkel ist? Dann sieht dich keiner.«

»Und wenn doch? Bitte, Benni.«

Also ging ich zur Gärtnerei, um ein Kleid für sie zu besorgen. Gideon saß mit verquollenen Augen hinter der Kasse, wo sonst der Alte saß.

»Ist Lea gar nicht da?«

»Jetz frags du nach Lea?«, Gideon spuckt aus, »die is in der Fabrik. Malochn. Und der Alte is unterwegs.«

»Wollen wir hochgehen?«

»Nee, Mama liegt im Bett und heult. Wir könn raus, wenn du nich hier drin bleibn wills, aber nur in Gartn. Ich muss auf den Ladn guckn.«

Der gefällte Apfelbaum ist fort, an den übrigen Bäumen hängen noch ein paar Früchte, die meisten liegen faulig und zertrampelt auf dem Boden. Die kleinen Beete sind leer, nur nackte Erde. In der Regentonne schwimmen ein paar Gespinstreste, mehr ist nicht zu sehen von der Plage.

»Ich frage mich, wo die Motten sind. Wir haben doch bestimmt nicht alle Larven erwischt, da müssen doch welche geschlüpft sein.«

»Kanns ja ma im Glashaus Licht anlassn, wenns dunkel wird«, sagt Gideon, »dann has du in Nullkommanix die ganze Glaswand voll mit den Viechern. Und die sind groß, richtig groß. Wir hattn zwei im Schlafzimmer, du kanns dir nich vorstelln, wie Lea gekreischt hat«, er lacht, »aber sie is selber schuld. Hätte sie das Fenster nich zugemacht, in der Nacht …«

Er weint beinah. Aber ich darf Hanna nicht verraten, schon gar nicht an Gideon. Den durchleuchten sie vor der Taufe. Also lege ich nur meine Hand auf seinen Rücken und will ihn streicheln, wie Renée das bei mir macht, aber das fühlt sich total albern an und ich ziehe die Hand wieder weg. Gideon fragt leise: »Has du einglich viele Freunde zu Hause?«

»Ein paar«, sage ich. Doch in Welsum ist Gott nie weit weg und du sollst doch nicht lügen. Du hast Schulkameraden, aber Freunde sind das nicht.

»Ich hab auch nur dich«, sagt Gideon, »und Hanna.«

Seine Unterlippe zittert und dann schafft er es nicht mehr, die Tränen aufzuhalten. Er heult Rotz und Wasser, wirklich, es läuft ihm aus den Augen und aus der Nase, sein ganzes Gesicht ist nass und rot gefleckt, aber dabei macht er überhaupt kein Geräusch.

»Wollen wir doch nach oben?«, frage ich und bevor er antworten kann sage ich, »ich brauche ein Kleid für Hanna.«

Er rennt so schnell durch den Wald, dass ich kaum nachkomme. Erst an der Hecke, vor dem Loch wartet er auf mich. Der Kirschbaum im Garten sieht aus wie ein Skelett. Den haben wir vergessen beim Waldwaschen, und alle Blätter, alle Kirschen sind von den Motten aufgefressen.

»Der is wirklich hin«, sagt Gideon im Vorbeigehen. Und dann sagt er nichts mehr, damit Frau Gothel uns nicht hört. Die Terrassentür steht auf, wie immer, wenn sie putzt, und wir schleichen uns nach unten.

»Benni, du Blödmann«, Hanna setzt sich auf und lässt sich gleich wieder auf die Pritsche zurückfallen, als ich Gideon in den Bunker bringe. »Da hättes du auch gleich den Reitwein mitbring könn.«

Gideon sagt gar nichts. Er steht mit offenem Mund da und schaut sich um. Dass Hanna lebt, Schokolade isst, ein Buch liest und dabei des Teufels Musik hört, ist noch das Glaubwürdigste an diesem Ort.

»Was is das?«

»Ein Kugelschutzraum«, sagt Hanna und wirft ihm das Buch, in dem sie gelesen hat, zu. Es ist die Gebrauchsanweisung für den Bunker. Gideon setzt sich auf die untere Pritsche und blättert darin.

Hanna winkt mich zu sich. Ich spüre ihren Atem an meinem Ohr, als sie leise fragt: »Was has du ihm gesagt?«

»Gar nichts. Nur dass du hier bist.«

»Habt ihr wenigstns n Kleid mitgebracht?«

»Ja, klar.«

Ich hole das Kleid, das ich unter meinem T-Shirt versteckt habe, heraus. Hanna springt von der Pritsche herunter und zieht die Jeans aus.

»Wo has du die her?«, fragt Gideon.

»Geht dich nichts an.«

Hanna zieht auch ihr Shirt aus und steht ganz kurz ganz nah vor mir, nur im Unterhemd. Ich weiche etwas zurück, aber im Bunker ist für so etwas kein Platz, direkt hinter mir ist die Sitzecke, und ich plumpse auf einen der Metallstühle. Hanna grinst. Dann zieht sie das Kleid über, klettert wieder auf ihre Pritsche und zündet sich eine Tüte an.

»Nicht! Ich hab doch gesagt, das stinkt zu doll. Wenn Frau Gothel das riecht, oder Klaus!«

»Wir können doch die Tür zumachn«, sagt Gideon, und bevor wir ihn aufhalten können, ist er aufgestanden und hat die Tür zwischen Bunker und Schleuse geschlossen. Hannas Pupillen weiten sich, man sieht es ganz deutlich, weil das leuchtende Grün ihrer Augen fast völlig verschwindet. Aber sie sagt nichts, atmet tief den Rauch ein und macht die Augen dann zu.

Gideon sieht sich um, stupst den Jutebeutel, der auf dem Boden liegt, mit dem Fuß an, lacht dümmlich, als eine Binde herausrutscht, schaut sich die goldene Wimpernzange an, die ich auf den kleinen Tisch gelegt habe.

»Das is doch Mamas«, sagt er und hält sie hoch. »Bis du deshalb weggelaufn?«

Hanna lacht.

»Ach, Gideon, ich hab dich lieb«, sagt Hanna und tätschelt seinen Kopf. Er sieht sie wütend an. Er hat keine Ahnung, was passiert ist, aber er weiß genau, dass er, wenn er es je erfahren will, jetzt zeigen muss, dass er kein Kind mehr ist. Und dass er Geheimnisse bewahren kann. Er überlegt kurz, dann geht er zu Hanna, nimmt ihr die Tüte aus der Hand und zieht daran, als hätte er das schon hundertmal getan. Er hält die Luft an, kommt zu mir, nimmt mein Gesicht in beide Hände und pustet mir seinen Rauch in die Kehle.

Hanna sieht nicht beeindruckt aus.

»Gideon, du Idiot, du has am Sonntag Taufe, da muss du beichtn.«

»Na und?«

»Jetz tu nich so blöd, du weiß genau, was passiert, wenn die so was findn … Has du vergessn, wie Piet aussah, nachdem die mit ihm fertig warn?«

Gideon zuckt mit beiden Schultern: »Ich bin nich Piet.« Aber wir hören beide, dass er Angst hat.

»Was war denn mit Piet?«, frage ich leise.

»Den habn sie gesundgebetet«, sagt Hanna, »weil er gemerkt hat, dass er doch lieber Jungs küsst als mich.«

Sie grinst schief. Aber spöttisch ist es nicht, da zuckt etwas ganz anderes im Mundwinkel. Ich schaue schnell weg.

Danach sagt keiner mehr etwas. Gideon gibt mir die Tüte. Ich setze mich an den kleinen Tisch, rauche und spiele mit der goldenen Wimpernzange. Hanna macht die Musik lauter. Die Tür ist ja jetzt zu.

Ain't it just like the night to play tricks when you're tryin' to be so quiet? We sit here stranded, though we're all doin' our best to deny it.

Drei Hebel, krach, krach, krach, von außen umgelegt. Wie im Märchen. Hanna und Gideon sind eingedöst und haben nichts gehört und ich bin nicht sicher, ob das Geräusch wirklich war oder Traum. An meinem Kinn klebt getrocknete Spucke und mein Ellbogen tut weh, weil ich den Arm auf den kleinen Metalltisch gestützt, den Kopf in der Hand, eingeschlafen bin. Ich schaue auf meine Uhr: Gleich fängt die Tagesschau an, ich muss hoch, bevor Klaus sich vor den Fernseher setzt, sonst sieht er, wie ich aus dem Keller komme. Und Gideon muss auch nach Haus, wenn jetzt noch einer fehlt, rufen sie am Ende doch noch die Polizei.

Ich wecke Gideon und wir schleichen uns aus dem Raum in die Schleuse. Gideon bleibt vor der Außentür stehen und befühlt die dicke Stahlplatte. Sie ist nur außen rot angestrichen, innen ist sie grau. Und glatt, bis auf die Nieten an den Rändern.

»Was machst du denn da? Mach auf!« Ich will endlich hier raus.

»Hier ist aber gar kein Griff«, sagt Gideon.

»Du musst nur schieben, die ist nicht zu, die geht nach außen auf.«

»Nee, da geht gar nichts.«

»Doch, klar, die mache ich nie zu.«

»Die is aber zu.«

Etwas legt sich auf meine Brust, ganz sanft, aber es ist schwer, so schwer, dass ich nur noch ganz flach atmen kann. Immer schwerer wird es, gleich brechen meine Rippen.

»Benni?« Gideons Stimme kommt von ganz weit her, ihn selber sehe ich schon nicht mehr, ich sehe nur noch den grauen Stahl und dann nichts mehr.

Sie haben mich zurück in den Bunker getragen, mich auf die untere Pritsche und einen nassen Lappen auf meine Augen gelegt. Und dann haben sie versucht, nicht panisch zu werden, ich höre es, als ich wieder zu mir komme, Hanna klingt beinah so schrill wie Gideon, obwohl sie flüstern. Ihre Stimmen echoen, als wären wir in einer riesigen Höhle gefangen, nicht in einer winzigen Stahlkugel.

»Und wenn uns die Luft ausgeht … die Luft ausgeht …«

»Bevor wir erstickn, verhungere ich … verhungere ich …«

Sie lachen, auch das mit Echo, etwas knistert und ich kann wieder sehen. Ich musste nur meine Augen aufmachen. Sie sitzen auf dem Boden und haben die Packung mit den Panzerplatten wieder aufgemacht. Sie kauen lange an den harten Keksen herum, lachen zwischendurch, husten, lachen, würgen den festen, süßen Brei hinunter und schauen sich in der Kugel um, als wären sie eben erst hereingekommen. Als sie merken, dass ich wach bin, freuen sie sich: »Da bis du ja!«

»Wie viel Uhr ist es?« Ich kann meine Uhr nicht lesen.

»Is doch egal, wie viel Uhr wir habn, Benni. Dein Vater weiß eh längst, dass wir hier sind. Oder was meins du, wer uns eingesperrt hat?«

»Eingesperrt?« Es klingt, als würde ich es nicht glauben, aber schon während ich es sage, weiß ich, dass sie recht haben. Sie kennen sich aus mit Strafen. Und Klaus hat es mir oft genug gesagt: keine friedensmäßige Nutzung. Wer nicht hören will, muss ersticken.

»Wir könn nich erstickn, hier gibts ne Lüftung«, sagt Gideon, »steht alles in der Gebrauchsanweisung. Gibt übrigens auch nen Notausgang, da obn.« Er zeigt nach oben, zu der Luke mit der eingeklappten Leiter daran.

»Nee«, sagt Hanna, »wenn Frau Gothl grad im Gartn is? Oder irgendwer im Wald? Draußen is bestimmt noch hell.«

»Wenn die uns hier untn die Tür aufmachn, sehn sie dich doch auch«, sagt Gideon.

»Nee, dann sieht mich nur Bennis Vater«, sagt Hanna, »oder meins du, der holt hier ers noch n paar Leute hin, damit die auch alle von seim Bunker erfahrn? Wenn der mich sieht, wird er gar nix sagn, damit ich nix sage. Der hat das doch nur gemacht, um Benni ne Lektion zu erteiln.«

Sie ist tatsächlich wieder ganz ruhig, klettert wieder auf ihre Pritsche.

»Wir hörn jetz einfach noch n bisschen Musik und spätestens morgn Früh holt er uns wieder raus. Der will ja nich, dass wir all seine Vorräte auffressn.«

Ich helfe Gideon, das zweite Etagenbett auszuklappen. Er legt sich auf die obere Pritsche, sodass er beinah neben Hanna liegt. Ich bin unten allein. Solange sie noch wach sind, geht es. Gideon liest ab und zu etwas aus der Gebrauchsanweisung vor, Hanna singt leise mit. Wir hören immer wieder dieselbe Kassette.

Now, little boy lost, he takes himself so seriously.

Aber dann geht das Licht aus. Ein Leichentuch aus Finsternis.

»Hey! Mach das Licht wieder an!« Ich schreie beinah.

»Ich dachte, du schläfs schon längst«, sagt Gideon.

»Komm, Benni, lass schlafn«, sagt Hanna müde, »dann sind wir auch schneller hier raus.«

Sie lassen das Licht aus. Ich will aufstehen und nach dem Schalter suchen, aber ich kann nicht aufstehen. Ich spüre meine Beine nicht mehr, ich spüre fast gar nichts mehr, die Finsternis hat sich so fest um mich gewickelt, dass ich kaum noch atmen kann. Einen Finger kann ich heben, und mit dem Finger drücke ich den kleinen Knopf an meiner Uhr, damit die Zahlen leuchten. Fünf Sekunden, dann gehen sie aus und ich muss wieder drücken. Zehn Sekunden, fünfzehn. In den kurzen Augenblicken Dunkelheit zwischen den leuchtenden Zahlen tauchen Bilder auf, erst sind es schwache Nachbilder der Zahlen, aber dann sehe ich Zähne. Gelbe Zähne in einem knochigen Gesicht, lange Haare, ein mildes Lächeln. Jesus, wie auf dem Nachbild, das auf der Zeltwand erschien, wenn man vorher lang genug auf den schlecht kopierten Zettel gestarrt hatte, den die Kinder im Erweckungszelt in einem Sommer herumgereicht haben. Heimlich, denn du sollst dir kein Bild machen.

Schnell lasse ich die Uhr wieder aufleuchten, Jesus' Gesicht verschwindet aus meinem Blickfeld, aber nicht ganz, oben links bleibt ein leises, elektrisch knisterndes Glühen, das auch nicht weggeht, wenn ich die Augen zukneife.

»Hanna?«

Sie antwortet nicht. Ich schaffe es, einen Arm zu heben, und versuche, von unten gegen ihre Matratze zu drücken, aber ich komme nicht dran, mein Arm ist zu kurz, oder ist sie zu hoch? Vielleicht sind sie schon draußen, vielleicht bin ich allein hier.

»Hanna? Gideon?«

Ich will schreien. Links oben lächelt Jesus mit elektrisch gelben Zähnen: Du hast überhaupt nicht eingeatmet, sagt er. Dann hilf, o Herr Jesu, hilf du mir. Oder bin ich schon bei dir?

Fast, nur ein Finger ist noch nicht tot. Ich drücke auf den kleinen Knopf an meiner Uhr, lasse die Zahlen aufleuchten. Bin ich schon drei Tage und drei Nächte im Bauch des Fisches, oder vierzig, oder siebenmal siebzig Jahre?

»Benni?« Jemand berührt meine Haare. Ich kann meine Haare spüren, aber nicht meine Beine.

»Benni, hör doch ma auf zu schrein!«

»Der is aufm ganz schlechtn Trip, der muss raus hier.«

»Benni? Kanns du uns hörn?«

Ich höre sie, aber wenn ich nicke, fällt Jesus runter und dann regnet es Feuer. Erst ist es schön, weil es endlich wieder hell ist, aber die Funken verbrennen meine Wade.

»Scheiße, Benni, hör doch ma auf zu schrein, bitte!«

Sie ziehen mich aus dem Bett. Meine Füße fallen wie Steine auf den Stahlboden und aus meinem Mund kommt Wasser.

»Bah, is das eklig! Ich kotz gleich dazu.«

Sie stellen mich auf die Beine, heben meine Arme und legen meine Hände auf kaltes Metall.

»Das is die Leiter, Benni, komms du da hoch?«

Ich schaue nach oben und sehe den Mond.

»Ja, genau da hin, komm.«

Ein blasser Mond in einem schon fast hellen Himmel. Da geht dein Verstand hin, wenn du ihn verlierst. Dann musst du erst mal jemanden finden, der ihn dir zurückholt.

»Nee, du muss schon selber, wir könn dich da nich hochtragn.«

Jemand stellt meinen Fuß auf die erste Sprosse und ich klettere. Unter mir zerfällt der Bunker wie ein schlechter Traum und dann endlich bin ich draußen, liege allein im feuchten Gras, unter dem toten Kirschbaum, der Mond zwischen den kahlen Zweigen. Bis dahin komme ich heute nicht mehr. Meine Hände riechen nach Metall und Schweiß.

Ich weiß nicht, wie lange ich so liege. Vielleicht schlafe ich auch. Als es hell wird, stehe ich auf und schleiche, steif und zitternd, zur Terrassentür, drücke dagegen. Natürlich ist sie nicht auf. Ich klopfe, aber Klaus hört es nicht. Vermutlich schläft er noch. Ich gehe ums Haus und klingele. Dreimal. Klaus macht nicht auf. Ich setze mich auf die Stufe vor der Haustür und warte, bis endlich Frau Gothels Auto langsam über die Kuhweide kriecht.

»Bennikind, was machs du denn, hm?« Sie schlägt die Autotür zu, holt ihre Handtasche vom Rücksitz. Die ersten Schritte geht sie ganz normal, dann blinzeln Gottes Augen und sie stürzt auf mich zu, legt ihre Hand auf meine Stirn, streichelt meine Wange, hebt mein Gesicht, sodass sie mich besser ansehen kann: »Du bis ja ganz, hm? Was machs du denn, hm? Hm?«

Don't Go Home With Your Hard-On

Der Welsumer Hauptbahnhof hieß nur Hauptbahnhof, weil es irgendwo in Welsum noch einen zweiten Bahnhof gab, der aber seit dem Zweiten Weltkrieg nicht mehr benutzt wurde.

Durch eine Unterführung kam man auf den einzigen Bahnsteig. Ein kurzes Stück war überdacht, dort standen ein Fahrkartenautomat und ein Glaskasten mit dem Fahrplan, der auf eine DIN-A4-Seite passte: jede Stunde eine Regionalbahn, alle zwei Stunden ein Fernzug. Sitzplätze oder einen Warteraum gab es nicht.

Es war eiskalt und ich konnte den Wind durch meinen nutzlosen Parka und meine nutzlosen Turnschuhe so deutlich spüren, als stünde ich nackt auf dem Bahnsteig. Frau Gothel hatte mich ausschlafen lassen, dann aber viel zu früh gebracht, der Zug kam erst in einer halben Stunde. Und dann sprang auch noch die Gleisanzeige um und zeigte dreißig Minuten Verspätung. Ich ging nach unten in den Unterführungstunnel.

Der eine Ausgang führte zur Stadt, wie die Welsumer es nannten: eine Bushaltestelle, ein Kiosk und die Buchhandlung, in der sich Leas Sohn angeblich vor Angst in die Hose gepinkelt hatte. Ich hatte sie gesehen, als Frau Gothel mich abgesetzt hatte. Der andere Ausgang ging zu der Straße, die über den Fluss und durch den Wald zum Dorf führte. Dorf hieß der Teil, in dem die Gärtnerei lag, die Turnhalle, der Gottesacker, das Glashaus und die Kakaofabrik und irgendwo auch der zweite Bahnhof.

Es war irritierend sauber in dem Tunnel: keine Scherben,

keine leeren Bierdosen, kein Uringestank und auf den weißen Kacheln nur ein einziger kleiner, mehrfach korrigierter Filzsstiftspruch: *DIE BIBEL IST KEIN MÄRCHENBUCH.*

Ein paar Aufkleber von gezeichneten Händen, die aus altmodischen Ärmelaufschlägen herausragten und mit langen Zeigefingern zur Stadt zeigten. Die übrigen Finger hielten ein Stück Papier, auf dem stand: *And now for something completely different. 50 m.*

Darunter stand der Name der Buchhandlung, von der Yasemine erzählt hatte. Die Buchhandlung, in der David sich in die Hose gemacht hatte. Ich ging hin.

Mir war so kalt, dass meine Knie aneinanderschlugen, als ich vor dem Schaufenster der Buchhandlung stehen blieb. Von Weitem hatte es ausgesehen wie eine Kinderbuchhandlung, aber der Regenbogen aus Büchern im Schaufenster bestand nicht nur aus Kinderbüchern. Es waren alle möglichen Titel, sortiert nach Farben. Eine rote Reihe aus *ANARCHIE!* und *Frauenblut* und einem Kinderbuch: *Pinsel, Faden und Mellis Brüder.* Darunter eine Reihe orangefarbener Bücher, dann gelbe, grüne, blaue, türkise und lilafarbene. Wo zwischen den Büchern Lücken geblieben waren, standen milchige Gläser, in denen Kerzen flackerten.

Kein Glöckchen klingelte, als ich die Tür aufdrückte. Ein Ständer mit Lesebrillen stand etwas im Weg und ich musste meinen Rucksack abnehmen, um daran vorbeizukommen.

Es war nicht so warm, wie ich gehofft hatte, obwohl die Luft stumpf war von Zigarettenrauch und altem Papier. Irgendwo lachte heiser eine Frau.

Der Laden war größer, als das kleine Schaufenster vermuten ließ. Ich wanderte die Regale entlang, las Titel, die ich sofort wieder vergaß, und ging bis zum Ende des langen, schmalen

Raumes. Durch einen Torbogen, in dem Kinderzeichnungen hingen, die sich an den Rändern einrollten, kam man in einen zweiten Raum. Ich war nicht sicher, ob man als Kunde hineindurfte, bis ich die Aufkleber sah, die schon in der Unterführung geklebt hatten, und die in den Raum hineinzeigten: *And now for something completely different. 50 m.*

Der zweite Raum war kleiner und roch deutlicher nach Rauch und noch deutlicher nach alten Büchern, die unordentlich in die deckenhohen Regale gestopft waren oder in Stapeln auf dem Boden lagen. In einer Ecke auf einem großen staubig roten Teppich stand ein hellgrüner Ohrensessel, in dem Kinderbücher lagen. Auf dem Teppich war ein großer dunkler Fleck. Von David? Hatte hier die Lesung stattgefunden?

Gegenüber der Leseecke war ein Fenster, durch das man in einen Hinterhof sehen konnte: gelbes Wintergras, eine blaue Plastikrutsche, rostige Campingstühle.

Vicky hätte das alles gefallen: der heruntergekommene Hinterhof, die schlechte Luft, die schmuddeligen Bücher – und mein leichter Ekel. Ich machte ein paar Fotos und überlegte, welches ich ihr schicken könnte, als die Musik in meinem Kopfhörer aussetzte für das Piepsgeräusch einer Nachricht. Von Vicky. Ich hörte auf zu atmen.

Sie schrieb: *ich komme donnerstag zurück*

Ah, but don't go home with your hard-on …

Es piepste wieder.

falls du noch nicht alles raus hast

… it will only drive you insane.

Ohne nachzudenken schickte ich ihr das erstbeste Foto als Antwort.

rate mal, wo ich bin

Sie antwortete nicht. Schnell schickte ich einen Daumenhoch-Emoji als Antwort auf ihre erste Nachricht. Unter ihrem

Namen erschien das Wort: *offline*. Im Kopfhörer setzte die Musik wieder ein. *You can't shake it (or break it) with your Motown ...*

Nichts hatte ich aus ihrer Wohnung geholt, außer den Sachen, die ich in meinem Rucksack mit nach Welsum genommen hatte. Sogar meine Zahnbürste stand noch da, neben ihrer. Aber ich war auf dem Weg. Heute war Freitag, wenn der Zug gleich kam, wäre ich in vier Stunden zu Hause und könnte packen. Und mir eine Wohnung suchen. Und mit Manuels Hilfe würde ich es vielleicht sogar noch schaffen, alles weiß zu streichen. Damit nichts, wirklich nichts sie mehr daran erinnerte, dass es mich gegeben hatte.

»Entschuldigung?«

Ich blickte von meinem Telefon auf und sah eine Frau aus der Tür hinter dem Ohrensessel kommen. Mit ihr kam ein Hauch kühler Kellerluft. Es war schwer zu erkennen, wie alt sie war, zehn Jahre jünger oder zehn Jahre älter als ich? Ebenso wenig war von ihrer Figur zu erkennen, denn sie trug einen viel zu großen, schwarz-weiß gestreiften, schäbig aussehenden Strickpullover und eine sehr weite Jeans. Sie hatte kurze dunkelbraune Haare, große Augen und einen sehr schönen, dunkelrot geschminkten Mund. *Lips that say, come on, taste us.*

Sie hielt ein Klemmbrett in der Hand und tippte mit einem Kugelschreiber dagegen, ich hörte das Klicken durch meine Musik. Ich nahm meinen Kopfhörer ab.

»Wir haben noch nicht auf.« Sie hatte eine tiefe, etwas heisere Stimme, die sich mit dem Rauschen in meinen Ohren verband, als gehörte sie in meinen Kopf.

»O, Entschuldigung, ich wusste nicht ... die Tür war auf.«

»In Welsum muss man nicht abschließen«, sagte ein junger Mann, der jetzt hinter ihr aus der Tür kam. Er war sehr jung, wahrscheinlich nicht einmal zwanzig. Und er war sehr schlank und sehr hübsch. Er trug einen ähnlichen Pullover wie die Frau, aber seiner sah neu aus und war eng, ebenso wie seine Jeans. Er hätte ihr Sohn sein können.

»Hier stehlen die Menschen nicht, schon gar nicht in einer Buchhandlung. Die haben nämlich alle schon ein Buch.«

Ich lachte und die beiden sahen einander an, als hätte ich einen Test bestanden.

»Ich bin nur hier reingekommen, weil ich mich aufwärmen wollte, mein Zug kommt gleich, ich wollte gar nichts kaufen.«

»Nichts kaufen? Na, dann kannst du natürlich gern bleiben«, der Mann lächelte. »Hast du hier jemanden besucht?«

»Meinen Vater.« Der Mann sah mich mit großen Augen an: »Du bist der Sohn vom Jäger!«

Damit hatte ich nicht gerechnet, nicht hier. Die beiden sahen nicht so aus, als hätten sie eine Verbindung zum Nervensystem des Dorfes, Gottes Augen, Judasohren. Man hatte hier in der Buchhandlung das Gefühl, nicht einmal mehr in Welsum zu sein, hier standen Bücher über Männerliebe, Frauenliebe.

»Ich dachte, du hättest einen gebrochenen Arm«, sagte die Frau misstrauisch.

»Nicht den ganzen Arm, nur die Speiche«, ich hob meine Hand, sodass der Ärmel meines Parkas herunterrutschte und der Gips sichtbar wurde. Sie sahen sich den schmuddeligen Gips an wie ein Ausstellungsstück. Dann sagte der Mann: »Du heißt Benni, oder? Ich bin Luis.«

»Ben ist mir lieber«, sagte ich. Er schüttelte meine Hand und wies auf die Frau: »Das ist Heidi.«

»Heidi«, wiederholte ich. Sie sah mich spöttisch an: »Seh ich dir nicht deutsch genug aus für den Namen?«

»Was? Nein …«, ich wollte mehr sagen, aber Luis schüttelte leicht den Kopf und ich schwieg. Heidi nahm ein Klemmbrett und ging zu einer Leiter, die vor einem Buchregal stand. Sie stieg hinauf, ohne sich festzuhalten, und fing an, Bücher zu zählen. Ein Buch aus dem Regal ziehen, einen Strich auf dem Klemmbrett machen, Buch zurückstellen und das nächste Buch herausziehen. Sie stand auf der Leiter wie auf festem Boden.

»Willst du dich nicht setzen?«, fragte Luis und nahm den Bücherstapel, der auf dem Sitz des Ohrensessels gelegen hatte, herunter. Staub stieg auf, wie Trauermückenlarven, nur glitzernd.

»Du hast also den Wolpertinger gesehen, ja?«

»Was?«

»Das Tier, das hier im Wald sein Unwesen treibt«, er gab mir ein graues Buch mit einem Hasen mit Flügeln und Geweih auf dem Cover, »wir haben gehört, ihr habt das gesehen, du und dein Vater.«

»Wirklich viel war da nicht zu sehen.«

»Schade.« Luis wandte sich ab, um die Bücher, die er vom Sessel genommen hatte, in den Regalen zu verteilen. Ich blieb im Ohrensessel sitzen, schaute ihnen beim Räumen und Zählen zu und blätterte ein bisschen in dem Buch, das Luis mir in die Hand gedrückt hate, auch wenn mich die speckig weichen vergilbten Seiten etwas ekelten.

»Kommt dein Zug nicht gleich?«, fragte Heidi.

»Doch, ja, klar«, ich sprang auf und nahm meinen Rucksack. »Danke!«

Ich kam am Bahnsteig an, als sich die Zugtüren gerade wieder schlossen.

»Darf ich vielleicht noch mal hier warten? Ich würde auch das Buch kaufen.«

Heidi nickte und kam mit mir in den vorderen Raum zur Kasse hinter dem Schaufenster.

»Karte geht leider nicht heute, hast du Bargeld?«

»Nur zehn Euro.«

»Passt.«

Bevor sie mir das Buch gab, entfernte sie vorsichtig den Preisaufkleber.

»Damit dein Vater nicht sieht, dass du hier warst.«

Ich lachte.

Dann setzte ich mich mit dem Buch in den Ohrensessel. Wirklich lesen konnte ich nichts, die Buchstaben auf den vergilbten Seiten waren zu blass in dem schwachen Licht – und ich musste immer wieder auf den Fleck vor mir auf dem Teppich schauen. Und auf mein Telefon, aber von Vicky kam nichts mehr.

Plötzlich wurde vorn die Tür aufgerissen und jemand kam schnaufend und mit schweren Schritten zu uns in den hinteren Raum. Simon, in Arbeitskleidung, mit einem großen Paket auf dem Arm.

Er sah mich nicht. Er setzte das Paket ab, ging zu der Leiter, auf der Luis stand, berührte ihn am Bein und Luis kletterte herunter und sie küssten sich. Auf den Mund. Simons Hand an Luis' Hüfte, die nackten Fingerspitzen, die aus den bunt geringelten Handschuhen hervorschauten, auf der Naht der Potasche.

»Ich hab bisschn Zeit«, sagte er und nahm Luis' Hand und wollte mit ihm offenbar irgendwohin gehen, da sah er mich im Ohrensessel. Seine Pupillen weiteten sich – kurz, aber deutlich sichtbar in dem leuchtenden Grün, wie bei Hanna, wenn sie mal Angst kriegte, sah man es sofort.

Ich schaute eilig in mein Buch, tat, als hätte ich nichts mitbekommen und blickte langsam auf, als Simon »Gutn Tag Herr Weißdorn« sagte. Er hatte Luis' Hand nicht losgelassen und sah mich an, wie Hanna den Alten angesehen hatte, wenn der die Hand hob: Spott im Mundwinkel, Blitzen in den Augen.

»Ich dachte, Sie wärn aufm Weg nach Haus.«

»Bin ich auch, ich habe nur den Zug verpasst.«

»Das tut mir leid.« Simon sah mich immer noch so spöttisch an und zog Luis hinter sich her zu dem kleinen Fenster. Er öffnete es und sie kletterten hinaus in den Hinterhof. Kurz darauf schwebten kleine, mit leisem Lachen gefüllte Wölkchen zwischen ihnen und es roch auch in der Buchhandlung nach Gras.

»Dir ist bewusst, dass du das der Mutter nicht sagen darfst, dass er hier war, hoffe ich«, sagte Heidi, die plötzlich neben dem Ohrensessel stand und ebenfalls nach draußen zu Simon und Luis schaute.

»Mein Laden ist sozusagen die Pforte zur Hölle für sie. Hat sie dich nicht gewarnt?«

Ich lachte: »Lea meinst du? So schlimm ist sie nicht.«

»Nicht?« Heidi sah mich an wie die Frauenkreisfrauen früher, wenn ich mal wieder mit leerem Herzen aus dem Zelt kam. »Sie hat uns hier im Ort so schlechtgemacht, dass wir kaum noch Kunden haben. Sie hat behauptet, wir würden hier Gehirnwäsche betreiben. Kleine Kinder auf links drehen.«

»Das hat sie gesagt?«

»Nicht gesagt, geschrieben. Wir sollen, wie alle, die ihrer Meinung nach nicht in das schöne Welsum gehören, dahin gehen, wo wir herkommen. Oder ertrinken. Das ist ihr egal.«

»Meinst du diesen Text, den sie nach der Lesung hier geschrieben hat? Über die Flüchtlinge?«

»Guck mal, du hast es auch gelesen.«

»Nein, ich hab nur davon gehört«, sagte ich. »Sie hat den längst gelöscht. Habe ich gehört.«

»Sie musste ihn löschen«, sagte Heidi, »weil ich sie angezeigt habe.«

»Angezeigt?«

Heidi sah mich eigenartig an. »Keine Sorge, es ist fast nichts passiert. Jemand von der Polizei hat sich bei ihr gemeldet und ihr gesagt, sie soll das lieber löschen und das war es.«

»Das ist doch auch schon mal …«

»Natürlich«, sagte Heidi, »das ist sogar deutlich mehr, als ich erwartet hatte. Im Sommer hat mir jemand Gülle über das Auto geschüttet, da ist gar nichts passiert. Oder als sie mir Nägel in die Reifen gesteckt haben. Das waren Kinderstreiche, haben sie mir da gesagt.«

»Wirklich?«

Heidi öffnete den Mund, sagte aber doch nichts, ging zurück zu ihrer Leiter, klappte sie ein und trug sie ein Regal weiter, sodass ich sie nicht mehr sehen konnte. Ich schaute nach draußen zu Simon und Luis, die aufgehört hatten zu rauchen und jetzt mit dem Rücken zu mir standen und etwas im Himmel betrachteten. Händchenhaltend.

Ich stand aus meinem Ohrensessel auf und ging noch mal zu Heidi.

»Hast du denn mal versucht, selber mit Lea zu sprechen?«

Sie stand weit über mir auf der Leiter und sagte nichts, zog ein Buch heraus, machte einen Strich.

»Ich glaube, ihr ist selbst klar, dass sie ein bisschen übers Ziel hinausgeschossen ist.«

Heidi zählte weiter.

»Sie war wahrscheinlich einfach nur aufgebracht, weil David – ihr Sohn – sich hier in die Hose gemacht hatte. Wegen dieser Schafgeschichte.«

»David hat nicht nur bei uns eingemacht. Das passiert ihm auch in der Schule, hat er mir erzählt. Und abends im Bett. Weshalb, weiß ich natürlich nicht, aber ich könnte mir vorstellen, dass zum Beispiel eine Kreuzigung nicht unbedingt altersgemäßer Stoff ist für einen Siebenjährigen. Aber auf den Gedanken kommt ihr hier natürlich nicht.«

Mir kam eine Idee. Ich stellte mir vor, wie ich mit Lea reden würde, beim nächsten Spaziergang im Wald. Sie würde mich müde ansehen und sich entschuldigen, ich weiß nich, was da in mich gefahrn is, wirklich, Benni, es tut mir so leid, wenn ich das rückgängig machen könnte, ich würds. Und am nächsten Tag würden wir, mit Deborah im Tuch und David an der Hand, hierher zur Buchhandlung spazieren, Lea würde für alle Weihnachtsgeschenke kaufen, David und Deborah würden auf dem Teppich hocken und spielen und ich würde alles mit Leas Telefon fotografieren und gleich danach würde sie die Bilder online stellen und in ein paar Tagen wäre der Laden hier so voll, dass Leute bis auf die Straße an der Kasse Schlange stehen würden.

Ich sagte zu Heidi: »Vielleicht kann ich noch mal mit Lea reden.«

»Ich dachte, du bist auf dem Heimweg«, sagte Heidi, steckte ihren Kugelschreiber ans Klemmbrett und stieg von der Leiter.

»Ich kann auch später fahren.«

»Wartet niemand auf dich?«, sie nickte, als hätte sie nichts anderes erwartet. »Doch«, sagte ich und wollte ihr gerade erklären, dass ich sogar dringend nach Hause musste, um Vickys Wohnung weiß zu streichen. In einer Woche ist sie zurück. Aber da kletterten Simon und Luis durch das Fenster wieder herein, lachend, nach Gras stinkend, mit geröteten Augen. Simon wischte sich eine Träne aus dem Augenwinkel.

»Ich muss dann jetzt wieder. Tschüss, Heidi. Und gute Reise«, er gab mir die Hand.

»Warte mal, hast du vielleicht ein Paket für Klaus?«

»Ja, warum?«

»Kannst du mich vielleicht mitnehmen?«

»Wolltn Sie nich grad nach Haus?«

»Ich hab noch etwas vergessen.«

»Das kann Onkl Klaus bestimmt auch schickn.«

Ich verstand nicht genau, weshalb er so krampfhaft versuchte, mich dazu zu bringen, Welsum zu verlassen. Wahrscheinlich wusste er längst, was beim Stammtisch passiert war, und dass Klaus den schlechten Sohn rausgeworfen hatte, und jetzt wollte er nicht, dass es zu einem Streit kam.

»Keine Sorge, ich will gar nicht zu Klaus, ich wollte nur noch mal kurz zu deiner Mutter.«

»Warum?«, fragte Luis, überraschend scharf, und da kapierte ich endlich (Benni, du Blödmann).

»Ich wollte mit ihr über die … diese Sache mit der Lesung und dem Text reden.«

Heidi lachte: »Viel Glück.«

Simon blieb misstrauisch, aber er nickte: »Gut.«

Ich packte das Wolpertingerbuch in meinen Rucksack und wir gingen.

Selig sind, die Frieden stiften. *You can't melt it down in the rain.*

Niklaus komm in unser Haus

In New York war es halb acht Uhr morgens, in Welsum sah es aus, als würde es bereits wieder dämmern, als ich aus Simons Lieferwagen stieg. Die Beifahrertür klemmte, Simon lehnte sich über mich und öffnete sie für mich.

»Danke.«

»Dafür nich. Aber könn Sie wartn, bis ich außer Sichtweite bin, bevor Sie klingeln?«

»Ja, klar.«

Ich schaute dem gelben Lieferwagen nach, bis er auf dem Asphaltfleck vor dem Glashaus hielt, dann ging ich zu Leas Haustür. Hinter dem kleinen Fenster neben der Tür gab es eine Bewegung, als ich klingelte: Die Porzellankatze unter dem blinkenden Stern streckte sich und sprang vom Fensterbrett. Wenig später ging die Haustür auf. Lea, die Katze zwischen den Füßen, in einem flauschigen rosa Bademantel, die Haare nicht wie sonst um den Kopf geflochten, sondern unordentlich oben auf dem Kopf eingedreht. Sie sah aus, als hätte sie geschlafen, gut geschlafen. Sie sah aus wie eine Frau, nicht wie eine Schwester in Christus. Und schon gar nicht wie eine, die Dinge schrieb, wie Reiko sie vorgelesen hatte gestern Abend.

»Benni! Bist du doch nicht gefahren! Wie schön!« Sie bückte sich und hob die Katze auf. David und Deborah kamen die Treppe hinuntergerannt, als hätten sie auf mich gewartet.

»Nich auf dich«, sagte Lea, »auf Gideon. Der wollte mit ihnen untn im Keller turn, damit ich in Ruhe kochn kann. Bei uns is doch heut Nikolaus. Aber Gideon hat leider in letzter Minute abgesagt.«

»Der kann doch mit uns turn«, sagte Deborah und zeigte auf mich.

»Onkl Benni? Ich weiß nich«, Lea sah mich an. Ich nickte. »Ja, klar.«

»Wirklich? Du muss nich.«

»Doch, klar. Dann kannst du kochen.«

Ich trat ein, setzte meinen Rucksack ab, zog meine Turnschuhe aus und hängte meinen Parka auf.

»Derselbe wie Onkl Reiko«, flüsterte David.

»Ich weiß«, flüsterte Lea zurück. Deborah nahm meine Hand und führte mich durchs Haus. Sofort erkannte ich Dinge von Leas Fotos: das Metallgeländer der Treppe, das Lea mit bunten Lichterketten geschmückt hatte, die Tür zu ihrem Arbeitszimmer, auf der in glitzernden Knetbuchstaben LEA stand, und ich wusste, dass dahinter das Puppenhaus stand, das sie für Deborah baute. Ich kannte den mit Mosaiksteinchen verzierten Rundbogen, durch den man ins Wohnzimmer gelangte und der mich an den Bogen in der Buchhandlung erinnerte. *Now for something completely different.* Ich kannte den Kronleuchter mit den nie angezündeten Kerzen, der über dem Sofatisch hing, die Bilder an den Wänden. Das Wohnzimmer war größer, als es auf den Fotos den Anschein hatte. Eine große Sitzecke aus zwei langen roten Sofas, in der anderen Raumhälfte ein Esstisch groß wie der im Glashaus. Hinter dem Tisch war eine Durchreiche in der Wand, die Holzläden geschlossen, daneben eine Milchglastür mit einem großen Sprung in der Mitte, das waren die Augen eines Plüschtiers gewesen, das Andreas (oder Johannes?) geworfen hatte. Ich wusste genau, wie es ausgesehen hatte: regenbogenfarben, mit grünen Augen.

Es war ein eigenartiges Gefühl, durch ein fremdes Haus geführt zu werden und überall Dinge zu finden, die man nie berührt hatte und doch so gut kannte wie ein Kind seine Schätze.

Wir gingen in die Küche, wo Lea jedem von uns eine kleine Flasche Apfelsaft und mir noch eine große Plastikdose mit Essen gab. »Und wenn die leer is, dürfn sie hiervon«, sagte sie leise und gab mir noch eine zweite, kleinere Dose.

Den Turnkeller hatte ich noch nie gesehen. »Den hat Papa gebaut«, sagte David. Es war ein großer, mit weichen Matten gepolsterter Raum mit einem Klettergerüst in der Mitte, an dem Seile und Ringe hingen und eine Holzbank eingehängt war, sodass man darauf rutschten konnte. An einer Wand waren Klettergriffe eingeschraubt, und unter der Zimmerdecke hingen Haltegriffe. David zog nur seine Hausschuhe aus, Deborah zog alles bis auf die Windel aus. Sie klatschte in die Hände, drehte sich ein paarmal und kletterte die Sprossenwand hoch. Als ich ihr helfen wollte, trat sie mit ihrem winzigen nackten Fuß nach mir: »Ich kann das allein!«

David schaukelte. Ich setzte mich auf eine der Matten und sah ihnen zu. Trank aus meiner Saftflasche, gab ihnen etwas, wenn sie Durst bekamen, und aß den größten Teil des Gemüses aus der großen Dose, damit sie schneller an ihre Süßigkeiten kamen.

»Das dürfn wir aber nich verratn«, sagte David.

»Nein«, ich schüttelte den Kopf. Sie aßen kichernd und drückten auch mir jeder ein klebriges, warmes Gummibärchen in die Hand. Das, dachte ich, als ich die Bärchen aß, genau das.

Um kurz vor fünf kam Lea herunter, umgezogen wie für eine öffentliche Feier: schwarzsilberne Bänder in den Haarkranz eingeflochten, ein überraschend enges Kleid in derselben Farbe, das ein gutes Stück kürzer war als ihre Röcke sonst, sodass man ihre Waden sah und die dünne Strumpfhose, die sie trug.

Eigentlich waren diese Art von Strumpfhosen in Welsum verboten, die erwachsenen Frauen mussten genau wie die kleinen Mädchen dicke, gerippte Strickstrumpfhosen tragen, die keine Ahnung von Haut durchscheinen ließen und furchtbar kratzten. Hanna hatte nie stillhalten können in der Sonntagsschule. Lea schon.

»Du siehs so schön aus, Mama!« Deborah schwang gerade kopfüber auf dem Trapez, als sie hereinkam, so hoch, dass ihre Haarspitzen beinah die Kellerdecke berührten, und als sie Lea sah, streckte sie einen Arm nach ihr aus. »So schön!«

»Nich loslassn!«, Lea hielt sich die flache Hand vor die Augen. »Ich kann da nich hinguckn, wenn die jetzt loslässt, sind alle Knochn gebrochn.« Unter ihrer Hand schaute sie zu mir und nickte mit dem Kinn Richtung Tür. »Kanns du ma kurz mitkomm?«

Wir gingen in den Kellergang, Lea zog die Tür hinter uns zu.

»Jakob hat gerade geschrieben, er kommt doch nicht.«

Obwohl sie leise sprach, hatte David sie gehört und fragte von drinnen: »Ist Papa krank?«

Er stand direkt hinter der Tür, kam aber nicht zu uns heraus.

»Nein«, sagte Lea zu der Tür, »er hat nur viel Arbeit. Viele Eskimos, die Kühlschränke brauchen«, sie hauchte ein Lachen, das klang, als würde sie lieber weinen.

»Müssn wir jetz wieder verschiebn?«, fragte David von drinnen.

»Nein, der Nikolaus kommt heute, ganz sicher. Oder, Benni?« Sie nickte mir zu, die Augenbrauen hochgezogen, und ihre Lippen formten ein lautloses: Bitte.

»Ich würde ja, aber der letzte Zug fährt um halb sieben und …«

»Ich dachte, du bleibs?«

»Nein, ich muss leider … und Klaus hat ja auch gesagt …«

Lea unterbrach mich: »Das hat er doch nich so gemeint, der war nur enttäuscht.«

Natürlich wusste sie längst, was passiert war. »Im Streit sagt man doch oft Sachn, die man nich meint. Has du doch auch gemacht.«

»Ich?«

»Ja, du, jetz guck nich so, das könn wir alles später klärn. Ich brauch hier wirklich dringend n Nikolaus. Bitte, Benni.«

Das Kostüm lag ausgebreitet auf dem großen, von Lea mit bunten Blumenranken bemalten Doppelbett. Filziger roter Stoff, der sich statisch auflud, als ich ihn nur berührte. Eine Plastikmaske mit wulstigen Augenbrauen, zu großen Augenlöchern, einer dicken roten Alkoholikernase und Pausbacken. Das Einzige, was nicht gruselig wirkte, war der Wattebart.

»Du kanns dich hier umziehn, und dann komms du durch den Gartn rein, wenn wir sing, ja?«

Lea ließ mich allein. Vor dem Bett standen die Wanderschuhe ihres Mannes, die sie mir vorher schon geliehen hatte. Die musste Frau Gothel zurückgebracht haben. Also wusste Lea, dass ich schon am Bahnhof gewesen und wieder umgekehrt war.

Das Kostüm war zu groß und mir wurde darin heißer als beim Beten. Die Plastikmaske sah nicht nur grauenerregend aus, sondern verrutschte auch noch ständig, sodass ich nicht richtig sehen konnte. Ich setzte den Bart auf, aber das Gummiband war zu locker, um die Maske zu fixieren, ich musste beides mit einer Hand festhalten. Dann wartete ich. Lange. Zog den Bart wieder runter, schob die Maske hoch unter die Kapuze und sah mich im Zimmer um.

Es gab mehrere Regale voller Fotos: Leas Kinder in allen Altersstufen, gerahmte Buntstiftbilder, von Lea aufwändig kalligrafierte Bibelsprüche. Ein goldgerahmtes Hochzeitsfoto: Lea in einem weißen Kostüm neben einem Jungen, der kaum älter wirkte als Andreas und Johannes jetzt. Das Bild sah ich mir etwas länger an, versuchte mir vorzustellen, wie dieser hübsche Junge im Maßanzug seiner Frau die Lippe blutig schlug. Vielleicht war es doch der Alte gewesen.

Es gab noch ein paar Fotos von Leuten, die ich nicht kannte, vermutlich die Familie von Leas Mann. Ein Bild von Gideon und dem Alten, im Garten vor dem Treibhaus, das recht neu schien. Kein einziges Bild von Hanna oder Maria.

Im Kleiderschrank fand ich endlich ein paar, in einem alten Kinderschuhkarton, auf dem *Erinnerungen* stand, ein kleines schwarz-weißes, mit welligem Rand, vom Alten, als er jung war, ein paar von Gideon und Lea in Sonntagsschulkleidung, und eins von Maria, im Pelzmantel, auf ihren hohen roten Schuhen, neben einem Rosenstock, an dem tatsächlich zwei Rosen blühten. Auch das Bild von Lea mit dem Bluterguss am Mund war hier. Kein einziges Bild von Hanna. Nicht mal eines, wo sie abgeschnitten war. Nur die goldene Wimpernzange fand ich, die längst nicht mehr golden war, sondern braun, und dort, wo das Gold abgeblättert war, schmutzig silbrig. Ich steckte sie in die Tasche meiner Hose, die auf dem Bett lag, und faltete die Hose so, dass man nicht sah, dass etwas in der Tasche steckte. Ich wollte den Schuhkarton eben zurücklegen, da kam Simon herein. Er sagte nichts zu dem, was ich da machte, fragte nur, ob ich fertig sei mit dem Kostüm.

»Ja, klar.« Ich stellte den Karton zurück, schloss die Schranktür und setzte die Nikolauskapuze auf. Simon gab mir einen schwarzen Plastikbeutel mit kleinen Schokoladennikoläusen darin. »Jeder eins«, sagte er. Ich nickte und folgte ihm nach unten in den Keller und dann aus dem Keller wieder hoch in den Garten. Auch den kannte ich von Fotos, allerdings im Sonnenlicht. Jetzt war er kleiner, viel kleiner, obwohl die Hecken, die ihn von den Nachbargärten abgrenzten, im Halbdunkel verschwanden.

»Wenn wir sing, komm Sie rein.«

Simon ging zurück und ich stellte mich neben ein Gartenhäuschen, von dem ich nur wusste, dass es bunt war – rotes Dach, gelbe Wände, blaue Tür.

Zuerst war die Kälte angenehm. Die Luft roch nach Schnee, aber der Himmel war klar und ein heller Mond hing über der Gartenhecke, dort, wo der Wald lag. Im Haus flackerten Kerzen und ich konnte erkennen, wie die Menschen drinnen sich auf die großen Sofas setzten. Es war, als würden sie darin verschwinden. Dann kam Lea zur Terrassentür und öffnete sie. Ich hörte David leise fragen: »Was, wenn da ganz jemand anderes kommt?«

»Was denn? Das Tier ausm Wald oder was?«, sagte einer der Zwillinge und sie lachten beide, klangen aber auch nervös. Dann war es wieder still. Meine Finger wurden kalt und ich trat von einem Bein auf das andere und wackelte mit den Zehen und merkte, dass ich die Schuhe nicht eng genug geschnürt hatte. Ich wollte mich gerade bücken und sie fester schnüren, da fingen sie endlich an zu singen.

»Niklaus komm in unser Haus, leer die vollen Taschen aus.«

Ich ging auf das erleuchtete Fenster zu und der Gesang brach ab.

»Papa!«, rief Deborah und ich sah zwei kleine Gestalten aus den Sofas springen. Ich stieg über die Türschwelle und David lief auf mich zu, die Arme ausgebreitet. Das, dachte ich, genau das. Und dann stolperte ich in den schlecht geschnürten Schuhen und wäre beinah gefallen, ich ruderte mit den Armen, um das Gleichgewicht nicht zu verlieren, und traf David mit meinem Gips am Kopf. Er fing an zu weinen.

»Das tut mir leid! Das tut mir so leid!«

»Alles gut«, sagte Lea von irgendwo aus dem dämmrigen Raum, »David heult immer.«

Simon kam und nahm David in den Arm. »Alles gut, alles gut.«

Er sah mich an. »Vielleicht nimmt der Nikolaus ma lieber die Maske ab.«

Ich schob die starre Maske hoch. David weinte noch lauter und Lea stöhnte und dann wurde es schlagartig gleißend hell. Lea hatte mit einer Fernbedienung alle Lampen eingeschaltet.

»Jedes Ma«, sagte sie, »wirklich jedes Ma. Nich ein Feiertag könn wir haben ohne Drama.«

Sie kniete sich vor David, der immer noch weinte in Simons Arm: »Wovor kann man denn jetz noch Angst habn?«

»Ich hab gar keine Angst«, sagte David leise in Simons Schulter, »ich …«

»Was?«, fragte Lea.

»Sons is das immer Papa gewesn.«

Lea seufzte und ging in die Küche.

»Vielleicht packt der Nikolaus jetz ma aus«, sagte Simon.

Ich verteilte mit schwitzigen Fingern die kleinen Schokoladen. Sollte ich noch etwas sagen? Brave Kinder? Goldenes Buch?

»Ich glaub, Sie könn sich wieder umzieh«, sagte Simon. »Essn is auch gleich fertig.«

Als ich herunterkam – Hannas goldene Wimpernzange in meiner Hosentasche –, saßen sie alle am Tisch, die Hände gefaltet. Mein Platz war am Tischende, gegenüber von Lea, die am Kopfende saß. Im Sitzen drückte die Zange unangenehm in meinen Schenkel.

»Wer is dran?«

»Johannes«, sagte Andreas, und ich versuchte mir zu merken, zu welchem Jungen welcher Name gehörte. Johannes war hübscher, Andreas hatte die intelligenteren Augen. Johannes leierte ein Gebet herunter: »Lieber Heiland, was wir habn, wolln wir teiln, Amn.«

Andreas lachte.

»Was?«, fragte Johannes, »du machs noch schneller.«

Lea stand auf, ging in die Küche und begann, gefüllte Teller in die Durchreiche zu stellen. Simon verteilte sie. Sie waren zurechtgemacht wie in einem Restaurant. Glänzende schwarzrotbraune Geflügelstücke auf einer kleinen, sauber geformten Halbkugel aus Sauerkraut.

»Bäh«, Deborah schob ihren Teller weit von sich, gegen die Christbaumkugeln, die als Dekoration auf dem Tisch standen. Eine der hohen Kerzen wackelte. David hielt sie eilig fest.

»Was anderes gibts nich«, sagte Lea, die jetzt aus der Küche kam. Sie schob Deborah den Teller wieder hin. Dann nahm sie ihr Telefon, um ein Foto zu machen, und bemerkte, dass vor Simon kein Teller stand: »Jetz sag nich, das isst du auch nich? Das warn wilder Fasan, den Onkl Klaus geschossn hat. Nix mit Tierhaltung und Medikamentn.«

»Tot is er trotzdem. Außerdem bin ich noch verabredet.«

»Heute?« Lea klang beinah entsetzt. Simon lächelte und sah so sehr aus wie Hanna, dass mein Herz stolperte: »Für mich is Nikolaus nich mehr ganz so wichtig, Mama.«

»Dann hau ab. Mach, was du wills.«

Simon stand auf und ging in die Küche. Lea schaute wieder auf ihr Telefon. »Kanns du dich auf Simons Platz setzn, Benni, mit deim Teller?«

»Ja, klar.« Ich setzte mich zwischen David und Deborah. Während Lea fotografierte, hörten wir Simon in der Küche hantieren. Er kam mit zwei Plastiktellern, auf denen Butterbrote lagen, zurück.

»Gutn Appetit«, sagte er, stellte die Teller vor Deborah und David, küsste beide auf die Haare und ging. Deborah biss hungrig in ihr Brot, David blickte zu Lea.

»Mach, was du wills«, sagte sie. David schaute traurig auf sein Brot, rührte es aber nicht an.

»Wenn du nich wills, nehm ichs«, sagte Andreas. »Ich weiß eh nich, wie ich das hier essn soll«, er spießte sein Stück Fasan mit der Gabel auf und ließ es in der Luft tanzen, »das lebt ja noch!«

Deborah lachte, auch David musste grinsen.

Lea zischte: »Jetz is Schluss. Wer nich essn will, kann gehn.«

Danach schwiegen alle. Ich hörte nur noch das Rauschen in meinen Ohren und das leise Klicken von Besteck. Die Wimpernzange drückte in meiner Hosentasche. Johannes half Andreas seine Fasanenstücke zu schneiden, ohne Worte verstand er, dass sein Zwilling die glänzende braunrote Haut nicht mochte und zog sie von dem rosafarbenen Fleisch herunter und aß sie selbst, dann löste er gekonnt das Fleisch von den Knochen und schnitt es in kleine Stücke. Mit fettig glänzenden Lippen grinsend sah er mich an, nahm meinen Teller und zerlegte auch mein Essen in kindgerechte Portionen ohne Haut. Ich fragte mich, ob er von dem Reh wusste, das ich ausgespuckt hatte.

Guter Mond, du gehst so stille

Nach dem Essen brachte Lea die Kinder ins Bett und ich holte Hannas Wimpernzange aus meiner Hosentasche und steckte sie in die Tasche meines Parkas. Dann räumte ich den Tisch ab. David und Deborah kamen noch einmal herunter zu mir, im Schlafanzug, nach Zahnpasta und Seife riechend.

»Wills du ma unser Zimmer sehn?«

»Müsst ihr jetzt nicht schlafen gehen?«

»Mama wäscht Andreas noch den Mund.«

Deborah nahm mich an der Hand – ihre Finger waren noch feucht – und zog mich die Treppe hinauf in das Kinderzimmer, das sie sich mit David teilte. Es war groß und sehr aufgeräumt. Alle Kartons in den Schränken beschriftet, die Bücher nach Farben sortiert, die Bilder an den Wänden gerahmt.

»Könn wir was auf dein Gips maln?«

Ich schaute auf meinen schmutzig gelben Gips. Inzwischen war er an der Hand so weit abgebröckelt, dass man meine Fingerknöchel sah, und der Steg zwischen Daumen und den anderen Fingern war nur noch ein dünnes Band.

»Ja, klar.«

Ich setzte mich auf einen Verkehrsteppich, der mitten im Zimmer lag, und David zog unter seinem Bett eine Plastikbox hervor, die aussah wie die, in der Fridolins Knochen lagen, unter meinem Bett, im Glashaus. In Davids Box waren Stifte, ordentlich in kleinere Kästchen sortiert, die alle beschriftet waren. *Filzer, Wachsmaler, Pustestifte.*

»Was is deine Lieblingsfarbe?«, fragte Deborah.

»Weiß.«

»Das geht nich«, sagte sie, »der Gips is schon weiß.«

»Eher gelb«, sagte David.

»Ich weiß, was ich mache!«, rief Deborah und fing an zu malen. David überlegte etwas länger, aber dann arbeiteten sie beide konzentriert, die Zungenspitzen zwischen den Lippen. Ich hörte ihre tiefen Atemzüge durch das Rauschen in meinen Ohren.

»Fertig«, sagte Deborah. Sie hatte einen wilden Haufen bunter Striche gemalt.

»Regenbogen«, sagte sie vorwurfsvoll und sah mich an: »Warum machs du einglich immer so?«

Sie rieb mit ihrer Hand über ihre Haare.

»Mach ich das?«

»Ja«, sagte David ohne aufzusehen.

»Ich glaub, ich muss mich noch an meine neue Frisur gewöhnen.« Ich hatte die Mütze abgenommen unter dem Nikolauskostüm und nicht wieder aufgesetzt, weil mir so heiß gewesen war.

»Das is keine Frisur«, sagte David, »das is eine Glatze.«

»Genau daran muss ich mich erst gewöhnen.«

»Fertig«, sagte David und Deborah klatschte in die Hände. »Ein Wal!«

»Ein Pottwal«, sagte David. »Mit so eim war Onkl Gideon schon ma tauchn.«

»Wirklich?«, fragte ich.

»Nein«, sagte Lea, die lächelnd im Türrahmen lehnte, »da hat er euch reingelegt. So wie ihr Onkl Benni hier reingelegt habt, ihr sollt doch längst schlafn!«

»Ich bin aber nich müde«, sagte Deborah.

»Na, dann müssn wir dich müde machn«, Lea kam ins Zimmer und nahm Deborah auf den Arm. Die lehnte ihren Kopf an Leas Schlüsselbein und schob eine Hand in den Ausschnitt ihres Kleides.

»Ich still sie ebn im Schlafzimmer, kanns du für David das Licht ausmachn, wenn er im Bett liegt?«

»Ja, klar.«

Ich stand auf und wartete in der Tür, eine Hand am Lichtschalter, bis David sich in sein Bett gelegt hatte.

»Fertig?«

»Noch nich«, er versuchte, die Bettdecke glatt über sich zu ziehen, verhedderte sich aber immer mehr darin. »Kanns du das machn?«

Ich ging zu ihm, schüttelte die Decke auf und ließ sie auf ihn sinken.

»Gut so?«

»Ich brauch nur noch meine Kassette.« Er nahm von seinem Nachtkästchen einen Kassettenrekorder, der genauso aussah wie das Gerät früher im Bunker, und schaltete ihn ein.

Guter Mond, du gehst so stille …

Davids Augen fielen zu. Ich machte das Licht aus.

»Ich schlaf aber noch nich«, sagte David, so leise, dass ich es kaum hörte durch die Musik und mein Ohrenrauschen.

»Soll ich das Licht wieder anmachen?«

»Nein, sons sieht Mama das.«

Leas Schlafzimmer war gegenüber vom Kinderzimmer und sie hatte die Tür offen stehen lassen. Es kam ein schwaches rötliches Licht heraus.

»Ich kann auch hier warten, bis deine Mama Deborah zurückbringt.«

»Die kommt nich zerück. Wenn Papa nich da is, darf Debbie bei Mama schlafn.«

O wie hart ist mein Geschicke, dass ich dir nicht folgen kann.

»Hast du kein kleines Licht, das du anmachen kannst?«

»Habn Sie Angst gehabt?«

»Ich? Als Kind?«

»Nein, als die Leute auf Sie geschossn habn.«

»Auf mich hat keiner geschossn. Wer hat dir das denn erzählt? Onkel Gideon?«

Ich hörte am Rascheln des Kissens, dass er nickte.

»Er hat gesagt, beim Wegrenn habn Sie sich den Arm gebrochn. Und Ihre Haare sind ausgefalln, weil Sie so doll Angst hattn.«

Ich musste lachen.

»Meine Haare sind weg, weil ich alt bin. Den Arm hab ich mir gebrochen, weil ich hingefallen bin, das stimmt, aber geschossen hat wirklich niemand. Das Knallen, das alle so erschreckt hat, war von Krachern, wie an Silvester, weißt du?«

»Wir machn das nich«, sagte er. Dann sagte er länger nichts und ich dachte schon, er wäre eingeschlafen. *Morgen Früh, wenn Gott will, wirst du wieder geweckt.* Auf der Kassette war offenbar nur das eine Lied, immer wieder und wieder ging der Mond auf.

»Man kann aber auch so sterbn«, sagte David, »egal wo. Sogar im Bett, wenn man schläft.«

Ich wusste nicht, was ich sagen sollte. *Leuchte freundlich jedem Müden in das stille Kämmerlein.*

»Soll ich nicht doch das Licht wieder anmachen?«

»Meine Oma is im Schlaf gestorbn«, sagte David.

Ich nickte, aber das konnte er natürlich nicht sehen. Ich tastete mich durch das dunkle Zimmer zu seinem Bett.

»Deine Oma«, sagte ich, »die war krank, vorher schon. Und sie war alt.« Maria war fünfunddreißig gewesen, fünf Jahre jünger als ich. Zum ersten Mal begriff ich, wie jung das gewesen war.

»Meine Tante is auch tot«, sagte David, »die is ertrunkn. Kanntn Sie die auch?«

»Ja.« Ich rutschte seitlich von meinen Knien herunter und setzte mich auf den Boden. Als ich die Beine ausstreckte, knackten meine beiden Knie und David erschrak.

»Keine Angst, das waren nur meine Knochen. Weißt du, was im Glashaus unter meinem Bett liegt?«

Ich hörte David erschrocken Luft holen. (Benni, du Blödmann.)

»Nein, nein, nichts Schlimmes«, ich streckte meine Hand aus, fand seinen Arm, herzzerreißend dünn unter dem flauschigen Schlafanzug. Ich streichelte ihn vorsichtig und erzählte dabei von den Knochen unter meinem Bett, die Klaus zusammensetzen würde zu einem Skelett, das dann im Glashaus hängen sollte. »Und wenn abends das Licht an ist, sieht es aus, als würde ein Wal über dem Wald schwimmen.«

Ich weiß nicht, wer von uns beiden eher einschlief. Leas Flüstern weckte mich: »Benni? Bis du etwa immer noch hier?«

Sie stand in der Tür, im Nachthemd, nackte Füße, die Haare nicht mehr zu einem Kranz um den Kopf geflochten, sondern halb offen, sie flimmerten im Gegenlicht.

»Schläfs du?«

»Was? Nein«, meine Gelenke knackten, als ich aufstand. Mein rechtes Bein war eingeschlafen, und als ich auftreten wollte, gab es nach, als wären keine Knochen darin. Lea musste mich auffangen, damit ich nicht auf David fiel. Sie stützte mich, bis wir aus dem Zimmer heraus und an der Treppe waren, wo ich mich am Geländer festhalten konnte.

»Zu Klaus kanns du jetz nich mehr, wir haben schon nach Mitternacht. Aber du kanns untn im Turnkeller schlafn.«

Leise gingen wir nach unten. Lea blies mit einem Kompressor eine Gästematratze auf, brachte mir einen Schlafsack und hängte zwei Handtücher in das winzige Badezimmer neben dem Turnkeller.

»Leider nur kaltes Wasser.«

Dann wünschte sie mir eine gesegnete Nacht. »Oder wolln wir noch was trinken?«

Im Wohnzimmer füllte Lea zwei Rotweingläser etwas zu voll und wir stießen an und tranken auf den Nikolaus.

»Warte ma«, sagte Lea, als hätte ich vorgehabt zu gehen. (Gehs du je wieder weg, Benni?) Sie holte eine Schachtel, auf der nicht stand, was darin war, aus dem großen Wohnzimmerschrank und zeigte mir den Inhalt wie einen Schatz: Ein Verdampfer und ein kleines Tütchen Gras.

»Hat Gideon ma hier vergessn. Machs du das noch?«

»Manchmal.«

»Ich hab das ja nie probiert. Ich hab überhaupt keine Ahnung, was dann passiert.«

»Nicht viel«, sagte ich.

»Aber schon irgendwas, sons hättet ihr das nich die ganze Zeit gemacht. Ich würd das ja gern ma ausprobiern.«

Wir gingen in den Garten. Lea hatte wieder den flauschigen rosa Bademantel über ihr Nachthemd gezogen und kicherte schon, bevor sie den Verdampfer angeschaltet hatte. Sie verzog das Gesicht, als sie den Dampf einatmete, presste die Lippen aufeinander, hustete und trank einen großen Schluck Wein.

»Das is ja widerlich.«

»Man gewöhnt sich dran.«

»Nee, ich bleib beim Wein.« Sie gab mir den Verdampfer und wir setzten uns auf die schmale Fensterbank vor der großen Panoramascheibe, durch die schwaches Licht in den Garten fiel. Wir saßen schweigend, sie trank, ich dampfte. Bei jedem Ausatmen wurde das Rauschen in meinen Ohren etwas leiser, als würde ich es zusammen mit dem Dampf ausatmen, und der rauschende Dampf verteilte sich im Garten und bewegte sacht die Blätter der Bäume und Hecken.

»Ich war übrigens schon am Bahnhof«, sagte ich, »und in der Buchhandlung.«

»Ah«, Lea schwenkte den Wein in ihrem Glas, »ich hab mich

schon gefragt, wann du damit komms. Ich hab gehört, dass dir das, was ich geschriebn hab, nich gefällt.«

»Das war ja auch … hast du das wirklich so gemeint?«

»Du has es doch gar nich ganz gelesn.«

»Dass die Menschen ertrinken sollen?«

Lea schüttelte den Kopf: »So einfach is das nich.«

»Das ist doch auch total unchristlich.«

»Unchristlich?«

»Der Fremde soll euch gelten wie ein Einheimischer, du sollst ihn lieben wie dich selber?«

»Du kenns dich ja wirklich noch gut aus. Aber ganz so einfach is es nich. Du has keine Kinder, Benni, du weiß nich, wie das is, wenn da ein ganzer Mensch an dir hängt, und nich nur der Körper, auch die Seele. Und ich hab fünf. Fünf Seeln, für die ich verantwortlich bin, allein.«

Sie trank von ihrem Wein. Gerade, als ich etwas sagen wollte, redete sie weiter: »Nein, ich will nich, dass irgendwer ertrinkt, Benni, aber ich will auch nich, dass meine Kinder in Versuchung geführt werdn von Leutn, die hier gar nich hergehörn. Ob die jetz rot oder grün oder blau sind, das is mir völlig egal, und ob die aus Syrien komm oder aus Köln und uns dann hier Bücher verkaufn und erzähln, die Bibel wär auch nur ausgedacht.«

Sie schüttelte heftig den Kopf und schaute auf den Mond. »Das hat die nämich wirklich gemacht, Benni. Und *davon* hat David dann seine Angst gekriegt. Weil er nämlich jetzt denkt, nach dem Tod is alles vorbei. Und *deshalb* hab ich das geschriebn. Weil es meine Aufgabe is, auf die aufzupassen, und weil ich sie alle gern wiedersehen will im Paradies, alle. Dich übrigns auch. Und da muss du jetz nich komm und uns schlecht machn, damit du dich besser fühln kanns. So wirs du deine Schuld nich los, Benni. Schuld muss vergebn werdn und es gibt nur *ein,* der das kann. Und das weiß du auch, sons wärs du ja nich zu uns gekomm.«

Sie trank ihr Weinglas leer und schwieg.

»Ich verstehe trotzdem nicht ...«, fing ich an, sie unterbrach mich wieder: »Weil du keine Kinder has.«

»Ich glaube nicht, dass ich das dann anders sehen würde. *Wenn* ich je Kinder hätte.«

»Ach, doch. Eins oder zwei sind gar nich so schlimm.«

»Mich musst du nicht überzeugen.«

»Deine Frau will nicht?« Lea lachte. »Das is Quatsch, das sagt man immer, aber wenn man dann einma schwanger is, dann is das ganz schnell vergessn.«

»Bei Vicky nicht. Sie war schon schwanger. Als es vorbei war, war sie nur erleichtert.«

»Vorbei?«

Ich nickte und dann erzählte ich von Vickys Fehlgeburt. Das, was ich davon wusste. Ich war nicht dabei gewesen, an dem Wochenende hatten Manuel und ich einen Auftrag gehabt. Vickys Mutter hatte sie ins Krankenhaus gebracht und als ich endlich kam, war das Kind (ein Herz ist kein Kind!), war die *Schwangerschaftsanlage* ins Klo gefallen, kurz nach der ersten Untersuchung. Wie ein Stein von einem Herzen. Danach hatte Vicky gewusst, dass sie keine Mutter sein wollte. Wirklich nicht.

»Und dann ist sie weg?«, fragte Lea leise.

»Nicht direkt danach, eigentlich erst viel später. Vor drei Monaten.«

Lea drehte ihr leeres Weinglas zwischen den Fingern, schmale Lichtreflexe glitten über die Glasränder.

»Ehe is nich leicht. Aber wer immer wegläuft, wenn was zu schwer is, der rennt irgendwann ins Wasser. Manchma, wenn Jakob drei, vier Wochn weg war und dann wieder kommt, denk ich: Was will der Fremde in meim Haus? Ganz früher wär ich am liebstn ganz weg. Von ihm, aus Welsum, irgendwo in der Stadt meine eigene Tür habn. Vielleicht sogar Abitur machn. Eima wär ich fast«, sie hob eine Faust und spreizte dann alle Finger gleichzeitig ab, als streute sie etwas in die Luft, und machte dazu ein pfeifendes Geräusch. »Auf und davon.«

»Warum bist du nicht?«

»Wohin denn? Mit fünf Kindern?« Sie lachte und strich mit der Spitze ihres Zeigefingers über ihren Mundwinkel, immer wieder, eine ganz kleine Bewegung, als wäre da etwas, eine Kruste. Wieder dachte ich an das Foto, den Spott im Mundwinkel, der ein Bluterguss gewesen war. *Wie viele Frauen sind im Herzen nicht willig, ihrem Mann die Führung zu überlassen?*

Sie setzte ihr Weinglas noch mal an die Lippen, hatte vergessen, dass es leer war. Ich gab ihr meins.

»Ich trinke eh nicht mehr.«

»Du has ja Eisfinger! Wolln wir lieber reingehn?«

»Noch nicht, es riecht, als würde es gleich schneien.«

»Ich riech nur dein Zeug.«

»Entschuldige«, ich wandte meinen Kopf zur Seite und blies den Dampf von ihr weg. Dann schaute ich sie wieder an und küsste sie. *Zu dem schönsten Morgenrote führst du uns, du guter Mond.*

Als sie sich von mir löste, lächelte sie und trank mein Weinglas in einem Zug leer.

»Ich glaub, das Beste wär, du redes ma mit dem Reitwein. Ich vergess das auch oft, aber die wichtigste Person in einer Ehe sind nich Mann und Frau, die wichtigste Person is Gott. Und ich glaub, du bis gerade auf der Zielgeradn zu Ihm.«

Sie rieb sich, weil sie in jeder Hand ein leeres Weinglas hielt, mit den Handgelenken die Augen und stand von der Fensterbank auf: »Und ich glaub, ich muss dringend ins Bett.«

1/f Rauschen

Ich legte mich angezogen auf das Luftbett und sank sofort mit einem lauten Rauschen bis auf den harten Betonboden. Das Ding hatte ein Loch. Ich stand auf, schob zwei von den Turnmatten zusammen und legte mich darauf. Es war nicht unbequem, aber schlafen konnte ich trotzdem nicht. Ich versuchte es mit Musik, aber das half auch nicht. Irgendwann holte ich das Buch mit dem Wolpertinger heraus und blätterte im Licht meiner Telefontaschenlampe darin herum.

Das menschliche Herz ist eine Grube gefüllt mit Blut, darum stehen die geliebten Toten und trinken und trinken umso mehr, je lieber sie einem sind.

Die Seiten raschelten laut und plötzlich fiel mir auf, dass ich nur noch dieses Rascheln hörte. Und meinen Atem. Nichts anderes. Das Rauschen in meinen Ohren war weg. Also war ich doch gesund, keine versteckte Verletzung im Ohr und wahrscheinlich auch kein kaputtes Herz. Die Stille war eigenartigerweise lauter, als das Rauschen es je gewesen war. Und schwer, sie drückte mich in die Matten, bis ich das Gefühl hatte zu ersticken.

Mir fiel das Rauschgeräusch ein, das ich vor Jahren für Renée, wenn sie im Krankenhaus nicht schlafen konnte, weil die Maschinen so laut piepsten, heruntergeladen hatte. Es hatte bei uns beiden funktioniert, überraschend schnell, fast wie ein Schlafmittel. Ich fand es auch, aber es wirkte nicht, egal, wie laut ich es stellte. Vielleicht, weil es nicht ganz so klang wie das Geräusch, das meinen Ohren fehlte. Es rauschte nicht bloß, es lag auch ein Kratzen darin, ein Fingernagel auf rauem

Glas, oder eine Kralle. Das war doch früher nicht gewesen. Das kam gar nicht aus meinem Kopfhörer, das Geräusch kam von draußen, kam durch das kleine, vergitterte Fenster vor dem Kellerschacht.

Ich stand auf und leuchtete mit meinem Telefonlicht in den Schacht. Bemooste graue Wände und oben ein metallgraues Gitter. Und auf dem Gitter Fell. Fell, das sich bewegte, im Takt von tiefen, ruhigen Atemzügen.

Ganz kurz durchzuckte mich Panik. Wie im Zoo, wenn man für einen Augenblick das Glas vergisst, weil das Tier dahinter zu groß und zu lebendig ist. Eilig tippte ich auf mein Telefon, schaltete die Taschenlampe aus und die Kamera ein. Zuerst versuchte ich eine Nachtaufnahme, aber dafür war es zu dunkel. Also schaltete ich den Blitz ein.

Der Schacht leuchtete taghell auf, ich sah lange weißgraue Fellzotteln und hörte ein Schnaufen, dann war alles wieder dunkel. Ich tippte noch einmal auf den Auslöser, aber ich hatte längst gehört, wie das Tier raschelnd davongelaufen war. Auf dem zweiten Bild war zwischen den metallgrauen Gitterquadraten nur noch schwarz.

Am liebsten hätte ich das erste Bild sofort an Klaus geschickt, der vermutlich jetzt gerade auf dem Ansitz saß, aber ich hatte keinen Empfang – und er hatte im Wald sicher auch keinen.

Ich legte mich zurück auf die Matten, kroch in den Schlafsack, setzte meinen Kopfhörer wieder auf und schlief so schnell ein wie damals bei Renée im Krankenhaus.

Gotta Serve Somebody

Gideon sieht aus wie Jesus in der Kinderbibel: Er trägt ein weißes Gewand, seine Füße sind nackt, seine Haare immer noch zu lang. Der Alte wollte mit der Maschine ran, aber Maria hat sie gerettet, das erzählt sie mir flüsternd, während wir von draußen zusehen, wie Gideon in Reitweins Pool getauft wird. Außer uns sind alle drinnen und singen: »Liebster Jesu, wir sind hier.«

Das Fenster, vor dem wir stehen, ist breit und bodentief und nur an den äußeren Rändern beschlagen. Wir können das ganze Becken sehen. Von außen erwartet man etwas Kleines in dem Häuschen, einen Pool zum Planschen, aber das Häuschen wirkt nur so winzig, weil es neben der riesigen Villa vom Reitwein steht. Da drin ist ein richtiges Becken, fünfundzwanzig Meter lang, zehn Meter breit. Gegenstromanlage, die jetzt aber ausgeschaltet ist. Um das Becken stehen Klappstühle für die älteren Brüder und Schwestern, die jüngeren müssen stehen, gedrängt wie in der U-Bahn. Aber barfuß. Es sind wirklich alle da, sogar Klaus. Er hat einen von den wenigen Klappstühlen bekommen und sitzt ganz hinten am Ende des Beckens, wo die Leiter ist, die Gideon hochsteigen wird, wenn er wieder auftaucht. Reingewaschen von seinen Missetaten. Was genau er erzählt hat, weiß ich nicht, auch nicht, ob sie ihn gesundbeten mussten. Ich durfte nicht mehr aus dem Glashaus, seit Frau Gothel mich nach der Nacht im Bunker am Morgen vor der Tür gefunden hatte. Erst, weil ich krank war, und dann, weil Klaus beim Bunkeraufräumen die Reste von Hannas Tüten gefunden hatte. Er hatte die Stummel in einen Plastikreißverschlussbeutel gepackt und mich mit diesem Beweismaterial zum Hintz gebracht, dem einzigen Arzt im Dorf.

Ein beige-grünes Wartezimmer, das mal ein Wohnzimmer gewesen war, vergilbte Gardinen und ein Kronleuchter. Aber es roch wie bei einem Arzt nach altem Leder und Desinfektionsmittel. Statt Zeitschriften gab es nur einen Stapel Flugblätter, die der Alte geschrieben hatte. *Der Sünde Sold ist der Tod, die Gabe GOTTES aber ist das ewige LEBEN.* So oft und so schlecht kopiert, dass es kaum zu entziffern war. Und die Babys in ihren Fruchtblasen sahen aus wie Fischwesen im Weltall.

Jemand rief meinen Namen so laut, als wäre das Wartezimmer überfüllt mit Wartenden. Ich stand auf. Ich hatte erwartet, dass Klaus mit reinkommen würde, aber er blieb sitzen.

Im Behandlungszimmer stand ein Stuhl, der so alt aussah, dass er eigentlich hätte schwarz-weiß sein müssen. Glattes braunes Leder und brüchige Riemen mit rostigen Schnallen. Der Hintz trug keinen Kittel, hatte kleine Hände und große gelbe Zähne.

»Pflanzenfresserzähne«, sagte er, »muss also keine Angst habn, ich beiß dich nich.« Er lachte, ein bisschen wie der Alte, und ich lachte zur Sicherheit mit. Dann horchte er mich ab, durch den Pullover, schüttelte traurig den Kopf und sagte: »Ja, da sind schon ein paar Stellen, von den Drogen.« Er zog meine Ärmel hoch und sagte: »Na, immerhin.« Dann fragte er, ob ich die Drogen aus der Stadt mitgebracht hätte, und ich nickte.

»Wann fährs du wieder?«

»Nächste Woche.«

»Gut. Bis dahin häls du dich fern von den andern.« Ein einziger fauler Apfel genügt.

Deshalb stehe ich jetzt draußen, mit Maria, die schon lang ausgeschlossen ist. Sie kann froh sein, dass sie von draußen zugucken darf, sagt sie. Und ich darf auch nur hier stehen, weil mein Zug heute geht und Frau Gothel mich gleich nach der Taufe zum Bahnhof bringen muss. Und dafür einen guten Teil der Feier verpasst, die nach der Taufe in Reitweins Villa stattfindet. Frau Gothel, die drinnen am Beckenrand auf einem Klappstuhl neben dem Alten sitzt, leckt sich jetzt schon über die Lippen. Immer mal wieder schaut sie zu mir raus und Gottes Augen sehen mich scharf an: »Du rührs dich nich von der Stelle!«

Hinter der Reihe aus Klappstühlen stehen Hanna und Lea, in ihren langen weißen Geburtstagskleidern. Dass Hanna im Bunker war, scheint niemand zu wissen, Gideon und sie hatten mich auf dem Rasen unter dem Kirschbaum liegen lassen und waren im Dunkeln nach Haus gerannt. Maria hatte geweint, als sie am Morgen Hanna wieder in ihrem Bett fand. Dass Gideon auch für eine Nacht verschwunden war, scheint sie nicht bemerkt zu haben.

Hat er das bei der Beichte erzählt?

Blass sieht er aus, fast so weiß wie sein Gewand. Es muss heiß sein im Schwimmbad, die Brüder wischen sich mit Taschentüchern über die Köpfe, die Schwestern kriegen rote Gesichter unter ihren Hüten. Plötzlich bin ich froh, draußen zu sein. Es ist ein bisschen windig und riecht schwach nach Marias Pelzmantel und ihrem verbotenen Parfum. Da drin muss es stinken, nach Chlor und Schweiß und feuchtem Filz.

Gideon hält sein Gesicht hoch, vielleicht, um besser zu atmen, oder um zur Decke zu schauen. Über die hellblauen Kacheln wabert ein Netz aus Lichtfäden, jemand hat die kleinen Lampen unter der Wasseroberfläche angeschaltet und die Brüder und Schwestern fangen wieder an zu singen.

»Aus der Tiefe rufe ich zu dir …«

Der Gesang verwandelt alles. Plötzlich ist es nicht mehr lächerlich, dass sich da hundert Menschen in altmodischen

Kleidern barfuß um ein Schwimmbecken drängen, es ist notwendig. Und echt. Ich bekomme Gänsehaut, wie wenn ich Klaus' Kassetten höre und eine Liedzeile so eindeutig für mich geschrieben ist, dass es unheimlich ist.

»Herr, achte auf mein Flehen.«

Maria zieht die Nase hoch und schiebt mit den Fingerspitzen Tränen zurück in die inneren Augenwinkel. Das macht Renée auch manchmal, beim Fernsehen, damit ihre Schminke nicht verläuft. Maria ist nicht geschminkt, aber sie hat sich ihre Wimpern hochgebogen mit der Zange, die mit Hanna wieder zurückgekommen ist.

Im Bunker hat Gideon sie auch ausprobiert. Hat er *das* gebeichtet? Sieht er deshalb so müde aus? Weil sie ihn gesundbeten mussten – was auch immer das bedeutet. Aber als Gideon jetzt seinen Text aufsagt, ist seine Stimme ganz fest. Sie kippt nicht und ist so laut, dass auch wir hier draußen hören, was er geschrieben hat für seine Taufe.

»Die Wahrheit ist ein Pfeil und das Tor ist schmal, durch das sie dringt. Ich habe den Teufel gesehen, und ich habe dich gesehen, Herr Jesus, und ich weiß jetzt, wem von euch ich dienen will, mein Leben lang.«

Der Reitwein, der neben ihm steht, nickt, zieht sein Sakko aus und steigt, in Hemd und Anzughose, ins Wasser. Gideon folgt ihm.

»Und Jesus trat herzu und sprach zu ihnen: Mir ist gegeben alle Gewalt im Himmel und auf Erden«, der Reitwein legt eine Hand auf Gideons Kopf und drückt ihn unter Wasser, hält ihn kurz da und lässt ihn wieder hochkommen.

»Wasche mich rein von meiner Missetat.«

Er taucht ihn wieder unter. Es sieht aus, als hielte er Gideon diesmal extra lang unten.

»Reinige mich von meiner Sünde.«

Ein letztes Mal wird Gideon eingetaucht und diesmal bleibt er von selbst unten. Nicht so lang, wie er könnte, aber lang genug, dass der Reitwein unruhig wird und an Gideons im Wasser wabernden Gewand zieht. Grinsend taucht Gideon wieder auf. Das Grinsen ist ganz schnell verschwunden, vielleicht habe auch nur ich es gesehen. Dann steigen die beiden aus dem Wasser. Beim Reitwein sieht man Brusthaare durch das nasse Hemd und unter Gideons Taufgewand schimmert die blaue Badehose durch. Die Ältesten stehen von ihren Klappstühlen auf und gratulieren ihm. Maria seufzt lang und legt den Kopf in den Nacken und hält ihr Gesicht mit geschlossenen Augen zum Himmel.

»Ich sag dir, Benni«, jetzt schaut sie mich an, »wenn du ma Kinder has, lass die sofort taufn. Bei dir in der Stadt geht das ja, da müsst ihr nich so lang wartn wie wir hier. Kein Auge kriegs du zu, wenn die so lang ungetauft rumlaufn, kann ja immer was passiern und dann … aber heut werd ich schlafn wie n Baby.«

Drinnen singen sie: »Liebster Jesu, wir sind hier«, während Gideon und der Reitwein durch eine grüne Tür verschwinden, um zu duschen. Wenig später öffnet eine Frau in einem senffarbenen Kostüm mit einer kleinen weißen Kellnerinnenschürze die Schwimmbadtüren und die Brüder und Schwestern kommen heraus. Frau Gothel ist ganz vorn, um mich schnell wegzubringen. Als hätten mich nicht sowieso schon alle gesehen. Sie riecht nach Chlor und ihre Augen sind blutunterlaufen, als wäre sie mit Gideon ins Becken getaucht. Maria winkt mir mit den Fingern, dann bin ich weg. Bis zum nächsten Sommer. Oder für immer, das weiß ich noch nicht.

Am Bahnhof beten wir eilig im Auto, Frau Gothel will zurück zur Sahnetorte, die sie wahrscheinlich schon verteilen in der Villa.

»Lieber Herr Jesus, bring den Jungn sicher nach Haus zu seiner Mutter, hm?«

»Amen.«

»Ja, Amen. Gute Reise, Bennikind.«

Es klingt wie: »Auf Nimmerwiedersehen.«

River of Men

Am Morgen betrachtet zeigte das Foto, das ich in der Nacht in Leas Turnkeller gemacht hatte, nicht viel mehr als ein kleines dunkles Viereck oben rechts auf einer gleißenden weißen Fläche. Der Sprung in meinem Bildschirm ist auf dem Bild besonders deutlich zu sehen. Wenn ich länger hinschaute, wurden noch mehr Linien in dem Weiß sichtbar, Schmutzstriche und Fugen. Auf dem schwarzen Viereck erkannte ich, mit zusammengekniffenen Augen, noch graue Gitterlinien, und wenn ich das Viereck vergrößerte, einen verschwommenen weißbraunen Fleck. Leas Söhne dagegen sahen Fell, ganz deutlich, helle Zotteln, braune Stoppeln, vielleicht sogar eine Kralle?

»Ganz sicher kein Wildschwein«, sagte Andreas.

»Gib mir noch ma«, sagte Johannes.

Außer ihnen war niemand zu Hause, Lea war mit den beiden anderen einkaufen gefahren, Simon arbeitete. Ich hatte lang geschlafen, trotz der Hitze und des Gummigeruchs in Leas Turnkeller. Die beiden Matten waren auseinandergerutscht und als ich aufwachte, lag ich auf dem nackten Betonboden und mein Rücken war so steif, dass ich mich erst auf die Seite rollen musste, um aufstehen zu können. Ich hatte immer noch den Kopfhörer auf, und das Rauschen lief noch. Als ich ihn abnahm, wurde es so still, als hätte es im Turnkeller über Nacht geschneit.

Ich packte den Kopfhörer und das Wolpertingerbuch ein, wusch mich in dem kleinen Bad mit eiskaltem Wasser (je kälter, desto länger kannst du unten bleiben), räumte die Matten auf, rollte den Schlafsack ein und ging nach oben.

Andreas und Johannes waren in der Küche und spülten Töpfe und Pfannen von gestern. Ich klopfte, bevor ich durch die Milchglastür hineinging, um sie nicht zu erschrecken. Sie legten Trockentuch und Spülbürste ab und begrüßten mich höflich: »Gutn Morgn, Herr Weißdorn. Möchtn Sie einen Kaffee trinkn?«

Als wäre ich ihr Vorgesetzter. »Nein, danke, ich mag gar keinen Kaffee.«

Ihre Nasenflügel zuckten, als müssten sie sich zusammenreißen, um nicht zu lachen.

»Wisst ihr, was ich gestern Nacht bei euch im Garten gesehen habe? Das Tier, das aus dem Wald. Ich habe sogar ein Beweisfoto.«

Sie schauten sehr lang mit großen Augen auf den Bildschirm, nahmen mein Telefon in die Hand, vergrößerten das Foto, drehten es, berieten sich leise. Ganz sicher keine Wildsau, und auch kein Fuchs. Kein Luchs, kein Goldschakal.

Während sie das Foto anschauten, schaute ich sie an: Sie sahen völlig anders aus als Leas andere Kinder. Deborah und David waren niedlich, und Simon war wie Hanna nur schön, wenn man ihn lang genug ansah, aber die beiden waren auf den ersten Blick wunderhübsch, mit ihren klaren Gesichtern, den braunen Augen, den roten Lippen, den blonden Haaren. Genau wie der Mann auf dem Hochzeitsfoto. Ich fragte mich, wie er heute aussah. Blonde Männer altern schlecht, hatte Vicky immer gesagt, und mich gemeint. Und recht gehabt.

Sie schauten immer noch das Foto an, als Lea und die Kinder zurückkamen. Und mit ihnen kam Gideon. Er sah mich an, als hätte ich etwas falsch gemacht. Eissplitter in den wässrigen Augen, wie der Alte früher.

»Ich dachte, ihr könnt zusamm mit Klaus redn«, sagte Lea, »is ja vielleicht leichter.«

Sie brachte mich zur Tür und umarmte mich. »Und mit dem Reitwein hab ich auch schon gesprochn, der hat Donnerstag für dich Zeit. Is das nich schön?«

»Könn wir dann?« Gideon nahm meinen Rucksack und wartete ungeduldig, bis ich endlich meine Turnschuhe geschnürt hatte. Drei Wochen Gips und es ging immer noch nicht schneller.

Gideon trug meinen Rucksack bis zum Glashaus, wo sein Auto parkte. Er öffnete den Kofferraum und warf den Rucksack hinein.

»Ich dachte, wir könn noch ne Runde durchn Wald? Klaus is eh noch nich ausm Bunker raus.«

»Ja, klar.«

Der Wald war wie aus Glas an diesem Morgen, die sonst schwarzen kahlen Zweige weiß, das Laub auf dem Boden glitzernd gefroren und die Pfützen auf dem weichen Spazierweg aus Eis. Ich ging sehr vorsichtig. Auf Eis waren meine Turnschuhe nicht bloß nutzlos, sondern gefährlich. Mehr als einmal musste Gideon mich festhalten. Jedes Mal packte er den eingegipsten Arm, um mich zu stützen, jedes Mal knackte es, wie die Knochen unter dem Bett. Ich schob den Jackenärmel zurück und betrachtete den bunt bemalten Gips. Kein Riss.

Ich rieb ein paar graue Bröckchen vom ausfransenden Rand lose und ließ sie auf den Waldboden fallen.

»Markiers du den Weg, Hänsel?«, Gideon grinste. »Ich lauf dir schon nich weg.«

Anders als Lea, die fast immer nach vorn schaute, sah Gideon mich fast ununterbrochen an. Ich starrte auf den Boden, als liefe ich über Eis, das jeden Moment brechen könnte. Die Stille in meinen Ohren war immer noch ungewohnt. Jedes Geräusch klang ein wenig zu laut, ein wenig zu deutlich, fast so wie nach dem Aufwachen aus einer Ohnmacht. Und ich hörte alles: die kleinsten Zweige, die wir zertraten, das Knittern der bereiften Blätter unter unseren Füßen. Leise, nasse Geräusche von schlagenden Flügeln, weit über uns, und vor allem hörte ich Gideon atmen, mit diesem nervtötenden stockenden Stöhnen, das entstand, weil er jeden Atemzug einen Augenblick festhielt, bevor er wieder ausatmete.

Ich spielte mit der Wimpernzange, die ich in der Jackentasche hatte. Das goldlackierte Metall war rau, an einigen Stellen blätterten winzige Stückchen vom Lack ab, wenn ich darüberstrich. Ich dachte an den Zopf, den ich im Wald verloren hatte. Die Wimpernzange würde ich nicht verlieren.

Irgendwann verließ Gideon den Spazierweg. Ich sah ihn an und er strahlte, weil unsere Blicke sich endlich trafen. Aber in seinen Augen schwammen immer noch Eissplitter. Er holte den Verdampfer heraus und hielt ihn mir hin. Ich klickte das kleine blaue Lämpchen an und nahm, aus Höflichkeit, einen schnellen Zug.

»Mach ruhig mehr«, sagte Gideon, »dann wird dir auch wärmer, in deim Jäckchn da.«

Ich atmete noch einmal tief ein, aber wärmer wurde mir davon nicht, im Gegenteil, ich spürte die Kälte jetzt überall am Körper: wie feine Stiche durch die Haut bis in die Knochen. Und ich spürte auch Gideons Blick noch viel deutlicher.

»So ganz kapier ich nich, warum du immer noch hier bis. Weils so schön is?«

Ich lachte.

»Nein, ich wollte wirklich fahren, ich habe nur den Zug verpasst und dann … wollte ich doch noch mal mit Lea reden.«

Gideon nahm mir den Verdampfer ab und wir gingen weiter. Allmählich verschwand die scharfe Deutlichkeit der Dinge, der Himmel war nicht mehr so blendend weiß, Gideons Blick nicht mehr so eisig, die Geräusche traten in den Hintergrund, es war, als hätte es in meinen Ohren nie gerauscht.

»Has du dir bei Lea auch vorgestellt, dass sie Hanna is?«

»Was?«

»Ich mach nur Spaß, Benni, wirklich«, er hielt mir den Verdampfer hin. »Ich freu mich doch, wenn du bleibs. Wegn mir kanns du bleibn, so lang du wills. Nur: Halt dich von Lea fern, ja?«

Ich musste lachen. Gideon blieb stehen und griff nach meinen Arm. Er umfasste mein eingegipstes Handgelenk und der Gips knackte leise.

»Lea is ja nich Hanna. Hanna wollte jedn, Lea will kein, auch dich nich, mein Lieber. Die hat den Heiland und das reicht ihr. Was meins du, warum Jakob nie da is?«

Gideon lachte, ein bisschen wie Klaus, durch die Nase und seine Augenlider flatterten: »Für manche is es so leicht.« Sein Griff lockerte sich etwas, aber er ließ mich noch nicht los.

»Ich mein das nich böse, das weiß du. Ich sag dir das im Gutn: Halt Abstand von Lea. Nich nur der Vater im Himmel schaut immer auf dich. Hier schaun alle zu, da kanns du nich einfach bei ner Frau übernachtn.«

»Ich habe unten im Keller geschlafen, auf einer Turnmatte. Weil es zu spät war, um zum Glashaus zu gehen. Ich bin eingeschlafen, bei David …«

»Erzähl mir nix vom Pferd, Benni. Deine Frau is weg, das Kind is im Klo gelandet und du has nich ma mehr ne eigene Wohnung. Deshalb bis du hier. Und hat auch keiner was dagegn, ganz im Gegnteil, nur wenn du hier Frau und Kinder wills, muss du dir schon eine nehm, die nich verheiratet is. Und die Kinder dann selbs machn.«

»Das ist völliger Blödsinn. Ich wollte überhaupt nicht … und Lea wollte, dass ich bleibe und den Nikolaus spiele.«

»Und dann has du auch noch n bisschn den Mann gespielt. Jetz guck nich so Benni, mir is das einglich egal.«

»Sollte es aber nicht. Sie ist deine Schwester, und sie ist ziemlich einsam.«

»Lea hat fünf Kinder, die is das Gegnteil von einsam.«

»Aber sie hat niemanden, mit dem sie reden kann, wenn es ihr schlecht geht.«

Gideon ließ mich endlich los: »Lea hat den Heiland. Und außerdem gings der in ihrm ganzn Lebn noch nie wirklich schlecht.«

Ich zögerte kurz, bevor ich sagte: »Ich glaube, ihr Mann misshandelt sie.«

Gideons Lachen glitt in einer dichten Dampfwolke unbeschadet durch die gläsernen Zweige und verlor sich in dem hellen Himmel.

»Hat Lea das gesagt?«

»Nein, sie hat nur Andeutungen gemacht, und es gibt da ein Foto …«

»Ach, ja, das Bild hab ich gemacht. Da hatte Jakob ihr wirklich eine gelangt, aber das is ewig her. Ich weiß nich mehr warum, aber wenn du mich frags: War höchste Zeit, dass sie ma was abkriegt. Der Alte hat ja immer nur uns – jetz guck nich so, Benni, ich hab das Bild doch genau deswegn gemacht. Damit das nich noch ma passiert. Hat auch funktioniert. Nachdem wir das Jakob gezeigt habn, is ihm nie wieder die Hand ausgerutscht. Glaub mir, Benni, Lea is die Letzte, die du rettn muss. Meins du, Jakob wollte fünf Kinder? Oder nen Job, bei dem er fast nie zu Haus is? Nee, Lea wollte das alles. Er durfte ihr die Kinder machn und dann wollte sie ihn raus habn. Wenn Jakob nich son Arschloch wär, könnt er eim glatt leidtun.« Er steckte den Verdampfer ein und wir gingen weiter.

Es wurde heller und wärmer. Der Raureif verschwand, die Zweige waren schwarz und nass. Ab und zu fielen eisige Tropfen auf meine Mütze oder in meinen Nacken und liefen dann meinen Rücken hinab. Manchmal blieb Gideon abrupt stehen und zeigte auf etwas: lebende oder tote Tiere, die ich mir ansehen sollte. Irgendwann blieb er stehen und zeigte auf ein entferntes Schimmern, dort, wo der Wald lichter wurde: »Siehs du das? Das is der See.«

»Der Waldsee? Der sollte doch zugeschüttet werden.«

»Hat der Reitwein dann doch nich gemacht. Is ja sein Wald, da darf er machen, wie er will. Hat nur n Schild aufgestellt und n Zaun drumgebaut, der aber schon lang umgekippt is.«

Als wir näher kamen, sah ich die Reste des Zauns: rostige Metallpfosten, Stacheldraht und ein verbeultes Schild, das schief im Eis steckte: *Schwimmen verboten!* und darunter ein durchgestrichenes Bild von einem Strichmännchen, das durch eine Welle kraulte.

Der See war genauso groß, wie ich ihn in Erinnerung hatte, und zugefroren. Das Schimmern, das wir von Weitem gesehen hatten, kam von der glatten Mitte der gefrorenen Fläche, wo das Eis frei unter dem Himmel lag. Der Rest der Eisdecke, über den die Bäume am Ufer ragten, war schmutzig grau und bedeckt von Blättern und Zweigen. Gideon trat aufs Eis, stampfte, sprang und sagte dann: »Hält.«

Er ging ein paar Schritte und lief dann schneller, schlitterte durch eine große Pfütze Schmelzwasser, in der die Sonne schwamm. Sie zersprang in tausend Tropfen, als er hindurchglitt. Seine ausgefransten graublonden Haare flatterten und er rief: »Huii!«

Es sah idiotisch und traurig aus, wie er da rumrutschte. Nicht nur, weil er so eindeutig zu alt dafür war, sondern weil man deutlich sah, dass er als Kind so etwas nie gemacht hatte, er ruderte hektisch mit den Armen und sah so unbeholfen aus, als würde er sich in seinem Körper noch genauso unsicher und unwohl fühlen wie mit dreizehn.

»Komm schon, Benni, das kann man auch, wenn man nich schwimm kann. Und im Winter gibt's auch keine Zerkarien, falls du einbrichs.« Er schlitterte auf mich zu.

»Weiß du, was seltsam war? Hanna hatte gar nichts, als sie die rausgeholt habn. Nich ein Pünktchn.«

»Ich habe Hanna gesehen«, sagte ich. »Im Krankenhaus.« Ich wusste nicht, warum ich das sagte. Aber wem hätte ich es sonst erzählen sollen?

»Sie war doch nich im Kranknhaus.«

»Nicht damals, jetzt, vor zwei Wochen, als sie mir den Arm eingegipst haben, nach der Nacht auf dem Weihnachtsmarkt. Sie ist da durch den Flur gegangen und hat im Vorbeigehen in das Zimmer geschaut, in dem ich saß. Sie hatte OP-Kleidung an, so grüne weite Sachen, wie eine Ärztin.«

Gideon grinste: »Nie im Lebn.«

»Kennst du das? Dass du jemanden siehst und denkst: Das ist sie? Ich meine nicht, die sieht ihr irgendwie ähnlich, sondern wirklich: Das ist sie. Da ist sie endlich wieder. War ja auch lang genug schon tot.«

»Jedes Ma, wenn ich Simon angucke.«

Er drehte sich um, um noch einmal zu schlittern, verlor das Gleichgewicht und fiel auf den Hintern. Und blieb sitzen.

»Ist das Eis gebrochen?«

»Nein, nur mein Fuß. Scheiße«, er beugte sich vor und hielt seinen Knöchel. Dann versuchte er aufzustehen, kam aber nur auf die Knie.

»Warte, ich komme.«

Vorsichtig setzte ich einen Fuß auf das Eis, dann den zweiten. Ganz langsam schob ich mich zu ihm. Er grinste: »So weit drin wars du noch nie.«

Ich half ihm hoch. Es ging ganz leicht, und als ich meinen Arm um ihn legte, um ihn zu stützen, war ich erschrocken, wie mager er unter den dicken Wintersachen war. Ich konnte spüren, wie er inwendig zitterte. Wir gingen sehr langsam und vorsichtig vom Eis. Am Ufer lehnte Gideon sich mit dem Rücken an eine große Eiche und ließ sich daran hinunterrutschen. Ich kniete mich vor ihn hin und versuchte, ihm seinen Stiefel auszuziehen. Er wimmerte und schlug seinen Hinterkopf gegen den Stamm.

»Scheiße, Scheiße, Scheiße.« Immer wieder schlug er mit dem Kopf gegen den Baum, feste, wirklich feste. Das Geräusch war furchtbar. Ich versuchte, mit ihm zu reden, aber er hörte mich gar nicht. Irgendwann hatte ich endlich die Idee, meine Hand auf den Stamm zu legen, um die Schläge abzufedern. Es tat überraschend weh, als sein Kopf meinen Handrücken traf, aber es funktionierte. Gideon blickte hoch und sah mich an, als hätte ich ihn geweckt. Aus einem wirklich guten Traum. Er spuckte aus und streckte seine Hände aus. Ich half ihm hoch und wir gingen Arm in Arm zurück zum Glashaus.

Ich schwitzte, mein Mund wurde trocken, meine Lippen brannten von der Kälte, weil ich nicht aufhören konnte, sie zu lecken, und meine Ohren fühlten sich trotz Mütze so an, als wären sie zu Glas gefroren und würden bei der kleinsten Berührung zerspringen. Wir brauchten albtraumhaft lang, weil Gideon die ganze Zeit auf den Waldboden schaute, aus Angst, dass wir stolpern würden. Wenn er aufsah, spuckte und schnaubte er wie der Alte: »Mann, Benni, kanns du keine drei Schritte gradeaus gehn?«

Wir keuchten Nebelfetzen in die schnell kälter werdende Luft, unsere Schuhe ließen sich immer schwerer aus dem Boden ziehen, der jetzt nicht mehr gefroren, sondern weich, dunkel und schlammig war.

Früher, in den Sommern, wenn die Sonne im richtigen Winkel auf den schrägen gläsernen Teil des Daches schien, hatte man das Glashaus weit durch den Wald blitzen sehen können. Jetzt bemerkte ich es erst, als wir schon fast vor der Hecke standen. Durch die winzigen Blätter blitzten Lichtpunkte. »Gut«, sagte Gideon, »Klaus is ausm Bunker raus.«

Starving in the Belly of A Whale

Es dauerte lang, bis Klaus an die Tür kam, im Schlafanzug und mit tatsächlich vom Liegen zerzausten Haaren, sie klebten an einer Seite platt am Kopf. Und unter seiner Lippe weißliche Krusten von getrocknetem Speichel.

»Könn wir rein? Benni hat sein Zug verpasst, und ich hab mir, glaub ich, den Fuß gebrochn.«

»Gebrochen?«, fragte Klaus.

»Oder verstaucht, was weiß denn ich.«

Mich fragte Klaus nichts. Nicht, weshalb ich keinen anderen Zug genommen hatte, oder wo ich, seitdem Frau Gothel mich gestern Morgen zum Bahnhof gebracht hatte, gewesen war, oder ob ich vorhatte zu bleiben. Er nickte bloß, als ich ins Haus kam, als hätte er schon unzählige Male vergeblich versucht, mich loszuwerden.

Gideon zog seine Jacke und den einen Stiefel aus und humpelte, von Klaus gestützt, in den Wohnraum. Ich ließ mir Zeit und befühlte die Wimpernzange in meiner Jackentasche. Ich sollte gehen. Und irgendwie wollte ich auch gehen. Was willst du hier, Benni?

Wir hatten uns nicht verabschiedet gestern. Klaus war nicht zu Hause gewesen am Morgen, und als ich Frau Gothel gefragt hatte, ob er wiederkommen würde, bevor ich fahren musste, hatte sie gesagt: »Nee, der is doch, hm?«, als wüsste ich genau, wo Klaus steckte.

Immerhin hatte er mir diesmal keine Pistole ins Gesicht gehalten.

(Meine Güte, Benji, er ist dein Vater. Jetzt geh schon.)

Im Glashaus war es warm wie im Sommer und winterdunkel, weil es draußen plötzlich angefangen hatte zu regnen. Der Himmel war von dunkelgrauen Wolken bedeckt, die aussahen, als würden sie das Glasdach berühren. Die Hängelampe über dem Esstisch brannte nur schwach, und es roch deutlich nach Fridolins Knochen, die auf dem Tisch lagen, traurig und unsortiert, wie die Reste einer Mahlzeit.

»Wie has du den denn runtergeholt?«, fragte Gideon. Er lag auf dem Sofa, sie hatten es geschafft, auch den Stiefel von seinem verletzten Fuß auszuziehen, und Klaus brachte ihm gerade einen Plastikbeutel mit gefrorenen Brokkoliröschen.

»Einzeln«, sagte Klaus und dann ging er zum Tisch und beugte sich über die Knochensammlung wie ein Arzt über einen interessanten Fall. Gideon atmete zischend ein, als er den Brokkoli auf seinen geschwollenen Knöchel legte.

»Aber warum? Reiko kriegt die Leiter doch erst nächstes Wochenende, da hätt ich doch helfn könn. Wir hättn helfn könn«, Gideon nickte mir zu, als hätten wir abgesprochen, was ich sagen sollte, um wieder von Klaus aufgenommen zu werden. (Du wills doch nich nach Haus, oder?)

»Ja, klar.«

Klaus, der immer noch über die Knochen gebeugt stand, schüttelte den Kopf: »In dem Zustand werden wir ihn gar nicht hängen können.«

»Warum?« Gideon erhob sich und humpelte, den Brokkoli in der Hand, zum Esstisch. Er schaute kurz auf die Knochen und dann sah er mich an und sagte leise: »Scheiße, Benni, wie schläfs du denn? Du has dem arm Kerl fast alle Knochn gebrochn.«

»Wirklich?« Ich ging zum Tisch, schaute auf die stinkenden gelben Knochen, als könnte ich erkennen, ob an ihnen etwas fehlte oder nicht. »Das tut mir leid, das tut mir wirklich leid, das habe ich nicht gemerkt. Wenn ich das gemerkt hätte …«

Klaus ignorierte mich. Er betrachtete die Knochen, nahm ein Teilchen hoch, hielt es an ein anderes, legte es wieder zur Seite.

»Wir helfn klebn«, sagte Gideon. »Das kann man doch klebn, oder?«

Klaus nickte. »Wenn wir sie zusammengesetzt bekommen.« Er klang nicht vorwurfsvoll, und er schaute mich auch nicht an, er puzzelte weiter Knochen.

»Dann is ja einglich gut, dass Benni noch da is«, sagte Gideon. »Zu dritt geht das bestimmt schneller. Und dann habn wir auch gleich jemand, der auf die Leiter kann zum Bohrn. Ich werd da mit meim Fuß jetz nich raufkönn. Und Reiko hat Höhnangst. Aber für dich is das doch kein Problem, oder, Benni, als Maler? Da ganz hoch?« Er blickte zum Glasdach. Ich folgte seinem Blick. Die Wolken waren durchscheinender geworden, und ein Lichtkreis schimmerte dahinter. Mond oder Sonne.

»Wir wolln da in die Metallstrebe Hakn machn«, sagte Gideon und zeigte auf die Querstreben, die die Glasplatten des Daches hielten, und stach mit seinem Zeigefinger dreimal in die Luft. »Da, da und da. Und dann ziehn wir ihn hoch.«

»Wann genau wollt ihr das machen?«, fragte ich.

»Nächstn Samstag. Oder has du da schon was vor?« Er sah mich an wie früher in der Gärtnerei, wenn ich nicht gemerkt hatte, dass dem Alten die Augen gefroren und wir besser laufen sollten.

»Eigentlich nicht, aber … Vicky kommt Donnerstag zurück, und bis dahin muss ich …«

»Die hat dich drei Monate wartn lassn«, sagte Gideon, »da kann sie jetz auch ma drei Tage wartn, oder nich?«

(Wills du bleibn oder nich?)

»Ich fürchte nur, dass ich mit dem Gips nicht bohren kann.«

»Das wird schon gehen. Und sons kann der Hintz dir den auch abmachn, der sollte doch eh vor Weihnachtn runter, und dann is ja schon vierter Advent, das sind ja nur paar Tage. Dann kanns du deiner Frau auch die Wohnung besser streichn. Danach.«

Ich nickte. Nicht, weil ich es ihm recht machen wollte, sondern weil er recht hatte: Viel war es sowieso nicht, was ich in ihrer Wohnung hatte. Meine Schallplatten, meine Arbeitsklamotten, meine Zahnbürste. Sogar der Plattenspieler gehörte ihr. Die paar Sachen konnten auch noch ein paar Tage länger bleiben.

Klaus hatte das ganze Gespräch ignoriert und weiter Walknochen zusammengesetzt, ich war nicht sicher, ob er überhaupt etwas davon mitgehört hatte, aber als ich ihn jetzt fragte, ob es ihm denn recht sei, wenn ich noch länger bliebe, nickte er. Ohne mich anzusehen.

»Na also«, sagte Gideon. Er humpelte zum Kühlschrank, Kondenswasser tropfte von dem Plastikbeutel mit dem auftauenden Brokkoli auf die Bodenfliesen. Ich konnte es hören. Das Rauschen war wirklich fort. Gideon holte sich einen Beutel Erbsen aus dem Tiefkühlfach und warf den Brokkoli in die Spüle.

»Kanns du uns vielleicht Suppe draus machn«, sagte er zu mir. Dann humpelte er zurück zum Sofa und zog den feuchten Strumpf aus. Sein Knöchel war zu einem unförmigen Klumpen geschwollen, die Haut darüber lilablau verfärbt und so straff gespannt, dass sie glänzte.

Ich zog mein Telefon aus der Hosentasche und suchte nach einem Rezept für Suppe.

»Du has Klaus noch gar nich das Tier gezeigt!«, rief Gideon vom Sofa. »Benni meint nämich, er hat das gestern bei Lea im Gartn gesehn. Vom Kellerfenster aus.«

Ich ging zu Klaus und hielt ihm mein Telefon hin.

»Das ist kein Tier«, sagte Klaus nach einem kurzen Blick auf das Bild, »das ist irgendetwas, das Leas Kinder aus dem Fenster geworfen haben.«

»Die werfn nix ausm Fenster«, sagte Gideon vom Sofa.

»Und es hat sich bewegt«, sagte ich. »Als ich das Bild gemacht habe, ist es weggelaufen. Und ich konnte es atmen hören.«

»Dann war es ein Hund«, sagte Klaus, »Wildtiere atmen nicht so laut.«

Er wandte sich wieder dem Knöchelchen zu, das er gerade untersucht hatte. Ich wischte das Foto zur Seite.

Die Suppe schmeckte gar nicht schlecht. Weil Fridolin auf dem Esstisch lag, aßen wir auf dem Sofa vor der Tagesschau. Gideons verletzter Fuß lag auf einem Kissen auf dem niedrigen Tisch. Als wir fertig waren, holte ich meinen Rucksack aus Gideons Auto, und während die beiden den Tierfilm schauten, räumte ich die Küche auf. *Ab einer Flughöhe von einem Meter gehen die Fische in den Gleitflug über.*

Die Spülmaschine war leer bis auf einen angelaufenen, leicht verbeulten silbernen Flachmann. Er lag im unteren Korb, als hätte jemand ihn hineingeworfen. Ich wollte ihn richtig hinstellen und fühlte eine Gravur. Ein Geweih, und darunter ein Spruch: *Im Wald ists kalt – Für Klaus von Gideon – Weihnachten '94*

Das war zwei Jahre nach dem letzten Sommer, den ich hier verbracht hatte und in dem Klaus für Gideon noch Herr Kühn gewesen war. Da hatte er mich schon seit Jahren nicht mehr mit auf die Jagd genommen, und Gideon noch nie. (Weil du Blödmann gekotzt has. Hättes du das runtergeschluckt, könnt wir jetzt wahrscheinlich schon allein los und Hasn schießn.) Ich schaute zu ihnen, wie sie auf dem Sofa saßen und gebannt auf den Tierfilm starrten und stellte mir vor, wie sie zusammen im verschneiten Wald gewesen waren. Garantiert hatte Gideon ohne Tränen in den Augen den letzten Bissen zwischen die Lippen geschoben und hatte die dunklen Fleischstücke so gierig verschlungen, wie er alles verschlang.

(Wenn ich n Vater hätte, ich würd da hin, egal, wie der drauf is. Is doch mein Vater.)

Ich roch an dem Flachmann: Wodka. Das hatte Hanna gern getrunken, weil man davon keine Fahne bekam. War Klaus betrunken? Jetzt?

Vielleicht nicht so betrunken, dass ihm die Wörter verliefen, aber betrunken genug, um mir zu erlauben, noch eine Woche zu bleiben und seinen Wal aufzuhängen. Ich stellte den Flachmann in die Spülmaschine und wünschte den beiden eine gesegnete Nacht.

If you live in hope you're dancing to a terrible tune.

Viel Glück und viel Segen

Zu Hause bete ich nicht. Einmal im Jahr schließe ich die Augen und wünsche mir etwas: wenn ich die Kerzen auf meiner Geburtstagstorte auspuste. Renée klatscht, als wäre ich immer noch vier, und einmal, an meinem vierzehnten Geburtstag, erfüllt sich der Wunsch sofort: Renée schenkt mir Geld. Nicht irgendeine selbstgenähte oder wochenlang vorbereitete Überraschung, über die ich mich freuen muss. Einfach Geld, in einem Umschlag, auf den sie *Benji* geschrieben hat, mehr nicht. Keine Verzierungen, keine Aufkleber.

»Guck rein«, sie beißt sich auf die Lippen, wie immer, wenn sie mir ein Geschenk macht, und ganz kurz denke ich, da ist doch kein Geld drin, sondern eine Überraschung. Aber es sind zweihundert Mark.

»Gutes Geschenk?«

»Und wie.«

Wir essen Torte, bis uns beinah übel wird, dann geht Renée ins Atelier und ich fahre mit dem Bus zum Plattenladen. Als ich mittags zurückkomme, steht ein Auto vor dem Atelier, das mir vage bekannt vorkommt. Ich schaue durchs Fenster: Es sind zwei Männer, einer kleiner, der andere sehr groß. Der kleinere dreht sich um und winkt: »Benni!«

Renée lacht, als sie das hört: Niemand hier nennt mich Benni. Und niemand hier sieht aus wie Gideon. Ein kränklicher Jesus in einem dicken grünen Daunenmantel. Er schaut sich im Atelier um, als wäre er in Welsum eingeschlafen und hier aufgewacht. Ein Fremder in einer fremden Welt. Klaus dagegen sieht aus, als gehörte er hierher, genau hierhin, neben

Renée, die lächelt, als hätte sie auf ihn gewartet. Sieben und noch mal sieben Jahre, bis er zurückkommt zu ihr, der schöne, große Mann in dem langen schwarzen Mantel. Er steht dicht neben ihr und ich denke: So hätte es auch sein können: Vater, Mutter, Kind. Zumindest an meinem Geburtstag. Aber sie sind nicht deswegen hier.

»Die wollen sich einen gestrandeten Wal anschauen«, sagt Renée, als ich ins Atelier komme.

»Was für einen Wal?«

»Has du das nich mitgekriegt? Das is schon der zwölfte!« Gideon sieht mich enttäuscht an, dann erzählt er, dass in den letzten Tagen immer wieder Wale auf einer Nordseeinsel stranden.

»Heut Früh is wieder einer gefundn wordn, ein Pottwal! Da musstn wir natürlich los. Und du liegs ja sozusagn aufm Weg, deshalb dachte ich, wir könn dich mitnehm. Wenn du darfs?« Er schaut Renée an.

»Die Frage ist eher, ob er möchte«, sagt Renée.

»Doch«, ich nicke langsam, »doch, klar.« Klaus sagt die ganze Zeit über nichts. Er weiß nicht, dass ich Geburtstag habe.

Ich gehe nach oben in die Wohnung, um ein paar Sachen einzupacken. Gideon kommt mit, Klaus bleibt bei Renée im Atelier. Ich frage mich, worüber sie reden. Sie reden nie miteinander.

»Wer hatte denn Geburtstag?«, fragt Gideon, als er die Tortenreste sieht.

»Ich.«

Er begreift sofort, dass Klaus gar nicht wusste, dass heute mein Geburtstag ist, und umarmt mich: »Alles Gute!« Und während ich meine dicke Jacke suche, singt er: »Viel Glück und vie-hiel Segen.«

Bevor ich ins Auto steige, nimmt Renée mich beiseite.

»Wenn irgendetwas ist, egal was, rufst du mich an.« Sie gibt mir eine Telefonkarte. So besorgt ist sie sonst nie. Wenn ich nach Welsum fahre, bringt sie mich nicht einmal mehr zum Bahnhof. Und diesmal bin ich morgen doch schon wieder zurück. »So weit weg ist er noch nie gewesen«, sagt sie leise. Was Quatsch ist, Welsum ist weiter weg als diese Insel. Aber sie meint gar nicht mich, sie schaut auf Klaus.

»Da, da! Siehs du nich?« Gideon zeigt in das helle Grau, durch das wir fahren. Wasser, Schaum, Nebel, alles dieselbe Farbe. Aber Gideon sieht Wale durch die *undeutlich irreführenden Stofflichkeiten* hindurch. Wir haben im Auto »Moby Dick« gehört.

Auf der Fähre müssen wir stehen, weil alle Holzbänke auf Deck besetzt sind, obwohl das Wetter wirklich schlecht ist, der Wind wild und nass, das Wasser kabbelig. Gideon lehnt sich weit über die Reling. Er sieht gar nicht mehr kränklich aus, seine Wangen sind rot, der Wind zaust seine Haare und er strahlt, dass man alle seine Zähne sehen kann. An einem fehlt ein Stück, das war im Sommer noch nicht.

»Was hast du denn da gemacht?«

»Was? Das is doch mein Drachnzahn, den hatte ich schon immer«, Gideon zeigt wieder aufs Meer: »Jetz guck doch ma! Da!«

Klaus ist unter Deck. Ihm ist schon übel geworden, als die Fähre noch gar nicht abgelegt hatte. Ein bisschen flau ist mir auch. Und kalt, saukalt.

»Ich geh auch mal runter, ich hab Hunger. Kommst du mit?«

Gideon schüttelt den Kopf. Ich quetsche mich an den voll besetzten Bänken vorbei und die schmale Treppe hinunter in die Kajüte. Klaus sehe ich nicht, aber es ist auch hier unten wirklich voll, überall stehen Menschen in bunten Regenjacken und Gummistiefeln. Sie wollen alle den Wal sehen. Ich zwänge mich zu dem kleinen Kiosk durch und kaufe mir ein Käsebrötchen. Dann suche ich mir einen Platz an einem der schmuddeligen Fenster und schaue, das labberige Brötchen kauend, hinaus. Nichts erkennt man da. Hinter mir reden sie über Wale.

»… werden fast so alt wie Menschen …«

»… müssen an jeden Atemzug denken …«

»… aber warum so viele, warum nur so viele?«

»Wale folgen toten Artgenossen mitunter tagelang«, sagt eine Männerstimme. Sie ist nicht laut, aber trotzdem deutlich zu hören und die anderen werden ruhiger. »Wird ein toter Wal an den Strand gespült, landet oftmals die ganze Gruppe dort.«

Es ist Klaus, der da spricht. Sehen kann ich ihn nicht, dazu ist es zu voll. Und gerade als ich es erkenne, verstummt er wieder. Und plötzlich entsteht eine Bewegung im Raum, die alle Menschen erfasst, sie drängen auseinander, ich werde an die Fensterscheibe gepresst, sehe aus dem Augenwinkel, wie die Frau in dem kleinen Kiosk nach einem roten Telefonhörer greift und das Wort: »Herzinfarkt« sagt. Eine andere Frau schiebt Menschen mit ausgebreiteten Armen hinaus aus der Kajüte, rauf aufs Deck. Auch ich gehe in die Richtung und im Vorbeigehen sehe ich, dass da ein Mensch auf dem Boden liegt, hinten an der Wand.

Klaus. Auf dem Rücken, ganz still. Seine Lippen sind farblos, er hält beide Hände auf die Brust gepresst, nur seine Augen bewegen sich, suchen etwas. Mich?

»Weiter«, sagt die Frau mit den ausgebreiteten Armen, »immer schön weiter.« Ich sage nicht, dass ich sein Sohn bin. Ich gehe weiter, immer schön weiter. Erst oben auf der Treppe drehe ich mich um und sehe noch, wie eine junge Frau sich neben Klaus kniet, ihre Finger an seinen Hals legt und auf ihre Uhr schaut. Jemand zupft an meiner Kapuze und ich drehe mich um.

»Was is los? Is das Klaus?« Gideon quetscht sich an mir vorbei und läuft die Treppe hinunter. Die eine Frau will ihn aufhalten, aber er schreit – und das ist das letzte Mal, dass ich seine Stimme schrill brechen höre – »Das is sein Papa!«

Wir dürfen zurück in die Kajüte und neben Klaus stehen und warten, bis wir anlegen. Die junge Frau lächelt uns an.

»Keine Angst«, sagt sie, »in einer halben Stunde ist euer Vater im Krankenhaus auf dem Festland.«

Und dann tippt sie an ihr Ohr, zeigt nach oben und ich höre das Knattern eines Hubschraubers.

Kurz darauf stehen Gideon und ich allein auf dem Fähranleger und schauen zu, wie der gelbe Hubschrauber, in dem Klaus liegt – festgeschnallt auf einer Trage, die Augen geschlossen, eine Sauerstoffmaske über Mund und Nase – kleiner wird im plötzlich blauen Himmel. An meinem Handgelenk hängt Klaus' kleine schwarze Ledertasche. Sie haben zwei Karten aus seinem Portemonnaie mitgenommen, auf alles andere soll ich gut aufpassen. Sonst geht es verloren.

»Nehmen wir euch wieder mit zurück?«, fragt die Frau, die Klaus auf der Fähre geholfen hat.

Ich nicke, aber Gideon sagt: »Nee, wenn wir schon ma hier sind.« Auch dazu nicke ich. Als der Hubschrauber nicht mehr zu sehen ist, drehen wir uns um und folgen den bunten Menschen zu dem sterbenden Pottwal.

Solo Whale

Schmutzig ist er, nicht weiß wie Fridolin, und er stinkt, als würde er bereits verwesen. Aber er lebt noch, ab und zu schlägt er mit der Schwanzflosse, zwei-, dreimal, bis es kracht, als würden Knochen brechen, dann liegt er wieder still und atmet nur noch. Man hört es nicht, aber man kann es sehen, ein ganz schwaches Heben und Senken, viel zu wenig für den riesigen Körper. Wir nähern uns langsam. Im Sand liegt Blut. Ich halte mir Nase und Mund zu.

»Als Eigndorfs Kühe alle vorn paar Wochn verreckt sind, hats noch schlimmer gestunkn«, sagt Gideon, der eigenartig unbeeindruckt vor dem unfassbar großen Tier steht und mit dem Fuß im Sand rumbohrt. »Sei froh, dass du da nich da wars.«

»Warum sind die denn alle gestorben?«, frage ich.

»Deckseuche«, sagt Gideon und sieht mich an, bis ich kapiere, was das ist. Da grinst er und ich schaue schnell wieder auf den Wal.

Er ist wie Fridolin: viel wirklicher, als alles um ihn herum. All die Leute in ihren bunten Regenjacken und Gummistiefeln, die um ihn herumstehen und nach einem kurzen Moment ehrfürchtiger Sprachlosigkeit schon wieder reden. Ein paar gehen dicht an ihn heran und glotzen ihm ins Auge. Wale haben keine Lider, er kann nicht wegsehen.

Frauen in gelben Segelhosen kommen mit einem Karren voller Eimer und die Menschen nehmen die Eimer, laufen zum Meer, füllen sie mit Wasser und kippen es über den Wal.

»Idiotn«, Gideon lacht und sein Drachenzahn blitzt auf. Den hatte er nicht schon immer, da bin ich mir ganz sicher. Es sieht aus, als wäre er abgebrochen.

»Der wiegt fünfzig Tonn, der hat sich längst alle Rippn gebrochn und wahrscheinlich die halbe Lunge zerquetscht mit seim eignen Gewicht. Der krepiert, da könn sie noch so viel Wasser auf ihn kippn.«

Er spuckt in den Sand, dann verzieht er sich zu den Dünen, setzt sich in den Sand und schaut den Idioten beim Rennen zu. Ich gehe nicht mit ihm. Ich werfe ihm Klaus' Herrenhandtäschchen zu und lasse mir einen Eimer geben, renne mit meinen Turnschuhen ins eiskalte Meer, meine Füße sind sofort nass, als wäre ich barfuß ins Wasser gelaufen. Ich fülle den Eimer und gehe mit schmatzenden Schritten zum Wal und begieße die spröde, schmutzige Haut. Die Sonne lässt die benetzten Stellen glänzen wie neu. Ich strecke meine Hand aus und berühre ihn. Warm ist er, als hätte er Fieber. Dort, wo keine Seepocken sitzen, fühlt sich die Haut unecht an, glatt wie Plastik. Aber sie bewegt sich, ich bilde mir ein zu fühlen, wie er einatmet, und aus, und wieder ein. Lebendiges Plastik.

Ich laufe wieder los. Wieder und wieder. Der dünne Drahtbügel schneidet in meine Hand ein, wenn der Eimer voll ist, meine Füße sind eiskalt und wundgerieben in den nassen Schuhen, und ich schwitze. Inzwischen ist es so heiß am Strand, als würden wir beten. Die Menschen ziehen ihre Regenjacken aus. Ein kleiner bunter Haufen neben dem riesigen schmutzig weißen Wesen. Ich lege meine Jacke dazu und schleppe weiter Wasser. Die Sonne trocknet das Blut im Sand zu schwarzen Placken. Irgendwann kommt Gideon und hält mich an der Kapuze fest: »Wenn wir nich hierbleibn wolln, müssn wir jetz los. Die letzte Fähre geht gleich.«

Ich schaue mich um: Die meisten anderen haben ihre Regenjacken wieder angezogen und sind auf dem Weg zum Fähranleger.

»Aber er lebt noch«, sage ich. Gideon nickt und lässt mich weiter laufen, hin und her, Wasser aus dem Meer, Wasser auf den Wal. Bis die Frauen in den gelben Segelhosen alle Eimer einsammeln und ich nichts mehr tun kann, als mich mit Gideon in den Sand zu setzen und zu warten. Wir sind die Letzten. Wir schauen zu, wie hinter dem Wal die Sonne untergeht.

Noch bewegt sich der massige, dunkle Körper, ein atmender Berg. Die Bewegung ist winzig, aber im Gegenlicht kann man sie gut sehen. Bis sie aufhört.

»Das wars«, sagt Gideon. Er steht auf und klopft sich den Sand vom Mantel.

Ich berühre den Wal ein letztes Mal. Er ist kalt und klamm. Eigentlich fühlt er sich so gesünder an.

The Ship Song

Obwohl Gideon noch nie auf der Insel war, weiß er, wie wir zu der Pension kommen, in der Klaus zwei Zimmer für uns gebucht hat, und er weiß auch, wie er mit den Leuten dort reden muss, damit sie gar nicht erst nach einem Ausweis oder unserem Alter fragen. Ich stehe hinter ihm und kapiere nicht, wieso er hier nicht mehr das eigenartige Kind ist, sondern ein Mann. Sein ganzer Körper passt plötzlich zu der Stimme, die er in den letzten Monaten bekommen hat, und er wirkt fast cool, wie er den beiden ältlichen Leuten in der blauen Küche erklärt, dass wir nur ein Zimmer brauchen, danke. »Und Abendbrot, wenn das noch geht?«

Der Mann gibt uns den Schlüssel, die Frau macht uns Brote und kocht Tee.

Das Zimmer ist nicht viel größer als die beiden Betten, die darin stehen, mit einem kleinen Gang dazwischen, durch den man zum Fenster kommt. Dahinter Schwarz, das Meer kann man nur noch hören. Wir ziehen Schuhe und Hosen aus und legen uns in die Betten.

»Benni?«

»Ja?«

»Is dir auch so kalt?«

»Ja.«

»Has du dein Walkman dabei?«

»Ja, klar.«

Die Betten stehen zu weit auseinander, so können wir nicht zusammen Musik hören. Also kommt Gideon in mein Bett und wir hören die Kassette, die ich heute Morgen – vor hundert Jahren – gekauft habe. *Come sail your ships around me.*

Gideon dreht sich auf die Seite und stützt seinen Ellbogen auf, legt das Gesicht in seine Hand und sieht mich an. So lange, dass ich mich wegdrehe, so gut das geht, in dem schmalen Bett.

»Ich hab dich vermisst«, sagt Gideon. Ich will darüber lachen, aber er sagt es mit dieser neuen heiseren Stimme, von der ich sofort wieder Gänsehaut bekomme. Und dann küssen wir uns. Endlich, denke ich.

Gideon scheint es genauso zu gehen, er küsst ganz anders als im Wald, irgendwie eilig, und dann schiebt er seine überraschend kalte Hand über meinen Rücken von oben in meine Boxershorts und knetet meinen Hintern.

»Ey«, ich rücke von ihm ab. Gideon grinst und lässt seine Hand, wo sie ist. Bis sie ganz warm wird. Heiß sogar. Überall wird mir heiß von dieser Hand. Ich setze mich auf und ziehe mein Sweatshirt aus. Der Walkman fällt aus dem Bett. Gideon grinst.

»Das nennt man wohl Kälteidiotie«, sagt er. Wenn ein Erfrierender anfängt, sich auszuziehen, ist er verloren. Ich will mich am liebsten gleich wieder anziehen, aber Gideon streckt seinen Arm aus, über meine Schulter, und knipst das Licht aus. Dann legt er eine Hand in meinen Nacken und wir küssen uns noch einmal. Nur in Boxershorts küssen fühlt sich noch mal anders an. Nicht wie im Wald, und nicht eilig, sondern so, dass ich zittern muss davon. Gideon rutscht auf mich. Wie sonst soll einer allein warm werden. Gideon fährt mit einem Finger unter dem Gummibund meiner Shorts entlang. Ich fühle mein Herz im Hals pochen. Und zwischen meinen Beinen. Das ist keine Sünde, sondern das Gegenteil.

Seine Fingerspitze berührt Haare, die ich noch nicht lang habe. Ich zittere und schiebe meine Hände unter Gideons Pullover, streichele seinen Rücken. Seine Haut ist ganz anders als meine, zarter, nachgiebiger. Und voller eigenartiger, länglicher Erhebungen, Wellen aus weicher, absolut glatter Haut. Wie Rippelmarken im Sand.

Ich will ihm den Pullover ausziehen, aber er lässt es nicht zu. Er rutscht etwas weiter nach unten, bis er zwischen meinen Beinen kniet, und zieht meine Shorts so weit herunter, dass er meinen Schwanz herausholen kann. Ganz kurz kriege ich Angst, als mir klar wird, dass er ihn in den Mund nehmen will, und Gideon merkt es.

»Kanns dir ja vorstelln, dass ich Hanna bin«, sagt er heiser. Ich komme, noch bevor seine Lippen meine Haut berühren. Wir müssen beide lachen. Gideon legt sich hin und ich will ihn anfassen. Er trägt keine Shorts, sondern diese Altmännerunterhosen, mit Eingriff. Ich schiebe zwei Finger hinein. Gideon macht ein seltsames Geräusch und dreht sich von mir weg.

Eine Weile liegt er schwer atmend da, dann greift er nach dem Walkman, der auf den Boden gefallen ist. Er drückt sich einen der beiden im Dunkeln fast farblosen Schaumstoffhörer ans Ohr.

»Geht noch«, sagt er. Wir legen uns hin, der Kopfhörer zwischen unseren Köpfen auf dem Kissen. Wir halten ihn nicht fest, wir halten Händchen und schlafen so ein.

Am Morgen ist Gideon nicht mehr in meinem Bett. Er ist gar nicht mehr im Zimmer. Erschrocken springe ich auf, laufe zum Fenster, schaue nach draußen. Ist das da am Strand der Wal oder ein Felsen?

»Gutn Morgn.«

Gideon kommt, in ein großes rosa Handtuch gewickelt wie ein Kind nach dem Baden, ins Zimmer. Seine Haare sind feucht. Ich bin froh, dass er mich nicht küsst oder auch nur näher kommt. Ich habe nicht an Hanna gedacht, gestern, aber im Dunkeln war es doch leichter.

Gideon scheint es genauso zu gehen. Er dreht sich um, während er sich anzieht, und ich schaue nicht hin. Nur aus dem Augenwinkel sehe ich, dass die Erhebungen auf Gideons Rücken Narben sind. Es sind mehr, als ich erwartet habe, alte blasse und ganz frische hellrote, die aussehen wie rohes Fleisch. Ich kann nicht anders, als zu fragen: »War das der Alte?«

»Nee«, Gideon lacht, »der traut sich schon lang nich mehr. Die sind aus der Schule.«

»Von den Engels?«

»Nee, von den andern.« Gideon zuckt mit den Schultern: »Gehört dazu. Selig seid ihr, wenn euch die Menschn hassn um des Menschnsohnes willn.«

Wir frühstücken Marmeladenbrötchen und Hagebuttentee in der blauen Küche. Gideon bezahlt unser Zimmer mit Geld aus Klaus' Herrenhandtasche. Er legt die Scheine hin, als hätte er das schon hundertmal gemacht, und gibt der Frau noch einen Fünfer extra. Daran hätte ich nicht gedacht. Es wirkt krass erwachsen, bis er sagt: »Das is für Sie. Trinkgeld.«

You Ain't Goin' Nowhere

Der Wal ist noch da, die Flut hat ihn nicht wegspülen können. Ein Bagger ist dabei, eine Rinne zu graben, damit der Kadaver es bei der nächsten Flut zurück ins Meer schafft.

»Wenn nich, müssn sie ihn aufschneidn, damit er nich irgndwann platzt und seine Eingeweide hier rumspritzn«, sagt Gideon. Der tote Wal interessiert ihn mehr als der lebende, er geht immer wieder um ihn herum, tippt ihn mit dem Fuß an, wie um zu testen, ob er bald platzt. Diesmal bleibe ich auf der Düne sitzen und warte, bis er fertig ist.

Der Gestank ist unerträglich. Ich rieche ihn noch auf der Fähre. Vielleicht weil er in Gideons Daunenmantel hängt. Als wir auf dem Festland ankommen, will ich Renée anrufen, damit sie uns abholt, aber Gideon hält mich am Ärmel fest.

»Ich kann dich doch fahrn«, sagt er und wedelt mit dem Autoschlüssel, den er aus Klaus' Täschchen geholt hat.

»Du kannst Auto fahren?«

»Ich hab mit Piet geübt.«

»Mit einem Auto oder mit dem Traktor?«

Gideon grinst, schließt das Auto auf, steigt ein und macht mir von innen die Tür auf.

»Jetz komm«, er lässt den Motor an, als hätte er das tatsächlich schon oft getan. »Der Wagn muss doch auch wieder nach Welsum zerück. Oder meins du, dein Vater holt den hier ab?«

»Trotzdem«, sage ich.

»Dann mach endlich die Tür zu!« Gideon klingt, als wollte er mich anspucken. Ich werfe die Tür zu und er lässt das Auto rückwärts aus der Parklücke rollen, dann wendet er und fährt davon. Nicht schnell, nicht langsam, sondern genau so, wie man eben von einem Parkplatz fährt. Er setzt den Blinker, und während er wartet, dass er auf die Hauptstraße fahren kann, macht er Musik an. Laut. *Whoo-ee, ride me high*, er fährt wieder an und ich schaue zu, wie das Auto immer kleiner wird, genau wie der Hubschrauber mit Klaus darin. Mir wird klar, dass es Gideon egal ist, was ich jetzt mache. Dass er es ernst gemeint hat, dass ich mir vorstellen solle, er sei Hanna. Weil auch er sich vorgestellt hatte, dass ich jemand anders bin. Piet?

Plötzlich bleibt das Auto, das ich nur noch ganz klein am Ende der Straße sehe, mit einem überraschend lauten Knall stehen. Ich laufe los. Nicht ganz so schnell wie zu dem Wal.

Whoo-ee, are we gonna fly? Gideon ist in eine Leitplanke gefahren. Das Auto ist ein bisschen zerdrückt, die Leitplanke hat einen Kratzer. Ich rufe Renée an und sie kommt, fährt Klaus' Auto wieder auf den Parkplatz und bringt Gideon zum Bahnhof.

Er ist noch nie allein Zug gefahren und ich steige mit ein, helfe ihm, einen Platz zu finden. Gebe ihm Klaus' Herrenhandtasche. Allein auf dem Zugsitz sieht er überhaupt nicht mehr erwachsen aus, und schon gar nicht cool. Auch nicht wie Jesus, er ist nur noch ein kleines, mageres Kind, mit einem blassen Bart, das in einem viel zu großen Daunenmantel ertrinkt und dabei tapfer lächelt. Der Drachenzahn blinkt. Ich möchte ihn in den Arm nehmen, aber ich sage nur: »Wir sehen uns im Sommer.«

Am Abend im Bett kann ich nicht aufhören, an den abgebrochenen Zahn und die Narben auf seinem Rücken zu denken. Morgen ist Montag. Gehört dazu.

»Lieber Gott, mach, dass sie ihn in Ruhe lassen.« Es ist das allererste Mal, dass ich zu Hause bete. Ich bete auch für Klaus: »Lieber Gott, lass ihn leben.« Und für den Wal: »Lass ihn nicht platzen.«

Von da an mache ich das jeden Abend, ich bete für alles und jeden, bevor ich mir den Kopfhörer aufsetze und den Walkman anschalte. Lieber Gott, ich bitte dich, bleib bei mir und hab acht auf mich.

Tomorrow's the day that my bride's gonna come.

Whatever Gets You Thru the Night

Das Zimmer roch immer noch nach den Walknochen, obwohl sie alle unten auf dem großen Tisch lagen. Frau Gothel hatte mein Bett bereits abgezogen. Ich zog mich um, öffnete das Fenster weit und legte mich ins Bett. Das Oberbett war alt und die Kiele der Daunen stachen durch den brüchigen Stoff. Ich zog daran, und wenn ich eine Feder rausbekam, blies ich sie durch das offene Fenster über dem Bett nach draußen zwischen die feinen Schneeflocken, die dort fielen.

Ich lag lang wach. Schaute mir Fotos an, von Vicky, die sich von New York und den vielen *great guys* dort verabschiedete: überbelichtete Gesichter, die beim Lachen viel zu viele Zähne zeigten, unsichere Augen und die Wangen immer dicht an dicht, damit alle auch aufs Foto passten. Der Typ mit dem Einhorn-T-Shirt hatte auch einen Einhorn-Ohrstecker, Vicky hatte Lippenstift auf ihren Zähnen.

In New York war es halb sechs, an einem Samstagabend. Ich rief sie an.

»Hey, it's Vicky.«

»Hey«, sagte ich.

»Leave me a Message«, sagte Vickys Stimme und ich kam mir unerträglich lächerlich vor, in dem stinkenden Zimmer unter dem Walposter, mit der Mütze auf dem kahlen Kopf. Und dann wurde ich wütend, so wütend, dass ich das Telefon gegen den Kleiderschrank warf. Es knallte und ich ließ mich zurückfallen aufs Bett. Kein Knochen knackte. Durch die absolute Stille in meinen Ohren drang leise, aber deutlich ein eiliges Besetztzeichen. Irgendwann hörte es auf.

Ohne Musik, ohne Rauschen wurde die Stille in meinen Ohren erst Watte, dann Wachs. Maximale Tauchtiefe. Und ganz unten liegt Hanna und strampelt nicht mehr. Nicht eine Zerkarie in der grünlichen Haut. Ich stand auf und holte das Telefon, um Musik anzuschalten, aber es ging nicht mehr. Der Bildschirm blieb dunkel, selbst als ich es an das Ladegerät anschloss.

Ohne Musik würde ich nie schlafen. Vielleicht gab es den Kassettenrekorder im Bunker noch.

Die Hängelampe im großen Raum war so weit heruntergedimmt, dass ich die Stufen der Wendeltreppe nicht genau erkennen konnte. Ich schob meine Füße tastend über die Stufen, bis ich mit den Zehen den Rand spüren konnte. Unten schimmerten Fridolins Knochen, der vogelartige Schädel lag so gedreht, dass er mich ansah, mit leeren Augenhöhlen. Im Dunkeln sah es aus, als hätten wir schon ein Tier zusammengesetzt, das sich in der gläsernen Rückwand spiegelte. Zwei unförmige Seemonster, die schwer atmend schliefen. Ich schlich mich an ihnen vorbei zur Kellertreppe.

»Wo wills du denn hin?«

Ich erschrak so sehr, dass ich fast auf der Treppe ausgerutscht wäre.

Es war Gideon. Er lag auf dem Sofa, irgendein knisterndes Tiefkühlgemüse auf dem Knöchel.

»So konnt ich ja nich nach Haus«, sagte er, »außerdem dacht ich, is besser, wenn ich n Auge auf euch hab.« Im Dämmerlicht sah Gideon jünger aus, kindlich. Die Ähnlichkeit mit dem Alten war verschwunden, seine Augen weder wässrig noch zu Eis gefroren, sondern einfach blau. Und sein Grinsen war eher ein Lächeln, nett und etwas schüchtern.

»Kanns du nich schlafn?«

»Nicht ohne Musik. Mein Telefon ist gerade kaputtgegangen.«

»Zeig ma, vielleicht krieg ich das wieder hin.«

»Ich glaube nicht. Ich habe es gegen den Kleiderschrank geworfen.«

»Besser als ausm Fenster«, sagte Gideon, »Hol doch ma.« Er machte Licht und ich ging nach oben, um mein Telefon zu holen. Gideon zog seine Beine an, damit ich mich neben ihn auf das Sofa setzen konnte. Er betastete den Sprung im Bildschirm, hielt sich das Telefon ans Ohr und drückte auf den Lautstärkeregler. »Das is nur der Bildschirm, den kann man austauschn. Ich glaub, ich hab sogar noch ein zu Hause.« Er steckte mein Telefon in seine Hosentasche. »Wenn ich wieder fahrn kann, mach ich dir das fertig.« Mir fiel das Schild im Schaufenster der Gärtnerei ein: *Notebook Ambulanz! Handy Reparatur!*

»Aber wir kriegn auch ohne Telefon Musik hin«, er erhob sich vom Sofa und humpelte zum Plattenspieler. Es knisterte in den Boxen, als Gideon die Nadel aufsetzte.

Whatever gets you thru the night.

»Ich kann hier auch nich so gut schlafn. Fridolin stinkt ganz schön, und das Sofa is auch nich besonders bequem. Wolln wir noch ein dampfn?«

»Ja, klar.«

Gideon dimmte das Licht wieder, sodass man vom Wald aus nichts sehen konnte, sicher nicht mehr als die blass schimmernden Knochen und ein kleines blaues Licht, das dahinter hin und her schwebte und dann ausging.

»Ich weiß noch genau, wie der sich angefühlt hat«, sagte Gideon. »Das war schon cool immer, da im Zoo. Auch wenns für Fridolin schrecklich war, in dem engn Beckn. Der hat sich da nie wieder von erholt. Die in San Diego wolltn mit ihm ja einglich ne Zucht aufmachn, aber ging nich. Hat nich geklappt. Er konnte nich mehr. Armer Kerl.«

Ich nickte.

»Has du einglich ma überlegt, ob das Absicht war, mit der Fehlgeburt von deiner Freundin?«

Gottes Augen, Judasohren. Lea musste ihm davon erzählt haben.

»Ich meine, son Kind fällt ja nich einfach ins Klo, bloß weil mans nich will. Wenn das so einfach wär«, seine Stimme wurde leiser, und rauer, »gäbs uns beide auch nich.«

Danach sagte er nichts mehr. Wir dampften, ich betrachtete meinen von Deborah und David angemalten Gips. Der inzwischen leicht verschwommen aussehende Wal tauchte in einem regenbogenbunten Meer. Maximale Tauchtiefe. Mein Kopf sank auf Gideons Schulter. Er lehnte seine Wange auf meinen Kopf. Ich konnte seine Barthaare durch die Mütze spüren.

It's alright, it's alright.

Ich wurde wach, als Klaus aus seinem Zimmer kam und nach unten in den Bunker schlich. Barfuß. Seine Füße machten kleine, feuchte Geräusche auf der Wendeltreppe, und dann auf der Kellertreppe. Gideon und ich saßen absolut still.

»Scheiße«, sagte Gideon leise, als nichts mehr zu hören war, »genau das wollt ich vermeidn.« Dann setzte er sich so ruckartig auf, dass ich mit meinem Oberkörper zur Seite rutschte.

»Los, Benni, du muss hoch, wir könn nich beide hier penn.«

Es brennt die dritte Kerze

Es brennt die dritte Kerze im schönen Advent. Über mir schwebte ein vielzackiger leuchtender Stern und ich sang und faltete die Hände und erhob mich und setzte mich wieder, als hätte ich schon mein Leben lang jeden Sonntagmorgen in der Turnhalle verbracht. Ich war allein mit Frau Gothel zur Versammlung gekommen. Klaus war immer noch im Bunker gewesen, als sie uns abholen wollte, und Gideon hatte gesagt, es sei besser, ihn nicht allein zu lassen. »Aber du geh, Benni, geh, für dich is wichtig.«

Neben mir saß der Alte, er roch ungewaschen und machte ständig leise *wech, wech.*

»Ein zerbrochenes und zerschlagenes Herz wird Er nicht verachten«, sagte der Reitwein und schaute mich an. Wech, wech. Mir wurde nicht heiß, im Gegenteil, ich zitterte inwendig und über meinen mützenlosen Kopf lief Gänsehaut den ganzen Rücken hinunter. Ich beneidete die Schwestern um ihre Hüte und Kopftücher. Lea, die ganz vorn saß, trug ein leuchtend grünes Tuch, und an den Schläfen schauten zwei perfekt geringelte Locken hervor.

Diesmal blieb niemand danach auf dem Parkplatz, um zu reden und zu rauchen. Die Brüder stellten die Motoren an und kratzten eilig ihre bereits wieder gefrorenen Autoscheiben frei, während die Schwestern dicht gedrängt unter dem Vordach der Turnhalle darauf warteten, dass die Autos warm wurden. Die Kinder versuchten, über ein paar gefrorene Pfützen zu schlittern, wie Gideon gestern auf dem See, bevor Lea sie wieder hineinrief für die Sonntagsschule. Sie sah mich, als ich gerade in

Frau Gothels Auto einsteigen wollte, und winkte: »Warte!« Sie lief zu mir, ohne Mantel, mit roten Wangen und strahlendem Lächeln.

»Siehs du, ich hab doch gesagt, das klärt sich alles. Ich freu mich! Und morgn gehn wir spaziern, ja?«

Sie umarmte mich, und kurz hatte ich Angst, sie könnte spüren, dass das, was da vorn in meiner Jackentasche steckte und jetzt zwischen ihrer Hüfte und meinem Oberschenkel etwas unbequem drückte, Hannas Wimpernzange war. Aber da ließ sie mich schon wieder los und lief zurück in die Turnhalle. Kleinen Kindern die Hölle ausmalen. Frau Gothel und ich fuhren zum Glashaus. Unterwegs sahen wir den Alten, die Füße vorsichtig über den Gehsteig schiebend, als liefe er über Eis. Frau Gothel hielt an und ließ das Fenster herunter: »Solln wir dich nich mitnehm Gustav? Hm?«

Wech, wech. Er spuckte aus. »Nee, ich komm noch überall hin, wo ich hinwill. Aber sag dem Jung, der soll nach Haus komm.« Er blickte nach oben in die hohen rosa Wolken. »Da kommt nämich bald richtig viel Schnee.«

A Country Boy Can Survive

Klaus und Gideon saßen am Esstisch und setzten Fridolins Knochen zusammen, als ich von der Versammlung zurückkam. Klaus hatte die größeren Knochen bereits geklebt, der Brustkorb war vollständig, der Schädel ohnehin unversehrt geblieben. Ein halber Wal, der mir zusah, wie ich Suppe aus den Erbsen kochte, mit denen Gideon seinen Knöchel gekühlt hatte. Der Rest der Knochen lag, ordentlich aufgereiht, am Ende des Tisches. Daneben auf einem Geschirrtuch Instrumente wie für eine Operation: lange Nadeln, Pinzetten, Wattestäbchen, Fläschchen mit durchsichtigen und milchigen Flüssigkeiten und Gummihandschuhe. Nach dem Essen zeigte Klaus mir, wie man die Knochen kleben musste: mit dem Zahnstocher einen Tropfen klare, dann einen Tropfen milchige Flüssigkeit auf eine Bruchstelle tupfen.

»Nicht einatmen, vorsichtig zusammenbringen, halten. Nicht atmen.«

Ich hatte es geschafft, einen Gummihandschuh über meinen Gips zu bekommen, und ich schaffte es auch, mit den aus dem Gips herausschauenden Fingern etwas von dem beißend riechenden Klebstoff auf die beiden Knochenteile zu tupfen, die Klaus mir gegeben hatte, aber als ich sie zusammensetzen wollte, passte es nicht.

»Ich glaube, das gehört nicht zusammen.«

Klaus nahm mir die Teile ab und setzte sie mühelos aneinander. »Das is der Zeigefinger.«

Gideon, der auf dem Sofa lag, lachte: »Ich musste auch schon aufgebn. Mein Arm is auch nich lang genug.« Er streckte den

Arm aus und tat, als wollte er etwas erkennen, das er in der Hand hielt. »Morgn Früh fahrn wir in die Stadt und holn uns so Lesebrilln, dann könn wir auch helfn.«

»Kannst du schon wieder fahren?«, fragte ich.

»Warum? Brauchs du dein Telefon?«

»Nein, also, doch, aber dein Großvater wollte, dass du nach Hause kommst.«

»Der kommt schon klar«, sagte Gideon.

Den Rest des Nachmittags saß ich nutzlos im Glashaus herum, während Klaus Knochen klebte und Gideon auf seinem Telefon herumtippte. Ohne einmal aufzustehen, ohne einmal aufzusehen. Dann endlich Cornflakes, Tagesschau, Tierfilm. Ich räumte das Geschirr in die Spülmaschine und fand wieder den Flachmann. Wann hatte Klaus getrunken? Und wo bewahrte er die leeren Wodkaflaschen auf? Im Bunker?

Der Kammzahnschleimfisch schläft, wie alle Schleimfische, in einer Spalte, die so eng ist, dass er nur rückwärtsschwimmend hineinkommt.

Nach dem Tierfilm ging Klaus in sein Zimmer, Gideon und ich blieben unten. Gideon dimmte das Licht und holte seinen Verdampfer heraus.

»Nur kurz«, sagte Gideon. »Ich darf nich wieder einschlafn, sons schleicht sich Klaus wieder da runter. Wenn er da zu oft pennt, kommt er irgendwann gar nich mehr raus.«

»Ist das schon mal passiert?«

Gideon nickte, sagte aber nichts weiter darüber.

»Ich glaube, er trinkt auch«, sagte ich, »Wodka, damit man es nicht riecht.«

»Kann sein. Ihm gehts grad nich so gut.«

»Weil ich hier bin?«

Gideon sah mich an und wollte etwas sagen, tat es nicht und lächelte nur. Ein echtes Lächeln, nicht sein übliches Grinsen.

»Weiß du noch …«, sagte er heiser und ich wusste genau, woran er sich erinnerte, und küsste ihn, bevor er zu Ende gesprochen hatte. Er wich zurück. Nicht so ruckartig wie am Abend zuvor, sondern sanft, und immer noch lächelnd.

»Das meinte ich nich«, sagte er, ganz ruhig.

»Es tut mir leid, ich …«

»Schon gut«, sagte Gideon. »So einsam bis du nur, weil du nich glaubs. Guck nich so, ich weiß das schon lang. Aber keine Angst, ich verrat dich nich. Und der Reitwein wird dich auch nich danach fragn, wenn du durchleuchtet wirs. Das is die einzige Frage, auf die die hier nie komm.«

Er stand auf, ging – diesmal ganz ohne zu humpeln – zum Schallplattenregal, legte eine Platte auf und drehte den Verstärker überraschend laut. *The preacher man says it's the end of time.*

»So kanns du in deim Zimmer auch was davon hörn«, sagte er laut, »wenn du deine Tür auflässt.«

Ich stand auf, mein Gesicht heiß vor Scham. Ich wollte noch etwas sagen, aber Gideon hob die Hand, wie Klaus das machte, wenn ein Gespräch beendet war: »Gesegnete Nacht, Benni.«

Ich lag lange wach, obwohl ich die Musik gut hören konnte. Mein Gesicht immer noch heiß, meine Füße eiskalt. Ich betrachtete das Walposter und wünschte mir mein Telefon zurück. Wenigstens hatte ich die Wimpernzange mit nach oben genommen. Ich kratzte mit dem Fingernagel winzige Stückchen aus dem Goldlack, bis ich einschlief.

Changes

Klaus ist nicht tot. Er sitzt in Frau Gothels Auto auf dem Beifahrersitz, als ich im nächsten Sommer in Welsum am Bahnhof ankomme. Er sieht aus wie immer, schön und männlich und groß, immer noch viel, viel größer als ich, obwohl ich einen Wachstumsschub hatte. Das Einzige, was sich geändert hat seit dem letzten Sommer, ist die Tatsache, dass er mitgekommen ist, um mich vom Bahnhof abzuholen. Und auf dem Rücksitz sitzt Gideon. Ich bin überrascht, wie sehr ich mich freue, ihn zu sehen. (Ich hab dich vermisst.)

»Nu mach, Benni«, Frau Gothel wirft meinen Rucksack in den Kofferraum, »wir wolln nich zu spät komm.«

»Wohin denn?«

»Zum Zoo. Aber mehr verrat ich nich. Ich kann dir nur sagn, das wills du nich verpassn, hm?«

Ich steige ein. Gideon nickt mir kurz zu, dann schaut er wieder aus dem Fenster. Die ganze Fahrt sagt keiner etwas. Gideon guckt raus, Klaus klammert sich mit beiden Händen an den kleinen Griff über dem Beifahrerfenster, bis seine Fingerknöchel ganz weiß werden, und sieht aus, als müsse er sich anstrengen, das Atmen nicht zu vergessen. Frau Gothel hmt leise.

Im Zoo stehen Baustellenfahrzeuge herum, ein Laster vor dem Walarium, ein Kran dahinter.

Im Walarium ist es so voll wie noch nie. Fridolin ist abgetaucht, ganz hinten in einer Ecke schwebt er. Eine Frau im Taucheranzug sitzt auf dem Beckenrand. Klaus stellt sich neben sie, redet kurz mit ihr und dreht sich dann zu den Leuten um und hebt die Hand. Alle verstummen.

Klaus räuspert sich und hält eine Rede, erzählt, wie Fridolin gefangen wurde, wie er zuerst im Zoo noch mit den Delfinen gelebt hat, die nach und nach alle gestorben sind. Und jetzt geht Fridolin auch, aber nach Amerika, Klaus wünscht ihm für seine Zukunft alles Gute und vielleicht wird er ja sogar noch Vater. Das ist auch bei Walen noch im biblischen Alter möglich.

Die Leute lachen, klatschen und gehen zu Klaus, um ihm die Hand zu schütteln und ihm »Alles Gute« zu wünschen.

»Geht er auch nach Amerika?«, frage ich Gideon. Gideon lacht, durch die Nase, wie Klaus, und sieht mich an, als wäre die Frage noch dümmer, als Wasser auf einen gestrandeten Wal zu gießen.

»Dein Vater traut sich nich ma mehr Auto zu fahrn, Benni, der wird wohl kaum übern Atlantik fliegn könn.«

Frau Gothel mischt sich ein: »Dein Vater arbeitet jetz im Museum. Is ja kein Wal mehr da, um den er sich, hm?, jedn-falls jetz gleich nich mehr. Da, guck!«

Sie zeigt auf das Becken. Der Kran lässt eine Plastikplane, die zwischen zwei langen Metallstangen befestigt ist, in das Wasser hinab, bis sie auf dem Boden liegt. Die Frau im Taucheranzug wirft Fische. Fridolin schwimmt müde näher. Als er über der Plastikplane schwimmt, hebt die Frau einen Daumen, der Kran zieht die Plane hoch, sodass Fridolin mit dem Bauch darin liegt. Erstarrt. Oder tot. Die Frau mit dem Taucheranzug bindet die beiden Stangen mit orangeroten Seilen über Fridolins Körper zusammen. Dann hebt sie noch einmal den Daumen und der Kran hebt Fridolin langsam in die Luft. Seine Schwanzflosse schlägt ein paarmal, wie um zu testen, ob da wirklich kein Wasser mehr ist – der Kran wackelt heftig bei den Schlägen. Wenn er weitermacht, kippt alles um. Aber er hört auf. Zappelt nur noch hilflos mit den Vorderflossen. Sein

Kopf hängt herunter, ganz kurz sieht es so aus, als würde er gleich herausrutschen aus der Plane und kopfüber zurückfallen in das Vorführbecken, aber er bleibt in der Luft. Die weiße Plane wirkt schmuddelig gegen Fridolins glänzende Haut. Langsam dreht sich der Kranarm und Fridolin schwebt über die Zuschauersitze, wir sehen ein letztes Mal das ewige Grinsen und ganz kurz sogar ein paar Zähne, spitz, wie Gideons Drachenzahn. Dann wird Fridolin in den Laster gelegt, der viel zu groß ist für den kleinen Zooweg. Er sieht aus wie ein Baustellenfahrzeug, eine riesige rostigbraune Stahlwanne auf einem blauen Laster.

In der Wanne ist Wasser, etwas davon schwappt über den Rand, als Fridolin hineingesenkt wird. Die Frau im Taucheranzug klettert außen am Lkw hoch und lässt sich ins Wasser gleiten, hält sich aber mit einer Hand weiter am Rand fest. Wir müssen die Augen zusammenkneifen, um die Hand erkennen zu können. Plötzlich ist sie weg. Die Frau ist unter Wasser, in einer winzigen Wanne mit einem eintausendsechshundert Kilo schweren Wal (das weiß ich vom Poster).

»Das wars«, sagt Gideon. Aber die Frau taucht wieder auf und klettert, in der Hand die orangeroten Seile, die die Plane oben zusammengehalten haben, vom Laster herunter. Der Kran zieht die leere Plane aus dem Wasser, die Leute klatschen, während der Laster langsam den viel zu schmalen Zooweg hinunterrollt.

Frau Gothel schaut uns an, Gottes Augen glänzen: »Na, das war was, hm?«

Alle gehen zum Ausgang, im Walarium bleiben nur Gideon, ich und das kaputte rote Boot, in dem Fridolin vor Ewigkeiten Kinder durch das Becken gezogen hat. Gideon tritt dagegen. Keiner von uns hat da je drin gesessen, das ist verboten worden, bevor wir geboren wurden. Ich hole meinen Walkman aus der

Tasche und halte Gideon den Kopfhörer hin. Er schüttelt den Kopf und geht.

Frau Gothel fährt Klaus ins Museum, wo er jetzt arbeitet, dann dreht sie sich zu uns um: »Du komms mit zu Benni, oder? Heut is der längste Tag des Jahres.«

»Nee, danke«, sagt Gideon. Die ganze Fahrt über sieht er mich nicht an. Ich denke, ich weiß warum, aber als er an der Gärtnerei aussteigt und die Autotür hinter sich zuschlägt, sagt Frau Gothel: »Hm? Seit die Mutter gestorbn is, is der noch komischer.«

»Maria ist tot?«

»Hm? Das wusstes du nich?«

Sie klingt erfreut. Auf der kurzen Fahrt zum Glashaus erzählt sie, wie Maria gestorben ist. Ein Blutgerinnsel im Bein, das in ihre Lunge gewandert war, über Nacht. Hanna und Lea hatten nichts gemerkt, die waren aufgestanden und in die Kakaofabrik gegangen. Da hatte Maria wahrscheinlich noch ausgesehen, als würde sie schlafen. Aber als Gideon aufgewacht war, hatte sie tot ausgesehen.

»Man kann das auch, hm?«, Frau Gothel tippt sich an die Nase und schaut durch den Rückspiegel zu mir, »ich hab das immer gerochn.«

Sie setzt den Blinker und wir biegen auf die Kuhweide ein. Dort, wo bisher immer nur zwei Reifenspuren waren, ist jetzt ein Schotterweg. Statt Gras nackte Erde und statt der Kühe Baugruben. Mir fällt wieder ein, was Gideon erzählt hat, bei dem sterbenden Wal. Deckseuche. Die sind alle tot.

»Ja, die hats alle, hm?«, sagt Frau Gothel und hält eine Hand vor Mund und Nase, als lägen die toten Kühe noch in den Gruben. »Aber dafür is der Eigndorf jetz reicher als der Reitwein.«

Sie hält vor dem Glashaus und stellt den Motor aus, bleibt aber im Auto und redet weiter über Maria. Wie lange es gedauert hat, bis die Ältesten in der Gemeinde entschieden hatten, ob sie auf dem Gottesacker begraben werden durfte oder nicht. Frau Gothel war dagegen.

Mag sein, dass der Heiland am Jüngsten Tag ihrer Seele gnädig sein wird, wir dürfen es nicht sein. »Sons, hm?, sind bald alle aufm goldenen Pfad unterwegs, und dann, hm?«

Dann wird der Himmel schön leer, denke ich.

Maria war schon, während sie gelebt hat, ein warnendes Märchen, eine, die auszog, sich zu vergnügen, und daran kaputtging, am Ende nur noch im Bett lag. Dass sie jetzt auf dem Gottesacker liegt, nebn ihrer Mutter, hm?, weil der Reitwein sich durchgesetzt hat, zerstört die ganze Moral von der Geschicht. Das nimmt Frau Gothel ihr mehr übel als alle Sünden ihrer Jugend.

»So, aber jetz muss du, hm?« Sie gibt mir einen Haustürschlüssel und nickt mit dem Kopf zum Glashaus, als hätte ich sie aufgehalten.

»Ich muss doch dein Vater abholn, der hat gleich Feierabnd. Seit dem Unfall fährt er nich mehr gern selbs.«

»Was für ein Unfall?«

»Na, auf der Insl, da wars du doch auch, hm? Bei dem Wal? Da seid ihr doch mit dem Auto in die Leitplanke, hm?« Gottes Augen blinzeln misstrauisch: »Oder nich?«

»Doch, ja, klar, das.«

»Ja, das«, sie lässt den Motor an, »und deshalb fahr ich ihn jetz überallhin. Is aber auch ganz schön, hm? Sieht man was von der Welt. So wie heut den klein Wal. Das war was, hm?«

Ich nicke, steige aus, hole meinen Rucksack aus dem Kofferraum und gehe zum Glashaus.

Selig sind, die den Frieden stiften

Am Montagmorgen, während ich mir im nach kaltem Rauch stinkenden Bad die schlechte Nacht aus den Augen wusch, kam Lea zum Glashaus. Ich sah sie nicht, ich hörte nur die Klingel und dann ihre Stimme durch das offene Fenster: »Was machs du denn noch hier? Du kanns doch Vati nich so lang allein lassn!«

»Der kommt schon klar«, sagte Gideon und ließ sie offenbar nicht herein, denn ich hörte sie immer noch durch das Fenster: »Ich wollte Benni zum Spaziern abholn.«

»Nich ohne Begleitung.«

Lea lachte.

»Das ist mein Ernst«, sagte Gideon, »du wirs nich mehr allein mit Benni in den Wald gehen. Und ich kann nich mit, mit meim Fuß.«

»Du spinns.« Ich konnte hören, dass Lea immer noch lächelte.

Gideon dagegen klang ernst, auf eine etwas künstliche, überheblich ruhige Weise: »Lass Benni in Ruhe. Das is ein gut gemeinter Rat.«

Lea lachte wieder, ohne Freude. Sie spuckte ihm das Lachen ins Gesicht und dann sagte sie: »Nich von dir. Ganz sicher nich von dir.«

Und dann ging sie. Ich sah von oben aus dem Fenster zu, wie sie über den Asphaltfleck lief, auf den Spazierweg und dann in den Wald. Ich hätte ihr gern etwas geschrieben, aber mein kaputtes Telefon hatte immer noch Gideon. In meiner Hosentasche steckte nur Hannas Wimpernzange.

Ich schloss das Badezimmerfenster und ging nach unten.

»Wolln wir dann los?«, fragte Gideon, »Brilln kaufn für unsere altn Augn?«

»Ja, klar.«

Dass Lea da gewesen war, erwähnte er nicht. Also sagte auch ich nichts dazu.

Ich hatte gehofft, dass Gideon zuerst zur Gärtnerei fahren und dort mein Telefon reparieren würde, aber er meinte, dass er auch dafür vermutlich eine Brille brauchen würde. Also suchten wir zuerst danach. Der Laden im Dorf hatte keine, die Apotheke in der Stadt auch nicht und die beim Optiker waren zu teuer. Ich hatte von Anfang an überlegt, Gideon in die Buchhandlung zu lotsen, und als wir jetzt aus dem Optikergeschäft kamen, schlug ich es vor, aufgeregt wie ein Kind mit einem Plan. Selig sind, die den Frieden stiften. »Das ist ja auch gleich da vorn.«

Gideon nickte, als wäre die Buchhandlung ein Laden wie jeder andere.

Der Regenbogen aus Büchern im Schaufenster war einer silbrigweißen Plastiktanne gewichen. Große pinke Kugeln hingen daran, eine bunt blinkende Lichterkette. Die Gläser mit den Kerzen waren an den Rand gerückt, unter dem Baum lagen ein paar Bücher. Kinderbücher, und zwar hauptsächlich harmlose: rosa Giraffen, kleine Postboten, Geschichten aus dem Mädcheninternat. Ein Junge mit einem Meerjungfrauenschwanz, der Gideon nicht auffiel, oder nicht störte. Nicht so sehr wie der kalte Regen, der jetzt fiel. Gideon zog die Tür auf: »Och, keine Glöckchen.«

Die Lesebrillen standen gleich vorn bei der Kasse, aber Gideon ging daran vorbei und sah sich mit echtem Interesse um. Nahm Bücher von den Tischen, las die Klappentexte, legte sie sacht zurück und wanderte weiter. Als Gideon das Männerliebe-Buch aufhob, das ich beim letzten Mal schon gesehen hatte, kam ich mir vor, als hätte ich die Welt verändert. (Benni, du Blödmann.) Ich hörte Hanna heiser lachen.

Es war Heidi, sie kam mit einem Stapel Bücher auf dem Arm aus dem hinteren Raum. Als sie mich sah, runzelte sie gespielt die Stirn: »Hast du wieder einen Zug verpasst?«

»Nein, ich wollte nur …«, ich zeigte auf den Ständer mit den Lesebrillen, »die Arme werden zu kurz.«

Gideon, der hinter einem Bücherregal gestanden hatte, lachte und kam zu uns. Heidis schöner Mund wurde schmal, als würde sie die Zähne zusammenbeißen. Vielleicht tat sie das auch.

»Schöner Ladn«, sagte Gideon, »ich weiß gar nich, warum ich noch nie hier war.«

Er legte das Buch, das er gerade in der Hand hielt, auf einen der Büchertische und ging zu dem Ständer mit den Lesebrillen. »Kenn Sie sich damit aus?«, fragte er Heidi, »was brauch man denn so, wenn man vierzig is und Knochn zusammklebn will?«

Heidis Gesicht blieb völlig reglos.

»Das müssen Sie ausprobieren«, sagte sie, nahm das Buch, das Gideon abgelegt hatte, und brachte es dorthin zurück, wo es hingehörte. Sie wollte gerade in den hinteren Raum gehen, da kam Simon durch den Rundbogen. Nicht in Arbeitskleidung, sondern in Jeans und Pulli. Und ohne Schuhe. Es fiel sofort auf, weil er knallbunt geringelte Socken trug. Die ich kannte, von Leas Fotos. Handgestrickt, für die kalten Tage im Lieferwagen. Auf dem Bild hatten sie neben den ersten Söckchen gelegen, die Lea für Simon gestrickt hatte. Groß geworden.

Simon sah Gideon und wollte sofort wieder zurück in den hinteren Raum gehen und stieß dabei mit Luis zusammen, der gerade von dort kam. Luis lachte und Gideon, der gerade eine Brille aufgesetzt hatte, blickte auf und sah beide.

»Simon!« Es klang, als hätte er gehofft, ihn hier zu treffen. Er zog die Brille auf seiner Nase weit nach unten und musterte Simon über den Rand von oben nach unten. »Aber warum has du denn keine Schuhe an?«

Simon lachte überrascht und wir alle schauten auf seine Füße. Und auf Luis' Füße, die ebenfalls keine Schuhe trugen. Niemand sagte etwas.

Gideon nahm die Brille von seiner Nase und klappte sie zusammen.

»Ich glaube, die ist gut. Nimms du auch plus drei, Benni?«

»Ja, klar«, ich nahm eilig eine Brille aus dem Ständer, irgendeine. Ich wollte nur weg, und ich wollte Gideon wegbringen, weit weg von Simons und Luis' schuhlosen Füßen. Als hätte er nicht längst kapiert, was los war.

Heidi tippte die Preise ein.

»Karte geht nicht«, sagte sie.

»Kein Problem«, Gideon legte einen Zwanzig-Euro-Schein auf die kleine Wechselgeldschale, »für beide. Stimmt so.«

Heidi ließ den Schein auf der kleinen Schale liegen, wickelte die Brillen in Packpapier und steckte sie in eine Tüte.

»Tausnd Dank«, sagte Gideon, »dann wolln wir ma.« Er ging zur Tür und zog sie auf. »Wir hattn Glöckchn früher, weiß du noch Benni? Glöckchn sind immer schön.« Er blickte zu Simon: »Hol ma deine Schuhe, wir nehm dich mit.«

Simons Augenlider zuckten, als hätte Gideon ihm ins Gesicht gepustet. Einen Atemzug lang, dann hatte er sich gefangen. Die Angst war weg. Er sah genauso furchtlos aus wie Hanna, wenn der Alte ausholte. Ich spürte die Extrasystolen meines Herzens bis unter meine Zunge.

Gideon merkte, dass Simon für einen Augenblick keine

Angst hatte, und ganz kurz schien er aufgeben zu wollen, er zuckte mit einer Schulter, sagte dann aber doch, leise, und beinah traurig: »Hier kann ich dich doch nich lassn.«

»Doch«, sagte Simon, »Kanns du. Wenn du wills.«

Sehr langsam nickte Gideon. Und dann ging er. Als die Tür hinter ihm zufiel, sackte Simon zusammen. Sein furchtloser Moment war vorbei. Er stand leicht vornübergebeugt da und hielt sich die Hand vor den Mund. Luis strich ihm über den Rücken.

»Vielleicht sagt er gar nichts. Und außerdem: Die Zeiten ändern sich, du hast selbst gesagt, in manchen von euren Gemeinden können schwule Paare heute sogar heiraten.«

Simon lachte, Spott im Mundwinkel. Luis, du Blödmann. In Welsum läuft die Zeit anders.

Draußen hupte Gideon, zweimal kurz, dann ließ er die Hand auf der Hupe liegen.

»Du gehst besser«, sagte Heidi zu mir, »bevor der uns Steine durchs Schaufenster wirft.«

»So ist er nicht«, sagte ich, »wirklich nicht.«

Aber ich beeilte mich trotzdem, aus der Buchhandlung zu kommen.

Guitar Solo, No. 5

Gideons Finger tanzten auf dem Lenkrad zur Musik. Die Scheibenwischer quietschten leise über die Windschutzscheibe, die nicht nass genug war, weil nur noch ein paar feine Tropfen fielen. Ich machte den Mund auf, um etwas zu Simon zu sagen, aber dann fragte ich doch nur: »Willst du die Scheibenwischer nicht ausmachen?«

Gideon schaltete die Scheibenwischer ab und ich saß da, hörte der Musik zu und schaute aus dem Fenster auf die vorbeiflappenden nassen Bäume, die Holzkreuze im Straßengraben. Keiner, den wir kennen. Ich steckte meine Hand in die Tasche und befühlte die Wimpernzange. Kratzte noch etwas mehr von dem goldenen Lack ab.

»Fahren wir noch bei dir vorbei? Wegen meinem Telefon?«

Gideon schüttelte den Kopf. »Mach ich später.«

Als wir am Glashaus ankamen, stellte er den Motor nicht aus.

»Kommst du nicht mit rein?«

»Ich muss noch zu Lea.«

Er gab mir die Tüte mit den Lesebrillen, beugte sich vor und griff an mir vorbei, um die Beifahrertür zu öffnen. Dann drehte er die Musik so laut, dass er nicht mehr hören konnte, was ich sagte. Was unnötig war, weil ich gar nichts sagte.

Ich schlug die Autotür zu und sah zu, wie er wendete und die Straße zurückfuhr und vor Leas Haus hielt. Aber er stieg nicht aus, er blieb im Auto sitzen. Ich überlegte lang, ob ich hingehen und mit ihm reden sollte, aber ich tat es nicht. Ich beobachtete ihn, im Auto, bis mir zu kalt wurde, und ging dann ins Glashaus, Knochen kleben. Vielleicht stieg er ja auch gar nicht aus.

Oscillate Wildly

In den nächsten Tagen blieb ich mit Klaus allein. Wir saßen am Esstisch und klebten Knochen, die jetzt, durch die Brille, plötzlich nicht mehr glatt aussahen, sondern voller winziger Löcher waren, und alle hatten an beiden Seiten kleine Bohrungen, für die Drähte. Fridolins Skelett war bereits mehrmals zerlegt und wieder zusammengesetzt worden. Ich klebte die größeren Knochen, Klaus fügte mit einer Pinzette Splitter, die so winzig waren, dass ich sie auch mit Brille nicht sah, ein. Ab und zu stand einer von uns auf, um etwas zu trinken oder zu essen oder die Schallplatte umzudrehen. Frau Gothel kam nicht, sie war krank. Wir aßen Suppe, oder Cornflakes. Tagesschau, Tierfilm, gesegnete Nacht.

Wenn ich im Bett lag, schlich Klaus – ich hörte ihn jedes Mal – nach unten in den Bunker. Ich hoffte, dass er dort besser schlief als ich. Ich musste das Fenster immer noch offen lassen, der Knochengeruch ging einfach nicht aus dem Zimmer. Ich lag zitternd im Bett, schaute auf das Walposter und kratzte das letzte Gold von Hannas Wimpernzange. Keine Möglichkeit zu sehen, was Vicky tat, und mit wem. Wie weit Lea mit dem Puppenhaus war. Was in der Welt geschah.

Jeden Abend fand ich in der Spülmaschine den geleerten, nach Wodka riechenden Flachmann, und wenn ich sie morgens aufmachte, um die sauberen Sachen auszuräumen, war er nicht mehr da, aber ich sah Klaus nie daraus trinken. *Im Wald ists kalt.*

Gideon kam nicht. Die Lesebrille, die er sich gekauft hatte, lag unbenutzt neben Fridolins Schädel, und mein Telefon lag irgendwo bei ihm in der Gärtnerei. Manchmal sah ich Lea morgens vom Badezimmerfenster aus, wie sie mit Deborah auf dem Rücken in den Wald lief oder, wenn ich lang geschlafen hatte, wie sie wieder herauskamen – Deborah neben ihr und beide mit Stöckchen in den Händen.

Jeden Abend stellte ich mir vor, wie ich am nächsten Morgen meinen Rucksack packen und zur Bushaltestelle rennen und dann am Bahnhof stehen würde, immer noch außer Atem. Weiter ging die Vorstellung nicht. Nicht, weil ich ohne Telefon gar nicht wusste, wann ein Zug fahren würde, und auch nicht, weil ich mich unwohl fühlte bei dem Gedanken daran, mit meinem stolpernden Herzen eine längere Zugfahrt zu machen. Sondern weil es war, als hätte ich alles, was außerhalb von Welsum lag – die Stadt, unsere Wohnung, meine Dinge darin – nur mal kurz irgendwann irgendwo auf Fotos gesehen, aber nie dort gelebt, sondern immer nur hier. Wo es schön war.

Out of Time

Wenn ich aufwache, bin ich immer allein. Frau Gothel ist mit Klaus unterwegs zum Museum. Von der Kuhweide kommt Baulärm. Ich setze meinen Kopfhörer auf und schaue zu, wie aus den Gruben Häuser wachsen. Eines wächst besonders schnell, in einer Woche stehen beide Etagen und das Dach. Zur Gärtnerei gehe ich nicht. *You don't know what's going on, you've been away for far too long.* Außerdem weiß ich nicht, was ich sagen soll. Was sagt man, wenn eine Mutter gestorben ist?

Ich sehe Gideon nur noch von Weitem, in der Versammlung. Ins Erweckungszelt muss ich in diesem Jahr nicht, denn Frau Gothel kann selber nicht hin, weil sie Klaus fahren muss. Sie kommt jetzt auch sonntags, macht uns Frühstück und nimmt uns mit zur Turnhalle. Uns beide, nicht nur mich.

Klaus sitzt neben mir, die Augen geschlossen, die Hände gefaltet, und wenn gesungen wird, nickt er im Takt. Wenn die Brüder anfangen zu predigen, kriege ich jedes Mal ein bisschen Angst, dass Klaus gleich aufsteht. Dass er den Heiland schon im Herzen hat. Aber er bleibt immer sitzen.

Hanna und Lea tragen jetzt Hüte auf ihren Zöpfen. Manchmal drehen sie sich um und wenn sie mich sehen, winkt Lea und Hanna grinst schief. Gideon dreht sich nie um. Er sitzt ganz vorn, gerade und mit gesenktem Kopf. Und egal, wie lange Klaus und ich nach der Versammlung noch auf dem Parkplatz warten müssen auf Frau Gothel, Gideon bleibt immer noch etwas länger drin. Ist das wegen Maria oder haben sie auch gesundgebetet?

Einmal kommt Piet zu mir, während wir warten, schüttelt meine Hand und fragt: »Alles klar?«

»Ja, klar. Und bei dir?«

Er nickt, aber er sieht eigenartig alt aus. Ihm fallen schon Haare aus, und er redet ganz langsam und müde. Als ich ihn frage, wie es Hanna geht, kriegt seine Stirn so viele Falten wie die des Bundeskanzlers.

»Hanna? Kein blassn Schimmer.«

Can I Sit Next to You Girl

Es regnet. Drei Tage lang tropft es auf das Glasdach, ich liege auf dem Sofa und schaue zu. Auf der Baustelle passiert nichts, die Bauarbeiter kommen nur bei Sonnenschein und es sieht aus, als würden die Rohbauten langsam wieder im Schlamm verschwinden.

Ich könnte genauso gut wieder nach Hause fahren. Meinen Rucksack packen, einen Zettel schreiben und zur Bushaltestelle gehen. Der letzte Zug fährt um kurz nach sieben.

Ich überlege, was ich schreiben soll. *Lieber*

Lieber was? Klaus? Papa? Lieber gar nichts. Einfach nur: Hey.

Hey, ich bin nach Hause gefahren, weil …

Ja, warum, Benni? Weil du ein Feigling bist. Weil du Angst hast, Gideon, Hanna und Lea zu begegnen. Was sagt man zu Leuten, deren Mutter gestorben ist? Ich zerknülle den Zettel. Ich kann Klaus auch anrufen, wenn ich zu Hause bin. Wahrscheinlich merkt er sowieso nicht, dass ich weg bin. Wenn Frau Gothel ihn abends aus dem Museum nach Hause bringt, ist er meist so müde, dass er gleich in sein Zimmer geht. Keine Tagesschau, kein Tierfilm.

Als ich aus der Tür trete – Anorak an, Kapuze auf dem Kopf, Rucksack auf dem Rücken –, hat der Regen aufgehört. Zwischen den Häusern rennen zwei Kinder herum, ein Junge und ein Mädchen. Keine Welsumer, das sieht man sofort: Das Mädchen trägt eine Hose und beide Kinder haben tiefschwarze Haare und dunkle Augen. Sie kreischen und lachen und rufen mir nach: »Hi, Bennibenni, hi!«

Woher kennen die meinen Namen? Ich drehe mich um, aber die Kinder sind gar nicht mehr da. Es ist Hanna, die mich ruft, sie sitzt oben in einem Rohbau, in einem glaslosen Fenster, lässt die Beine baumeln und winkt: »Hey!«

»Hey!«

»Wo gehs du hin?«

»Nach Hause.«

»Ferien schon vorbei? Komm wenigstns noch ma kurz hoch, ja?« Sie lächelt und ihre Zähne sehen dabei sehr weiß aus, weißer als die nackten Ytong-Steine. Hat sie ihre Lippen geschminkt?

Ich balanciere über ein wackliges Brett in das unfertige Haus hinein. Es riecht nach feuchtem Beton und Parfum, das kommt von Hanna, das erkenne ich. Ich folge dem Geruch eine geländerlose Treppe hinauf und da ist sie.

Sie ist tatsächlich geschminkt, hat sich nicht nur heimlich die Wimpern hochgebogen mit der Zange, wie Gideon, sondern sie auch schwarz getuscht. Das sehe ich, weil es ein wenig verlaufen ist. Sieht gut aus. Bisschen traurig. Wir gehen in ein Zimmer, in dem sie offenbar öfter ist. In der Ecke liegt ein Müllsack, in einer anderen eine Isomatte und ein schmuddeliger Schlafsack und ein paar Jutebeutel.

»Schläfst du hier?«

»Nee, das is Lollis«, sagt sie und ruft: »Komm ma rein, Lolli, Benni is da!«

Durch eine andere Türöffnung, die auf den Balkon hinausführt, kommt ein Mann in den Raum. Ein wirklich erwachsener Mann mit kleinen Narben im Gesicht und einem Pferdeschwanz. Er trägt eine weite grüne Jacke mit ziemlich vielen Taschen und darunter ein tief ausgeschnittenes T-Shirt, das seine Brusthaare zeigt. Dicht wie ein Pelz, und in dem Pelz versteckt ist eine silberne Münze, die er mir zeigt, als er bemerkt, dass ich sie anschaue.

Es ist eine Heiligenmedaille, an einem Lederband. Der heilige Christophorus, der das Jesuskind über den Fluss bringt. Wenn du durchs Wasser gehst, ich bin bei dir, und durch Ströme, sie werden dich nicht überfluten.

»Und schützt auch vor einem schlimmen Tod.« Lolli ist nicht aus Welsum, das hört man, das sieht man, das riecht man. Er öffnet eine Flasche Bier – an seiner Augenbraue! – und hält sie mir hin. In der buschigen Braue klebt ein winziges bisschen Blut.

»Benni mag kein Bier«, sagt Hanna, »aber wir habn auch was anderes.« Sie setzen sich hin, auf die schmuddelige Isomatte, dicht nebeneinander. Ich setzte mich ihnen gegenüber auf den Boden. Lolli kramt aus einem Jutebeutel eine Flasche Apfelkorn. Er schraubt sie auf und gießt etwas von der klebrigen gelben Flüssigkeit in den Deckel der Flasche und gibt ihn mir.

Es schmeckt sehr viel besser, als ich erwartet habe.

»Mehr?«

»Ja, klar.« Hanna grinst schief. Lolli füllt mir noch einmal den Deckel und ein drittes Mal und lacht, ein angenehmes, blubberndes Lachen, das sich selbst genügt, und dann gibt er mir gleich die ganze Flasche. Er trinkt Bier, Hanna trinkt Wodka. Sie fangen an, über Leute zu reden, die ich nicht kenne und die nicht aus Welsum sind. Namen wie auf den Holzkreuzen. Die Wand hinter mir ist rau, der Beton auf dem Boden hautglatt und kalt. Draußen spielen die Kinder, wir hören sie flüstern und springen. Als Lolli einmal aufsteht und auf den Balkon geht, rennen sie kreischend davon.

»Has du die angepisst?«, fragt Hanna, als Lolli zurückkommt.

»Natürlich nicht«, sagt er. »Ich weiß nicht, warum die vor mir Angst haben.« Er klingt traurig und überhaupt nicht betrunken.

»Die kenn dich ebn nich«, sagt Hanna und streichelt ihm über die Wange. Dann sagt sie zu mir: »Lolli is auch immer nur über den Sommer hier, wie du. Weils so schön is.«

Sie zieht eine Augenbraue hoch, als sie schön sagt, und zieht das ö sehr lang.

»Ist es doch wirklich«, sagt Lolli.

»Und wie«, sagt Gideon.

Er ist ganz plötzlich da, mitten im Raum, und starrt mich an.

»Was macht der denn hier?«

Ich will etwas sagen, aber es kommt nicht richtig raus. Ich will aufstehen, aber ich komme kaum hoch, und die Wand, an der ich mich abstütze, ist auf einmal weich wie Knete.

»Hoppala«, Gideon fängt mich, »was habn sie denn mit dir gemacht?«

Ich halte die Apfelkornflasche hoch.

»Die is ja fast leer!« Hanna sieht mich an. Beeindruckt?

»Dann können wir Flaschendrehen!«, sagt Lolli erfreut.

»Ohne mich«, sagt Gideon. Aber er geht nicht, sondern hilft mir, mich wieder hinzusetzen, und setzt sich neben mich. Und dann spielen wir. Sie spielen, ich drehe nie die Flasche, ich sitze nur da und sehe Lolli auf alle viere gehen und zu Hanna krabbeln, und dann krabbelt Hanna zu ihm. Sie küssen immer nur kurz. Ohne Zunge. Und dann ist sie auf einmal dicht vor mir. Ich kann die feinen Härchen entlang des Kieferknochens sehen. Ein flimmernder, weicher Bart. Dass Frauen da auch Haare haben, weiß man nur, wenn man einer schon mal ganz nah war. Ich spüre mein Herz im Hals pochen, als sie mich küsst. Was, wenn ich eklig schmecke, wenn ich nach Schweiß –

Ich stinke nicht. Sie küsst mich, richtig lang, bis der Spott in ihrem Mundwinkel schmilzt und ihre Zunge meine berührt. Ich bin so glücklich, dass es wehtut, als ich vorsichtig Luft hole durch die Nase, und dann wird mir schlecht. So schlecht, dass mir Kotze hochkommt und ich Hanna wegschieben muss. Sie sieht mich wieder so an wie vorher. Beeindruckt?

Ich schlucke die Kotze runter und drehe die Flasche. Sie kreiselt, stößt an Lollis Knie und rollt zwischen Lolli und Gideon hindurch aus dem Kreis. Der Flaschenhals zeigt auf Gideon. Ich will zu ihm krabbeln, aber er steht auf, nimmt die Flasche und wirft sie über den Balkon nach draußen.

»Du spinns«, sagt Hanna.

»Da unten spielen Kinder!« Lolli schreit Gideon fast an.

»Nee, die has du doch vorhin schon verscheucht«, sagt Hanna und es stimmt, wir hören die Kinder nicht mehr.

»Die kommen aber morgen wieder, und wenn da dann Scherben liegen?« Lolli steht auf und packt Gideon am Arm, »los, einsammeln.« Er schiebt Gideon wie einen Gefangenen vor sich her nach unten. Ich will mitgehen, aber Hanna sagt: »Lass. Du bis zu besoffn, um Scherbn anzupackn.«

Sie gibt mir einen Kaugummi, steckt sich selber einen in den Mund und dann kauen wir. Eine ganze Zeit lang. Irgendwann frage ich, ob ich mich neben sie auf die Matratze setzen darf. Sie nickt. Ich frage, ob ich sie noch mal küssen darf. Sie grinst, schief, und gibt mir einen Kuss, einen kurzen, schmatzenden Kuss. Dann steht sie auf und schüttelt den blauen Müllsack aus, der in der Ecke liegt: ein roter BH, ein schwarzes Unterhemd, eine zerrissene Jeans, Lippenstift, Kajal und die goldene Wimpernzange. Die Sachen zieht sie an, wenn sie nach Dortmund fährt. Wie Maria früher.

»Guck nich so, Benni, ich pass immer auf.«

Sie zieht sich um, gibt mir noch einen Kuss, auf die Wange und geht. Ich sitze allein im Rohbau. Einsamer als im Glashaus. Ich stehe auf und gehe auf den Balkon. Ich sehe sie nicht, aber ich höre sie, sie stehen direkt unter mir, alle drei.

»Du spinnst«, höre ich Lolli sagen, und es klingt, als würde Gideon ausspucken. Hanna lacht und dann sehe ich sie, wie sie, in ihren Discoklamotten, Richtung Wald geht, gemütlich, als wäre es völlig gleichgültig, ob jemand sie so sieht. Lolli läuft ihr nach und nimmt seinen heiligen Christophorus ab und legt ihn Hanna um den Hals.

»Falls da irgendein Irrer im Wald unterwegs ist.« Aber dann geht er doch lieber noch ein Stück mit. Ich schaue eifersüchtig hinterher, bis sie im Wald verschwinden. Es sieht aus, als würden die Bäume sie verschlucken.

»Benni, was machs du denn da?« Gideon ist zurück ins Haus gekommen und jetzt springt er zu mir auf den Balkon und zieht mich von der Brüstung weg. Ich falle leicht gegen ihn und ich bleibe so, an ihn gelehnt. Meine Nase berührt seine Schulter. Dabei hatte ich einen Wachstumsschub, mir haben sogar die Beine wehgetan nachts. Aber Gideon ist offenbar noch mehr gewachsen. Er schiebt mich zurück ins Zimmer, lehnt mich an die nackte Betonwand und ich rutsche herunter, bis ich sitze. Gideon setzt sich mir gegenüber und nimmt seinen Daumen in den Mund.

»Hast du dich an den Scherben geschnitten?«, frage ich.

Er stößt mit dem Fuß gegen meinen Rucksack und fragt: »Fährs du schon wieder?«

»Ja, nee, also, vorhin schon, aber …«

»Jetz nich mehr?«

»Nee, jetzt nicht mehr.«

Gideon lacht durch die Nase, wie Klaus: »Weil Hanna dich geküsst hat? Das warn Spiel, Benni. Und außerdem«, er spuckt aus, »die küsst jedn, wenn sie besoffn is. Und seit Mama tot is, is sie einglich immer besoffn. Natürlich nich so hacke wie du jetz grade.«

Ich weiß nicht, was ich sagen soll. Es tut mir leid? Aber er scheint gar nichts zu erwarten, er sitzt da, schaut auf den leeren Müllsack und erzählt ihm, wie er neben Maria aufgewacht ist an dem Morgen. Ihre goldenen Haare noch lebendig auf dem Kissen, ihre Füße sowieso immer kalt, wie Hannas, wenn sie zurückkam, aber ihr Gesicht ganz eindeutig tot.

»Ich hab sofort gesehn, dass sie nich schläft«, sagt er. »Die andern habn ja gar nich hingeguckt, die sind raus und zur Arbeit, aber als ich aufgewacht bin, wusste ich sofort, dass was nich stimmt. Man konnte auch genau sehn, dass sie nich im Schlaf gestorbn is, ihre Augn warn nämlich nich ganz zu und ihr Mund war so auf, als wollte sie was sagn. Wahrscheinlich wollte sie uns weckn, weil sie was gespürt hat. Vielleicht hat sie sogar was gesagt. Und wir habn einfach weitergepennt.«

Er sagt es, als wäre es das Ende einer lustigen Geschichte.

»Aber ihr hättet doch eh nichts machen können«, sage ich. »Ihr habt doch gar kein Telefon.«

»Was? Natürlich habn wir Telefon, du Blödmann, seit fast nem Jahr. Aber n Kranknwagn hätt ihr auch nich mehr helfn könn, die hatte n Blutklumpn in der Lunge, aus ihrm Bein.«

Ich denke an die Krampfadern an Marias Beinen und frage mich, ob Renées Beine auch so aussehen, ob sie auch jederzeit sterben könnte. Sie trägt immer Hosen. Mir wird plötzlich wieder kotzübel. Gideon sieht es, steht auf und zieht mich auf die Beine: »Komm, raus, bevor du Lollis Matratze vollreihers.«

Und dann stehe ich vor dem Rohbau, auf dem wackligen Brett, und kotze in den Graben, der einmal um das Haus geht. Wie wir die Treppe runtergekommen sind, weiß ich nicht.

Als ich leer bin, gibt Gideon mir ein Taschentuch – ein Stofftaschentuch, das ich, nachdem ich mir den Mund damit abgewischt habe, in den Graben werfe. Aus Versehen.

»Egal.« Gideon trägt meinen Rucksack bis zum Glashaus.

»Wo is dein Schlüssl?«

»Ich hab keinen.«

Er grinst und stellt den Rucksack ab.

»Dann hoffn wir ma, dass dein Vater genauso blind is wie du, was Besoffne angeht.«

Er klingelt und rennt weg.

Bird on the Wire

Ich saß am Esstisch im Glashaus und schaute zu, wie Klaus dünne Drahtstücke durch die letzten Knochen zog. Wir hatten sie alle geklebt und gesäubert, sortiert und dann durch die Bohrlöcher Drähte gezogen und sie verbunden. Jetzt lag er vollständig auf Klaus' Esstisch und in dem winterhellen Glashaus strahlten die Knochen wie frisch aus dem Fleisch gebrochen und er wirkte auch nicht mehr so winzig wie oben auf dem Bett, am ersten Abend. Der dumpfe, stickige Geruch war schwächer geworden.

Klaus ließ den Knochen, den er eben mit dem Rest des Skeletts verbunden hatte, vorsichtig los und griff nach der Zange, um ein neues Stück Draht abzukneifen. Er verband die lange Kette der letzten Fingerglieder mit Fridolins linkem Mittelhandknochen.

»Fertig.«

Er stand auf und streckte sich, eine Hand in den unteren Rücken gepresst wie der Alte, wenn er sich von einem Beet erhob. Dann ging er einmal um das ganze Skelett herum und strich Fridolin über den Schädel. Genau in dem Moment klingelte Gideon. Als hätte er all die Tage vor der Tür gestanden und gewartet, dass wir fertig wurden. Er ging einmal langsam um den Esstisch herum, strich Fridolin dann, genau wie Klaus, über den Schädel und sagte: »Ich glaub, diesma kriegn wir dich wirklich endlich hoch.«

Er hatte ein paar lange leuchtend orangefarbene Seile mitgebracht – die gleichen, an denen in der Gärtnerei oben in der Küche der Tisch unter die Zimmerdecke gezogen wurde.

»Den Rest bringt Reiko Samstag, zusamm mit der Leiter. Aber dir hab ich noch was mitgebracht, Benni.« Er gab mir mein Telefon. Kein Sprung mehr im Bildschirm und voll aufgeladen.

»Danke.«

»Dafür nich. Klaus und ich müssn jetz noch ma los, aber Frau Gothel kann dich nachher bring.«

»Wohin?«

»Na, zum Reitwein, der freut sich schon. Mehr als über neunenneunzig Gerechte, die da keine Buße nötig habn.« Sie hoben beide die Hand zum Abschied, Klaus sagte nichts, Gideon wünschte mir viel Spaß beim Reitwein. »Wir sehn uns Samstag.«

Als sie fort waren, holte ich den Kopfhörer aus meinem Zimmer und legte mich mit dem Telefon aufs Sofa. Ich war sicher gewesen, dass, sobald ich mein Telefon anschaltete, Nachrichten von Vicky kommen würden. Zwei, drei, vier. Vielleicht auch von Manuel. Von Lea. Von irgendwem.

Aber mir hatte niemand geschrieben. Sechs Tage hatte es mich nicht gegeben und niemandem war es aufgefallen.

Das letzte Foto von Vicky war fast vollständig grau: unter einem grauen Himmel eine Reihe grauer Containergebäude auf fleckigem grauen Asphalt, in der unteren linken Ecke das Heck eines graublauen Flugzeugs, und nur, wenn man ganz genau hinsah, erkannte man hinter den flachen Flughafengebäuden an der Grenze zum Himmel winzig und schwarz eine Skyline. *Bye, bye, New York, my love (gebrochenes-Herz-Emoji)*

In fünf, vier, drei Stunden würde Vicky in der Wohnung ankommen. Was du gelobst, das halte. Wenn ich mich von Frau Gothel nicht zum Reitwein, sondern zum Bahnhof bringen lassen würde, könnte ich kurz nach Vicky in der Wohnung sein und meine paar Sachen zusammenpacken und verschwinden.

Irgendwohin, in die Werkstatt oder in eins der Monteurzimmer, die wir manchmal für unsere Aushilfen mieteten. Und wenn Manuel mir half, könnten wir Vicky morgen, wenn sie im Büro war, die Wände weiß wie Schnee streichen, damit nicht ein staubgerahmtes unvergilbtes Rechteck an ihrer Wand noch an ein Bild oder eine Schallplatte oder mich erinnern würde.

Aber statt aufzustehen und zu packen, blieb ich auf dem Sofa und wischte mich rückwärts durch Vickys Abschiedscountdown: *last day, two days left, three days, four. I will miss you so, my love (drei Herz-Emojis)!*

Dann schaute ich mir Leas Fotos an: Aus den Stöckchen, die ich sie und Deborah aus dem Wald hatte nach Hause tragen sehen, hatte sie Dinge für das Puppenhaus gebastelt, das Deborah zu Weihnachten bekommen sollte: kleine Türen, winzige Möbel und noch winzigere Babys mit geschlossenen Strichaugen in Windeln aus weißem Lack. *Like a worm on a hook.*

Während ich mir die Bilder ansah, klingelte es.

Ein Paketbote. Nicht Simon. Er hatte ein Paket für Klaus. Ich fragte ihn, wo Simon war, er schüttelte den Kopf und wusste nicht, von wem ich sprach. Ich unterschrieb und er gab mir das Paket, aber mit dem Gips konnte ich es nicht halten, es war recht groß und vor allem schwer und wäre hinuntergefallen, wenn der Paketbote es nicht wieder gegriffen hätte. Er stellte es innen, direkt hinter der Türschwelle ab und ging. Ich schob es mit den Füßen so weit hinein, dass ich die Tür wieder schließen konnte. Dann holte ich mir eine Schere aus der Küche und öffnete es, damit Klaus nicht auf die Idee kam, das ganze Paket nach unten zu tragen. Es waren Konserven: Bohnen, Fleisch, Pfirsiche. Ich nahm drei Dosen, zwei in die unvergipste Hand, eine in die andere, und trug sie nach unten. Stapelte sie vor der Tür im Kellergang. Ich war immer noch dabei, Dosen nach unten zu bringen, als Frau Gothel kam, um mich für den Taufunterricht abzuholen.

»Hm? Hm?«, machte sie, als sie das geöffnete Paket sah. »Ach ja, der Simon is ja, hm?« Sie zog ihren Mantel aus und half mir. Und während wir Konservendosen, Jodtabletten und Panzerplatten in den Keller trugen, erzählte sie, dass Simon am Montagabend nicht von der Arbeit nach Hause gekommen und seitdem verschwunden war.

»Gideon war der Letzte, der ihn gesehn hat, untn in der Buchhandlung.« Ihrer Stimme war nicht anzuhören, was sie davon hielt – und was genau sie darüber wusste. (Alles, Benni, die wissn alles.)

»Sollte man da nicht die Polizei einschalten?«

»Die suchn nich nach Erwachsnen, das weiß du doch. Nich solang es keine Anzeichn für ein Verbrechn gibt. Zum Glück is der See zugefrorn. Aber Lea is natürlich trotzdem völlig, hm? Da kommt ja alles wieder hoch.« Sie stellte die letzten vier Dosen vor die Bunkertür.

»Das Einräum überlassn wir deim Vater, der weiß am bestn, wo alles hinkommt, und wir wolln auch nich, dass du wieder umkipps, hm? Und wir müssn jetz auch machn, der Reitwein wartet schon.«

Die Reifen rollten weich knirschend über feuchten Kies in der Einfahrt zu Reitweins Villa und stoppten. Frau Gothel ließ den Motor laufen.

»Wenn ihr fertig seid, rufs du an. Du gehs nich allein, hm?, im Dunkln.«

Sie gab mir einen Zettel, auf dem *Frau Gothel* stand, und darunter ihre Telefonnummer. Ich steckte ihn in die Jackentasche, zu Hannas Wimpernzange.

Ich war noch nie in Reitweins Villa gewesen, hatte nur das eine Mal im Garten, draußen vor dem Schwimmbad gestanden und zugesehen, wie Gideon getauft wurde. Ich hatte erwartet, dass eine Haushälterin im senffarbenen Kostüm und mit Schürze mir öffnen würde, aber der Reitwein kam selber an die Tür, in einem weichen, etwas staubig aussehenden gelben Pullover, einer ausgebeulten grauen Hose und Hausschuhen. Obwohl ich ihn mein Leben lang immer nur in braunen Anzügen gesehen hatte und er mir nie verkleidet vorgekommen war, schien es mir jetzt so, als würde ich ihn zum ersten Mal sehen, wie er wirklich war. Er lächelte und führte mich durch eine große Eingangshalle mit einer Treppe wie aus einem Film in ein kleines Zimmer.

Darin standen zwei niedrige, mit abgeschabtem grünem Samt bezogene Hocker und dazwischen ein gekacheltes Tischchen, auf dem eine übergroße Ausgabe der vom Reitwein übersetzten Bibel lag, goldgeprägte Buchstaben auf grün gemustertem Grund – das gleiche Muster wie die Tapete an den Wänden im Zimmer. Es gab ein kleines Fenster, durch das man, eigenartig weit weg, das Leuchten des Schwimmbads neben dem Haus sah. Der Reitwein folgte meinem Blick und zog den Vorhang zu.

»Setz dich doch. Willst du die Jacke nicht ausziehen?«

Ich zog meinen Parka aus und legte ihn, weil es keinen anderen Platz gab, neben mir auf den Boden. Der Reitwein tippte sich mit zwei Fingern auf den Kopf und ich nahm auch die Mütze ab. Die Haare waren schon wieder länger, sodass man die kahlen Stellen deutlicher sah. Ich strich mir über den Kopf, der Reitwein lächelte mitfühlend. Er setzte sich mir gegenüber.

»Das Ziel dieser Unterweisung«, sagte er, »ist Liebe. Liebe aus reinem Herzen und gutem Gewissen. Erinnerst du dich an den Gelähmtn, Benjamin? Den seine Freunde durch das Dach heruntergelassen habn?«

»Ja, klar.«

Ich erinnerte mich auch daran, dass die Geschichte, wie alle Bibelgeschichten, immer so erzählt worden war, als hätte sie hier stattgefunden, in Welsum, nur eben vor langer, langer Zeit.

Und ich erinnerte mich daran, wie sehr ich die Geschichten gemocht hatte. Engel und Wunder, böse Könige und arme Menschen, die Heuschrecken aßen. Und niemand starb je wirklich, denn nach dem Tod wartete das Paradies.

»Weiß du, was ihn gerettet hat? Seine Freunde. Die Männer, die genau wussten, welche Sünden ihr Freund begangen hatte und die trotzdem felsenfest glaubten, dass Jesus ihm helfen würde. Solche Freunde«, der Reitwein beugte sich vor und ich nahm einen Geruch wahr, den ich lange nicht gerochen hatte: verbrannter Kakao. Die Fabrik im Sommer. Er schien vom Reitwein selber zu kommen, denn er wurde immer stärker, je näher er sich zu mir beugte.

»Solche Freunde sind selten«, sagte er, »aber *du* hast sie gefunden. In Gideon, in Lea.«

Danach schwieg er. Sehr lang. Ich fragte mich, ob ich etwas sagen sollte, aber ich wusste nicht was. Ich wusste überhaupt nicht, weshalb ich hergekommen war. Vicky würde lachen. Ich hätte es gern gehört. Ich hätte fahren sollen, nach Hause. Hau ab, Benni. Ich musste lächeln, bei der Erinnerung, und dann musste ich gähnen, weil mich die warme Luft und der Kakaogeruch müde machten.

Der Reitwein nickte wieder so mitfühlend: »Weißt du, wer dir deine Aufgabe gerade so schwer macht? Der Teufel.«

Ich unterdrückte ein Lachen.

»Nein, ich bin einfach nur müde.«

»Wir denkn immer, dass es nicht der Teufel ist«, sagte der Reitwein. »Wir stelln uns das immer dramatischer vor, wie im Märchn, da wird es kalt und dann kommt jemand auf einem Pferdefuß dahergehumpelt«, der Reitwein lachte, erfreut von seiner eigenen Fantasie, »aber so passiert das nicht.« Er klang etwas enttäuscht. »Der Teufel kommt ganz unscheinbar daher. Als Müdigkeit, als Zweifel. Damit wir ja nich merkn, dass er es is. Denn das Beste, was dem Teufel passiern kann, is, dass wir nich mehr an ihn glaubn.«

Irgendwo klingelte ein Telefon. Der Reitwein runzelte die Stirn und ich begriff, dass es meins war, neben mir, in meiner Jackentasche.

»Entschuldigung«, ich hob meinen Parka auf und suchte nach meinem Telefon, »ich habe hier sonst nirgendwo Empfang, sonst hätte ich das ausgeschaltet.«

Das Bild von Vicky unter der braunen Fernsehdecke leuchtete mir entgegen.

»Entschuldigung, da muss ich leider …«, ich wollte abnehmen und aufstehen, aber der Reitwein legte mir eine Hand auf den Oberschenkel und schüttelte leicht den Kopf. Auch das, sagten seine Augen, ist der Teufel. Das Klingeln hörte auf und ich blieb sitzen. Auf dem Bildschirm erschien eine Nachricht. *Von: Mailbox. Sie haben 1 neue Nachricht.*

Ich steckte das Telefon zurück in meine Jackentasche.

(Die hat dich drei Monate wartn lassn, da kann sie jetz auch ma wartn, oder nich?)

Der Reitwein nahm meine gipslose Hand und kam mir jetzt ganz nah. Sein Atem roch nach Pfirsichsaft und ich musste an die feuchten Wattestäbchen denken, mit denen ich Renées aufgesprungene Lippen befeuchtet hatte, nach der letzten Operation. War das Absicht, mit den Gerüchen? Gehörte das dazu, wie das gütige Lächeln, das stickige Zimmer?

»Hast du Angst?«, fragte der Reitwein und plötzlich war ich wieder vier Jahre alt und das einzige Kind in Welsum, das über den Teufel lacht, als wäre das Erweckungszelt ein Kasperltheater, und dann in der Nacht trotzdem ins Bett macht vor Angst. Die Hölle mag ausgedacht sein, meine Angst ist echt, wie der Tod. Ich werde sterben, irgendwann, und daran kann niemand etwas ändern.

Was ist schlimmer? Ewig brennen oder nicht mehr sein?

Lieber Gott, ich will überhaupt nicht sterben.

Dann lass den Heiland in dein Herz hinein.

Aber dafür muss es sauber sein.

Ich spürte, wie sich zwischen der Hand des Reitweins und meiner Haut Feuchtigkeit bildete.

»Der Heiland ist nicht gekomm, um Gerecht zu rufn«, sagte der Reitwein leise, »wir alle sündigen, Benjamin, alle. Deshalb hat Gott uns sein Sohn geschickt. Dass er unsere Sündn trägt.«

Ich weiß nicht mehr, wie ich anfing, ich weiß nur noch warum: Damit er mich gehen ließ. Dass ich auch einfach hätte aufstehen und gehen können, kam mir nicht in den Sinn. (Bis du einglich wirklich blöd oder einfach nur feige, Benni?)

Ich beichtete alles, was mir einfiel. Die Sünden meiner Jugend: Reiseprospekte, Taschentuchknäuel, Rockmusik, Gras. Die Zerkarien unter Gideons Haut. Die Nacht auf der Insel. Der Reitwein nickte, von nichts überrascht, weil er alles längst wusste von Lea, von Frau Gothel, von Gideon selbst. Aber es war wichtig, dass ich es aussprach, damit mein Herz auch richtig sauber wurde und der Heiland endlich einziehen konnte.

Ich erzählte ihm von dem Abend auf dem Weihnachtsmarkt – und war mir auf einmal ganz sicher, dass ich nicht leise von Schüssen gesprochen, sondern geschrien hatte. Ich erzählte, dass ich zur Arbeit gegangen war, als Renée starb. Und dass ich Hanna allein gelassen hatte am See, nachts, betrunken. Während ich sprach, kam es mir völlig normal vor, in diesem winzigen grünen Zimmer einem alten Mann, den ich kaum kannte, Dinge zu erzählen, die ich noch nie jemandem erzählt hatte. Erst als ich aufhörte, kam es mir seltsam vor. Alles kam mir seltsam vor: das winzige grüne Zimmer, der Tisch, die Bibel, die schäbigen Hocker, der Vorhang vor dem Fenster, der eklige Kakaofabrikgeruch, der lächelnde alte Mann, der meine Hand nicht losließ.

»Ich weiß«, sagte der Reitwein, »ich weiß. Wer seine Sünden bekennt, stirbt einen schmachvollen Tod. Aber es ist der einzige Weg zu Gott.«

Er nickte und wartete, dass ich weitersprach. Denn das kleine Herz war doch immer noch nicht ganz leer, das spürte er. Da, ganz tief unten, wo selbst Gottes Augen nicht hinschauen können, liegt Hanna auf der Pritsche im Bunker, blass und gekrümmt. *Like a baby stillborn.*

Der Reitwein ließ meine Hand los und zupfte mit dem Daumen an seiner Oberlippe, sodass sie sich mit einem feuchten Geräusch von den Zähnen löste. Davon hatte er noch nicht gewusst. Er war zufrieden, mit mir und mit sich.

»Deshalb hast du dann später dein eigenes Kind auch nicht gewollt.«

Ich war nicht überrascht, dass er von der Fehlgeburt wusste.

»Weil du dachtest, du hättest Gottes Gnade nicht verdient.«

Ich sagte nicht, dass Gott das Kind nicht hatte zur Welt kommen lassen – und dass es überhaupt kein Kind gewesen war, sondern eine Schwangerschaftsanlage. Ich nickte zu allem, was der Reitwein sagte. Ich war leer. Mein Herz sauber wie eine frisch weiß gestrichene Wand. Und mein Mund ausgetrocknet wie nach einer großen Angst oder einem großen Bier.

»Ich würde gern mit dir beten. Es ist nämlich nichts so schlimm, dass es uns nicht vergeben würde, wenn wir darum bitten.«

Er sprach das Gebet für mich, und als er fertig war, berührte er mein Knie und ich sagte: »Amen.«

Als ich aufstand, wurde mir leicht schwindelig und ich musste mich an der Stuhllehne festhalten. Der Reitwein neigte seinen Kopf und sagte nickend wie ein alter Vogel: »Lass dir Zeit. Das war ein großes Stück Arbeit heut.«

Er ging zum Fenster, zog den Vorhang auf und öffnete es.

Ich atmete tief ein. Chlor, feuchte Blätter und irgendwo weit weg verbrannte etwas.

»Geht es wieder?«

»Ja, danke.«

Er brachte mich zur Tür: »Und denk dran: Gott hasst die Sünde, aber nich den Sünder.«

Paper Thin

Ich stand vor der Villa und betrachtete die Atemwölkchen, die ich in die von den niedrigen Laternen entlang der Zufahrt warmgelb erleuchtete, eiskalte Nachtluft atmete, während ich Vickys Nachricht abhörte.

»What the fuck, Ben, what the fuck?«

Ich lachte, laut und endlich wieder klar im Kopf: Ja, what the fuck? Plötzlich war es völlig irrsinnig, was ich da drinnen in dem staubigen grünen Zimmerchen gefühlt und gesagt hatte. Was machte ich überhaupt hier? In Welsum?

Ich rief Vicky an und ging, während es läutete, langsam über den Rasen zu dem grünblau schimmernden Hallenbad hinüber.

»Hey.«

»Hey.«

Drinnen schwamm jemand, auf der Stelle, kraulte gegen die Gegenstromanlage an. Eine Frau in einem dunklen Badeanzug, mit einem langen dunklen Zopf.

»Ich versteh das einfach nicht«, sagte Vicky, »du hattest drei Monate Zeit und du hast nicht mal angefangen zu packen. Du hast nicht mal aufgeräumt!«

»Tut mir leid, wirklich, ich habe irgendwie …«

Etwas klickte in der Leitung und ich dachte, Vicky hätte aufgelegt, aber dann hörte ich sie lang ausatmen.

»Aber du hast schon eine Wohnung, oder?«

»Ja, klar.«

Die Frau im Schwimmbad hatte aufgehört zu kraulen und ließ sich von dem Strom an den Rand treiben. Sie tauchte einmal unter und mit in den Nacken gelegtem Kopf wieder auf, wischte sich die Haare glatt nach hinten und stieg aus dem Becken, nahm ihren nassen Zopf und drückte ihn aus. Es war Lea. Ihre Haut war blass, fast bläulich, aber vielleicht kam das auch durch das von den blauen Kacheln zurückgeworfene Licht.

»Ich geb dir noch dieses Wochenende. Ich bin von Samstag Früh bis Sonntag Abend nicht hier, da kannst du deine Sachen abholen.«

»Jetzt diesen Samstag meinst du?«

Vicky atmete wieder so geräuschvoll und lang aus. Lea steckte sich den Zeigefinger jetzt ins Ohr, rüttelte und fing dann an auf einem Bein herumzuhüpfen, den Kopf schräg gelegt, wie Gideon nach dem Tauchen im See.

»Ich weiß nicht, ob ich das schaffe. Ich bin gar nicht in der Stadt, sondern in Welsum, bei meinem Vater, und ich habe versprochen, dass ich ihm helfe, sein Walskelett aufzuhängen.«

Ich wartete, dass Vicky nachfragte, aber sie pustete nur in den Hörer.

»Rauchst du?«

»Du kannst die Sachen abholen, oder ich stell sie auf die Straße.«

»Nein, nein, ich krieg das schon irgendwie hin.«

Lea angelte mit den Füßen nach ihren Badeschlappen und zog sich mit dem Zeigefinger den Badeanzug, der ihr an einer Seite etwas in die Pofalte gerutscht war, zurecht. Mit der gleichen Handbewegung zupfte Vicky sich die Unterhose zurecht nach dem Aufstehen. Jeden Morgen hatte ich das gesehen, bis sie angefangen hatte, auf dem Sofa zu schlafen.

»Den Schlüssel kannst du dann in den Briefkasten werfen.«

»Ja, klar.«

Lea wickelte sich ein Handtuch um die Hüften und verschwand durch die milchige Glastür, durch die auch Gideon verschwunden war nach seiner Taufe. Ich dachte daran, wie ich mit Maria hier gestanden hatte, im Sonnenlicht. (Wenn du ma Kinder has, Benni, lass die sofort taufn. Kein Auge kriegs du zu, solang die noch ungetauft sind. Aber heut werd ich schlafn wie n Baby.)

»Okay«, sagte Vicky, »dann …«

»Warte. Ich wollte noch … Es tut mir wirklich leid, das ich das verbockt habe. Ich hätte das fertig machen sollen, alles. Meine Sachen rausholen und die Wände streichen und alles.«

»Ja, okay.« Ich konnte hören, dass sie endlich auflegen wollte.

»Warte …«

Lea war weg und das Licht in dem kleinen Hallenbad wurde schwächer, sodass mein eigenes Bild in der Fensterscheibe immer deutlicher wurde.

»Denkst du eigentlich manchmal noch an das Kind?«

Sie wusste sofort, wovon ich sprach, das konnte ich hören, und ich erwartete, dass sie sagen würde, dass es kein Kind war, aber sie sagte nur: »Manchmal. Selten.«

»Ich wollte nur fragen …«, ich wusste schon bevor ich es sagte, dass ich es nicht aussprechen sollte, »war das wirklich eine Fehlgeburt?«

Vicky schwieg. Ich hörte wieder das Klicken, das war ein Feuerzeug. Sie rauchte, ganz eindeutig.

Dann sagte sie: »Meinst du nicht, dass es einfacher gewesen wäre, dir gar nichts von der Schwangerschaft zu erzählen, wenn ich das vorgehabt hätte?«

»Doch, nein, es tut mir leid.«

Sie lachte. Nicht das Lachen, das ich gern gehört hätte. Im Hallenbad ging das Licht aus.

»Glaubst du wirklich, eine schwangere Frau kann einfach so in ein Krankenhaus gehen und eine Abtreibung vornehmen lassen, wie eine Kosmetikbehandlung? Und falls mein Freund kommt: Können Sie es vielleicht als Fehlgeburt verpacken? Du hast ja keine Ahnung, Ben, du hast überhaupt keine Ahnung.«

Ich hörte sie noch einmal lang ausatmen und dann nichts mehr. Sie hatte aufgelegt. Lea kam, nach Chlor duftend und mit geröteten Augen aus der Seitentür. Sie trug den bunten Regenmantel vom ersten Abend, nur ohne Deborah darunter.

»Ach ja, du wars ja heut dran. Seid ihr schon fertig? Ich kann dich nach Haus bring.«

»Danke.«

Sie nickte müde und mir fiel wieder ein, dass Simon verschwunden war.

»Ich habe von Frau Gothel gehört, dass Simon vermisst wird«, sagte ich.

Lea schüttelte den Kopf: »Könn wir nich darüber redn?«

»Ja, klar.«

Wir gingen zu einem großen Auto, das vor Reitweins Villa parkte – eins von den Autos, zu denen Vicky im Vorbeifahren »Schöner Wagen« gesagt hätte. Als ich es jetzt sagte, um irgendetwas zu sagen, klang es albern. Lea reagierte auch gar nicht darauf. Sie warf ihre Sporttasche in den Kofferraum und wir stiegen ein.

»Musik?«, fragte sie und bevor ich antworten konnte, schaltete sie das Radio ein.

There's no hiding now.

Sie fuhr schnell, so schnell, dass ich anfing zu schwitzen und meinen Fuß unten gegen die Plastikverkleidung stemmte, als könnte ich damit etwas bremsen. Auch Lea schien warm zu werden, ihre Wangen waren leuchtend rot.

»Ist alles in Ordnung?«, fragte ich.

»Ja, das is nur die Sitzheizung, die is kaputt. Kanns Fenster aufmachn, wenn dir zu warm wird.« Lea hob eine Hand zum Gesicht und strich sich mit Daumen und Zeigefinger von außen nach innen über die Augenlider. Sie fuhr immer noch viel zu schnell, ich sah aus dem Augenwinkel, wie die Bäume an uns vorbeiflogen. Holzkreuze erkannte ich nicht. (Keiner, den wir kenn.)

Die Fahrbahn glitzerte. Wann hatte es angefangen zu regnen?

Wir hatten das letzte Kreuz am Straßenrand hinter uns und Lea hatte den Blinker gesetzt, um hinter der Bushaltestelle in die Kuhweide einzubiegen, da knallte etwas von vorn gegen das Auto.

»Was war das denn«, sagte Lea, nicht besonders erschrocken und nicht besonders interessiert. Ich drehte mich um und sah durch das Heckfenster etwas auf der Straße liegen.

»Du hast etwas angefahren. Ein Tier, ein ziemlich großes. Vielleicht das aus dem Wald?«

»Die Wildsau?«, Lea lachte und bog in die Kuhweide ein. »Benni, wenn wir n Wildschwein angefahrn hättn, würdn wir nich mehr weiterfahrn könn. Selbs mit meim Auto nich.«

»Das war wirklich groß, vielleicht sogar – jetzt halt doch mal an!« Ich schrie beinah und Lea wurde endlich langsamer. Ich löste meinen Gurt und rannte, durch den wilden Wind, zu dem Körper, der am Straßenrand lag und kleiner wurde, je näher ich kam.

Es war ein Vogel. Ein etwa huhngroßer, dicklicher braunweißer Vogel, der Wind zauste das plüschig aussehende Gefieder, aber es war deutlich zu sehen, dass der Vogel selber nichts mehr bewegte. Er lag auf dem Gesicht und ein Flügel stand schrecklich falsch nach hinten ab.

»Das is nur n Waldkauz«, sagte Lea, die mir nachgekommen war, »die erwischt man hier leider öfter.« Sie schob den weichen Körper mit dem Fuß in den Straßenrand. »Muss ja nich noch platter gefahrn werdn.«

Wir gingen zurück zum Auto. Lea ließ den Motor wieder an und fuhr, langsam, zum Glashaus. Sie blieb im Auto, während ich klingelte, und als Klaus nicht aufmachte, stieg sie noch einmal aus und schloss für mich auf. Dann umarmte sie mich, lang und fest. Ich spürte ihre weichen Brüste an meinem Bauch, keinen BH, und unter meinem Kinn ihre von den nassen Haaren feuchte Mütze. Chlorgeruch, nicht Zitronenlimonade. Weinte sie?

»Simon kommt garantiert wieder«, sagte ich leise über ihren Kopf hinweg. »Der ist bestimmt nur bei einem Freund.«

Sie machte sich los und sah mich genervt an: »Lass es, Benni. Hier wissn alle, was mit Simon los is und warum er nich nach Haus kommt.«

»Ich habe gehört«, sagte ich, »es gibt Brüdergemeinden, in denen schwule Paare gesegnet werden können.«

»Siehs du, deshalb will ich da nich mit dir drüber redn.«

»Ich meinte nur, die Zeiten …«

»Aber nich hier, Benni. Bei uns spricht der Ton nich zum Töpfer, bei uns macht immer noch Gott die Gebote. Ich weiß, dass die Welt überall immer weiter abrückt von Ihm, aber das heißt nich, dass wir da mitmachn müssn.«

»Ich meinte nur …«

»Lass es, Benni, wirklich.«

Sie stieg wieder in ihr Auto und fuhr davon.

Ich ging ins Glashaus, griff in meine Taschen, um Telefon und Wimpernzange herauszuholen, und fand nur das Telefon. Und den Zettel mit Frau Gothels Telefonnummer, an dem ein winziger Fetzen Goldlack klebte. Ich hatte sie tatsächlich verloren. Benni, du Blödmann.

Vielleicht lag sie im Straßengraben, bei dem Waldkauz. Ich überlegte, zurückzulaufen, aber dann hätte ich die Haustür offen stehen lassen müssen, um wieder hineinzukommen.

Außerdem war es wahrscheinlicher, dass sie mir bereits beim Reitwein aus der Tasche gerutscht war, oder in Leas Auto. Ich hätte heulen können.

Ich zog, immer noch unbeholfen mit dem rissigen, krümeligen, schmutzigen Gips, Schuhe und Parka aus. Dann schrieb ich an Vicky, dass es mir leidtat. *Wirklich, du weißt gar nicht wie. Ich bin ein Blödmann.*

Ich schaltete den Fernseher ein, aß allein mit Fridolin eine Schale Cornflakes und schaute einem eidechsenartig aussehenden Fisch dabei zu, wie er langsam über einen Stein kletterte, und merkte, dass mir Tränen über das Gesicht liefen.

Es sind diese vergrößerten Rippen und stabilisierende Muskelansätze, die dem blinden Höhlenfisch die Fortbewegung an Land ermöglichen. Und er ist nicht der einzige laufende Fisch.

Du hast nämlich keine Ahnung, Ben, überhaupt keine Ahnung. Von Kindern und Abtreibungen und Schwangerschaftsanlagen mit Pixelherzen und Fehlgeburten. Nichts hatte ich Vicky gefragt, sie hatte mir über den Kopf streicheln müssen. Und auch zu Hanna hatte ich nichts gesagt, hatte ihr eine Wärmflasche gemacht und getan, als läge sie meinetwegen bei mir im Bunker. Und als sie angefangen hatte zu reden, war ich gegangen. Und jetzt hatte ich sie an den Reitwein verraten und ihre Wimpernzange verloren. Genau wie damals den Zopf.

In the Neighborhood

Als ich mittags aufwache, ist nur Frau Gothel da. Sie scheint nicht zu wissen, dass ich im Rohbau war, dass ich Hanna geküsst habe, und scheint auch nicht zu sehen, dass mein Kopf gleich zerspringt und ich so ausgetrocknet bin, dass meine Augen brennen. Die stumpfe Hitze im Glashaus hat meinen Körper papierflach gepresst.

Klaus hatte am Abend vorher auch nichts gemerkt. Er hatte mir die Tür geöffnet und war gleich wieder in sein Zimmer gegangen, hatte nicht gesehen, wie ich schwankend hereinkam und auf allen vieren die Wendeltreppe hochkrabbelte, um nicht zu fallen.

Als ich endlich aus dem Bett hochkomme, ist mir immer noch schwindelig. Ich wasche mich, eiskalt, und gehe nach unten. Nicht auf allen vieren, aber mit beiden Händen am Geländer. Statt Kakao und Cornflakes stellt Frau Gothel ein großes Glas Wasser und zwei Kopfschmerztabletten auf den Küchentresen. Und Gottes Augen zwinkern mir zu. Hast du wirklich gedacht, sie würden etwas übersehen?

Die Bauarbeiter sind noch nicht zurück, als ich zum Rohbau rübergehe, obwohl es nicht mehr regnet und die Häuser wieder fest und gerade in der Erde stehen. Die Fensteröffnungen wie leere Augenhöhlen, die Türen wie erschrockene Münder, am Ende ist einer tot.

Die beiden Kinder sind wieder da, das Mädchen kniet vor einer letzten Schlammpfütze und rührt Gras hinein, der Junge sammelt Dinge ein. Sie schauen nicht auf, als ich näher komme. Ich kann meine Kotze riechen, als ich auf das wackelige Holzbrett trete, das ins Haus hineinführt.

»Pscht!«, zischt das kleine Mädchen und legt einen Finger an die Lippen. »Du weckst den Riesen!«

Sie meint tatsächlich mich. Ich bleibe stehen und da höre ich, von oben, aus den glaslosen Fenstern, ein Schnarchen.

Es ist Lolli. Er liegt allein auf der Matratze, sein Kopf hängt hinten rüber, es sieht so ungesund aus, dass es mir wehtut. Um seine Beine ist seine Jacke gewickelt, der schmuddelige Schlafsack liegt neben der Matratze, den auszurollen hat er wohl nicht mehr geschafft. Sein Oberkörper ist nackt. In den Brusthaaren glänzt der heilige Christophorus. Zwischen seinen Füßen liegt der Müllsack mit Hannas Kleidern, wieder gefüllt, ich kann den roten BH durch das Plastik sehen. Also ist Hanna auch wieder da. Ich schleiche leise wieder aus dem Rohbau und laufe zur Gärtnerei.

Im Laden ist niemand und die Luke oben an der Stiege ist zu. Ich klopfe, aber keiner öffnet. Ich steige wieder nach unten und gehe um das Haus herum in den Garten. Der Alte ist dabei, den Bundeskanzler vom Schuppen zu kratzen. Mit einem Spachtel und viel Spucke. Auf der faltigen Stirn und auf beiden Brillengläsern hängt gelblicher Rotz. Der Alte spuckt auch mich beinah an, als ich näher komme, und seine wässrigen Augen frieren ein.

»Gideon is nich da.«

»Und Hanna?« Es ist das erste Mal, dass ich nach ihr frage. Der Alte spuckt noch einmal, aber nicht vor mich, sondern auf das Plakat. Der Rotz landet unter der Nase des Bundeskanzlers und rutscht ihm langsam in den Mund. Der Alte lacht, nicht so wie sonst, zu laut und mit einem Blick in die Runde, ob auch alle mitlachen. Nein, er lacht richtig, freut sich wie ein Kind über seinen Treffer. Dann kratzt er weiter und erzählt mir, weshalb er den Kanzler von seinem Schuppen runtermacht.

»Zwanzig Million«, sagt er, »zwanzig Million lässt er spring, weil er nach Berlin will, und unsereins kriegt nich ma die Fahrkarte bezahlt, damit das Kind zur Schule kommt. Zwanzig Million Mark.«

Oben im Haus geht ein Fenster auf – das Schlafzimmerfenster – und ich erwarte, Maria auftauchen zu sehen, mit zerzausten Haaren, eben erst geöffneten Augen. Aber es ist Lea.

Natürlich ist es Lea. Maria ist tot.

Es ist wie ein Schlag in die Rippen, erst kriege ich keine Luft mehr, dann tut jeder Atemzug weh und da kapiere ich, was das heißt, tot. Nie wieder. Wirklich nie wieder. Fühlt sich das bei den anderen auch so an? Immer?

Bei mir dauert es vielleicht zehn Sekunden, dann geht alles weiter wie vorher, der Alte kratzt leise fluchend an seinem Schuppen herum, Lea kommt wie immer lächelnd herunter und nimmt mich mit in den Laden.

»Endlich hab ich dich ma allein. Ich wollt schon lang ma mit dir redn, Benni.«

Es ist heiß im Laden und stinkt nach dem Wasser in den Blumenkübeln. Blumen sind nicht mehr darin. Auf den Pflanztischen stehen ein paar abgeerntete Tomatenpflanzen und Körbe mit Kartoffeln und weißlichen, schlappen Möhren. Ein großer Haufen Ackerbohnenschoten liegt auf dem Boden. Lea lächelt mir zu, setzt sich mit einem kleinen Hüpfer auf einen Pflanztisch und bedeutet mir, dass ich das auch machen soll. Und dann erklärt sie mir, lächelnd und mit einer unerträglich sanften Stimme, dass ich nicht mehr zur Gärtnerei kommen soll.

»Nur jetz ers ma, bis es Gideon besser geht.«

»Ist er krank?«

Sie nickt und schaut etwas ernster: »Aber wir habn es früh

genug gemerkt und der Reitwein hilft ihm auch schon, wieder auf den richtign Weg zu komm.«

»Der Reitwein?«, endlich kapiere ich, worüber sie redet. »Gideon wird gesundgebetet?«

»Gesundbetn?«, sie lacht laut. »Wo has du das denn her?«

Sie schüttelt den Kopf und lacht immer noch, wie über ein Kind, das etwas Drolliges gesagt hat.

»Nein, nein«, sagt sie, als sie sich wieder eingekriegt hat. »Der Reitwein redet einfach mit Gideon. Ich weiß nich, ob du das weiß, aber Gideon hat nich viele Freunde hier und seit Mama gestorbn is, ist er noch mehr allein. Und ein allein, den kann der Teufl leicht kriegen. Einer allein wird nich warm«, sie sieht mich an, immer noch lächelnd, aber ihre Augen lächeln nicht. Sie weiß, was auf der Insel passiert ist. Vielleicht hat Gideon es ihr selbst erzählt, vielleicht hat sie gehört, wie er abends im Bett mit Hanna geflüstert hat – und dann hat sie ihn zum Reitwein geschickt.

»Ist Gideon jetzt gerade da?«

Sie nickt. »Guck nich so, da passiert nix Gruseliges. Die redn einfach. Du kanns gern auch ma hin, hat der Reitwein schon gesagt. Aber hier komms du lieber ers ma nich hin, ja?«

Sie rutscht vom Tisch.

»Ach, Benni, warte. Bevor du gehs«, sie holt zwei Kissenbezüge hinter der Kasse hervor. Sie sind vollgestopft mit Klamotten, das kann man sehen, weil die Bezüge schon ganz alt und fadenscheinig sind.

»Die sind für den Landstreicher, der da bei euch im Rohbau untergekrochn is.«

»Meinst du Lolli?«

»Du kenns den auch?« Ihr Lächeln verschwindet.

»Nicht wirklich«, sage ich. »Warum bringst du ihm das Zeug nicht selber?«

»Von mir nimmt er nichts. Ich hab ihm schon ganz oft Essen gebracht, aber das lässt er immer stehen.«

Ich muss grinsen. Da ist endlich mal ein echter Armer in Welsum und dann will er nicht, dass Lea sich seiner erbarmt?

»Du muss auch nich mit ihm redn, kanns ihm einfach vor die Tür legn.«

Ich nehme die Kissenbezüge.

»Danke.« Sie lächelt wieder und hält mir die Tür auf, die Glöckchen klingeln. Ich gehe, die beiden Kissenbezüge über die Schulter geworfen. Ihren Blick spüre ich durch die Altkleider.

Always

»Machs du denn hier?«

Gideon kommt eben aus der Villa, als ich in die Einfahrt einbiege. Gesundgebetet sieht er nicht aus, eher krank, richtig krank. Blass und mit dunkellila Schatten um die Augen, die irgendwie tiefer als sonst in den Höhlen liegen.

»Ich hab dich gesucht.«

»Und was is das?« Er zeigt auf die vollgestopften Kissenbezüge.

»Für Lolli, von Lea.«

Gideon stöhnt: »Die wirds nie kapiern.«

Er nimmt mir einen Kissenbezug ab und wir gehen zum Rohbau. Nicht durch den Wald, sondern den langen Weg, an der Straße entlang, obwohl es viel zu heiß ist dafür. Und Gideon geht auch noch unerträglich langsam und gebeugt, wie ein alter Mann.

»Ich kann die auch beide tragen«, sage ich irgendwann.

»Wegn mir«, sagt Gideon und gibt mir seinen Kissenbezug zurück. Schneller geht er danach immer noch nicht.

»Wie oft musst du noch da hin?« Ich zeige mit dem Daumen über die Schulter zurück zur Villa. Gideon verzieht den Mund, sagt aber nichts. Ich hole meinen Walkman aus der Tasche und halte ihn Gideon hin.

»Willst du?«

Gideon nickt, dankbar, und setzt sich den Kopfhörer auf. Die Kassette ist nicht von Klaus, sondern von Renée, und Gideon sieht mich an, hört aber weiter und geht los. Ich gehe hinter ihm, ganz nah, damit ich ihn stützen kann, wenn er umkippt. Ich weiß nicht, weshalb ich denke, dass er hinfallen könnte, aber ich weiß genau, dass er, wenn er fällt, nicht mehr aufstehen wird.

Das sieht man.

Vor dem Rohbau, in dem Lolli wohnt, steht ein Bauschutt-container. Gideon bleibt davor stehen und sagt: »Gib ma das Zeug.« Ich gebe ihm die Kissenbezüge und er wirft sie beide hinein.

Dann gehen wir in den Rohbau.

Lolli ist wach und Hanna ist auch da, sie grinst, als sie mich sieht.

»Wir wolltn grad zum See. Kommt ihr mit?«

»Ja, klar.«

Gideon sagt nichts.

Wir rennen nicht wie früher, wir gehen, langsam. Lolli und Gideon gehen voraus, Hanna geht neben mir. Und nimmt auf einmal meine Hand, schiebt ihre Finger zwischen meine, als wollten wir zusammen beten. Wie bei Piet.

Am See zieht sie sich nicht aus, aber sie legt ihren Kopf auf meine Beine und schließt die Augen. Ihre Haare hängen über meine Hose, die Spitzen berühren meine nackten Knie. Zitronenlimonade und Rouge. Brackwasser und Gras.

Gideon raucht mit Lolli eine Tüte und dann gehen sie schwimmen. Heute taucht er nicht, lässt sich nur flach auf dem Rücken im Wasser treiben und schaut in den Himmel. Lolli krault durch den See, immer hin und her, hin und her.

Hanna und ich bleiben am Ufer. Sie dreht ihren Kopf auf meinem Bein und schaut mich an: »Du kanns nich schwimm, oder?«

»Doch, klar.«

Sie grinst mit einem Mundwinkel und ich weiß, dass sie mir nicht glaubt. Ich pikse sie, mit einem Finger in die Seite. Sie lacht und rollt sich von mir weg, aber so, dass sie danach dann ganz dicht neben mir liegt. »Has du Musik dabei?«

»Ja, klar.«

Ich stehe auf und hole meinen Walkman aus Gideons Hosentasche. Dann liegen wir nebeneinander und hören Musik. Hanna gefällt die Kassette, sie kennt die Lieder nicht, aber ihre Zehen wackeln im Takt und machen ein kleines, weiches Geräusch. Haut auf Haut. *Not for just an hour, not for just a day. Not for just a year, but always.*

Irgendwann zwischen zwei Liedern dreht sie ihren Kopf und ich drehe meinen und wir küssen uns. Ein Lied später liege ich fast auf ihr. Aber so, dass sie nicht merkt, was in meiner Hose los ist.

Gideon und Lolli kommen aus dem Wasser. Gideon hält sich ein Nasenloch zu und rotzt aus dem anderen Seewasser neben uns.

»Ich hau ab«, sagt er und Lolli geht mit ihm.

Hanna und ich bleiben, ich weiß nicht wie lang. Zu kurz. Auf dem Heimweg halten wir uns wieder an den Händen fest und vor dem Loch in der Gartenhecke küssen wir uns, als hätten wir das noch nie anders gemacht.

»Bis morgn«, sagt Hanna.

»Bis morgen.«

Als Renée nach dem Tierfilm anruft, erzähle ich ihr, dass ich eine Freundin habe. Klaus ist schon in seinem Zimmer und hört es nicht. Renée lacht: »Und weiß sie das auch?«

»Sehr witzig.«

»Entschuldige. Ich freu mich doch nur für dich, Benji. Aber ist das überhaupt erlaubt? Sie ist doch bestimmt auch in dieser Sekte?«

»Das ist keine Sekte.«

Melancholy Mood

Ich hörte den Staubsauger im Schlaf und träumte, dass Frau Gothel damit in mein Zimmer kam, den Schlauch an mein Ohr hielt und etwas aus meinem Kopf saugte. Mit einem kurzen, dumpfen Geräusch flog es in den Schlauch und sie schaltete zufrieden aus.

»Hm? Hm?«

Nach der eigenartigen Sitzung beim Reitwein war ich auf dem Sofa eingeschlafen, irgendwann mitten in der Nacht aufgewacht und in mein Zimmer gegangen. Als ich am Morgen wieder erwachte, fühlte ich mich zerschlagen wie nach einem Vollrausch auf einem Konzert. *All I see is grief and gloom.*

Ich schrieb Vicky noch einmal. Und rief sie an.

»Hey, it's Vicky.«

»Es tut mir leid, es tut mir wirklich ehrlich leid«, sagte ich zu ihrer Mailbox. »Und ich hole meine Sachen auf jeden Fall am Wochenende ab.« Ich würde morgen Früh noch helfen, den Wal hochzuziehen, und dann sofort nach Hause fahren. Meine Sachen packen, mir ein Zimmer suchen und verschwinden. In einer weiß gestrichenen Wand.

Klaus war immer noch mit Gideon unterwegs, um nach Simon zu suchen. Das erzählte mir Frau Gothel, die nicht mehr staubsaugte, als ich nach unten kam, sondern bereits Mittagessen für mich kochte, aus den abgelaufenen Vorräten aus dem Bunker. Thunfisch und Omeletts aus Eipulver, die unerträglich stark nach Ei rochen, aber zum Glück nach fast nichts schmeckten.

»Bei dem jungn Mann aus der Buchhandlung warn sie auch schon, da is er auch nich.«

»Luis?«

»Wie der heißt, weiß ich nich, dein Vater kennt den vom Schießstand.«

»Luis ist Jäger?«

»Das weiß ich nich, ob der Jäger is oder nur so zum Spaß, hm?«

Am späten Nachmittag kam Klaus zurück, müde und leicht nach Schweiß riechend. Er schüttelte den Kopf, als Frau Gothel nach Simon fragte.

»Bald könn wir nur noch betn, hm?«

Klaus nickte und ging leise singend ins Bad, um zu duschen. Frau Gothel sah ihm nach.

»Zu gut is auch nich immer gut, hm?«, sagte sie und drehte sich zu mir: »Du passt gut auf, hm?«

Ich nickte. Sie nahm ihre Handtasche und bevor sie ging, sagte sie noch einmal: »Du passt wirklich gut auf, hm?«

»Ja, klar.«

Ich fragte nicht, worauf genau ich achten sollte. Ich wollte, dass sie ging, damit ich endlich Lea oder Vicky schreiben konnte. Sie hatten beide seit Tagen nichts gepostet. Kein Bild, kein Kommentar, nichts. Ich überlegte lange, tippte, löschte, tippte, löschte wieder und gab schließlich auf.

Für das Abendessen hatte Frau Gothel uns wieder Omeletts aus Eipulver gemacht, diesmal mit Dosenpfirsichen. Ich hätte es gegessen, aber Klaus nahm beide Teller und ließ die Omeletts in den Müll rutschen. Dabei lachte er leise durch die Nase und ich war sicher, dass er betrunken war. Aber als ich meine leere Schale in die Spülmaschine räumte, war der Flachmann nicht darin. Klaus saß leise summend vor dem Fernseher.

Bärtierchen sind die widerstandsfähigsten Tiere der Erde. Sie werden erst sterben, wenn in sieben Milliarden Jahren die Erde in der Sonne verglüht.

Nach dem Film sah er mich kurz an: »Doktor Hintz hat gesagt, er kann morgen Früh vorbeikommen und dir den Gips hier abnehmen. Mit dem Gips bohren solltest du nämlich nicht.«

»Ja, klar. Ich muss nur Samstagnachmittag dann wirklich fahren.«

Er fragte nicht weshalb, oder ob und wann ich wiederkommen würde. Er nickte und sagte: »Bis dahin sollten wir fertig sein.« Dann stand er auf, wünschte mir und Fridolin eine gesegnete Nacht, strich dem Wal über den Schädel und ging nach oben.

In dieser Nacht hörte ich ihn nicht in den Bunker gehen. Was immer schwer gewesen war für ihn in den letzten Wochen, schien leichter geworden.

Octopus's Garden

Es war überraschend hell und warm an nächsten Morgen. Fast wie Sommer. In der Luft glitzerte Staub, der nach Museum roch: Haare, Knochen, Harz. Draußen auf der Terrasse standen, mit dem Rücken zum Haus, Reiko, Gideon und Klaus, neben Klaus zwei aufeinandergestapelte Kästen Bier und daneben ein älterer Mann, der dichte Rauchwolken ausatmete, die es beinah bis zum Wald schafften. Die schwachen Nebelfetzen der anderen verschwanden lang davor.

Sie hatten, während ich noch schlief, alles vorbereitet: Auf dem Boden neben dem Esstisch, auf dem das fertig zusammengesetzte Skelett wartete, lag eine große Treppenleiter, eine Kiste mit Werkzeug, eine große, ganz neue Bohrmaschine, mehrere Rollen leuchtend orangefarbenes Seil, Karabiner, Metallhaken, Handschuhe. Es sah aus wie die Ausrüstung für eine Expedition. Als hätten wir vor, Fridolin zu begraben, irgendwo weit, weit weg, denn auf dem Sofa lagen auch noch zwei gepackte Rucksäcke und eine altmodische braungrüne Arzttasche. Dieselbe Tasche wie vor fünfundzwanzig Jahren, ich erkannte den ehemals roten Herzaufkleber, der inzwischen zu einem unförmigen weißen Fleck abgeschabt war.

»Da is er ja!« Der Hintz hatte mich als Erster entdeckt und schnipste seinen Zigarettenstummel weg.

»Na endlich!« Sie kamen herein und zogen ihre Jacken aus. Nur Reiko behielt seinen Parka an.

»Ausgeschlafen?«, fragte er mit seiner weichen Stimme. Ich antwortete nicht.

»Dann wolln wir dich ma befrein«, sagte der Hintz.

»Lass ihn lieber ers ma was frühstückn«, sagte Gideon, »sons kippt der noch um, wenn du mit der Säge komms. Da, wir habn Brötchn mitgebracht.«

Ich ging in die Küche, füllte mir ein Glas mit Wasser und nahm mir ein Brötchen. Während ich an dem trockenen Brötchen herumkaute, holte der Hintz seine Arzttasche und begann, seine Instrumente auf einem Trockentuch neben der Spüle auszulegen.

»Das sieht aus, als hättes du vor, ihm den Arm abzunehm«, sagte Gideon. Der Hintz lachte laut.

Dann wusch er seine Hände und zog sich Gummihandschuhe an. Das leise Schnalzen ließ mich an den eingesponnenen Wald denken.

»Keine Angst, selbs wenn ich wollte, könnt ich dich nich schneidn«, sagte der Hintz und hielt ein Gerät hoch, das aussah wie eine nicht ganz richtig zusammengebaute Poliermaschine, mit einer runden Klinge statt der Polierscheibe. Er schaltete das Gerät ein und fuhr mit der rotierenden Klinge über seine Handfläche.

»Da siehs du? Passiert nix! Das schneidet nur Gips! Fertig?«

Gideon wischte mit der Hand die Brötchenkrümel von der Theke, nahm mein Glas weg. Ich setzte mich auf einen Hocker und legte meinen eingegipsten Arm auf die Theke. Der von David gemalte Wal war nur noch ein Schatten, Deborahs Regenbogen ein bleicher orangeroter Rest.

»Augn zumachn, wegn der Splitter.«

»Warte, wir habn doch Schutzbrilln hier, fürs Bohrn«, sagte Gideon, aber der Hintz hatte die Maschine schon angesetzt. Ich schloss die Augen und spürte einen leichten Druck am Handgelenk, dann schmeckte und roch ich Gips. Kurz darauf verstummte das Summen der Maschine und kühles Metall schob sich unter den dünnen Verband, der unter dem Gips auf meiner Haut gelegen hatte. Ich hörte das Schnipsen einer Schere.

»Kanns wieder guckn«, sagte Gideon.

Der Hintz hatte den Gips längs aufgesägt und zerschnitt jetzt entlang dieser Linie die letzte dünne Schicht. Dann klappte er die beiden Hälften auseinander und mein Arm war befreit. Ich roch den süßlichen Gestank lang ungewaschener Haut.

»Geschafft«, der Hintz warf den Gips und die Verbandfetzen in den Müll, zog seine Gummihandschuhe aus und wusch sich noch einmal die Hände. Reiko lächelte mir zu, als hätte ich etwas Großartiges geleistet. Gideon klopfte mir auf den Rücken, zu feste, wie immer. Und ich konnte nicht anders als grinsen. Nur Klaus hatte gar nicht hingeschaut, er stand über Fridolins Skelett gebeugt und kontrollierte die Drähte, die die Knochen zusammenhielten. Ich befühlte meine aufgeweichte weißgraue Haut, die seit Wochen niemand mehr berührt hatte. Sie fühlte sich an wie Gummi. Walhaut.

»Tuts irgndwo weh?«, fragte der Hintz.

»Nein.«

»Wenns wehtut, nimms du Ibuprofen. Vierhundert, mehr nich. Und nichts anderes.« Er sah mich scharf an. Er wusste immer noch sehr genau, wer damals die Drogen nach Welsum gebracht hatte. (Ich vergess nie was, das kann ich dir versprechn.)

»Habn wir uns verstandn?«

»Ja, klar.«

»Gut. Und wenn noch was is, ruft *nich* mich.« Er lachte und räumte seine Instrumente zurück in die Tasche. »Dann ma gutes Geling. Das wär ja was, wenn der diesma wirklich da hochkommt.«

»Wie oft habt ihr das denn schon versucht?«, fragte Reiko Klaus. Der antwortete nicht. Gideon sagte: »Das wills du nich wissn.«

Ich ging nach oben ins Bad, um meinen Arm zu waschen. Während ich warmes Wasser über den fremd aussehenden Arm laufen ließ, hörte ich, wie Reiko und Gideon versuchten, die Leiter aufzustellen, und dabei wieder und wieder gegen das Metallgeländer der Wendeltreppe stießen. Es summte immer noch, als ich aus dem Bad kam, aber die Leiter stand, das lange Bein unten zwischen Esstisch und Küchentheke und das kurze Bein auf der Galerie, gleich neben der Badezimmertür. Ich zwängte mich daran vorbei und ging nach unten.

Gideon hatte ein Handtuch auf dem Boden ausgebreitet und legte die Werkzeuge darauf, wie der Hintz seine Instrumente ausgelegt hatte. Klaus prüfte immer noch die Drähte, die Fridolins Knochen zusammenhielten. Nur Reiko hatte nichts zu tun. Er hatte seine Haare zu einem Zopf gebunden, seinen Parka ausgezogen und die Ärmel seines rot-blau karierten Hemdes hochgekrempelt und sah mich erwartungsvoll an: »Was brauchs du als Erstes?«

»Nichts.« Ich sah mich um und suchte nach einem Extratritt, den ich oben in die Leiter einhängen könnte, um dort besser zu stehen.

»Mein Kumpel hat mir auch noch eine Anleitung gegeben fürs Bohren«, Reiko zog einige ineinander gefaltete Zettel aus seiner Hosentasche und gab sie mir. Es war ein langer, handgeschriebener Text mit kleinen Zeichnungen dazwischen.

»Danke«, sagte ich, »das schaffe ich auch so.«

Gideon sah mich an: »Er wollte nur helfn, Benni.«

»Ja, schon klar.«

»Ich kann nämlich selbst mit Anleitung nicht bohren. Oder überhaupt auf eine Leiter steigen«, Reiko wackelte mit seinen Fingern. »Zwei linke Hände und Höhenangst.«

Ich hatte endlich den Extratritt entdeckt und wollte damit nach oben klettern, aber Gideon hielt mich am Arm fest. Es fühlte sich noch eigenartiger an, wenn ein anderer die so lang unberührte Haut anfasste.

»Komm, Benni, nur weil er ne andere Meinung hat als du, heißt das doch nich, dass ihr nich zusammarbeitn könnt. Oder frags du sons alle deine Kollegn, wo sie politisch so stehn, bevor du mit den arbeits?«

»Ich habe doch gar nichts …«

»Ist schon okay«, sagte Reiko, »man muss nicht jeden mögen.«

Er nickte mir lächelnd zu und seine Stimme klang noch etwas weicher als sonst, als spräche er mit einem widerspenstigen Kind.

»Könnten wir jetzt bitte anfangen«, sagte Klaus. Ich nickte und stieg die Leiter hinauf, bis ganz nach oben. Ich musste mich über das Leiterende hinausstrecken, um die Metallstrebe zu berühren, die den schrägen gläsernen Teil des Daches mit der flachen steinernen Vorderwand des Hauses verband.

»Hier?«, rief ich nach unten.

»Nein, eine darunter«, rief Klaus, »sonst hängt er über der Galerie und nicht mitten im Raum.«

Ich stieg ein paar Sprossen tiefer und hängte den Tritt so ein, dass ich darauf stehend gut an die mittlere der waagerechten Metallstreben kam, die die schrägen Glasplatten hielten.

»Hier?«

Klaus hielt einen Daumen hoch. Ich kam noch etwas weiter nach unten und bat Gideon, mir Körner und Hammer anzureichen.

»Was?«

»Den Hammer und das spitze Ding da. Danke.«

Die Leiter wackelte leicht, als ich mich hinunterbeugte. Klaus packte die Holme und hielt sie fest. Ich stieg nach oben und begann die Stelle, an der ich bohren sollte, anzukörnen. Ich stand etwa einen Meter über der Galerie, und als ich auf den Wald blickte, wurde mir leicht schwindelig. Ich war höher als die niedrigeren Bäume, wie in einem Traum vom Fliegen, ganz am Anfang, wenn man eben erst bemerkt, dass man tatsächlich fliegen kann. Noch nicht hoch, nicht bis zu den schnell dahinziehenden durchscheinenden Wolken, aber doch hoch genug, um erdgebundene Kreaturen zu beeindrucken.

»Mir wird schon vom Zugucken schlecht«, hörte ich Reiko sagen.

»Jetzt brauche ich die Bohrmaschine«, ich stieg ein Stück hinunter, Reiko packte die Bohrmaschine aus, Gideon schloss das Verlängerungskabel in der Küche an, Klaus reichte mir eine Schutzbrille. Dann stieg ich mit der Bohrmaschine in der Hand wieder hoch.

Mein frisch vom Gips befreiter linker Arm fühlte sich eigenartig an, als ich zu bohren begann. Er zitterte irgendwie zu stark, als wäre der Knochen unter der weißgrauen Haut porös, wie ein Walknochen. Es tat nicht weh, es fühlte sich nur falsch an.

Ich arbeitete langsam und unterbrach immer wieder, um die Hand auszuschütteln und den Bohrer nicht heiß laufen zu lassen. Von unten schauten alle drei zu mir hoch, die Augen mit den Händen abschirmend, um vom hellen Himmel nicht geblendet zu werden.

»Schon fertig?«, fragte Reiko.

»Noch lange nicht.«

Ich stieg wieder etwas hinunter und ließ mir von Gideon den nächstgrößeren Bohrer geben. Klaus hielt die Leiter immer noch mit beiden Händen. So fest, dass seine Fingerknöchel weiß wurden. Er ließ auch nicht los, als Gideon von draußen ein paar Bierflaschen holte und ihm eine anbot.

»Was is mit dir Benni? Kleine Trinkpause?«

»Danke«, ich schüttelte den Kopf und bohrte weiter.

Als ich das Loch fertig hatte, gab Klaus mir einen schweren Metallhaken. Ich schraubte ihn ein, dann reichte Gideon mir eins der orangefarbenen Seile hinauf, die er mitgebracht hatte. Ich zog es durch den Haken, stieg mit dem Ende in der Hand nach unten und knotete es am Treppengeländer fest. Das andere befestigte Klaus an der Aufhängung an Fridolins Schädel. Gideon zog leicht an dem orangefarbenen Seil, sodass sich Fridolins Kopf ganz kurz vom Tisch hob und wieder senkte.

»Nicht!«, sagte Klaus.

»Alles gut«, sagte Gideon. »So weit sind wir noch nie gekomm.«

Reiko stellte seine Bierflaschen beiseite und half mir, die Leiter zu verschieben. Dabei sang er leise. *We would be warm below the storm …* Seine eigentlich angenehme Stimme war überraschend unmelodisch.

Ich kletterte wieder mit Hammer und Körner nach oben, um das zweite Loch zu beginnen.

»Hier?«

Klaus zeigte seinen Daumen.

Auf das Glas über mir setzten sich Schneeflocken und es wurde still, draußen und drinnen, wenn ich beim Bohren pausierte. Ich schüttelte meinen Arm aus und sah zu, wie die Flocken zu Tropfen wurden und die Schräge hinabliefen. Ich war so nah, dass ich ihre Spuren mit dem Finger hätte nachzeichnen können, wie im Auto, an dem kleinen, dreieckigen Seitenfenster. Draußen, auf dem dünnen gelben Winterrasen, blieben die Flocken allerdings liegen.

Als ich nach unten kletterte, um mir den nächsten Bohrer geben zu lassen, waren Reiko und Gideon nicht mehr da.

»Reiko wollte den Bunker sehen«, sagte Klaus. Als wäre er nie ein Geheimnis gewesen für nur zwei bis vier Personen, und auch nur, wenn die Welt untergeht.

Ich schraubte den zweiten Haken ein, zog das zweite Seil hindurch, befestigte das Ende am anderen Treppengeländer, und Klaus und ich verschoben die Leiter ein letztes Mal. Mein gipsloser Arm kribbelte, als wäre er eingeschlafen. Ich war gerade dabei, die Stelle für das dritte Loch anzukörnen, als Gideon wieder nach oben kam.

»Ihr seid schon beim drittn? Dann könn wir ja Pause machn. Ich koch uns Brotsuppe.« Er wandte sich an Klaus: »Reiko wollt noch kurz was mit dir besprechn.«

Klaus nickte und ließ die Leiter los. Ich spürte sie leicht wackeln. Und hatte zum ersten Mal in meinem Leben Angst zu fallen.

»Jetz guck nich so, Benni«, sagte Gideon, »bis du wirklich eifersüchtig, weil Reiko in den Bunker darf?«

»Quatsch, natürlich nicht, ich dachte nur, es gilt immer noch: keine friedensmäßige Nutzung.«

»Na, so richtig Friedn habn wir ja auch nich.«

»Was soll das denn heißen?«

»Gar nichts«, Gideon wedelte mit der Hand, als wollte er ein Insekt verscheuchen. Er duckte sich, um unter den beiden bereits aufgehängten Seilen hindurch zur Küche zu gehen. »Wills du nich Pause machn, bis wieder jemand die Leiter festhaltn kann?«

»Das geht schon«, sagte ich, aber dann kletterte ich doch nach unten, setzte mich aufs Sofa und holte mein Telefon heraus.

Eine Nachricht. Nicht von Vicky, von Manuel. Er hatte ein Foto geschickt: Fünf große Umzugskartons stehen, teilweise aufeinandergestapelt, vor Manuels Malerwerkstatt, ein paar graue Müllsäcke liegen daneben, ein Schlafsack, eine Reisetasche, deren Reißverschluss schon immer kaputt war und der weit aufklafft, ein müdes Maul mit einer Jeansjacke darin, über die Vicky sich immer lustig gemacht hatte, obwohl ich sie sowieso nie anzog.

das hat mir die nachbarin von oben gerade geschickt
hat vicky gestern nacht abgeladen
zusammen mit einem kräftigen jungen mann

Ich rief ihn sofort an.

»Ah, hast du es endlich gesehen? Wenn du dich beeilst, ist vielleicht noch nicht alles weg.«

»Ich kann mich nicht beeilen«, ich schaute zu Gideon, der in der Küche mit einer Scheibe Brot zwischen den Lippen eine Zwiebel häutete.

»Ich bin immer noch bei meinem Vater. Kannst du die Sachen nicht schnell in die Werkstatt räumen? Einfach vorne rein, ich komm heute Abend zurück, dann mache ich das alles ordentlich.«

»Ich habe Pia dieses Wochenende.«

«Kannst du sie nicht mitnehmen?«

»Leider nicht«, ich hörte, dass er jetzt mit dem Baby sprach, während er das Telefon hielt, »die junge Dame fährt nämlich leider kein Auto, stimmts?«

»Oder jemand passt kurz auf, während du zur Werkstatt fährst, das geht doch schnell. Bitte.«

Manuel lachte, über mich, oder über etwas, das sein Baby gemacht hatte.

»Leider nicht.«

Er legte auf. Gideon sah mich an: »Was is los?«

Ich ging zu ihm und hielt ihm mein Telefon hin.

Er kniff die Augen zusammen und betrachtete das Foto.

»Is das dein Zeug?« Er lachte, sein Drachenzahn blitzte. »Und das regnet auch noch, oder?«

»Ich muss sofort los, wenn überhaupt noch was davon da ist.«

»Du kanns doch jetz nich abhaun, wir brauch nur noch ein Hakn. Und die Suppe is auch gleich fertig.«

»Die Stelle ist schon angebohrt, das kriegt ihr auch ohne mich hin. Reiko hat doch seine Anleitung.«

»Es fährt aber eh kein Bus mehr, und ich kann dich nich fahrn«, er schwenkte die Bierflasche, die neben dem Herd stand. »Das is nich meine erste.«

»Was riecht denn hier so gut?«, fragte Reiko, der gerade mit Klaus nach oben kam.

»Benni muss nach Haus«, sagte Gideon. Klaus lachte durch die Nase und hielt sich mit den Fingerspitzen die Augen zu. Reiko fragte: »Warum?«

»Seine Frau hat ihm seine Sachn vor die Tür gestellt. Zeig ma das Foto, Benni«, Gideon stieß mich an und ich drehte mein Telefon so, dass Klaus und Reiko das Foto anschauen konnten.

»Das tut mir leid«, Reiko strich sich über den weichen Bart und sah mich traurig an.

»Das geht nicht«, sagte Klaus. Er meinte nicht meine Sachen im Regen, sondern dass ich jetzt nicht fahren konnte.

»Hab ich ihm auch schon gesagt«, sagte Gideon. »Der letzte Bus is weg, du kanns nich fahrn, und du«, er sah Reiko an, »has getrunk.« Reiko wollte etwas sagen, aber Gideon sprach weiter: »Außerdem dauerts ja jetz nich mehr lang. Und wenn er hängt, komm ja auch die andern, und dann findet sich jemand, der dich fahrn kann. Ja, Benni? Geht das?«

Gideon und Reiko sahen mich an, Gideon mit Eissplittern in den Augen, Reiko voller Mitleid. Klaus blickte auf das Skelett. Ich nickte langsam.

»Ja, klar.«

Klaus hob seinen Blick und schaute mich an, sah mir wirklich in die Augen und sagte: »Danke.«

Wir aßen an dem kleinen Tisch vor dem Fernseher, Klaus und Gideon saßen auf dem Sofa, Reiko und ich auf dem Fußboden zwischen Tisch und Fernseher. Klaus' Blick wanderte immer wieder vom Skelett die Seile entlang bis zur Decke und zurück.

Es schneite immer noch. Die Flocken schmolzen jetzt auch auf dem Dach nicht mehr, sondern glitten als Schnee die Schräge hinunter und sammelten sich am Rand zu Häufchen. Wenn die Sonne hervorkam, warfen sie blasse Schattenstreifen über uns, und wenn die Schneehäufchen dann abrutschten, kniffen wir geblendet die Augen zu und schauten wieder auf unsere Suppenteller.

Ich dachte an die Schallplatten im Regen. Wenn jemand einen Karton öffnete, wären sie alle weg. Alle. Ich aß eilig, und auch die anderen waren schnell fertig. Nur Gideon, der sonst immer schlang, als könnte ihm jemand den Teller aus der Hand schlagen, ließ sich Zeit. Endlich, endlich stand auch er auf und brachte seinen Teller in die Küche. Klaus hielt die Leiter fest und Reiko reichte mir die Bohrmaschine.

Hoist That Rag

Klaus überprüfte alle Drähte, alle Knoten, alle Seile ein letztes Mal. Gideon und Reiko bauten die Leiter ab. Als sie sie kippen und hinlegen wollten, stießen sie versehentlich gegen eins der Seile und Fridolin hob mit einem Ruck seinen Schädel wie eine aufgeschreckte Marionette. Reiko und Gideon rissen die Leiter wieder hoch und der Schädel sauste nach unten. Klaus, der am anderen Ende des Tisches stand, schrie auf und ich sprang vor und packte den Schädel, gerade, bevor er den Tisch berührte.

»Na, guck ma, gut, dass du doch noch gebliebn bis.« Er knotete das Seil, das ich an einem Tischbein befestigt hatte, ab und gab es mir. Er selber nahm das Seil, das Fridolins Brustkorb hielt, Klaus bekam das Kopfseil.

»Wartet«, sagte Reiko. Er duckte sich unter den Seilen hindurch und ging zu Klaus' Schallplattenregal, zog – ohne zu suchen – eine Platte heraus und legte sie auf. *Well, I learned the trade from Piggy Knowles.* Gideon sah mich an und lachte.

»Was ist so lustig«, fragte Reiko.

»Nix, nur Benni denkt, böse Menschn kenn keine Lieder, jednfalls keine, die er auch mag.«

»Können wir jetzt bitte anfangen«, sagte Klaus.

Reiko nahm sein Telefon und ging, auf den Bildschirm schauend, rückwärts vom Tisch Richtung Glaswand, bis er alles auf dem Bild hatte. Er sagte: »Auf drei« und zählte dann lautlos mit den Fingern: eins, zwei, drei.

Die Knochen klapperten wie Zähne, als Fridolin in die Luft stieg.

Well, we stick our fingers in the ground, heave and turn the world around.

»Sachte! Ganz sachte!«

Je höher Fridolin stieg, desto größer wurde das Skelett. Als er schließlich hoch über uns schwebte, war er beinah so beeindruckend wie früher im Zoo. Ich kniff die Augen zu, bis die Drähte verschwanden und die orangefarbenen Seile und die Metallstreben zwischen den Glasplatten verschwammen und das Skelett frei durch den Schnee trieb, der aus dem eisig blauen Himmel fiel.

»Episch«, sagte Reiko. Er tippte auf seinem Telefon herum, verschickte das Walvideo an – wen?

Wir banden unsere Seilenden wieder fest, drei, vier Knoten diesmal, damit Fridolin nicht stürzte, und dann stellten wir – vorsichtig, ganz vorsichtig – die Leiter noch einmal auf, damit ich hochsteigen und mit dicken Karabinerhaken die Ösen, die in Fridolins Knochen befestigt waren, an den Haken einhängen und die orangefarbenen Seile lösen konnte.

Ich war gerade dabei, den Verschluss des letzten Karabiners zuzuschrauben, als es klingelte.

Reiko lief zur Tür, als wäre er hier zu Haus. Lea kam als Erste herein, leicht geduckt, als erwartete sie, dass ihr einer der Knochen auf den Kopf fallen könnte. Blass war sie, und sie lächelte nicht. Sie hielt Deborah an der einen, David an der anderen Hand. Hinter ihr kamen Andreas und Johannes. Und dann ihr Mann. Jakob sah genauso aus, wie ich es erwartet hatte: eine ältere, immer noch gut aussehende Version der hübschen Zwillinge, die Haare leicht grau und etwas licht, aber das konnte ich nur sehen, weil ich weit über ihm auf der Leiter stand. Auch er war blass, wie Lea, aber er lächelte und winkte mir zu, als würden wir uns kennen. Kurz darauf kam eilig, noch in Mantel und Hut, Frau Gothel.

»Hm? Hm? Hängt er wirklich?«

Sie schaute kurz zu mir hoch und lief dann noch einmal in den Windfang, weil es wieder geklingelt hatte. Yasemine kam, mit dem jungen Reitwein. Yasemines Augenlider glitzerten dunkelviolett, bis hoch zu den schönen Augenbrauen. Als sie nach oben schaute und das Skelett sah, klatschte sie und alle anderen fingen auch an. Ich löste das letzte Seil, wickelte es auf und stieg von der Leiter.

»Wahnsinn«, Leas Mann kam zu mir und gab mir die Hand, »ich bin übrigns Jakob.«

»Ben.«

»Jetzt habt ihr bestimmt Hunger«, sagte Lea. Sie ging in den Windfang und kam mit einem großen, in Plastikfolie gewickelten Tablett herein, auf dem belegte Brötchenhälften lagen. Yasemine holte einen Korb mit kleinen Kuchen. Frau Gothel wischte den Esstisch sauber und die Frauen bauten das Essen auf und redeten dabei leise. Nicht über Simon. Niemand sprach seinen Namen aus.

Die Kinder standen still da und schauten hoch zu Fridolin, kniffen die Augen zusammen, wie ich es gemacht hatte, ließen den Wal durch den Himmel schwimmen. Vor den wirbelnden weißen Flocken sahen die Knochen grau aus.

»Großartig«, sagte der junge Reitwein und drückte mir eine bereits geöffnete Bierflasche in die Hand, um mit mir anzustoßen. Alle hoben ihre Flaschen. Auch Lea und Frau Gothel tranken Bier, und Andreas und Johannes bekamen ebenfalls jeder eine Flasche.

»Ein Schluck«, sagte Lea, »dann gebt ihrs Onkl Gideon zerück, verstandn?«

Deborah und David hielten Saftgläser hoch. Nur Klaus machte nicht mit. Er saß mit völlig ausdruckslosem Gesicht am Tisch und schaute nach draußen in das Schneegestöber.

Jemand sagte: »Auf Fridolin«, und wir tranken. Jemand sagte: »Auf Benni«, und wir tranken. Es schmeckte überraschend gut, vielleicht weil es so eisig kalt war, oder weil ich so durstig war von der Arbeit.

»Has dich endlich dran gewöhnt?«, fragte Gideon. »Dann kanns du doch einglich auch bleibn. Schallplattn hat Klaus mehr als genug, und Wände zum Anstreichn findn wir auch für dich. Und alles andere auch«, er zwinkerte und blickte zu Yasemine. Sie merkte es und hob ihre Flasche, prostete uns zu. »Siehs du?«

Ich lachte.

»Im Ernst, Benni, warum denn nich? Du has doch in der Stadt auch gar keine Wohnung.«

Frau Gothel, die mit einem Teller voll kleiner Kuchen zu uns kam, machte erschrocken: »Hm? Hm?«

»Ja, seine Frau hat ihn rausgworfen«, sagte Gideon. »Und jetz weiß er nich wohin.«

»Bleib doch hier«, sagte der junge Reitwein. »Du bis Anstreicher, oder? Mein Vater sucht schon lang jemand für die Büros.«

»Unser Keller könnte auch frische Farbe gebrauchen«, sagte Jakob und kam mit Lea etwas näher zu uns.

»Den kanns du auch gern ganz weiß streichn«, sagte Lea.

»Das Habibi auch«, sagte Yasemine und wieder zwinkerte Gideon mir zu. Die Einzigen, die sich nicht am Gespräch beteiligten, waren Reiko, der mit Leas Kindern zusammengequetscht auf dem Sofa saß und ihnen auf seinem Telefon immer wieder zeigte, wie Fridolin klappernd in die Luft stieg, und Klaus. Er war nach oben in sein Zimmer gegangen. Oder nach unten in den Bunker.

Frau Gothel nahm mich zur Seite, Gottes Augen blinzelten aufgeregt: »Du machs das aber nich, hm? Du fährs zurück und redes mit deiner Frau, hm? Und dann komms du wieder, mit deiner Frau, hm? Zu Weihnachtn, hm? Has du schon gepackt? Dann mach, hm? Sons is gleich zu dunkl zum Fahrn.«

Ich ging nach oben und packte meinen Rucksack. Das Buch mit dem Wolpertinger ließ ich draußen. Ich ging damit zu Klaus' Zimmer und klopfte. Er machte nicht auf. Ich drückte die Klinke: Es war abgeschlossen. Ich legte das Buch vor die Tür und ging nach unten. Die anderen saßen nicht mehr zusammen, sondern in Pärchen: Lea und ihr Mann, Gideon und der junge Reitwein, und Yasemine hockte hinter dem Sofa, einen Arm über Reikos Schulter gelegt, ihre Wange an seinen weichen Haaren.

Sie winkte, als ich mich verabschiedete, Reiko lächelte. Leas Kinder sagten höflich: »Auf Wiedersehn, Herr Weißdorn«, ohne von Reikos Telefon aufzublicken. Ich war überrascht, wie sehr mich das traf. Ich dachte daran, wie ich Deborahs Rücken gestreichelt hatte, die winzigen Rippen unter der zarten, klammen Haut, bis sie wieder Luft bekam. Und an Davids Arm, so dünn unter dem flauschigen Schlafanzug, und seinen ruhigen Atem, als er endlich einschlief.

Der junge Reitwein und Gideon nickten, als würde ich morgen bereits wiederkommen. Leas Mann gab mir die Hand und wünschte mir eine gute Reise. Lea kam mit in den Windfang. Sie schaute zu, wie ich mir – endlich ohne Gips und trotzdem noch unbeholfen – die Schuhe schnürte.

»Soll ich dir noch schnell Jakobs holn, das schneit ganz schön heftig. Oder wenigstens die Jacke, die zieht er nie an.«

»Danke, das geht schon.«

Sie umarmte mich und hielt mich überraschend fest. Ich spürte ihre Nase immer noch an meinem Schlüsselbein, dort, wo ich vor langer, langer Zeit ihre Brustwarze gefühlt hatte.

»Du komms aber wirklich wieder, oder? Muss ja nich morgn sein, aber auch nich erst in fünfundzwanzig Jahrn.«

»Ja, klar.«

Frau Gothel kam und zog die Haustür auf. Lea ging zurück zu den anderen. Ich wollte gerade die Haustür hinter mir zuziehen, da kam Klaus aus dem Keller.

Er gab mir, wie früher am Ende jedes Sommers, die Hand, kurz und geschäftsmäßig. Aber diesmal sah er mir in die Augen dabei.

»Ich bin dir wirklich dankbar, Benjamin«, sagte er, »aber komm bitte nicht noch mal wieder. Wir haben es oft genug versucht.«

Ich nickte, als wüsste ich genau, was er meinte, und er schloss die Tür hinter mir.

Es war das letzte Mal, das ich ihn sah.

Can You Please Crawl Out Your Window?

Hanna ist wirklich meine Freundin. Immer, wenn ich zum Rohbau komme und sie da ist, küsst sie mich zur Begrüßung. Gideon spuckt aus wie der Alte. Lolli lacht: »Komm, Gideon, wir können auch draußen rauchen.«

Hanna und ich sind allein und sitzen ganz eng nebeneinander auf Lollis Lager, Hanna hat meinen Kopfhörer auf – sie mag es nicht, wenn wir uns den teilen, aber mir reicht es, ihren Kopf an meiner Schulter zu spüren. Viel zu früh kommt Lolli wieder, Gideon ist weg. Nach Hause, oder zum Reitwein.

»Armer Kerl«, sagt Lolli und sieht mich eigenartig an. Dann beugt er sich vor und nimmt den Walkman von meinem Schoß.

»Wusste ich doch, da können auch zwei Kopfhörer dran«, er zeigt auf eine Buchse, die ich nie beachtet habe. »Dann wird dir nicht so langweilig.«

Ich nehme ihm den Walkman wieder weg.

»Mir ist nicht langweilig.«

Er lächelt. »Armer Kerl.«

Manchmal ist auch niemand im Rohbau, dann gehe ich wieder nach Hause. In die Gärtnerei darf ich ja nicht mehr. Einmal ist der Rohbau drei Tage hintereinander leer. Sogar die kleinen Kinder sind nicht da. An dem Nachmittag ruft Lea im Glashaus an.

Zuerst halte ich sie für Renée, ihre Stimme klingt erwachsener durch das Telefon. Dann denke ich, es ist etwas Schlimmes passiert.

»Nein«, sagt Lea, »aber wir habn doch bald Geburtstag, und ich hab mit Vati geklärt, dass du auch komm darfs.«

Als hätte nicht sie mir verboten, die Gärtnerei zu betreten, sondern der Alte.

»Is doch schon traurig genug, ohne Mama. Reibekuchn, Benni und Cola, das gehört einfach dazu, sons is es kein richtiger Geburtstag.«

Als wäre ich nicht erst einmal, sondern jedes Jahr dabei gewesen.

»Also, komms du?«

»Ja, klar.«

Anders als im letzten Jahr erlaube ich Renée diesmal, ein Geschenk zu kaufen. Nicht für Lea, nur für Hanna. Ich erkläre Renée genau, wo sie die Kassette bekommt und buchstabiere zweimal den Titel.

»Ich kriege das schon hin, Benji.«

Sie kriegt es wirklich hin und das Päckchen kommt auch rechtzeitig im Glashaus an. Renée hat es sich nicht verkneifen können, noch einen Lippenstift dazuzulegen und alles in Glitzerpapier zu wickeln. Auch den zweiten Kopfhörer, den sie besorgen sollte und der gar nicht für Hanna ist, weil sie ja gar keinen Walkman hat. Ich reiße das Papier ab und schmeiße es zusammen mit dem Lippenstift weg.

Als ich am Geburtstag – den zweiten Kopfhörer angeschlossen und um den Hals gehängt, die Kassette für Hanna schon eingelegt, die Hülle in der Hosentasche, mit einer alten Kassette darin, damit ich auf dem Rückweg etwas hören kann – zur Gärtnerei komme, ist nur Lea da. Sie steht im Laden hinter der Kasse und kommt mir, als ich die Tür aufdrücke, eilig entgegen.

»Was machs du denn hier?«

Ich setze meinen Kopfhörer ab, schalte den Walkman aus und spule die Kassette zurück.

»Du hast doch gesagt, dass ich kommen darf.«

»Du kanns gleich wieder gehn«, sagt sie, »Geburtstag fällt aus.«

»Aber …«

Es ist offensichtlich, dass sie feiern. Lea trägt dasselbe weiße Kleid wie im letzten Jahr, und ihre Haare sind aufwendig um den Kopf geflochten. Hinter ihrer Sauberkeit wirkt der Laden schäbiger als sonst. Kleiner, farbloser, wie ein altes Foto. Jetzt sind gar keine Pflanzen mehr hier drin, keine Kartoffeln, keine Möhren, nur noch der Haufen Ackerbohnenschoten. Lea schiebt mich an den Schultern daran vorbei aus dem Laden und schließt hinter mir die Tür ab.

Ich stehe eine Weile blöd da, dann gehe ich ums Haus herum in den Garten. Die blinden Spiegelscherben in den Obstbäumen werfen keine Lichtreflexe mehr auf den Boden, und es ist egal, wo ich hintrete, da guckt niemand aus dem Fenster. Ich bleibe trotzdem artig auf den Steinen.

Hinter mir poltert es laut. Das kenne ich, das kommt von oben aus der Wohnung, der Alte schmeißt gern mit Sachen rum. Ich ducke mich reflexhaft, als könnte ich hier unten auch getroffen werden, und verstecke mich hinter dem Schuppen. Der Alte brüllt etwas, das ich nicht verstehe, aber ich weiß, wen er anschreit, denn Hanna schreit zurück. Dann poltert es wieder und kurz danach kommen Gideon und Lea aus dem Haus in den Garten. Sie rennen nicht. Gideon sieht zum ersten Mal in diesem Sommer gesund aus. Seine Haut ist nicht mehr so käsig, er ist geduscht, rasiert und trägt ein weißes und gebügeltes Oberhemd. Er grinst, als er mich sieht: »Has du nich mitgekriegt? Geburtstag is abgesagt.«

Dann bemerkt er, dass ich zwei Kopfhörer umgehängt habe: »Das is ja cool. Das geht?«

Ich bin nicht sicher, ob wir wirklich Musik hören sollten, wenn Lea da ist, aber sie sagt: »Macht, was ihr wollt« und schaut starr geradeaus auf den Kartoffelacker. Gideon und ich hocken uns hinter den Schuppen und setzen die Kopfhörer auf. Gideon schaut mich so angewidert an wie wenn Hanna und ich uns küssen.

»Was is das denn?«

»Für Hanna.«

»Vielleicht gefällts ja mir«, sagt Lea, »gib ma.« Sie setzt sich – in ihrem weißen Kleid – zu uns auf die Erde.

»Nee, für dich is das nix«, sagt Gideon. Er dreht sich zu mir: »Hat Hanna dir einglich erzählt, dass sie die Ausbildung abgebrochn hat?«

»Was?«

»Warum sollte er das denn wissn?«, fragt Lea.

»Weil er doch ihr Freund is«, sagt Gideon, »ihr kleiner Freund. So nennt sie dich, Benni: mein kleiner Freund. Hört sich bisschn pimmelig an, find ich, aber gut.«

Er schaut an mir vorbei zu Lea: »Wusstes du das gar nich?«

»Nee«, sagt Lea genervt, »wusste ich nich. Ihr redet ja nich mit mir.«

»Ich dacht, du weiß das vielleicht direkt von«, er weist mit dem Zeigefinger zum Himmel und schnalzt dabei, »du has doch den direktn Draht nach obn.«

»Du bis echt …«, Lea steht auf und schlägt ihr Kleid sauber und geht zurück Richtung Haus.

»Du wills da jetz nich wirklich hoch, oder?«, ruft Gideon ihr nach, aber Lea dreht sich nicht um. Gideon zuckt mit den Schultern und lehnt sich wieder an die Schuppenwand.

»Könn wir jetz was anderes hörn?« Ich schalte den Walkman aus.

»Hat Hanna wirklich ihre Ausbildung abgebrochen?«, frage ich.

»Überrascht dich das? Die hasst das da in der Fabrik. Alle hassn das, außer Lea vielleicht. Aber wer nich arbeitn will, soll auch nich essn.« Gideon zuckt mit den Schultern.

»Die wird da morgn schon wieder hin. Wenn der Alte sie nich kaputt schlägt. Lea hat schon mit dem Reitwein telefoniert und alles klargemacht. Kanns du jetz endlich was Gutes anmachn?«

Ich wechsle die Kassette, gebe Gideon den Walkman und auch meinen Kopfhörer. Ich will keine Musik hören, ich will hören, was oben geschrien wird. Ich gehe zum Haus und stelle mich, dicht an die Hauswand gedrückt, unter das Küchenfenster, das zum Glück offen ist.

Aber sie schreien gar nicht mehr, der Alte klingt jetzt eher weinerlich als wütend: »Dann hau ab, da, hau ab, geh, geht ihr ebn alle, eine nach der andern. Aber komm mir bloß nich in neun Monatn mit nem Blag zerück.«

»Keine Angst«, sagt Hanna, »ich bin nicht zu blöd, um die loszuwerden.«

Da wird es still. So still, dass ich Gideon leise summen höre hinter dem Schuppen. Und dann kommt ein Knall wie von einem Schuss. Das muss die Klappe gewesen sein, die jemand aufgerissen und fallen gelassen hat. Einmal hat er Gideon da runtergeschubst, nach einem Streit, als der noch klein war. Gideon hat sich nur das Schlüsselbein gebrochen dabei, kleine Kinder sind ans Fallen gewöhnt, sind dafür gemacht. Aber Hanna ist erwachsen. Ich laufe um die Hausecke nach vorn auf die Straße und schaue durch das Schaufenster in den Laden.

Niemand stürzt, niemand klettert die Stiege herunter. Oben in der Wohnung trampeln sie jetzt, es klingt, als würden sie tanzen. *All those forget-me-nuts* aus dem letzten Jahr. In diesem Jahr gibt es statt Marias leisem Singen nur dieses eigenartige Trampeln und dann kracht es, unfassbar laut, und jemand schreit auf. Hanna oder Lea. Danach wird es wieder still. Nur Gideon summt noch.

Irgendwann kommt der Alte nach unten. Augen wie Karfunkelstein. Lauf, Benni, lauf, Benni, lauflauflauf, um deiner Seele Wohlergehen. Aber ich laufe nicht. Ich will wissen, was mit Hanna passiert ist. Ich will die Ladentür aufziehen, aber Lea hat abgeschlossen. Also gehe ich hinten rum, durch die Tür, die der Alte offen gelassen hat. Er ist bereits halb durch den Garten, im Vorbeigehen zieht er sich einen der Pflanzstäbe aus der Erde, die früher die Rosenstöcke gehalten haben, und geht zum Schuppen, hinter dem Gideon leise summt. Ich husche schnell in den Laden und die Stiege hoch. Die Klappe ist auf, die Küche ist leer. Der Schrank, in dem der Fernseher versteckt war, steht schief, zwei Beine sind gebrochen. Und auf dem Boden liegen Scherben.

»Hallo?« Ich gehe über den Flur zum Schlafzimmer, klopfe leise.

»Ich bins, Benni.«

»Hau ab«, sagt Lea. Oder war das Hanna?

Ich weiß nicht, wie lange ich vor der Tür stehe. Sie sind absolut still dahinter, ich höre gar nichts, selbst wenn ich mein Ohr an die Tür lege. Ein schwacher Luftzug streift meinen Knöchel, das kommt unter der Tür durch. Haben sie das Fenster aufgemacht und sind rausgesprungen?

Ich laufe zurück in den Garten. Gideon sitzt noch immer hinter dem Schuppen, Kopfhörer auf den Ohren, die Augen geschlossen, und singt leise. *Cursing the dead that can't answer him back.* Quer über sein Gesicht zieht sich ein roter Strich, von der linken Schläfe über die Nasenwurzel zur rechten Wange. Genauso muss er dagesessen haben, als der Alte kam, leise singend, mit geschlossenen Augen, sodass er ihn nicht hören konnte und keine Zeit hatte, die Hand zu heben. Mich hört er und er legt einen Finger an die Lippen, als ich näher komme.

»Pscht, der pennt gleich ein.« Er zeigt auf den Kartoffelacker. Der Alte sitzt in sich zusammengesunken auf der Erde, sein

Kopf ist auf die Brust gefallen und ganz langsam neigt sich sein Oberkörper zur Seite, bis er auf der Erde liegt. Wie erschossen.

Gideon steht auf und gibt mir meinen Walkman. »Alles gut, der geht noch. Dein alter Kopfhörer auch, nur der neue is hinüber, da bin ich wohl draufgetretn.«

Der Drahtbügel ist total verbogen und die orangefarbenen Schaumgummiteile sind verdreckt, eins ist gerissen und fällt ab, als Gideon mir den Hörer gibt.

»Ich hab echt Schiss gehabt, dass er das ganze Ding in den Bach schmeißt. Ich geh ma guckn, wies obn aussieht.«

»Ich glaube, Hanna und Lea sind aus dem Fenster gesprungen.«

Gideon lacht leise: »Benni, Lea springt nich aus Fenstern. Und Hanna kann sich wahrscheinlich kaum noch bewegn.«

»Ich komm mit.«

»Nee, lass ma. Du kanns ihr die Kassette auch morgn noch gebn.«

Er läuft ins Haus. Ich gehe langsam hinter ihm her und um das Haus herum. Den kaputten Kopfhörer werfe ich in die schwarze Mülltonne vorn. Dann schaue ich lang durch das Schaufenster in den Laden hinein und warte, dass sich etwas bewegt. Aber es passiert nichts. Ich schleiche zurück in den Garten und hoffe, dass oben ein Fenster aufgeht. *Hey, crawl out your window.* Ich habe ein Geschenk für dich.

Nirgends rührt sich etwas. Nur der Alte auf dem Kartoffelacker schnarcht. Ich werde bleiben, bis sie kommt. Selbst wenn es dunkel wird. Aber lang bevor es dunkel wird, fällt mir ein, dass mein Geschenk völlig nutzlos ist für Hanna: Sie hat nichts, womit sie die Kassette abspielen kann, wenn ich nicht da bin. (Benni, du Blödmann, geh nach Haus.)

Ich schaue auf die Uhr, bevor ich gehe, das weiß ich später noch genau. *19.05.*

Weißt du, wie viel Sternlein stehen

Diesmal stellte Frau Gothel den Motor ab, als sie am Bahnhof anhielt. Sie faltete die Hände auf dem Lenkrad und ich musste lächeln: Stimmt, wir hatten immer gebetet, bevor ich nach Hause fuhr. Dass Jesus auf mich aufpassen möge im Zug, bis ich wieder sicher bei meiner Mutter war.

Ich faltete ebenfalls die Hände, was sich jetzt ohne Gips irritierend anfühlte, senkte den Kopf und wartete darauf, dass Frau Gothel anfing. Aber sie starrte nur durch die mit schmelzenden Schneeflocken bedeckte Windschutzscheibe auf die verschwimmenden Lichter der Häuser und sagte gar nichts. Auch das Schaufenster der Buchhandlung war erleuchtet, ein verzerrter bunter Fleck. Ich überlegte, ob ich hineingehen und mich verabschieden sollte, bevor ich fuhr. Ich schaute auf mein Telefon, ob ich noch genug Zeit hatte.

»Hm? Muss du schon?«

»Nein, ich habe noch zehn Minuten.«

»Hm.« Frau Gothel bewegte die Daumen ihrer gefalteten Hände, überkreuzte und öffnete sie immer wieder. Ich hörte ihre trockene Haut rascheln.

»Mit deiner Frau, hm?, das wird wieder, Benjamin. Manchma, wenn man sich lang nich sieht, dann vergisst man, hm?, aber wenn du jetz zu ihr gehs, dann wird das, hm? Und dann Weihnachtn brings du sie mit hierhin, hm?, dann sieht sie den Fridolin, und dann esst ihr den Hasn, den du geschossn has, und wenn sie dann noch Lea mit ihrer Klein sieht, hm?, wer weiß? Du kanns noch alls habn, Benni. Nich wie ich«, sie schnalzte leise. »Ich hab immer gedacht, später, aber dann wars irgndwann zu spät. Da war mein Mann nich mehr. Aber deine Frau, hm?, die is ja noch da.«

Es war das erste Mal, dass sie etwas von sich erzählte. Das erste Mal, dass ich realisierte, dass es einen Grund gegeben hatte für ihre schwarzen Kleider. Ich dachte daran, wie sie meine Jeans gefärbt hatte, an das hässliche Braun der Nähte. (Keine Angst, das wird nich, hm? Da hab ich Übung drin.)

»Aber dafür bis du ja dann immer gekomm, hm?« Ich hörte, wie sich ihre Lippen mit einem feuchten Geräusch von den Zähnen lösten, konnte aber im dunklen Auto nicht erkennen, ob das ein Lächeln war. Sie ließ den Motor an. Die Scheibenwischer schoben die feine Schicht Schnee von der Windschutzscheibe und die verwischten Lichter der Buchhandlung wurden zu einem klaren Bild: der weiße Plastikbaum mit der bunten Lichterkette, die flackernden Kerzen. Ich zog meinen Rucksack aus dem Fußraum und öffnete die Beifahrertür. Frau Gothel kniff die Augen zusammen und lehnte sich über das Lenkrad: »Hat die da Kerzn? Das is aber gefährlich mit all dem Papier.«

»Das sind elektrische«, sagte ich.

»Hm«, sie lehnte sich wieder zurück. »Ich glaub, jetzt muss du aber.«

»Ja, danke.« Ich öffnete die Beifahrertür, nahm meinen Rucksack aus dem Fußraum, endlich wieder mit der linken Hand, auch wenn sie sich immer noch taub anfühlte.

»Ich werd für dich betn, Benni, für dich und deine Frau.«

»Danke.«

Sie wartete noch mit laufendem Motor, bis ich aus der Unterführung auf den Bahnsteig kam und ihr winkte, wie früher. Ich sah zu, wie sie langsam an der Buchhandlung vorbeifuhr, zwei Reifenspuren, wie früher auf der Kuhweide.

Schön war es, auf dem Bahnsteig zu stehen. Der Himmel

schwarz bis auf die wirbelnden Schneeflocken, die direkt aus dem Weltall zu fallen schienen. In fünf Minuten würde ich weg sein, und nie wieder kommen. (Wir haben es oft genug versucht.)

Dort, wo der Bahnsteig nicht überdacht war, lag der Schnee so hoch, dass es knirschte, wenn ich hineintrat, und wenn ich nach einer Runde über den Bahnsteig zurück zu meinen Fußspuren auf diesem Teil kam, lag schon eine neue Schicht Schnee in den Abdrücken. Und auf der Gleisanzeige stand: *Zug verspätet sich.* Ohne Zeitangabe.

Ich lief weiter, auf und ab. Mein Parka fühlte sich an, als hätte ich mich im Schnee gewälzt. Meine Zehen nass in den nutzlosen Turnschuhen, ich hätte ebenso barfuß gehen können. Ich dachte an Jakobs Schuhe, Jakobs Anorak. Jakobs Kinder, die mich nicht einmal mehr beachtet hatten, als ich ging. (Muss du dir schon eine nehm, die nich verheiratet is. Und die Kinder dann selbs machn.)

Allmählich sanken die Flocken langsamer, wie Federn, und in den Fußspuren, die ich auf meiner letzten Runde hinterlassen hatte, lag diesmal kein frischer Schnee. Ich blieb stehen und schaute auf den Wald, der kaum vom Himmel zu unterscheiden war, und dann hoch in den Himmel. Die letzten Schneeflocken fielen nicht, sie blieben oben im All und wurden Sterne. Als ich meinen Blick wieder senkte, stand auf der Gleisanzeige: *Zug fällt aus.*

Take Care of All My Children

Die elektrischen Kerzen im Schaufenster der Buchhandlung flackerten immer noch, aber das Schild in der Tür sagte: *Geschlossen*. Ich klopfte trotzdem. Ich hatte schon versucht, Frau Gothel anzurufen, Lea, Gideon. Keiner hatte abgenommen. Vermutlich saßen sie alle am Tisch unter dem Wal, hatten warme Füße, aßen Kuchen und tranken Bier, der junge Reitwein und Gideon längst mit glasigen Augen, Frau Gothel mit roten Wangen, Lea und ihr Mann blass, auf ihre Kinder schauend, die gähnend Kuchenkrümel über ihre Teller schoben. Eines fehlte, aber nach dem fragte niemand. Reiko küsste Yasemine und Klaus saß still, aber glücklich dabei. Der Sohn, den er nie leiden konnte, endlich wieder weit, weit fort.

Mit steifen Fingern klopfte ich, fester, fester.

»Hallo? Hallo?«

Endlich sah ich eine Bewegung ganz hinten im Laden, und ein wenig Licht. Heidi kam an die Tür, öffnete sie aber nicht. Sie tippte gegen das Schild: *Geschlossen* und sagte es auch, lautlos, mit ihren schönen Lippen.

»Ich weiß«, rief ich, »aber mein Zug kommt nicht und mir ist eiskalt.«

Sie überlegte lange. Ich zitterte so heftig, dass meine Knie aneinanderschlugen. Endlich sperrte sie auf.

»Entschuldige, ich weiß, ihr habt schon geschlossen, aber mein Zug ist ausgefallen, wahrscheinlich wegen dem Wetter, und es fährt auch kein Bus mehr und ich erreich keinen, der mich abholen könnte und zu Fuß …«

Wir schauten beide auf meine Schuhe. Heidi atmete geräuschvoll aus und ich roch, dass sie Bier getrunken hatte. Konnte sie das Bier in meinem Atem auch riechen? Sah sie mich deshalb so an?

»Kann ich mich vielleicht ganz kurz aufwärmen? Nur bis ich jemanden erreiche, der mich abholen kann.«

»Bei dem Wetter kann dich keiner hier abholen.« Sie schaute die Straße hoch und ich folgte ihrem Blick. Frau Gothels Reifenspuren waren nicht mehr zu sehen, alles war glatt weiß und glitzerte.

»Der Schnee friert schon«, sagte Heidi, »da kann man erst wieder fahren, wenn geräumt wurde. Morgen Früh.«

»Ach so«, sagte ich, »ja, dann …«

Heidi atmete tief ein, warf einen Blick über die Schulter in den Laden und sagte: »Komm rein.«

»Danke.«

»Du kannst hier warten, ich muss noch was erledigen.« Sie zeigte auf den Hocker hinter der Kasse. Ich nahm meinen Rucksack ab und setzte mich. Ganz ruhig saß ich da, eigenartig zufrieden, wie angekommen. Selbst als ich mir das Foto noch einmal anschaute, das Manuel geschickt hatte, kam keine Unruhe auf. Obwohl es dort tatsächlich regnete und die Schallplatten, wenn sie nicht schon längst von jemandem mitgenommen worden waren, ruiniert sein würden, die Hüllen völlig aufgeweicht. Es war mir nicht gleichgültig, aber jetzt gerade war ich genau hier genau richtig.

Ich glaube nicht, dass es eine Vorahnung war, vermutlich lag es nur daran, dass ich endlich aus der Kälte ins Warme gekommen war. Als ich meine Zehen wieder spüren und meine Finger ohne Schmerzen bewegen konnte, fing ich an, mich zu wundern, wo Heidi blieb. Ich hörte sie auch gar nicht im hinteren Raum. Hinter dem weißen Plastikbaum schneite es schon wieder. Ich stand vom Hocker auf und ging nach hinten.

Es brannte nur die Stehlampe neben dem Ohrensessel. Ich rief ein paarmal: »Hallo?«, aber es antwortete keiner. Die Kellertür war angelehnt, und als ich näher kam, hörte ich Musik und Stimmen. Nicht nur Heidis. Ich rief noch einmal »Hallo?«, bevor ich nach unten ging. Der Keller war gefüllt mit Pappkartons und schief stehenden Bücherregalen, die immer nur zur Hälfte mit Büchern gefüllt waren, die unteren Regalbretter waren leer. Es gab mehrere kleine Räume im Keller, ich fand sie im letzten, größten. Heidi, Luis und Simon.

Heidi und Luis standen mit dem Rücken zu mir vor Simon, der in einen Schlafsack gewickelt auf einer mit Decken bedeckten alten Palette saß. Vor sich ein Bier und eine Platte mit belegten Brötchen, die genauso aussah wie die, die Lea ins Glashaus mitgebracht hatte. Käse mit Gewürzgürkchen und Petersilie.

Als Simon mich sah, lächelte er, eigenartig langsam.

»Nabend Herr Weißdorn.« Er klang auch langsam. Vielleicht, weil es ziemlich kühl war in dem Keller. Heidi und Luis drehten sich erschrocken um.

»Hier unten ist nur für Personal«, sagte Luis. Heidi sagte nichts.

»Is doch egal«, sagte Simon. »Sie sind doch aufm Heimweg, oder?«

»Ja, klar«, sagte ich, »sobald die Züge wieder fahren, bin ich weg.«

»Gut«, er klopfte neben sich auf die Palette, »dann setzn Sie sich ma. Wolln Sie was essn oder trinkn? Bier? Apflkorn?«

Ich lachte: »Apfelkorn?«

Simon verstand das als Antwort, erhob sich, auch das so seltsam langsam, als bewegte er sich unter Wasser, und ging zu einem kleinen, schmutzigen Kühlschrank, der in einer Ecke des Kellerraums stand, die wohl als Küche diente. Es gab den

Kühlschrank, ein altes mit Farbspritzern übersätes Emaille-Waschbecken und ein Bücherregal, das nur noch ein Regalbrett in der Mitte hatte. Darauf standen ein paar Teller, Tassen und Gläser. Simon nahm ein Glas, holte eine hohe Flasche ohne Etikett aus dem Kühlschrank und schenkte mir ein. Auch Heidi und Luis gab er Apfelkorn, in alten Senfgläsern. Dann schlich er zurück zu seinem Platz auf der Palette, nahm seine Bierflasche und hob sie.

»Jetz guckt nich so«, sagte er, als Heidi und Luis ihn nur ansahen, aber nicht tranken, »was soll er denn machn?« Er prostete mir zu und ich trank. Der klebrige, künstliche Geschmack, der ganz und gar nicht an Apfel erinnerte, ließ mich schrumpfen. Ich war wieder dreizehn, fast vierzehn, und konnte nicht glauben, dass Hanna mich wirklich geküsst hatte. Mit Zunge.

»Und? Hängt der Wal?«, fragte Simon.

»Was? Ja, tatsächlich, der hängt.«

»Is nich wahr! Weiß du, wie oft die das schon versucht habn?«

»Ich habe auch ein Foto gemacht, wenn du es sehen willst.«

»Ja, klar«, sagte Simon, lang gezogen und mit Spott im Mundwinkel.

Ich stellte mein Glas ab und ging nach oben, um mein Telefon zu holen, das noch in meinem unter dem Hocker zusammengeknüllten nassen Parka lag. Ich zog es aus der Jackentasche.

Lea hatte angerufen und geschrieben: *hab das telefon nicht gehört. alles in ordnung bei dir? sitzt du im zug?*

Ich schickte ihr einen Daumen-hoch-Emoji, nahm Parka und Rucksack und wollte nach unten gehen, blieb dann aber vor der Kellertür noch mal stehen, nahm das Telefon und schrieb: *Simon geht es übrigens gut (lachender Emoji)*

Als ich mit meinen Sachen nach unten kam, saßen auch Luis und Heidi auf den Paletten und beide lachten, als sie das Walfoto sahen, und schüttelten die Köpfe.

»Was für ein Irrsinn.«

»Und ihr wisst noch nich ma alles«, sagte Simon, der sich das Foto am längsten ansah, »das Ding is geklaut, ausm Museum. Onkl Klaus hat jedn Tag n paar Knochn mitgenommen, immer nur n paar. Die Rippn alle einzeln. Und dann hat er jahrelang versucht, den hochzuziehen, hat aber nie geklappt. Wo hat er denn einglich diesma die Leiter hergekriegt?«

»Reiko.«

Simon nickte: »Natürlich, der hilft, wo er kann. Sind bestimmt alle gekomm, um das zu sehn, oder?«

»Ja, also Gideon, und Frau Gothel«, sagte ich, »Yasemine. Und deine Familie.«

»Die Klein auch? Hoffntlich kriegt David keine Albträume.« Er sah noch einmal auf das Foto, dann gab er mir das Telefon zurück.

»Dein Vater ist auch da gewesen«, sagte ich. »Ich glaube, der ist gekommen, weil du …«

»Der war auch schon hier«, unterbrach Simon mich, »hat die Brötchn und das Bier gebracht.«

»Das heißt, er weiß, dass du hier bist?«

»Hoffentlich nicht«, sagte Luis.

»Er hat uns nur ausgefragt«, sagte Heidi.

»Aber ich glaub, er hat uns geglaubt«, sagte Luis. »Eigentlich war er ganz nett«, sagte Luis.

»Verglichen mit den Stalkern«, sagte Heidi. Sie sah mich wieder so an wie vorhin, als sie überlegt hatte, ob sie mich wirklich hereinlassen sollte. Voller Misstrauen und Unbehagen. Als sie begriff, dass ich nicht wusste, von wem sie sprach, änderte sich der Blick. (Du hast keine Ahnung, du hast überhaupt keine Ahnung.)

»Ich meine deinen Vater, und deinen Freund Gideon. Die haben in den letzten Tagen fast ununterbrochen vor Luis' Wohnung geparkt. Tag und Nacht.«

»Das wusste ich nicht, ich wusste nur, dass sie dich fragen wollten, wegen Simon«, ich sah Luis an. »Das tut mir leid. Aber ich glaube … sie machen sich einfach Sorgen. Auch Gideon«, jetzt blickte ich zu Simon, »alle haben Angst, dass sich wiederholt, was mit deiner Tante passiert ist. Vor allem deine Mutter. Sie ist wirklich völlig fertig.«

Simon schüttelte den Kopf und sagte leise: »Nee.« Er kratzte mit dem Fingernagel feine Streifen aus dem feuchten Etikett seiner Bierflasche.

»Ich kanns nich mehr hörn. Die arme Frau, so viele Sorgen, mit fünf Kindern, und immer so müde, mit fünf Kindern.« Er trank einen Schluck Bier und sprach lauter: »Hat sie keiner gezwungen, fünf Kinder zu kriegn. Wegn mir hätt sie nich ma eins habn müssn.« Luis berührte Simon am Arm, er schüttelte die Berührung ab.

»Nee, das is es nämich ebn: Diese ganze rassistische und homophobe Dreckscheiße, die sie von sich gibt – das is nich, weil sie so müde is von den Kindern, sondern weil sie dran glaubt. Genauso fest wie an die Bibel. So fest, dass sogar ihre Kinder nichts anderes denkn könn. Wisst ihr, was für eine Scheißangst ich vor der Hölle hab? Immer noch?« Er schaute Luis und Heidi an, schüttelte den Kopf: »Nee, das weiß man nur, wenn die ein schon als Kind in die Finger kriegn.«

Dann sah er mich an, und es war, als wären wir allein, in einem anderen, sichereren Keller. Apfelkorn, kühle Luft und Grasgeruch. Er sah nicht mehr aus wie Hanna, er war Hanna.

(Da ist sie endlich wieder. War ja auch lang genug schon tot.)

Sie grinste schief: »Weiß du, warum *du* Panik gekriegt has, als es geknallt hat, und dein Freund nich? Das is von hier, die habn dich vergiftet, als du ganz klein wars. Je früher die anfang, desto tiefer sitzt es. Du wars wenigstns immer nur kurz hier und bis dann wieder raus. Weiß du, wann ich das erste Ma in ner Großstadt war? Mit vierzehn. Da bin ich allein mit dem Zug nach Dortmund.« Sie lachte und meine Augen brannten, als hätte Luis, der allmählich wieder an den verschwommenen Rändern meines Blickfelds auftauchte, die Tüte, die er auf einmal zwischen den Fingern hielt, schon angezündet. Auch Heidi wurde wieder sichtbar und Simon war wieder nur jemand, der Hanna erschreckend ähnlich sah.

»Nich ma in den Ferien sind wir raus, selbs wenn wir weggefahrn sind. Nie in andere Städte, immer nur Ferienhäuser, irgndwo draußn aufm Land, wo keiner is, der uns ansteckn könnte mit sündign Ideen. Schade nur, dass ich schon krank geborn wurde.« Er lachte, trank einen großen Schluck Bier und stand auf. Dabei stieß er mit dem Fuß gegen die Flasche, die er eben abgestellt hatte, und sie rollte, eine feine schäumende Spur hinter sich herziehend, unter die Palette, auf der Heidi und ich saßen.

»O nein, Tschuldigung!«

Simon ging auf alle viere und fing an, den Bierschaum mit einem Stofftaschentuch, das er aus seiner Hosentasche gezogen hatte, hastig aufzutupfen.

»Das ist doch nicht schlimm«, sagte Heidi, »das können wir morgen …«

Luis sah sie an und schüttelte den Kopf: Lass, sagten seine Lippen lautlos. Also blieben wir alle sitzen, während Simon das Bier auftupfte und dann, das nasse Taschentuch vorsichtig in der hohlen Hand, zu dem farbbespritzten Waschbecken ging, um es auszuwaschen. Als er das Wasser aufdrehte, jammerte es tief in den Rohren.

»Hat er immer so ein Taschentuch dabei?«, fragte Heidi leise und Luis nickte. »Und immer gebügelt. Wie ein Siebzigjähriger.« Er lächelte verliebt.

Simon wrang das Tuch aus, hängte es über den Rand des Beckens und kam zurück.

»Könn wir einfach über was anderes redn?«

»Oder wir gehen rauchen«, sagte Luis, ließ die Tüte zwischen seinen Fingern wackeln wie einen Zauberstab und streckte die andere Hand aus. Simon ergriff sie, zog ihn auf die Füße und sie gingen, hintereinander, weil es so eng war, aber immer noch händchenhaltend, die Kellertreppe hinauf.

Birthday

20.35

Ob aus den Eiern männliche oder weibliche Tiere schlüpfen, entscheidet die Umgebungstemperatur.

Es ist das erste Mal seit Langem, dass wir einen Tierfilm zusammen schauen. Klaus sieht müde aus, ihm sind schon während der Tagesschau immer wieder die Augen zugefallen, und als es mitten im Tierfilm an die Terrassentür klopft, schläft er, sitzend, wie der Alte auf dem Kartoffelacker. Ich stehe auf.

Es ist Hanna. Sie trägt die Jeans aus dem Müllsack, Lollis Jacke mit den vielen Taschen, die viel zu groß für sie ist, und einen schlabberigen gestreiften Pullover – auch von Lolli? Die Kette, die sie trägt, ist ganz sicher von Lolli: In dem tiefen V des Ausschnitts blitzt der heilige Christophorus.

»Has du ne Schere?«, fragt sie.

»Ja, klar.«

Ich halte die Tür auf, damit sie reinkommt, aber sie bleibt draußen. Also hole ich eine Schere aus der Küche. Sie grinst, mit einem Mundwinkel, weil ich die Schere trage wie ein Kind: die Scherenblätter in der geschlossenen Faust.

»Ach, Benni, ich hab dich lieb.«

Sie greift sich in den Nacken, zieht ihren langen schwarzen Zopf nach vorn, nimmt die Schere und kriegt Angst. Das sieht man bei ihr sofort. Das ist der Nachteil an ihren leuchtend grünen Augen. *Wenn* sie einmal Angst kriegt, bleibt von dem leuchtenden Grün nur noch ein schmaler, kaum sichtbarer Ring um das glänzende Schwarz. An der Angst erkenne ich, was sie vorhat, und bin selbst plötzlich total erschrocken.

Lehrt euch nicht die Natur, dass eine Frau mit kurzen Haaren eine Schande ist?

Hanna bemerkt meine Angst und grinst schief, und dann schneidet sie.

Es geht nicht so einfach, sie muss mehrmals ansetzen, weil der Zopf so dick ist. Als er endlich ganz ab ist, gibt sie ihn mir. Warm ist er, wie etwas Lebendiges. Hanna beugt sich vornüber, schüttelt ihre Haare aus, kämmt sie mit gespreizten Fingern und wirft sie nach hinten. Die Locken kringeln sich jetzt viel stärker, sodass die Haare unheimlich kurz sind, gerade über die Ohren. Sie sieht krass anders aus – und viel mehr wie sie selbst. Hanna schaut ihr Spiegelbild in der Glaswand kritisch an, schneidet hier und da noch etwas ab.

»Wie siehts hintn aus?«

»Gut.«

»Warum gucks du dann so? Hier, mach ma gerade.« Sie nimmt mir den Zopf aus der Hand und gibt mir die Schere. Ich berühre ihre Haare so vorsichtig wie früher im Erweckungszelt, wenn ich heimlich ihren Zopf streichelte. Sie riechen immer noch nach Zitronenlimonade und Verbotenem. Rouge? Parfum?

»Jetz mach schon. Einfach das abschneidn, was übersteht.«

Ich nehme eine Strähne, ziehe etwas daran, schneide. Ein kleiner schwarzer Kringel fällt auf die Terrassensteine. Noch einer, noch einer.

»Du lässt aber schon noch was dran, oder?« Hanna kratzt sich im Nacken.

»Ja, klar. Bin schon fertig.« Ich weiß nicht, ob es gut ist, ein paar Strähnen stehen noch über, und ein paar sind eindeutig viel zu kurz, aber Hanna, die sich vor der Glaswand dreht, nickt zufrieden.

»Jetz kann ich nich mehr zerück, selbs wenn ich wollte.« Sie gibt mir den abgeschnittenen Zopf wieder: »Kanns du behaltn, wenn du wills. Als Andenkn.«

»Gehst du tanzen?«

Sie grinst mit einem Mundwinkel: »Ach, Benni, du bis so süß.«

Sie küsst mich auf die Stirn, wuschelt sich noch einmal durch die Haare, schaut ihr Spiegelbild in der Glaswand an und sagt zu ihm: »Machs gut, Benni. Ich schreib dir ne Postkarte.«

Dann dreht sie sich um und geht zum Loch in der Hecke.

»Warte, sonst bringt Lolli dich doch immer durch den Wald.«

»Lolli steckt schon in seim Schlafsack und will nich mehr raus.«

»Dann bring ich dich.«

Sie bleibt stehen und sieht mich an, die Augenbrauen hochgezogen, Spott im Mundwinkel. Aber sie sagt nichts und wartet tatsächlich vor dem Loch in der Hecke, bis ich meine Schuhe und meine Jacke geholt habe. Ihr Zopf steckt in meiner Tasche. Und die Kassette, die ich ihr schenken will. Und mein Walkman. Nacheinander kriechen wir durch das Loch. Meine Hand nimmt sie nicht.

Der Wald ist kalt, trocken und still wie das Weltall. Wir gehen langsam, wir haben Zeit: Sonnenuntergang ist um 21.50, bis dahin müssen wir im Wald bleiben, damit Hanna ungesehen vom Waldrand zum Bahnhof kommt. Die letzte S-Bahn fährt um 22.13.

»Bis dahin wartes du aber nich«, sagte Hanna, »du komms im Dunkln sons nich mehr heil nach Haus. Aber wir könntn noch ne Runde in den See?«

»Bisschen kalt«, sage ich.

»Komm, ein letztes Ma.« Sie legt einen Arm um mich. Nicht seitlich, um meine Taille, sondern von oben auf die Schultern, sodass ganz deutlich ist, wie viel kleiner ich bin als sie.

Am See setzen wir uns ans Ufer. Hanna holt aus einer der vielen Taschen von Lollis Jacke eine Flasche Apfelkorn. Halb voll oder halb leer. Wir trinken und sie legt ihren Kopf an meine Schulter und erzählt davon, wie unerträglich es war, in der Kakaofabrik zu arbeiten.

»Und dann der Gestank … Das hat man immer ers so richtig gemerkt, wenn ma abends rauskam und endlich wieder Luft gekriegt hat.« Sie atmet tief ein und pustet kräftig aus, als hätte sie an einer Tüte gezogen.

»Genauso wird das sein, wenn ich hier raus bin.«

»Wo willst denn überhaupt hin?«

»Ers ma nach Dortmund. Zu Ruth. Mamas Freundin. Und dann vielleicht weiter nach Berlin, oder Hamburg, is mir einglich egal, Hauptsache Großstadt. Und nich zu nah.«

»Ich wohne in einer Großstadt«, sage ich. Sie lacht.

»Wirklich«, sage ich. »Und nah ist es auch nicht. Vier Stunden mit dem Zug. Und wir haben sogar Platz, unten im Atelier, da übernachten öfter mal Freunde von Renée, das ist gar kein Problem«, ich rede immer schneller, »wir können zusammen fahren, ich muss ja nicht bis zum Ende der Ferien bleiben, ich kann heute Abend noch Renée anrufen und dann fahren wir morgen mit dem ersten Zug, und heute Nacht bleibst du nicht im Bunker, aber vielleicht bei Lolli, im Rohbau, oder hier im Wald, und wir treffen uns dann …« Ich kann kaum so schnell sprechen, wie die Ideen kommen, ich sehe es vor mir wie einen Film: Hanna und ich im Zug, ihr Kopf auf meiner Schulter, wie jetzt, aber sie schläft, und ich höre …

»Ich hab ja noch ein Geschenk für dich!«

Ich hole die Kassette heraus.

»Alles Gute zum Geburtstag.«

Hanna sieht das Cover an: »Kenn ich gar nich.«

Ich lege die Kassette in den Walkman und gebe ihr den Kopfhörer. Sie hört ein paar Sekunden mit geschlossenen Augen zu und sieht mich dann ganz seltsam an.

»Nicht gut?«

»Doch, richtig gut.«

Sie nickt mir anerkennend zu, dann lehnt sie sich wieder an mich und wir schauen auf das Wasser, das allmählich dunkler wird. Ich höre Hannas konzentriertes Atmen und sie hört Björks Stimme, zum ersten Mal in ihrem Leben, und wir trinken abwechselnd aus der Flasche. Hannas Wimpern werfen zittrige Schatten auf ihre Wangen. *He knows how many freckles she's got.*

Als die erste Seite vorbei ist, setzt Hanna den Kopfhörer ab. Sie krempelt die weiten Beine ihrer Jeans so hoch wie es geht, zieht ihre Turnschuhe aus und watet ins Wasser.

»Komms du?«

Ich tue, als hätte ich sie nicht gehört und schaue auf die Turnschuhe, die neben mir stehen.

Es sind neue weiße Turnschuhe. Auf einen hat sie mit Kugelschreiber in kleinen Buchstaben einen Bibelspruch geschrieben, die lange Zeile windet sich ein paarmal um den Knöchel und ich muss den Schuh hochheben, um lesen zu können: *Das Wort Gottes ist lebendig und schärfer als jedes zweischneidige Schwert und scheidet Seele und Geist, auch Mark und Bein und ist ein Richter der Gedanken und Gesinnungen des Herzens und kein Geschöpf ist vor ihm unsichtbar, sondern alles bloß und aufgedeckt vor den Augen dessen, mit dem wir es zu tun haben.*

»Warum hast du *das* denn auf deinen Schuh geschrieben?«

»Jetz komm wenigstns ma mit den Füßn ins Wasser, Benni!«

Ich ziehe Schuhe und Strümpfe aus und gehe zu ihr. Das Wasser ist eiskalt und schleimig.

Hanna grinst und kommt zu mir gewatet. Sie legt ihre Arme auf meine Schultern und küsst mich. Nicht auf die Stirn, sondern auf den Mund. Sie steht etwas tiefer im Wasser, sodass ich nicht mehr kleiner bin als sie, und ich glaube, das gefällt ihr, denn sie küsst mich richtig lang und hält sich sogar an mir fest. Wir müssen beide nach Luft schnappen, und sie schaut mich ganz ohne Spott in den Mundwinkeln an.

»Du kanns gar nich schwimm«, sagt sie und ich sage: »Ich liebe dich.«

Ich kann sehen, wie sehr sie sich anstrengt, um nicht zu lachen. Sie versucht es wirklich, aber es klappt nicht, es wird sogar schlimmer, wie wenn man im Erweckungszelt versucht, nicht zu lachen. Am Ende sprudelt es aus ihr heraus, so heftig, dass sie sich den Bauch halten muss. Es kommen sogar Tränen, die sie hastig wegwischt, aber aufhören kann sie nicht.

(So nennt sie dich, Benni: Mein kleiner Freund. Hört sich bisschn pimmelig an.)

Ich wate zurück zum Ufer.

»Warte, Benni, warte ...«, sie kann immer noch nicht aufhören zu lachen.

Ich drehe mich nicht um. Ich bleibe auch nicht stehen, um meine Schuhe anzuziehen oder den Walkman aufzuheben. Ich gehe weiter, und als ich höre, dass sie aus dem Wasser heraus ist, laufe ich schneller. Barfuß über die alten Brennnesseln. Sie knistern wie trockenes Papier. Ich kann hören, dass sie sich nicht beeilt.

»Komm, Benni«, sagt sie, »jetz komm zurück.« Als würde sie mit einem Kind reden, das sich mit seinen kurzen Beinen sowieso nicht wirklich weit von ihr entfernen kann. Ich laufe noch schneller, obwohl es wirklich wehtut, barfuß über die Nadeln und Steine und Wurzeln. Und noch schlimmer: kleine, schleimige, warme Stellen.

Sie holt mich ein, ich höre ihren Atem, spüre ihn sogar in meinem Nacken. Sie ist so nah, dass sie mich berühren könnte, aber sie tut es nicht.

»Hau ab«, sage ich. Sie sagt nichts, bleibt aber hinter mir.

»Hau endlich ab«, sage ich und drehe mich um, aber da ist niemand.

Ich bin vollkommen allein im Wald. Und ich kann den See nicht einmal mehr sehen. Meine Füße brennen und ich traue mich gar nicht, sie anzuschauen. Ich schleiche von Baum zu Baum und versuche, die Wetterseite zu finden. Aber entweder ist auf den Stämmen überall Moos oder nirgends. Ich fange an zu heulen.

Genauso habe ich schon mal im Wald gestanden, allein, heulend, kurz vor der Dämmerung. Nur dass ich Schuhe anhatte. Und dass Gideon, der mich allein gelassen hatte, plötzlich grinsend aus seinem Versteck sprang und mir viel zu fest auf den Rücken schlug.

Diesmal schlägt er nicht, er legt seine Hand nur leicht auf meine Schulter. Trotzdem bleibt mir die Luft weg, weil ich mich so erschrecke. Ich habe ihn nicht kommen sehen, nichts gehört.

»Alles in Ordnung, Benni?«

»Ja, klar.«

»Wo has du denn deine Schuhe gelassn?«

»Am See.«

»Warst du mit Hanna da? Ich soll die nämich nach Haus holn.«

Wir gehen zusammen zurück zum See, sehr langsam, weil meine Füße so wehtun. Hanna ist nicht mehr da, als wir ankommen. Am Ufer liegen meine Schuhe, meine Socken und mein Walkman.

»Scheiße, wo is die denn jetz?«

»Weg«, sage ich.

Gideon stöhnt: »Tanzn?«

»Nein, für immer«, sage ich und hole den abgeschnittenen Zopf aus meiner Jackentasche. Gideon starrt ihn an. Und dann schaut er nach oben, in das Blätterdach. Der Himmel dahinter ist so dunkel blau, dass er nicht auf die Uhr schauen muss, um zu wissen, dass wir zu spät sind. Selbst wenn wir durch den immer dunkler werdenden Wald rennen könnten, würden wir es nicht vor der letzten S-Bahn zum Bahnhof schaffen.

Ich setze mich auf den weichen Boden, streife vorsichtig den Dreck von meinen wunden Fußsohlen und ziehe Socken und Schuhe an. Dann bringt Gideon mich durch den Wald, der innerhalb eines Atemzugs stockfinster geworden ist, zum Glashaus zurück. Das einzige Licht ist das knisternde Glühen von Gideons Zigarette und das grüne Leuchten von meiner Uhr, wenn ich sie anschalte.

22.28

Hanna ist weg. Und als ich drinnen meine Jacke ausziehe und die Hand in die Tasche stecke, ist auch ihr Zopf nicht mehr da. Und mir fällt ein, dass sie gar keinen Rucksack dabei hatte, keinen Beutel, nichts außer den Sachen, die in Lollis Jackentaschen steckten.

You Think You're a Man

Während Simon und Luis oben rauchten, blieben Heidi und ich unten im Keller. Ich versuchte, ein Gespräch anzufangen, über ihren Laden, ihre Lieblingsbücher, aber sie sah mich nur misstrauisch an und sagte fast nichts. Sie schwenkte den Apfelkorn in ihrem Senfglas, als wäre es Cognac, und trank ihn wie Apfelsaft. Nach dem zweiten oder dritten Glas lachte sie plötzlich. Ich wusste nicht genau weshalb, ich hatte wohl irgendetwas gesagt, aber sie konnte es mir nicht erklären, weil sie immer wieder lachen musste. Danach war das Misstrauen verschwunden, als hätte sie es mit den Lachtränen aus ihren Augen gewischt. Sie füllte unsere Gläser auf und wir redeten, über alles. Musik und Bücher, Gott und Welsum, die Walknochen im Glashaus, den Bunker. Sie war die letzte Person, die tatsächlich noch nicht davon gewusst hatte.

»Das ist nicht dein Ernst! Im Garten?«

»Unter dem Garten. Für zwei bis vier Personen, für drei bis vier Wochen. Danach wird es ungemütlich.«

Sie lachte. »Danach?«

»Ich habe da sogar drin geschlafen, manchmal. Einmal sogar mit meinem Vater.«

»Zum Spaß?«

»Nein, das war … er hatte einfach Angst, dass es einen Atomkrieg gibt. Wir haben damals auch einen Film zusammen geschaut, keine Ahnung, wie der hieß. So einen Trickfilm, mit einem alten Ehepaar. Die Frau backt ständig und der Mann baut ihnen einen Unterschlupf aus Kissen. Die waren so ganz rund und knubbelig gezeichnet.«

»›When the Wind Blows‹«, sagte Heidi und ich hätte sie am liebsten geküsst. Ich hatte noch nie jemanden getroffen, der den Film kannte.

»Ich habe den auch als Kind gesehen, der kam nachmittags einfach so im Fernsehen, damals. Ich habe so geweint am Ende, als sie in ihren Unterschlupf gekrochen sind. Und dabei hatte man vorher noch gedacht, sie haben es doch überlebt, weil es ihnen gar nicht so schlecht ging.«

Ich nickte: »Walking ghosts, so nennt man das. Bevor man an der Strahlenkrankheit stirbt, geht es einem noch einmal richtig gut, das hat mein Vater mir damals erklärt.«

»Wie alt warst du denn da?«

»Ich weiß nicht, elf oder zwölf. Das hört sich aber alles schlimmer an, als es war. Es war eigentlich gar nicht schlimm, ganz im Gegenteil, Klaus wollte mich ja beschützen.«

Ich hätte ihr gern von dem kleinen Notfallrucksack erzählt, dem Blechschild, auf dem mein Name und seine Telefonnummer standen, und dahinter, in Klammern: Papa. Ich war bereits so betrunken, dass mir Tränen kamen, als ich daran dachte. Aber sie ließ mich nicht zu Wort kommen.

»Natürlich wollte er dich nur beschützen, genauso wie sein Verein das Leben beschützt, und den deutschen Wald und die deutschen Frauen, das christliche Abendland, vor schwarzen Schafen und Kindern mit Silvesterkrachern.«

Ein heißer Schauer durchrieselte mich, als ich begriff, was sie meinte.

»Das war nicht … ich hatte nicht vor … was hättest du denn gemacht? Wenn du dir sicher gewesen wärst, dass da jemand schießt? Nichts gesagt? Abgewartet?«

»Das weiß ich nicht«, sagte sie, »wirklich nicht, vor allem nicht im ersten Moment. Aber ich hoffe, dass ich wenigstens danach überlegen würde, ob meine Angst gerechtfertigt war oder nicht.«

»Danach«, sagte ich, »habe ich mit Fremden in einem Hotelzimmer gehockt und gebetet, dass ich nicht sterbe.«

»Das tut mir leid«, sagte Heidi, sie griff nach der Flasche und schenkte mir den letzten Rest Apfelkorn ein, »aber ich meinte später. Jetzt zum Beispiel.« Sie sah mich an.

»Jetzt zum Beispiel …«, sagte ich und sah aus dem Augenwinkel einen nutzlosen, nagelneuen weißen Turnschuh auf dem Betonboden unter dem alten Emaille-Waschbecken liegen, der nicht meiner war. Ich hatte meine beiden schmutzigen, schneenassen Turnschuhe noch an den Füßen.

»Keine Ahnung.«

(Du hast keine Ahnung, Benni, überhaupt keine Ahnung.)

»Ich hatte einfach Angst. Auch danach noch. Eigentlich immer. Habe ich wahrscheinlich von meinem Vater geerbt.« Und dann erzählte ich ihr, wie Klaus im Hubschrauber von der Insel geholt worden war, und dass ich erst jetzt erfahren hatte, dass er damals keinen Herzinfarkt, sondern eine Panikattacke gehabt und schon jahrelang Medikamente gegen die Angst genommen hatte, die bei ihm eine Krankheit war.

»Wenn man krank ist, läuft man auch nicht durch die Welt und hustet anderen ins Gesicht.«

Ich lachte. Sie sah mich an, als wäre ich unerträglich dumm, und ich verstand, dass sie nicht Klaus, sondern mich meinte damit.

»Du hast recht, du hast absolut recht, mit allem«, sagte ich.

Sie wollte gerade etwas sagen, da kamen Luis und Simon die Kellertreppe herunter, müde und rotäugig. Heidi stand auf und räumte die Bierflaschen, die auf dem Boden standen, und die leere Platte von Lea in das Waschbecken. Ich stand auf und fragte nach der Toilette.

Ich hatte nicht gewusst, wie betrunken ich war, bis ich, leicht schwankend, vor meinem Spiegelbild stand und mich nicht wiedererkannte. Ich ließ Wasser in das gelbbraune Becken laufen und hielt mein Gesicht hinein, solange ich konnte. Danach waren meine Augen immer noch glasig, aber meine Haut sah gesünder aus. Und meine Mütze war vorn klatschnass und eiskalt. Ich nahm sie ab, wrang sie aus und setzte sie wieder auf meinen frierenden Kopf.

Als ich wieder aus der winzigen Toilette kam, kam Heidi gerade aus dem großen Kellerraum. In dem schmalen, durch die Bücherregale noch engeren Kellergang standen wir plötzlich dicht voreinander. Ihr Gesicht war so nah, dass ich die feinen Falten über ihrem schönen Mund erkennen konnte. Zehn Jahre jünger als ich war sie sicher nicht. Und nüchtern auch nicht mehr, sie lehnte sich leicht gegen das Regal hinter ihr. Ihre Wimperntusche war etwas verwischt, sodass sie wie absichtlich verrucht geschminkt aussah.

»Du kannst heute Nacht hierbleiben«, sagte sie.

»Und wo schläfst du?«, fragte ich. Sie lachte laut, etwas heiser und sehr sexy.

»In meinem Bett. Ich habe meine Wohnung über dem Laden.«

Ich musste mich nur ein winziges bisschen nach vorn lehnen, um ihre Lippen mit meinen zu berühren. Sie wich zur Seite und ich taumelte überrascht einen Schritt vor, gegen das Bücherregal. Ein Buch fiel zu Boden.

»Tschuldigung, ich … tschuldigung.« Ich bückte mich nach dem Buch, mein Gesicht heiß vor Scham, nicht nur wegen des Kusses, sondern weil ich hörte, wie ich nuschelte, und weil ich mich am Regal festhalten musste, um wieder auf die Beine zu kommen. Heidi ging ohne ein Wort, ohne mich noch einmal anzuschauen, die Treppe hinauf. Ich ging zurück in den großen Kellerraum, wo Simon und Luis gerade dabei waren, zwei Paletten für ihr Nachtlager aufeinanderzustapeln. Sie taten, als hätten sie nichts mitbekommen, aber ich sah, wie sie grinsten. Hannas Spott in den Mundwinkeln.

Sie bauten auch für mich ein Lager, und Luis gab mir eine flusige Wolldecke. Dann krochen die beiden in ihre Schlafsäcke, wünschten mir eine gute Nacht und schliefen unfassbar schnell ein. Oder gaben zumindest vor, zu schlafen, dicht aneinandergekuschelt. Denn wenn zwei beieinander liegen, so wird ihnen warm.

Mir war eiskalt. Splitter stachen aus den rohen Latten durch den Stoff meiner Jeans, selbst wenn ich mich nicht bewegte. Vorsichtig stand ich noch einmal auf, breitete die Wolldecke über die Palette, legte mich darauf und deckte mich mit meinem immer noch schneefeuchten Parka zu. Dann setzte ich meinen Kopfhörer auf und betrachtete im Licht meines Telefonbildschirms Simon und Luis.

Inzwischen schliefen sie tatsächlich. Luis hatte sich etwas aus seinem Schlafsack herausgewunden und sein Arm lag quer über Simons Brust. Simon lächelte, mit Hannas Mund.

You think you're a man, but you're only a boy.

Ganz kurz wurde mir heiß, als ich daran dachte, wie ich versucht hatte, Heidi zu küssen. Dann fing ich an zu zittern. Meine Füße waren so kalt, dass ich sie kaum noch fühlte, und wenn ich die Zähne nicht zusammenbiss, klapperten sie. Ich setzte mich auf und massierte meine tauben Füße, aber meine Finger waren viel zu steif. Hier unten würde mir nicht mehr warm werden.

Ich stand auf, stieg barfuß in meine feuchten Turnschuhe, meine Strümpfe waren noch nass, zog den Parka an, hängte mir die Wolldecke um und ging, Telefon in der Tasche, Kopfhörer auf den Ohren, nach oben in den Laden, um im Ohrensessel zu schlafen.

Mad World

Es war warm. So warm, dass ich das Gefühl hatte, nicht genug Luft zu bekommen. Außerdem stank es eigenartig nach Alkohol. War ich das? Ich hauchte mir in die Hand, um an meinem Atem zu riechen. Durch die Musik, die aus meinem Kopfhörer kam, drang ein tiefes Lachen. Ich fuhr herum und erwartete Heidi zu sehen, doch da war niemand. Aber aus dem vorderen Raum kam jetzt Licht, ein überraschend helles Licht. Das konnte nicht von dem kleinen Plastikweihnachtsbaum im Schaufenster kommen, da flackerte noch etwas anderes. Und es stank, nach schmelzendem Plastik. Waren die Kerzen doch nicht elektrisch?

Ich nahm meinen Kopfhörer ab und lief nach vorn.

Vor dem Baum stand ein Tier. Groß und schmal unter seinem dichten Pelz. Als ich hustete, drehte es langsam den Kopf.

»Benni? Was machs du denn hier?«

Im Gegenlicht konnte ich sein Gesicht nicht gleich erkennen, aber ich erkannte die Stimme. Es war Gideon. Er trug Marias Pelzmantel und hielt eine Wodkaflasche in der Hand. Hinter ihm loderte eine gleißend helle, bunte Flamme auf und er drehte sich wieder um und schaute andächtig in das Feuer.

»Schön, oder?«

Happy birthday, happy birthday, kam aus dem Kopfhörer, der um meinen Hals hing.

»Bisschn Schnaps und n Feuerzeug, mehr brauchs du dafür nich.«

Ich stand da, schaute wie er in die Flammen und wusste nicht, was ich tun sollte. Ich hustete, und hinter mir kam wie ein Echo ein zweites Husten. Ich drehte mich um und sah Reiko, der zwischen zwei Bücherregalen hervorkam.

»Wo komms denn du …«, seine Stimme war immer noch weich, aber sein Husten, der ihn jetzt unterbrach, klang unschön krächzend.

»Raus hier«, rief eine dritte Person, irgendwo aus dem hinteren Raum, und kam zu uns gelaufen.

Es war der junge Reitwein.

All around me are familiar faces. Und hinter mir im Schaufenster kippte der brennende weiße Plastikbaum und fiel rückwärts auf einen Büchertisch. Mit einem bläulichen Zischen gingen die Bücher in Flammen auf. Das war nicht nur ein bisschen Wodka, sie mussten Benzin oder so etwas über die Bücher gekippt haben, damit sie so gut brannten.

»Hinten raus«, rief der Reitwein, Reiko hustete und Gideon packte meinen Ärmel und zog mich mit sich durch den Torbogen. Ich sah den kleinen Aufkleber mit dem Zeigefinger, der sich von der Hitze an den Rändern ablöste: *And now for something completely different.*

Aber auch hier brannte inzwischen ein Regal, davor lag eine grüne Plastikflasche. Brennspiritus.

»Los, raus«, brüllte der Reitwein und stieß Reiko zu dem Fenster, das zum Innenhof führte, wo Simon und Luis gekifft hatten. Vor zwei Stunden? Reiko bekam das Fenster nicht auf, er konnte nur noch husten. Der Reitwein half ihm, hielt ihm seine ineinander verhakten Hände hin, damit Reiko einen Fuß hineinstellen und aus dem Fenster klettern konnte. Dann drehte der Reitwein sich zu mir: »Los.«

Ich benutzte seine Räuberleiter nicht, ich stieg auf einen Bücherstapel und kletterte allein hinaus. Hinter mir kam der Reitwein und dann Gideon. Reiko hustete immer noch und der Reitwein wollte das Fenster schließen, aber Gideon stieß ihn weg: »Du wills es doch nich erstickn!«

Wir anderen liefen ein paar Schritte vom Haus weg, nur Gideon blieb direkt vor dem offenen Fenster. Überall loderten jetzt kleine Feuer, die schnell verschwammen hinter dichtem Rauch. Und dann sahen wir alle, dass sich in dem rasch dunkler werdenden Rauch etwas bewegte.

»Is da noch jemand drin?«, schrie der Reitwein mich an.

Ich wollte etwas sagen, aber als ich meinen Mund öffnete, füllte er sich mit einem feinen Staub und ich hustete, so krächzend und ungesund wie Reiko. Ich nickte, aber der Reitwein sah es nicht, er schaute nur nach drinnen, auf den Schatten, der jetzt langsam umkippte. Es war ein Regal. Wir hörten einzelne Bücher auf den Boden fallen, dann ein lautes Krachen, das mich aus meinem halbbetrunkenen Schlafwandlerzustand riss.

»Simon«, schrie ich, hustend, »Simon und Luis sind da noch drin! Im Keller!«

Der junge Reitwein starrte mich an, echtes Entsetzen in den aufgerissenen Augen. Reiko krümmte sich und erbrach. Gideon aber grinste, schaute mit glänzenden Augen in den Rauch, in dem hier und da helle Stellen glühten. *Happy birthday, happy birthday.* Die feinen roten Härchen des Fuchspelzes an seinem Kragen zitterten in der warmen Luft, die aus dem Fenster kam. (Benni, du Blödmann, merks du immer noch nich, wenn jemand besoffn is?) Aber Gideon war nicht betrunken, seine Augen waren klar und voller Eissplitter, als er seinen Blick widerwillig vom Feuer löste, mich ansah und ganz ruhig sagte: »Zwei Fliegn mit einer Klappe.«

Er hatte gewusst, dass Simon hier war. Die anderen hatten Bücher verbrennen wollen, er war mitgekommen, um Simon zu bestrafen. Mir wurde übel. So übel, dass ich zuerst dachte, ich müsste mich wie Reiko erbrechen, aber ich schluckte es herunter und dann ging ich zum Fenster. Der Reitwein packte mich am Arm. Dem Arm, der sich ohne Gips anfühlte, als wäre kein Fleisch mehr daran. Als hielte der Reitwein mich am Knochen fest.

»Bis du bescheuert? Da kanns du nich mehr rein, bei dem Rauch reichn fünf Atemzüge und du kipps um.«

»Hör auf den Reitwein«, sagt Gideon in einem singenden Tonfall, »der is bei der Feuerwehr.«

Ich riss mich los. Es war meine Schuld, diesmal war es eindeutig meine Schuld, denn ohne meine Nachricht hätte Lea sicher nicht gewusst, dass Simon hier war. Ich hielt mich am Fensterrahmen fest. Dass er glühend heiß war, spürte ich wie durch dicke Handschuhe.

Das Feuer im Laden rauschte wie Blut in den Ohren oder Wind im Wald, oder das Geräusch, das mich seit dem Schuss begleitet und dann vor einer Woche grundlos verlassen hatte. Es wurde lauter und ich ganz ruhig. Das Geräusch meiner Schritte, meine Atemzüge verschwanden, nur die leise Musik, die aus dem Kopfhörer kam, die um meinen Hals hingen, konnte ich seltsamerweise durch das Rauschen hören.

Es waren nur zehn Schritte vom Fenster bis zur Kellertür, aber kurz vor dem Ohrensessel verlor ich die Orientierung in dem rauchigen Nichts. (Fünf Atemzüge reichn.) Mit ausgestreckten Händen ging ich vorwärts und kam tatsächlich bis zur Tür. Ich dachte sogar noch daran, meine Ärmel über die Hände zu ziehen, bevor ich die glühend heiße Klinke anfasste.

Die Tür ging nicht auf. Ich lehnte mich dagegen, warf mich dagegen, schlug mit den Fäusten, damit Luis und Simon aufwachten und sie von innen öffneten. Und dann trat ich.

Das Letzte, was ich deutlich sah, war mein nutzloser Turnschuh vor dem grauen Metall. Der Schuh schmolz, die blaue Farbe lief an der grauen Tür herunter und ich wusste, dass es vorbei war.

Dieses Mal war es nicht wie in den Schlaf fallen, die Welt verstummte nicht wie im Schnee, im Gegenteil, es knackte und prasselte unerträglich deutlich. Trotzdem schlug mein Herz nicht eine Extrasystole und ich hatte überhaupt keine Angst. Selbst als ich nichts mehr sah als den matten schwarzen Rauch, fürchtete ich mich nicht. Denn nichts vermag der Mensch. Alles liegt in Gottes Hand. *And the dreams in which I'm dying are the best I've ever had.*

Disappearing

Meine Füße tun weh, das ist das Erste. Dann höre ich Frau Gothel, *hm? hm?,* von ganz weit weg, dabei spüre ich ihren Atem auf meinen Augenlidern, die nur schwer aufgehen, weil Schlaf darin klebt. Ich reibe mir die Augen, was ziemlich wehtut, und setze mich auf. Und auch das tut weh, im Kopf. Diesmal fühlt es sich nicht so an, als würde mein Kopf platzen, ganz im Gegenteil, es ist, als wäre mein Gehirn geschrumpft und nun liegt es etwas zu lose im Schädel und stößt bei jeder Bewegung an die knöchernen Wände.

»Benni, bis du wach? Das is jetz wichtig, untn steht die Polizei und die wolln wissn, wann du Hanna das letzte Ma gesehn has.«

»Die Polizei?«

»Ja, guck«, Frau Gothel zeigt zum Fenster. Ich knie mich aufs Bett und schaue nach draußen. Da steht, vor dem Rohbau, ein Streifenwagen, das Blaulicht ist an, und ganz nah am Wagen steht Gideon. Staunend wie ein kleiner Junge. Die Polizisten stehen etwas weiter weg, auf dem Schotterweg, und unterhalten sich mit Lea. Was sie sagen, kann man nicht hören. Aber Frau Gothel erklärt es mir gern.

Bei ihr klingt es wie ein Märchen. Es war einmal eine wunderschöne Frau, die hatte zwei Töchter, die waren Zwillinge, und einen Sohn. Als die Frau starb, mussten die Kinder beim bösen Großvater leben. Aber die eine Tochter hielt es nicht aus und lief weg. Da schickte ihre Schwester, die die Frommste und Vernünftigste von den dreien war, den Bruder hinterher, der sollte sie zurückholen. Doch auch er blieb weg. Da ging die

Schwester selber los, und sie fand den Bruder auch schlafend, in einem Rohbau, in den Armen eines schmutzigen Fremden. Von ihrer Schwester aber fand sie nur mehr die Kleider, versteckt in einem blauen Müllsack. Da wusste sie, dass etwas Schreckliches geschehen war, und rief die Polizei.

»Warum das denn?«, sage ich, »Hanna ist doch schon ganz oft weg gewesen. Die kommt schon wieder.« Ich will mich wieder hinlegen und weiterschlafen und selber daran glauben.

»Warum hat der Landstreicher dann ihre Kleider, hm?«

Ich sage nichts. Ich werde nicht verraten, dass Hanna nachts aus dem Fenster springt und in Dortmund tanzen geht.

»Siehs du, hm? Die nehm den mit.«

Ich schaue wieder aus dem Fenster und sehe, wie die Polizisten Lolli die Tür aufhalten. Und einer legt wirklich wie im Film seine Hand auf Lollis Kopf, als er hinten in den Streifenwagen einsteigt. Ich könnte jetzt nach unten laufen, jetzt den Polizisten erklären, dass Hanna einfach gegangen ist, weil sie es wollte. Dass sie in Dortmund bei einer Ruth in der Küche sitzt und Kaffee trinkt, eine Zigarette raucht, eine Jeans trägt, kurze Haare hat.

Aber ich sage gar nichts. Ich schaue zu, wie die Polizisten Lea die Hand geben, wie sie in ihr Auto steigen, wie sie langsam davonrollen und wie Gideon dem Auto nachläuft. Ein paar Schritte nur, dann ruft Lea ihn zurück. Sie geht zu ihm, fasst ihn am Arm, Gideon stößt sie weg. Aber er geht mit ihr nach Hause, eine Armlänge Abstand zwischen den beiden. Sie nehmen den langen Weg, den auch das Auto genommen hat, gehen nicht durch den Wald.

In den Wald gehen sie später, am Nachmittag, zusammen mit einigen anderen Brüdern und Schwestern. Alle haben Stöcke in der Hand, die sie immer wieder in den weichen Boden bohren. Falls Lolli Hanna irgendwo vergraben hat. Oder seine Jacke. Die fehlt nämlich, das hat Lea den Polizisten gesagt. Eine große grüne Jacke mit Kapuze und vielen Taschen. Und jetzt höchstwahrscheinlich voller Blutflecke, oder Schlimmerem.

Es ist nicht wie damals, als wir den Wald gewaschen haben. Keiner redet oder summt, und es sind nicht alle gekommen: Klaus fehlt, Frau Gothel hat ihn ins Museum gefahren und putzt jetzt das Glashaus, der Reitwein fehlt und viele andere Brüder und Schwestern, die sagen: »Die is noch immer von selbs zerückgekomm.«

Wir gehen stumm, zwei Armlängen Abstand zwischen uns, in einer langen Reihe durch den Wald.

Gideon und ich sind ganz am Rand.

»Du muss zur Polizei, Benni, du muss den sagn, dass du mit Hanna am See wars und dass sie wegwollte.«

»Warum hast du denen das nicht gesagt, du weißt das doch auch.«

»Aber ich war nich dabei, und die glaubn mir auch nich, weil Lea den gesagt hat, dass ich krank bin.«

»Krank?«

Gideon nickt und malt mit dem Zeigefinger kleine Kreise neben seinen Kopf. Dann zuckt er mit den Schultern: »Bin ich ja vielleicht auch. Aber wenn du da hingehs, glaubn die dir garantiert. Du wars dabei, du bis nich von hier, und dein Vater is Professer.«

»Doktor.«

»Echt, Benni, das is kein Spaß. Du muss Lolli da raus holn. Du has doch sogar Beweise, du kanns den den Zopf zeign!«

»Was soll das denn beweisen?«

»Dass *sie* wegwollte. Sie selbs.«

»Aber die werden doch auch so merken, dass Lolli nichts getan hat, ich meine, es ist ja nicht so, dass wir hier irgendwas finden werden«, ich stochere mit meinem Stock in einer bemoosten Kuhle herum. »Und wenn ich Hanna jetzt verrate, dann finden sie sie am Ende noch und sie muss zurück.«

Gideon schnaubt und spuckt aus.

»Bis du einglich wirklich blöd oder einfach nur feige, Benni?«

Jeden Tag erwarte ich, dass eine Postkarte von ihr kommt. Jeden Tag suchen wir weiter den Wald ab. Inzwischen sind es mehr, nicht nur Brüder und Schwestern, und nicht nur Welsumer. Sie kommen mit Autos, Frau Gothel liest die Kennzeichen und wenn sie ein Kürzel nicht kennt, bückt sie sich und versucht, die kleinen Buchstaben auf der Plakette zu entziffern. Die Polizisten verteilen Metallstangen, damit kann man besser in der Erde bohren. Frauen in kurzen Hosen gehen zwischen den Schwestern, deren lange Röcke Bröckchen aus der aufgeworfenen Erde einsammeln. Die Männer kann man erst auseinanderhalten, als es dunkel wird. Dann gehen die Brüder nämlich nach Hause, um zu beten, die Heiden holen die Taschenlampen heraus.

Sie finden Hannas Zopf. Gideon ruft mich an, mitten im Tierfilm.

»Benni, du Blödmann, wie konntes du den denn verliern? Jetz lassn sie Lolli nie mehr raus.«

Klaus sieht mich nicht an, aber ich kann an seinem Rücken sehen, dass es ihn stört, dass wir telefonieren. Er hat seine Schultern ganz hochgezogen.

»Du muss zur Polizei, Benni, das is kein Spaß mehr.«

»Sobald die erste Postkarte kommt«, flüstere ich ins Telefon, »Sobald wir wissen, dass sie wirklich weit weg ist.«

Am Sonntag in der Versammlung beten wir für Hanna. Sie stehen alle auf, nacheinander, jeder Bruder will etwas sagen: Der Herr behüte dich vor allem Übel, Er behüte deine Seele. Wir setzen unsere Hoffnung in Ihn, denn Er ist der Heiland aller Menschen, besonders aber der Gläubigen. Seine Augen stehen offen über allen Wegen der Menschenkinder.

Klaus ist der Einzige, der nichts sagt. Er sieht blass aus, und als wir für das Vaterunser aufstehen, zittern seine Beine und er verlässt die Turnhalle, bevor wir »Amen« sagen.

Ich geh auch schnell raus, aber Gideon kommt hinter mir her und packt mich am Arm und lässt mich nicht mehr los. »Du gehs jetz zur Polizei, du gehs jetz sofort zur Polizei.«

Lea kommt: »Benni? Kann ich kurz ma mit dir redn?« Sie wirft Gideon einen Blick zu: »Allein, bitte?«

Gideon lässt mich los und geht ein paar Schritte zur Seite. Lea erklärt mir – mit derselben unerträglich sanften Stimme, mit der sie mir erklärt hatte, dass ich nicht mehr zur Gärtnerei kommen durfte –, dass Gideon, der uns gut hören kann, wo er steht, leider kränker ist, als alle dachten.

»Und jetzt, wo Hanna«, ihre Stimme kippt, das ewige Lächeln zerbricht, sie weint gleich wirklich. Sie sieht mich an, als müsste ich ihr doch helfen können. Ich schaue weg, aber da steht Gideon und sieht mich wütend an.

Ich drehe mich wieder zu Lea und sage, ganz leise: »Hanna geht es gut.«

Lea schüttelt den Kopf.

»Doch«, sage ich, »sie ist nach Dortmund, zu Ruth, sie wollte einfach nur weg hier.«

»Ruth?« Lea wischt sich die Tränen aus den Augen.

»Das ist eine Freundin von eurer Mutter …«

»Ich weiß, wer Ruth ist, aber die lebt nicht in Dortmund, die ist schon vor ein paar Jahrn nach Patagonien ausgewandert.«

»Was?«

Lea nickt lächelnd und ich kriege Angst. Sehe Hanna in einem dunklen, nach Pisse stinkenden Hauseingang kauern, frierend, hungrig, allein.

»Keine Angst«, sagt Lea, die jetzt ihre sanfte Stimme wiedergefunden hat, und dabei streichelt sie auch noch meinen Arm: »Wir findn sie.«

Am Abend zeigen sie ein Foto von Hanna in der Tagesschau und dann eine kurze Aufnahme vom Wald, von oben. Wann ist denn da ein Hubschrauber drübergeflogen? Den hätte ich doch hören müssen?

Klaus steht auf, zittrig und eilig wie in der Turnhalle, und geht ohne ein Wort hoch in sein Zimmer. Er hat gerade die Tür hinter sich abgesperrt, da klingelt das Telefon. Renée hat die Tagesschau auch gesehen.

»Kanntest du das Mädchen?«, fragt sie.

»Ich kenne sie immer noch«, sage ich.

»So war das nicht gemeint, ich …«, sie bricht ab, und dann fragt sie sehr leise: »Ist das die Freundin, von der du erzählt hast?«

Ich antworte nicht und sie macht ein eigenartiges Geräusch. Dann sagt sie, dass ich jederzeit nach Hause kommen kann. Dass sie mich auch abholt, jederzeit.

»Nein, danke, du musst dich doch bestimmt noch erholen.«

Ich lege auf. Dann schalte ich den Fernseher aus und gehe nach oben. Von der Galerie aus kann man das Leuchten der Taschenlampen sehen, mit denen sie durch den Wald gehen. Kleine schwebende Punkte, wie Irrlichter.

Ich lege mich ins Bett und höre Musik und bin sicher, dass sie nicht in irgendeinem stinkenden Hauseingang liegt. Sie kennt ja nicht nur Ruth in Dortmund, sie ist so oft tanzen gewesen, sie hat garantiert Freundinnen dort und sitzt jetzt bei einer davon auf dem Sofa, eine Postkarte auf den Knien und kaut an einem Stift herum, weil sie nicht weiß, was sie mir schreiben soll.

Lieber Benni, don't you try to find me anymore. I want to stay outside of your world.

Water

Montag, Dienstag, Mittwoch. Keine Postkarte. Vielleicht ist sie auch auf dem Weg nach Patagonien.

Im Wald suchen immer weniger Leute. Niemand glaubt mehr daran, dass Hanna noch lebt. Der Alte geht jeden Tag mit, gebeugt, als trüge er einen schweren Rucksack. Alle sterben sie ihm weg, alle. »Vergehn soll der Tag, an dem ich geborn wurde«, seine wässrigen Augen laufen über. Alle nicken ihm schweigend und mitleidig zu und man sieht, wie sehr ihm das gefällt.

»Der freut sich schon auf die Beerdigung«, sagt Gideon und spuckt aus.

Er ist nur im Wald, weil Lea das will. Sie lässt ihn nicht mehr aus den Augen, seit sie ihn auf Lollis Isomatte gefunden hat. Er darf nach Hanna suchen, darf täglich zwei bis drei Stunden beim Reitwein verbringen und er darf schlafen, in dem Bett, das jetzt so leer ist, dass er nachts aufschreckt, weil da keine kalten Füße mehr sind, keine goldenen Haare, nur Lea, die Abstand von ihm hält, als wäre er ansteckend. Lolli ist immer noch in U-Haft und inzwischen sind alle überzeugt, dass er Hanna etwas angetan hat.

»Wenn du nicht endlich was sags, bleibt der da bis zum Sankt Nimmerleinstag«, sagt Gideon, leise, damit Lea, die hinter uns geht, nichts hört. Aber Lea ist zurückgeblieben, aufgehalten von ein paar Leuten, die vom Radio kommen. Tapfer lächelnd erzählt sie etwas in ein Mikrofon.

Wir gehen weiter, langsam, damit niemand darauf aufmerksam wird, dass wir uns vom Rest der Suchenden entfernen. Erst als Lea uns nicht mehr sehen kann, fangen wir an zu rennen. Gideon ist so schnell, dass ich ihn beinah verliere. Am See bleibt er stehen. Gottes Antlitz auf dem Wasser, eingerahmt von Baumschatten. *The safest place to sit.* Aus irgendeinem Grund finden die Suchenden nie hierher. Gideon atmet tief ein. Wie Hanna, wenn sie aus der Kakaofabrik kommt.

Kam.

»Wenn Lolli raus is, hau ich mit ihm ab«, sagt Gideon, »hier werd ich … nie gesund.«

Er spuckt das Wort aus und es klatscht gegen eine der letzten aufrecht stehenden Brennnesseln. Sie neigt sich langsam zur Erde und ihre Spitze zeigt auf etwas Glänzendes. Gideon kratzt mit dem Fuß daran herum. Es ist ein Flaschenboden. Apfelkorn. Kopfüber eingegraben und ganz leer.

»Gut, dass die keiner gefunden hat«, sage ich, »ich glaube, die ist von uns.«

»Nee, die is alt, sonst wär die nich so tief drin gewesn«, sagt Gideon. Er schleudert die Flasche ins Wasser.

»Wie lang has du noch Ferien?«, fragt er.

»Zwei Wochen.«

»Weiß du was? Ich komm mit. Ich steig einfach mit dir in den Zug und bleib bei dir.«

Ich lache, weil ich nicht weiß, was ich sagen soll. Ich denke daran, wie ich Hanna genau das vorgeschlagen habe. Und wie Gideon im letzten Winter in Renées Atelier stand. Ein peinlicher Fremder in einer fremden Welt.

»Wär doch cool, oder?«

»Ja, klar.«

Gideon nickt und kickt einen Stein in den See. Und dann bemerkt er etwas, am Ufer, unter einer vertrockneten Herkulesstaude.

Hannas Turnschuhe. Beide, der beschriebene und der unbeschriebene. Gideon hebt einen auf und lässt ihn fallen, als hätte er sich verbrannt. Und bevor ich etwas kapiere, hat er schon seine Schuhe abgestreift, die Hosen ausgezogen und rennt in den See.

Er atmet lang aus und taucht. Drei-, viermal, jedes Mal länger als zuvor. Beim fünften Mal kommt er hoch und schreit: »Die hängt da fest!« Er schnappt nach Luft und schaut mich an, mit einem Blick, den ich nie vergessen werde, das weiß ich: »Benni! Die hängt da fest und ich krieg die nich … hol Hilfe, Benni! Hol Hilfe!« Als käme es noch darauf an.

Ich renne, so schnell ich kann. Ich renne durch den Wald und schreie, aber aus meinem Mund kommt kein Geräusch. Lea und die Frau vom Radio sehen mich an, ich nehme Leas Hand und ziehe sie hinter mir her, bis wir Wasser zwischen den Bäumen glitzern sehen. Sie lässt mich los und läuft voraus. Als ich komme, sieht das Wasser glatt und hart aus. Lea steht am Ufer, Gideon ist unter der Oberfläche. Hanna auch. Ich drehe mich um und gehe, bevor sie auftauchen. Aus irgendeinem Grund weiß ich den Weg zurück zum Glashaus plötzlich ganz genau, wie im Traum. *You're floating safely in the way you do.*

When Under Ether

Es brennt die vierte Kerze im schönen Advent, bald hat der Herr Geburtstag und vielleicht tut er ein Wunder, das hofften sie alle, als der Alte sich an diesem Sonntagmorgen in der Turnhalle als Allererster, noch vor dem Reitwein, von seinem Klappstuhl erhob und mit weinerlicher Stimme sagte: »Lieber Herr Jesus, lass den Jungn überlebn.«

Ich hörte ihn wie aus weiter Ferne. Alles kam aus weiter Ferne, nur Hanna war nah. An den ersten beiden Tagen im Krankenhaus, an denen ich nur selten und nie vollständig aus der Bewusstlosigkeit auftauchte, war sie die ganze Zeit bei mir. Ganz nah, wenn keiner da war, weiter weg, wenn Besuch kam.

Sie sah mit Spott im Mundwinkel zu, wie der Reitwein mich taufte – weil nicht sicher war, ob ich überleben würde, aber ganz sicher, dass ich ungetauft nicht ins Paradies gelassen werde. Ich hörte das Wasser nur, ich spürte es nicht. Ich hätte gern etwas gesagt, aber es ging nicht.

»Atmen reicht«, sagt Hanna.

Simon und Luis kamen, ich weiß bis heute nicht, ob tatsächlich oder nur im Traum. Sie standen Hand in Hand da und Luis' Fingernägel waren schwarz lackiert. Oder verbrannt. Neben meinem Bett war oft ein Grab, dicht bepflanzt mit leuchtend rosa Heidekraut und Silberblatt. Auf dem großen, wie unbehauen wirkenden Stein lagen einzelne Blumen und ein kleines graues Plüschtier. Auf dem Grabstein stand ein Spruch: *Nur wer vergessen wird, ist tot.*

»Schön wärs«, sagte Klaus und warf in das Grab – das plötzlich offen war – sein neues Gewehr, das er extra für das Tier im

Wald gekauft hat, jetzt, wo er weiß, was es ist. Der Alte spuckte hinein, *wech, wech*, Lea warf eine Blume. Ihr Mann war auch da und hinter ihm die vier guten Kinder, in schwarz gefärbten Mänteln und blank geputzten Schuhen.

Alle klatschen für mich, weil ich so weit oben stehen kann auf der Leiter. Ich kann beinah die Sonne berühren, aus der eine klare Flüssigkeit durch einen Schlauch in meinen Arm tropft. An das Skelett, das wir hochgezogen haben, komme ich nicht dran. Es ist auf einmal nicht mehr Fridolin, sondern ein Mensch, der da hängt, in einem Pelzmantel und mit roten hochhackigen Pumps an den Füßen. Gideon. Als Frau Gothel ihn so sieht, schiebt sie ein Stofftaschentuch unter ihre Brillengläser, um Gottes tränende Augen zu trocknen.

»Lass schwimm gehn«, sagt Hanna und wir sind am See. Ganz dicht am Ufer, die Füße im Wasser.

»War es eigentlich heiß bei dir im Feuer?«, fragt sie.

»Beim Beten war mir heißer«, sage ich und sie lächelt schief und spritzt Seewasser in meine Richtung. »Aber ich glaub schon, meine Schuhe sind geschmolzen.« Ich zeige ihr die nutzlosen Turnschuhe, die in den Brennnesseln liegen und kaum noch als Schuhe zu erkennen sind.

»Ich war barfuß«, sagt Hanna. Sie beugt sich vor und entfernt eine Schlingpflanze, die sich um ihre nackten Zehen gewunden hat, und schleudert das glitschige grüne Knäuel in den See. Dann nimmt sie meine Hand. Ihre Finger sind kühl und feucht. Etwas in mir löst sich und steigt hinauf zu den Wolken, die wie eine feine weiße Lasur den Himmel bedecken.

»Was Wichtiges?«, fragt Hanna.

»Ich glaube nicht«, sage ich. »Warum hattest du eigentlich keinen Rucksack dabei?«

Die Frage habe ich mir gestellt, seit Gideon sie im See gefunden hatte.

»Als du gegangen bist, an deinem Geburtstag, als du wegwolltest, nach dem Streit mit dem Alten, weil du die Ausbildung abgebrochen hast, da hattest du nichts dabei. Keinen Rucksack, keinen Beutel. Nur Lollis Jacke.«

»Stimmt«, sagt sie. Und nach einer langen Pause: »Ich hätt nur gern noch ma Musik gehört.«

»Ich auch«, sage ich, fast sicher, dass ich tot bin, »wenn es sein muss, auch Björk.«

Hanna grinst und ihr Gesicht kommt meinem ganz nah. Ich bin fest entschlossen, die Augen aufzulassen, denn falls ich doch nicht tot bin, wird sie verschwinden, sobald ich meine Augen schließe. Aber es gelingt mir nicht, meine Lider klappen zu wie bei einer Puppe, als Hanna mich sanft in den Waldboden drückt. Sie berührt meine Wange, nicht mit den Lippen, sondern mit Fingern in Gummihandschuhen, und ich wurde wach, in einem weißen Zimmer, in einem weißen Bett, in einem Einzelzimmer in einem Krankenhaus. Neben dem Bett kein Grab. Die Sonne ein Infusionsbeutel, aus dem eine klare Flüssigkeit in meine Armvene tropft. Das war nicht das erste Mal, ich war schon öfter so aufgewacht, zu mir gekommen und dann wieder versunken. Wie oft? Plötzlich bekam ich Angst, dass es nie aufhören würde, vielleicht lag ich schon Jahre hier, so trocken wie mein Mund und meine Augen sich anfühlten. Mein Herz fing an zu rasen, stolperte – und wurde aufgefangen. Vom Heiland. Sie hatten ihn mir auf die Brust geklebt, vor der Taufe, ein kleiner runder Sticker, aus dem ein dünnes Kabel herauskam.

»Da sind Sie ja wieder«, sagte eine Ärztin, mit einer dicken roten Perle im Ohrläppchen, die seltsam flüssig aussah, wie ein großer Tropfen Blut. Dahinter erkannte ich jetzt auch mehr von dem Zimmer, in dem ich lag. Neonlicht, ein Schrank, ein Plastikbeutel, neben mir ein Monitor, auf dem ein kleines grünes Herz blinkte, darunter eine Linie, die ganz regelmäßig ausschlug, zwei kleine Dreiecke, ein scharfer hoher Zacken.

»Ich weiß, die Elektroden sind unangenehm«, sagte die Ärztin, und das Wort Elektroden ließ die Wirklichkeit endgültig fest werden. Sogar die Perle im Ohrläppchen der Ärztin wurde hart.

»Aber das sieht alles gut aus«, die Ärztin schaute auf den Monitor, »ja, sehr gut. Dann kann der Pfleger Sie gleich auf die Station bringen, da ist es auch ein bisschen schöner. Und es gibt ein Fenster. Draußen liegt Schnee. Wenn nichts dazwischenkommt, sind Sie Weihnachten wieder zu Hause.«

Sie lächelte mir zu und drehte sich zu jemandem um, den ich erst jetzt sah: Frau Gothel. Sie stand am Fußende meines Bettes, hielt ihre Handtasche fest an sich gepresst.

»Gehen Sie ruhig«, sagte die Ärztin und verließ das Zimmer. Frau Gothel kam vorsichtig näher, immer wieder auf den Monitor blickend, während sie erzählte, wer alles bei mir gewesen war und dass der Reitwein mich getauft hatte. Es war also kein Traum gewesen.

»Lea und die Kinder komm bestimmt auch noch ma, und Gustav wollte auch, hm? Has immerhin seim Urenkl das Lebn gerettet. Der Simon durfte am Sonntag schon wieder, hm?, der hat nur bisschn Hustn gehabt, da soll er jetz ans Meer, hat die Ärztin gesagt. Vielleicht machs du das auch, hm? Wenn du hier …«, Gottes Augen wurden trüb und sie holte ihr Taschentuch heraus. Von Gideon sprach sie nicht. Als ich nach ihm fragen wollte, kam nur ein Krächzen aus meinem Mund.

»Nich, du solls noch nich, hm? Hat auch die Ärztin gesagt, ers ma Stimme schon. Du kanns was trinkn, hm?«

Sie sah sich um, fand einen Plastikbecher und füllte ihn an dem Spülbecken hinter ihr mit Wasser. Ich trank und konnte allmählich meinen Körper wieder spüren. Mein rechtes Bein und beide Hände waren verbunden und in meiner Nase steckte ein Schlauch und ich trug nur ein dünnes Krankenhausnachthemd. Als ich das bemerkte, fing ich an zu zittern, obwohl mir nicht kalt war.

Frau Gothel blinzelte ängstlich, dann drückte sie einen roten Knopf an der Wand. Ein Pfleger kam. »Schmerzen?«

Ich schüttelte den Kopf, aber Frau Gothel sagte: »Das sieht man doch, hm?«

Er gab mir eine durchscheinende Kapsel, bierflaschenglasgrün. Es tat kurz weh beim Schlucken, dann dämmerte ich wieder. Nicht so tief, dass ich Hanna sah, und ich konnte auch undeutlich spüren, wie der Pfleger die Kabel aus mir herauszog, aus dem Arm, aus der Nase, aus dem Penis, aus den Aufklebern auf meiner Brust. Etwas piepste sehr laut, die grüne Linie auf dem Monitor flackerte und das kleine grüne Herz blieb stehen. Nichts tat weh. Ich schwebte in meinem Bett durch einen langen weißen Gang und in einen Aufzug, und wieder durch einen langen Gang. Hinter mir hörte ich Frau Gothels Absätze klappern, und ihr leises *hm? hm?*, wie früher, wenn wir fertig gebetet hatten, sie aber an meinem Bett sitzen blieb, bis ich eingeschlafen war.

Deine Gnad und Jesu Blut machen alles wieder gut.

Hunter's Lullaby

Der letzte tasmanische Teufel starb 1936 in einem Zoo, und er hieß Benjamin. Ich schaue zu, wie er genau wie ich – nur in Schwarz-Weiß – in seinem Gehege Kreise dreht, gähnt und sich hinlegt, aufsteht und seinen Kopf gegen die Glaswand schlägt, wieder und wieder, weil es angenehmer ist, sich daran zu stoßen als an der Leere.

Bei mir schaut keiner zu. Auf der Glaswand bleiben stumpfe Flecken von meinen fettigen Haaren.

Ich habe keine Ahnung, wo alle sind. Frau Gothel hat Klaus an dem Tag, an dem Gideon Hanna im See gefunden hat, nicht aus dem Museum abgeholt. Sie hat kurz mit ihm telefoniert, dann hat sie einen Koffer gepackt und ihm den Koffer gebracht. Seitdem bin ich allein.

Renée ruft an, mindestens dreimal am Tag, und fragt jedes Mal, ob ich wirklich nicht nach Haus kommen will. Ihre Stimme klingt genauso unwirklich wie die Stimmen aus dem Fernseher.

»Ich kann auch kommen. Ich kann auch mit dir zur Beerdigung, Benji, du musst da nicht allein …«

»Ich bin ja nicht allein, Klaus ist doch da.«

Sie glaubt mir.

Ich wandere durch das Glashaus, esse Cornflakes, damit ich mich nicht auflöse, höre laut Musik mit Klaus' Plattenspieler, schlage meinen Kopf gegen die Glaswand und schaue immer wieder in den Briefkasten. Keine Postkarte. Immer nur Klaus' Zeitungen. Ich bleibe in der Tür stehen und schaue rüber zum Rohbau. Die Bauarbeiter sind zurück. Sie setzen Fenster ein und verputzen die Wände, schütten den Graben um das Haus zu. Das rot-weiße Band, mit dem die Polizisten das Haus abgesperrt hatten, haben sie zerrissen, die Enden flattern in der Türöffnung, bis endlich die Haustür eingesetzt wird.

Wo soll Lolli jetzt schlafen, wenn er aus dem Gefängnis kommt? Ist er überhaupt noch im Gefängnis? Ich habe keinen blassen Schimmer, was in Welsum passiert, ohne Frau Gothel. Das örtliche Käseblatt, wie Klaus es nennt, bekommen wir nicht, und die Tageszeitung, die er abonniert hat, ist nutzlos in Welsum. Ich lege sie ungelesen vor seine Zimmertür. Wie ein Hund.

Tagesschau – nichts über Hanna – Tierfilm.

Wenn die winzige Qualle alt wird, verletzt ist, oder an Nahrungsmangel leidet, lässt sie sich auf den Meeresboden sinken. Jedoch nicht um zu sterben: Die Zellen ihres Außenschirms verwandeln sich in den Keim eines neuen Polypen, der erneut zu einer Medusa heranreifen wird. Auf diese Weise kann Turritopsis dohrnii ewig leben – wenn sie nicht gefressen wird. (Hol Hilfe, Benni, hol Hilfe!)

»Hm? Was riecht denn hier so sauer?«

Frau Gothel steht, in ihrem guten schwarzen Mantel und geputzten Schuhen, im Glashaus und hält sich die Nase zu: »Bis du das?« Sie beugt sich über das Sofa, um an mir zu riechen, und verzieht das Gesicht: »So kann ich dich nich mitnehm.«

»Mitnehmen?« Meine Stimme klingt heiser und schmeckt pelzig.

»Zur Gärtnerei. Die müssn die Beerdigung, hm?, aber der Bestatter, der Gustav kenn, is krank, und mit seim Sohn kann der nich, und deshalb fahr ich jetz hin und helf Lea und du kanns dich ein bisschen um Gideon, hm? Dem gehts gar nich gut.« Sie öffnet die Terrassentür, schickt mich duschen, zieht ihren Mantel aus und fängt an aufzuräumen.

Auf der Fahrt zur Gärtnerei frage ich sie nach Klaus.

»Dein Vater? Der is doch, hm?« Als wüsste ich genau, wo Klaus ist.

»Aber paar Tage kannst du doch schon ganz gut allein, hm? Hättes bisschn öfter duschn könn, aber jetz komm ich ja auch wieder, wir müssn dir auch noch schwarze Sachn, hm? Für die Beerdigung.«

Und dann erzählt sie mir, dass die Polizei ganz sicher festgestellt hat, dass niemand Schuld hat als Hanna selbst. Weil sie betrunken war.

»Wobei ich das jetz nich unbedingt, hm? Unfall nenn würde, wenn man sich so nachts am See vollllaufn lässt und ins Wasser geht, dann weiß man, hm?, wo man hinwill. Und da bin ich auch nich die Einzige, die das so, hm? Aber die von der Polizei, die nenn das ebn Unfall, und der Reitwein auch, der will den See sogar zuschüttn, damit das nich noch ma, hm? Hat sogar schon n Berg Kies besorgt.«

In der Gärtnerei riecht es nach Zigarettenrauch und Aftershave. Das ist der Bestatter – ein junger Mann in einem teuren Anzug, der seine Lackschuhe genauso gründlich geputzt hat wie Frau Gothel ihre. Er steht, einen Aktenkoffer zwischen den Beinen, die Hände hinter dem Rücken gefaltet, vor dem Küchenbuffet, in dem der Fernseher versteckt ist. War. Ich erinnere mich an die Glasscherben auf dem Boden, nach dem Streit.

Auf dem Sofa vor ihm sitzt der Alte und weint. Richtig dicke Tränen, die auf seine Hose tropfen. Aus einer Nase tropft es auch, obwohl der Alte den Rotz immer wieder hochzieht. Lea, die dabei ist, Kaffee zu kochen, dreht sich um und gibt ihm ein Taschentuch. Der Alte nimmt es mit zitternder Hand.

»Mich hätt er holn solln, als Allererstn.«

Der Bestatter weiß nicht, was er sagen soll. Frau Gothel hilft ihm: »Das is doch jetz, hm? Kann keiner wissn, wann wer heimgeht.«

Sie fasst den Bestatter am Ellbogen und schiebt ihn zum Sofa, damit er sich neben den Alten setzt und genug Platz ist, um die Klappe zu schließen und den Tisch herunterzulassen. Es ist das erste Mal, dass ich das machen darf. Das letzte Stück Seil rutscht mir aus der Hand und es knallt. *Wech, wech,* der Alte sieht mich an und verzieht den Mund.

Der Bestatter holt seinen Ordner heraus: Bilder von Särgen und Leichenhemden in Klarsichthüllen.

»Geh du doch ma nach Gideon, hm?«, sagt Frau Gothel und schiebt mich aus der Küche und schließt die Tür hinter mir.

Gideon sitzt in dem großen Bett, dicht am offenen Fenster, als würde er sonst nicht genug Luft kriegen. Neben ihm liegt ausgebreitet Marias Pelzmantel, der muffige Geruch von altem Fell erfüllt den ganzen Raum. Und wird noch einmal stärker, als ich mich auf die Bettkante setze.

»Hi.«

»Hi.«

Er schaut mich an und ich sehe wieder, wie er aus dem See auftaucht und schreit: Ich krieg die da nich raus! Und wie er tief Luft holt, bevor er wieder untertaucht – obwohl das falsch ist, denn wer lange tauchen will, muss ausatmen, nicht ein. Es sei denn – plötzlich kapiere ich – er hat vor, da unten jemandem Luft in die Lunge zu pusten. Als käme es noch darauf an.

Ich setze mich vorsichtig auf die Bettkante, hole meinen Walkman heraus und halte ihm den Kopfhörer hin. Er schüttelt den Kopf.

Also sitzen wir einfach da, auf dem Bett, neben dem muffigen Pelz, ohne Musik, ohne etwas zu sagen. Wie früher, als wir den Walkman noch nicht hatten. Ich weiß nicht, warum ich es nicht aushalte. Warum ich unbedingt etwas sagen will. Irgendwas.

»Klaus ist weg«, sage ich, froh, dass mir etwas eingefallen ist, bis ich merke, wie es sich anhört. »Also, nicht weg, sondern verreist, glaube ich. Als ich Frau Gothel gefragt hab, hat sie nur ihr *hm? hm?* gemacht, als wüsste ich schon selbst, wo er ist. Aber ich hab echt nicht den blassesten Schimmer. Vielleicht fängt er sich ja einen neuen Wal.«

Gideon lacht nicht. *He's deep in the forest so wild.*

Danach fällt mir nichts mehr ein. Wir sitzen auf dem Bett und leben. Leben einfach weiter. Auch wenn es sich anfühlt wie eine übergroße Anstrengung, geht es doch eigentlich wie von selbst. Gideon starrt aus dem Fenster und atmet knackend, ich spiele mit dem Kopfhörer herum, aus der Küche kommen leise Stimmen. Und weil wir nicht gestorben sind, sitzen wir noch heute auf dem Bett, neben dem muffigen Pelz. Und nichts passiert mehr. Bis es knallt.

Das ist die Klappe, die auf den Boden gefallen ist. Das heißt, der Tisch ist wieder oben und der Ordner mit den Särgen und Leichenhemden eingepackt, der Bestatter geht. Wir hören, wie er die Stiege runterklettert, und dann hören wir, dass auch Frau Gothel nach unten geht, die Absätze klacken auf den Holzstufen.

»Ich glaub, ich muss dann auch«, sage ich und stehe auf. Gideon sagt immer noch nichts, aber er steht auf und kommt hinter mir her.

Wir stehen alle unten im Laden, als Lolli kommt. Lea verabschiedet gerade den Bestatter, Frau Gothel ist schon fast zur Tür hinaus, Gideon und ich stehen da und schauen uns nicht an. Der Alte ist der Einzige, der nach hinten in den Garten schaut und sieht, wie Lolli kommt, über den Bach, über den

Acker, durch den Garten. In einem langen schwarzen Wollmantel und mit offenen Haaren.

»Was macht denn der Schlagetot hier?«, sagt er wie zu sich selbst. Dann spuckt er aus und geht nach draußen. Wir schauen alle zu, wie Lolli auf ihn zugeht, die Hand ausgestreckt. Was er sagt, hören wir nicht, wir hören nur den Alten.

»Wech.« Und dann steht er vor Lolli und schlägt ihm mit der Faust ins Gesicht.

Lea atmet zischend ein, Frau Gothel macht: Hm?, der Bestatter legt eine Hand auf sein Herz und auch ich mache ein erschrockenes Geräusch. Gideon nicht. Er rennt nach draußen und schreit den Alten an: »Spinns du?«

Dann geht er zu Lolli, der etwas zurückgewichen ist und sich mit beiden Händen Mund und Nase zuhält. Gideon berührt ihn sacht am Arm und Lolli nimmt die Hände herunter. Wir können das Blut von drinnen, durch die schmutzige Fensterscheibe sehen. Jetzt laufen auch Frau Gothel und Lea in den Garten. Der Bestatter weiß nicht recht, was er tun soll, schaut zu mir und ich weiß es auch nicht. Unschlüssig bleiben wir stehen und schauen einfach nur zu, wie Lea und Frau Gothel sich vorsichtig dem Alten nähern, wie der mit einem schnellen Schritt, fast wie ein Sprung, noch einmal zu Lolli will, wie Gideon herumfährt und ihn so laut anschreit, dass der Alte sich wirklich die Ohren zuhält.

»Lass ihn in Ruhe! Er hat nichts gemacht! Wenn du jemand verdreschn wills, dann da«, er zeigt durch das schmutzige Fenster auf mich, »da, hau Benni die Nase platt, der hat Hanna nämich allein gelassn am See, obwohl sie stockbesoffn war.«

»Benni hat ihr aber die Flasche nich gegebn«, sagt Lea.

»Hanna war erwachsn«, sagt Gideon, »die konnte sich selbs Schnaps besorgn.«

»Nich hier in Welsum«, sagt Lea und sieht Gideon an. Er sagt nichts, weicht ihrem Blick aber auch nicht aus.

»Das is doch jetz, hm? Sogar die Polizei hat gesagt, das war ein, hm? Und Unfälle passiern ebn, kann keiner was, hm? Manchma holt der Heiland unsere Kinder ganz früh, man weiß nich warum. Aber dafür is sie jetz zu Haus, hm?, und bei eurer Mutter.«

»Zu Haus is hier«, sagt der Alte, es klingt wütend, aber dann fängt er wieder zu weinen an, Rotz und Wasser, wie ein kleines Kind. Frau Gothel legt einen Arm um ihn und führt ihn zurück zum Haus.

»Der Herr prüft die, die er am meistn liebt, hm?«

Der Bestatter springt zur Tür und hält sie ihr auf. Ich tue gar nichts. Ich stehe nutzlos herum, während Frau Gothel den Alten nach oben bringt, Lea den Bestatter verabschiedet und Gideon einen nassen Lappen für Lolli holt.

»Und übrigns«, sagt er im Vorbeigehen zu mir, »dein Vater is in der Klapse. Das weiß hier auch jeder außer dir.«

Your father's gone a-hunting for the beast he'll never bind.

Play Dead

Der Raum, in dem ich erwachte, hatte ein Fenster, hinter dem ein Baum stand. Eine Robinie, auf der Schnee lag, wie die Ärztin gesagt hatte. Zwischen meinem Bett und dem Fenster war ein Nachtschrank, darauf stand eine Flasche Wasser, mit einem umgedrehten Plastikbecher auf dem Hals. Auf der anderen Seite stand ein zweites Bett, in dem ein Mann lag, der immer schlief. Hanna war fort und würde auch nicht wieder kommen.

Eine Krankenschwester brachte mir etwas zu essen. Sie war klein, hatte auf jeder Wange ein paar Sommersprossen und schöne rote Haare. Sie klappte den Tisch am Nachtschrank aus und stellte das Tablett darauf.

»Danke.« Meine Stimme war tiefer, heiser und an den Rändern wie zerbrochen.

»Haben Sie Schmerzen beim Sprechen?«, fragte die Krankenschwester.

Ich nickte, obwohl es nicht mehr wehtat als Sprechen bei einer starken Erkältung. Sie gab mir in einem kleinen Plastikbecher wieder eine von den durchscheinenden grünen Kapseln. Ich wurde müde, und hungrig. Gierig wie Gideon schlang ich den fast flüssigen Schokoladenpudding, den sie mir gebracht hatte, hinunter. Ich war gerade fertig, als es an die Zimmertür klopfte.

»Ja?«

Die Tür wurde langsam aufgeschoben und der Alte kam herein. Er starrte irritiert auf meinen schlafenden Zimmernachbarn, nickte mir zu, ging aber erst einmal an meinem Bett vorbei zum Fenster und blieb eine Weile dort stehen, das Gesicht dicht am Glas, als wäre es das einzige Luftloch in einem zugefrorenen See. Tief einatmend drehte er sich dann zu mir um: »Lea kommt auch gleich. Die parkt noch. Das Auto is einfach zu groß. Was habn sie dir denn da zu Essn gegebn? Pudding? Gibts einglich keine Stühle hier? Ich guck ma, obs Stühle gibt.«

Er ging hinaus, kam mit zwei Stühlen zurück und stellte sie an mein Bett.

»Und? Sprechn kanns du, oder?«

Ich nickte: »Ja.«

»Gut. Aber mit der Polizei has du noch nich geredet?« In seinen Augen blitzte jetzt Eis, aber ich bekam keine Angst. Ich war gehüllt in die glasgrüne Zufriedenheit der Schmerztablette.

»Warn die noch nich hier? Bei Simon warn sie sofort, aber der hatte ja auch nur bisschn Hustn.«

Er sah sich im Zimmer um, wusste nicht mehr, was er mit mir reden sollte, und stand schließlich wieder auf und ging zum Fenster: »Vom Wald siehs du hier gar nix.«

Kurz darauf kam Lea. Sie trug einen Wäschekorb, der aussah wie der, in dem sie früher die Kartoffeln gesammelt hatten.

»Da bis du ja wieder! Guck ma, das is alles für dich.« Sie stellte den Korb auf dem Stuhl ab und zeigte mir, was die Welsumer für mich gemacht hatten: bunte Bilder von Deborah und David und Kindern, die ich nicht kannte, Gläser mit eingekochtem Obst, Zellophantütchen mit Weihnachtsgebäck. Alles selbst gemacht von den Frauenkreisfrauen. Lea sagte die Namen und ich nickte, als würde ich sie alle kennen.

»Und? War die Polizei schon da?«, fragte sie den Alten.

»Nee, noch nich«, sagte er, während er weiter auf die Robinie schaute.

»Gut, dann komm die auch nich mehr.« Lea nahm den Wäschekorb vom Stuhl und setzte sich, zog den Stuhl so nah wie möglich an mein Bett. »Klaus hat grad noch ma mit den gesprochn, du muss da jetz nich auch noch durch, die habn ja alles, was sie brauchn.«

Sie schüttelte den Kopf: »Ich fass es immer noch nich, wie die auf Idee gekomm is, in ner Buchhandlung Kerzn aufzustelln. Und mein Kind in ihrm Keller. Ohne dich wär der jetz nich mehr, Benni.«

Sie streichelte meine Hand. Ganz kurz war ich irritiert, dass da kein Gips mehr war. Lea bemerkt es und lächelte, mitleidig und leicht besorgt: »Den hat der Hintz dir doch abgenomm, weiß du nich mehr? Ich glaub, du bis noch ein bisschn durcheinander. Du wars auch lang nich ansprechbar, wir warn nich ma sicher, ob du …«, sie schüttelte wieder den Kopf, »wirklich unverantwortlich mit den Kerzn.«

»Das waren elektrische«, sagte ich, heiser und nicht besonders laut.

»Was meins du, Benni?«

»Die Kerzen waren elektrische Kerzen. Das Feuer war kein Unfall«, ich räusperte mich und meine glasgrüne Glückseligkeit bekam einen ersten Sprung. »Gideon, Reiko und Mark Reitwein haben da Feuer gelegt.«

»Markus«, sagte der Alte, »der kleine Reitwein heißt Markus.«

»Wie komms du denn darauf?«, Lea lächelte mich an wie ein Kind, das etwas Drolliges gesagt hatte, und meine grüne Blase zersprang.

»Weil ich sie gesehen habe. Gideon hatte Marias Pelzmantel an, und er hat auch gewusst, dass Simon und Luis im Keller sind.«

Lea lächelte nicht mehr, aber sie hielt immer noch meine Hand.

»Benni«, sagte sie, sehr ruhig, als würde sie mir eine traurige Nachricht überbringen. Müssen.

»Gideon war die ganze Zeit bei Klaus, und Reiko auch. Die konntn da gar nich weg bei dem Schnee. Und wo Simon war, wusste da noch gar keiner. Und dass du da wars, auch nich, wir dachtn, du wärs längst zu Haus. Markus Reitwein, der war wirklich da, der is nämich bei der Feuerwehr und der hat dich da auch rausgeholt. Ohne den wärs du jetz nich mehr.«

Ich schüttelte den Kopf. Lea lächelte, tätschelte meine Hand und sagte: »Das kommt schon alles wieder, Benni, du brauchs nur ein bisschn Ruhe.«

Sie stand auf. »Komm, Vati, Benni muss schlafn.«

Sie packte die Geschenke aus dem Wäschekorb, stapelte sie auf dem Fensterbrett und dann gingen beide. »Wir betn für dich, Benni.«

Der Alte war schon fast aus dem Zimmer, da drehte er sich noch einmal um und kam zu mir, kam ganz nah an mein Bett und beugte sich über mich und ich bekam Angst, dass er mich schlagen oder mir über den Kopf streicheln wollte. Aber er stand bloß da und atmete schwer, während das Eis in seinen Augen schmolz.

»Mach dem Jung das nich kaputt, mit seim Verein, hörs du? Vielleicht hat er was gemacht, vielleicht nicht, aber wem hilfs du? Für die Bücher zahlt die Versicherung, das tut keim weh. Aber wenn der Junge ins Gefängnis muss, das überlebt der nich. Ich war ja nur eine Nacht, damals, aber das hat mir fürs Lebn gereicht. Und Gideon – du weiß ja nich, wies ihm in der Schule gegang is, damals, du wars ja nur in den Ferien hier, aber die habn den halbtot geschlagn.« Wässrig und beinah farblos ging sein Blick durch mich hindurch, er redete jetzt nur noch mit sich.

»Der will doch schon lang nich mehr lebn. Der denkt, ich krieg das nich mit, wie mit seim Haschisch da, aber ich weiß genau, was er macht in dem olln Pelz. Rennt durch den Wald und hofft, dass dein Vater ihn irgendwann erschießt, damit ers nich selbs machen muss. Und dann? Was mach ich dann?« Der Alte legte beide Hände flach auf sein Gesicht. Als er sie wieder wegnahm, war sein Blick wieder auf mich gerichtet, nicht mehr ins Nichts der weißen Krankenhauswand hinter mir. »Mach, was du wills, aber dass die mir alle wegsterbn, das wär auch nich richtig.«

»Vati?«, Lea war zurückgekommen und hielt ihm die Tür auf, »komms du?«

»Ja«, der Alte klopfte mit den Fingerknöcheln auf meinen Nachtschrank und dann ging er.

Als die Krankenschwester kam, um das Essenstablett abzuräumen, fragte ich sie nach meinen Sachen.

»Sie meinen die Kleidung, mit der Sie eingeliefert wurden? Das ist alles entsorgt. Wir müssen die Sachen meist vom Körper schneiden, und nach einem Brand ist sowieso alles unbrauchbar. Da müssen Sie Ihrer Mutter sagen, dass sie Ihnen etwas mitbringen soll.«

Vermutlich meinte sie Frau Gothel.

»Und mein Telefon? Mein Kopfhörer?«

Sie schüttelte den Kopf.

»Tut mir leid. Aber wenn Sie telefonieren müssen«, sie zeigte auf ein Telefon, das hinter meinem Bett an der Wand angebracht war.

»Danke.«

Ich setzte mich auf. Mir wurde kurz schwindelig und die Krankenschwester sah mich ernst an.

»Geht es?«

»Ja, danke. Könnten Sie mir vielleicht die Telefonnummer der Polizeidienststelle in Welsum heraussuchen?«

Sie nickte, trug das Tablett aus dem Zimmer und kam wenig später mit einem Zettel zurück, auf den sie eine Telefonnummer geschrieben hatte. Vierstellig, wie Klaus' Nummer früher.

Ich saß lang auf dem Bett, bevor ich anrief. Hörte meinem

Zimmernachbarn beim Schlafen zu, schaute auf die Robinie und fragte mich, in welcher Richtung der Wald liegen konnte. Die Sonne war in dem wolkenweißen Himmel nirgends zu sehen.

Nach dem Anruf war mir wieder schwindelig, und leicht flau. Ich legte mich zurück auf das Bett und hätte gern den Kopfhörer aufgesetzt und irgendetwas anderes gehört als das leise, gleichmäßige Schnarchen meines Zimmernachbarn.

Es war dunkel und wir hatten bereits unser Abendessen bekommen, als es noch einmal klopfte und der Reitwein hereinkam.

Er hatte meinen Rucksack dabei, einen prall gefüllten schwarzen Müllsack und mein Telefon.

»Ich fürchte, es geht nicht mehr, aber vielleicht ist die Karte noch zu gebrauchn.«

»Danke!« Er legte das Telefon auf meinen Nachttisch. Die Plastikhülle war zusammengeschmolzen zu einem großen gelbschwarzen Knubbel, der wie ein Baumpilz aussah und genau über dem Ein-/Aus-Schalter klebte. So fest, dass man ihn nicht herunterbekam.

»Wenn du es aufkriegst, kanns du die Karte vielleicht hier reintun«, der Reitwein gab mir ein altes Klapptelefon. »Von meiner Tochter.«

»Danke«, ich nahm es und verstand nicht ganz, weshalb er hier und so freundlich zu mir war. Weil ich getauft war?

»Ich wusste gar nicht, dass Sie eine Tochter haben.«

»Die is auch schon lang weit weg«, sagte er, und dann hob er den Rucksack hoch. Ich roch sofort den Brandgeruch. Der Reitwein nickte. »Ja, ich stell den mal ans Fenster.« Dann zeigte er mir, was in dem schwarzen Müllsack war.

»Wir haben gesammelt für dich.«

Ein Parka, der aussah wie meiner, eine zu kurze und zu weite Jeans, Handschuhe, Mütze, Schal und Strümpfe, alles bunt geringelt selbst gestrickt, Jakobs Schuhe. Und ein alter Discman, ein billiger Kopfhörer und ein paar CDs. Des Teufels Musik.

»Die sind auch von meiner Tochter«, sagte der Reitwein.

»Das durfte Ihre Tochter hören?«

»Ach«, der Reitwein schaute zum Fenster, sah hinaus und sagte nichts mehr.

»Wissen Sie vielleicht, wie es den beiden aus der Buchhandlung geht?«, fragte ich nach einer Weile.

»Ja.« Erleichtert, dass mir etwas eingefallen war, worüber wir reden konnten, wandte der Reitwein sich wieder mir zu und erzählte, dass Luis genau wie Simon nur kurz im Krankenhaus gewesen war, mit einer leichten Rauchvergiftung. Sie waren wach geworden, als ich die Kellertür geöffnet hatte, und hatten sich dann beide in den Hinterhof retten können.

»Dich hat dann die Feuerwehr rausgeholt. Mein Sohn. Der gerade verhört wird.«

Er sah mich an und ich begriff, weshalb er hier war.

»Es tut mir leid«, sagte ich, und es tat mir wirklich leid, auch wenn ich nicht genau wusste, was: dass der Reitwein nun auch allein war? Dass sein Sohn ein Brandstifter war?

»Ach«, der Reitwein schaute wieder nach draußen auf die Robinie, ging dann näher zum Fenster und sagte: »Warum sieht man denn hier gar nichts vom Wald?«

Er wünschte mir keine gesegnete Reise, als er ging, und sagte auch nicht, dass er für mich beten würde. Er nickte mir noch einmal zu, tippte auf den Stapel CDs, den ich auf das Tischchen neben meinem Bett gelegt hatte, und sagte: »Ich hoffe, da is was dabei, das dein Geschmack trifft.«

Danach besuchte mich niemand mehr. *Where no one cares and no one loves.*

Wir sind nur Gast auf Erden

Am Tag vor der Beerdigung bringt Frau Gothel mir ein Paar Lederschuhe. Altmännerschuhe, mit Lochmuster und klappernden Absätzen. Sie drücken und sehen total lächerlich aus. Sie färbt eine Jeans von mir und ein altes Hemd von Klaus in der Waschmaschine schwarz. Sie hängt die Sachen nicht im Waschkeller auf, sondern auf Bügeln ans Geländer an der Galerie, damit sie bis morgen auch trocken werden. Sie sind nicht ganz schwarz rausgekommen, die vorher hellen Nähte sind nur braun geworden. Ein ekliges, stumpfes Braun.

»Ich komm morgn dann früh und bügel alles noch.« Gottes Augen hinter den dicken Brillengläsern sehen mich besorgt an: »Oder ich bleib heut hier. Ich kann ja auf dem Sofa, hm?, und du schläfs endlich ma wieder in deim Bett.«

Sie kocht Kartoffelpüree und Fischstäbchen. Diesmal isst sie mit und schaut mit mir Tagesschau und Tierfilm. Als wären das Dinge, die Klaus immer für mich gemacht hätte.

»Gesegnete Nacht, Bennikind.«

Die Kapelle am Gottesacker ist zu klein für alle, die gekommen sind. Die Schwestern dürfen drinnen sitzen, die meisten Brüder stehen draußen. Ihre schwarzen Anzugjacken glänzen in der Sonne. Ich bleibe auch draußen stehen. Frau Gothel will mich an die Hand nehmen und in die Kapelle ziehen: »Du gehörs doch, hm?« Aber ich schüttele den Kopf.

Ich will nicht hören, was sie über Hanna sagen. Ich will Lea nicht sehen, in ihrem selbst genähten Trauerkleid, und auch nicht den Alten mit seinen geschmolzenen Eisaugen. Schon wieder jemand, den er kennt, alle sterben sie ihm weg. Und sind doch noch so jung, so jung.

Es muss der schönste Tag im Jahr sein für ihn.

Ich stelle mich ganz nach hinten, so weit weg wie möglich von dem kleinen Weg, über den sie nachher den Sarg tragen werden. Zum ersten Mal bin ich froh, dass ich noch nicht so groß bin wie Gideon. Hinter all den breit ausgepolsterten Anzugschultern bin ich unsichtbar. Zum Glück, denn ich sehe absolut lächerlich aus, in den bescheuerten Schuhen, der ruinierten Jeans und Klaus' Hemd, das mir viel zu groß ist. Frau Gothel hat mir die Ärmel dreimal umgekrempelt. Hanna würde lachen, nicht bloß schief grinsen, sondern laut lachen.

Auch Lolli ist da. Er steht etwas abseits, nicht absichtlich, sondern weil die anderen von ihm abrücken. Seine Haare sind wieder zu einem Pferdeschwanz zusammengebunden, und er trägt den langen schwarzen Mantel, den er auch in der Gärtnerei getragen hat. Viel zu warm für den Tag. Er wischt sich immer wieder über Stirn. Wir schwitzen alle, obwohl wir noch gar nicht angefangen haben zu beten. Es ist der heißeste Tag bisher in diesem Sommer. Lolli merkt, dass ich ihn anschaue, und unsere Blicke treffen sich. Mir wird noch heißer. Unter Lollis linkem Auge ist ein tiefer blauvioletter Schatten. Durch meine Schuld. Hätte ich den Mund aufgemacht, wäre er sofort aus dem Gefängnis gekommen und niemand in Welsum würde glauben – aber Lolli lächelt, als hätte ich gar nichts getan.

»Na?«, er stellt sich neben mich und will noch etwas sagen, aber da fängt in der Kapelle der Gottesdienst an, Musik setzt ein und obwohl man sie nicht sehr deutlich hört, singen alle mit. Die Brüder kennen das Lied auswendig, und Lolli auch. Jedes Wort.

»Gar manche Wege führen aus dieser Welt hinaus.«

Als sie mit Hannas Sarg herauskommen, sagt Lolli leise »Scheiße« und schaut auf den Boden. Sieht meine bescheuerten, zu kleinen Altherrenschuhe und muss lachen. Und ich lache auch. Das ist der Teufel, denn die Schuhe sind überhaupt nicht lustig, die tun richtig weh mittlerweile, als wären sie noch mal geschrumpft. Ich humpele, als wir mit den anderen über den Gottesacker zu Hannas offenem Grab gehen. Weil ich mich nur darauf konzentriere, das Lachen loszuwerden, achte ich nicht mehr darauf, wo ich stehe, und bin am Ende ganz vorn, gleich neben Gideon, Lea und dem Alten. Lea wirft eine Blume ins Grab, der Alte und Gideon gehen zu einer Schubkarre voller Erde.

Sie ist rötlich braun und sieht feucht aus. Wahrscheinlich Ton. Der Alte hat uns mal die Unterschiede erklärt: »Sand, Schluff, Lehm, Ton, wenn du weiß, was du in der Hand has, kriegs du alles groß.«

Man muss es nur in die Hand nehmen und ein bisschen rollen, dann weiß man Bescheid. Als ich dran bin, gehe ich zur Schubkarre, greife hinein, drücke die Erde zusammen – sie hält, also Ton, sehr nährstoffreich, aber schwierig – und lasse den Brocken in das offene Grab fallen. Er zerfällt mit einem weichen Geräusch auf dem hellen Holz. Ich wische meine Hand an der sowieso ruinierten Jeans ab und gehe, wie Frau Gothel es gesagt hat, zu Gideon, Lea und dem Alten, schüttele ihre Hände und sage: »Mein Beileid.«

Lea lächelt tapfer, der Alte verzieht den Mund, als hätte er Schmerzen, Gideon grinst: »Da war ne Schaufl für die Erde, Blödmann.«

Vom Gottesacker gehen alle in einem langen Zug zum Leichenschmaus in der Gärtnerei. Wir gehen die Straße entlang, an den vielen Holzkreuzen vorbei, und weil im Graben höchstens zwei oder drei nebeneinander laufen können, wird es ein sehr langer Zug. Ganz vorn sind Lea, Frau Gothel und die Frauenkreisfrauen, sie beeilen sich, weil sie das Essen vorbereiten müssen. Gideon geht weiter hinten mit gesenktem Kopf neben dem Reitwein. Der Alte ist noch etwas weiter hinten, der Hintz stützt ihn, als könnte er nicht allein gehen, und vor ihnen ist eine große Lücke im Zug, weil er so langsam geht.

Ich gehe noch langsamer, und irgendwann bleibe ich stehen und tue so, als hätte ich etwas im Schuh. Ich hocke mich hin und fummele an meinen Schnürsenkeln herum, bis endlich alle an mir vorbei sind. Lolli, der als Letzter kommt, bleibt bei mir stehen. Er hat seinen Mantel ausgezogen und über die Schulter gehängt.

»Krass schöner Tag für so was«, sagte er, »aber du kannst trotzdem nicht abhauen jetzt. Wir können Gideon nicht allein lassen. Dem gehts echt scheiße.«

»Schon klar, aber ich glaub nicht, dass es ihm besser geht, wenn er mich sieht.«

»Ich dachte, ihr seid Freunde«, sagt Lolli.

»Er denkt, dass es meine Schuld ist, dass Hanna …«, ich beende den Satz nicht. »Und du solltest da besser auch nicht hingehen.«

Lolli rollt die Augen so weit nach hinten, dass ich nur noch Weiß sehe.

»Dieser Schwachsinn mit der Schuld, immer muss irgendwer schuld sein. Wusstest du, dass Gideon glaubt, seine Mutter wäre gestorben, weil er dich geküsst hat?«

Mein Gesicht wird heiß, als er das sagt, es ist, als wäre der ganze lange Zug plötzlich stehen geblieben, und alle drehen sich um und starren mich an, wie nur Welsumer starren können. Lolli lächelt. »Keine Angst, mir ist total egal, wer mit wem was macht.«

»Ja, klar, weil du auch was mit Gideon hattest«, sage ich und bin überrascht, wie eifersüchtig das klingt. Lolli hebt die Augenbraue, mit der er sonst die Bierflaschen öffnet, dann legt er eine Hand auf meinen Rücken und schiebt mich ganz sanft an, damit ich weitergehe.

»Kannst du Gideon nicht eigentlich mal zu dir einladen? Nicht in das Glashaus, sondern zu dir nach Hause? Dann kann er mal sehen, dass die Welt eigentlich ganz anders ist.«

Ich sehe Gideon, wie er sich über die Reling lehnt und Wale sieht, die gar nicht da sind.

»Ich weiß nicht, ob Gideon hier wegwill«, sage ich.

»Weils hier so schön ist, oder was?« Es ist Lolli, der das sagt, aber ich höre Hanna, sehe ihr schiefes Grinsen und ihre langen schwarzen Haare schweben wie Seegras. Was Blödsinn ist, weil sie sich den Zopf ja abgeschnitten hat.

»Ich bin als Kind auch in der Kirche gewesen«, sagt Lolli, »aber das war ganz anders. Da wurde keiner kaputtgemacht. Wir hatten auch ganz andere Lieder«, er summt und singt dann leise: »Einfach so, so wie du bist, wirst du von Gott geliebt.« Dann bleibt er stehen, weil wir jetzt beinah an der Gärtnerei sind.

»Ich geh lieber hinten rum, ich will nicht noch mal ne Faust im Gesicht haben. Sag Gideon, ich warte im Schuppen.«

Auf den Pflanztischen stehen silberne Platten voller Brötchenhälften, Leberwurst mit Gürkchen, Käse mit Petersilie. Lea gießt Kaffee in Pappbecher, die Frauenkreisfrauen schieben mit langen Messern die Wespen vom Butterkuchen. Der Alte steht auf seinem Platz hinter der Kasse und beobachtet die Menschen in seinem Garten. Nicht einer achtet auf die Wegsteine, sie trampeln nicht nur über die Erde, sie treten auch in die kleinen Buchsbaumhecken, die die Beete voneinander abgrenzen.

Frau Gothel drückt mir einen Pappteller mit staubigem Kuchen in die Hand, einen Becher mit Zitronenlimonade. Ich halte den Geruch kaum aus und gehe nach draußen, kippe die Limonade unter einen vertrockneten Rosenstock. Für Maria.

Ich suche Gideon, aber Lolli und er haben sich schon gefunden. Ich höre sie durch die Bretterwand des Schuppens reden. Lolli erzählt von der U-Haft, lustige kleine Geschichten über schlechtes Essen, verstopfte Toiletten, harte Betten. Es klingt, als wäre er auf Klassenfahrt gewesen, und an ein paar Stellen muss ich sogar lachen. Gideon lacht nicht. Irgendwann wird auch Lolli ernst.

»Ich will nicht eines Tages hören, dass sie noch jemanden aus dem See holen mussten«, sagt er.

»Ich kann schwimm«, sagt Gideon.

»Das konnte Hanna auch.«

»Nicht so gut wie ich.«

»Hast du mir nicht erzählt, dass sogar Wale ertrinken können?«

Da lacht Gideon.

»Ich vergess schon nich zu atmen«, sagt er, und in dem Augenblick begreife ich, dass Hanna tot ist. Ihr Tod springt mich an wie vor ein paar Wochen Marias Tod, als nicht sie, sondern Lea am Schlafzimmerfenster auftauchte. Er presst mir seine knöchernen Knie zwischen die Rippen, dass ich kaum noch Luft kriege, mein Herz rast, ich fühle das Pochen im Hals, dann stolpert es und stürzt in den Bauch und ich fühle nichts mehr.

Wenn ich flach atme, geht es, dann kann ich mich bewegen, dann kann ich meinen Pappteller auf den Boden legen und über den Kartoffelacker zum Bach gehen, der nur ein fingerbreites Rinnsal ist. Ich steige darüber, gehe über Eigendorfs Feld und in den Wald hinein.

Zum ersten Mal habe ich überhaupt keine Angst, mich zu verlaufen. Ich fühle gar nichts mehr, außer dem Tod, der wie ein Nachtmahr auf meiner Brust hockt, immer noch und für immer. Denn Hanna ist ja auch für immer tot.

Who By Fire

Am Abend nach der Beerdigung heult ein Martinshorn durch Welsum. Noch nie habe ich in Welsum ein Martinshorn gehört. Kurz darauf klingelt das Telefon. Ich springe aus dem Bett und renne nach unten. Es ist nicht Klaus, es ist Gideon.

»Benni? Kanns du komm? Bei uns brennts.«

Ich habe keine Angst, als ich allein mit Klaus' Rotlicht-Taschenlampe in der Hand die Straße entlang zur Gärtnerei gehe. Ich rieche den Brandgeruch schon von Eigendorfs Feld aus und zuerst denke ich, die ganze Gärtnerei brennt, aber als ich näher komme, ist es nur die Lampe im Laden.

Gideon hat nicht gesagt, was gebrannt hat. Das Haus sieht unversehrt aus. Ich gehe hinten rum und sehe den Schuppen. Das, was davon übrig ist: zwei nasse schwarze Wände auf einem Berg feuchter Asche. Gideon steht davor und zittert, obwohl es nicht kalt ist. Die lauwarme Luft schmeckt nach Rauch. Gideon hält mir eine offene Bierflasche hin und ich trinke einen kleinen Schluck, um den Geschmack zu überdecken.

»Wo sind die anderen?«

»Lolli is im Kranknhaus und der Alte is im Knast.«

»Was?«

»Die von der Feuerwehr habn gesagt, da muss jemand nachgeholfn habn, so schnell wie das ging. Sie habn auch ne Flasche Schnaps im Gartn gefundn.«

»Vom Alten?«

»Von Lolli war sie jedenfalls nich, dem hab ich nur n Bier und n Leberwurstbrötchn gegebn. Und ne Decke.«

»Der war immer noch hier im Schuppen?«

»Irgendwo muss er ja penn«, sagt Gideon, »er hat den letztn Zug verpasst, und wenn der sich hier irgndwo draußn hingehaun hätte, hättn die doch sofort wieder die Polizei gerufn, oder ihn gleich selbst zusammgeschlagn.«

»Das hat der Alte erlaubt?«

»Natürlich nich, der wusste von nix, aber Lolli, der Penner, kann ja nich ohne Tüte einpenn und der Alte hat wahrscheinlich ma wieder den Tod im Gartn gesehen, is runter und hat das Zeug gerochn, und dann hat er mit ner Flasche Schnaps und ner Zigarette Gottes Werk getan.«

»Und wo ist Lea?«

»Die is mit dem Krankenwagen mit, weil sie so viel Rauch eingeatmet hat.«

»Und du?«

»Ich soll den Schuppn wieder aufbaun, hat der Alte gesagt. Bis er zurück is, soll der wieder stehn.« Gideon tritt gegen die verbrannte Wand und eine Latte wackelt.

»Einglich sahs richtig schön aus«, sagt er, »war ein richtig schönes Feuer.« Er tritt noch einmal und die Latte bricht heraus, fällt aber nicht, sondern bleibt schräg in der Luft hängen. Wie ein schiefer Zahn.

»Keine Ahnung, wie ich das Scheißding wieder aufbaun soll.«

»Ich kann dir helfen.«

Gideon lacht und schaut mich an, schaut mich endlich an. Er grinst.

»Lass ma lieber«, sagt er und dann gehen wir ins Haus.

In der Gärtnerei riecht man vom Brand nichts, ein erstickender Blumengeruch überdeckt alles. Der Laden ist voll mit Blumen, auf den Tischen, auf dem Boden, in allen Eimern stehen welche. Alle mit weißen Blüten.

»Das machn die hier immer, wenn ein Kind stirbt«, sagt Gideon. »Nur weiße. Aber leider stinkn die am meistn.« Er macht das Licht im Laden aus und wir klettern im Dunkeln die Stiege hoch.

Im Schlafzimmer brennt ein kleines Licht. Ich kann die Blumen immer noch riechen, und den Pelz, der auf dem Bett liegt. Wir legen uns daneben, jeder auf eine Seite. Gideon macht das Fenster weit auf. Jetzt riecht es nach Fell und Blumen und Feuer.

»Wann fährs du nach Haus?«, fragt Gideon.

»Morgen«, sage ich. »Willst du mit?« Ich bin genauso erstaunt wie Gideon, als ich es ausspreche.

»Im Ernst?«, fragt Gideon.

»Ja, klar«, sage ich und meine es auch. Wirklich, ich kann genau vor mir sehen, wie wir zusammen in den Zug steigen und halblaut male ich auch für Gideon unsere Flucht aus der Welsumer Hölle aus, bis wir den nächsten Tag wie einen Film vor uns sehen, ganz klar und in Farbe, während die schwarz-weiße Wirklichkeit, in der wir liegen, immer blasser wird und ich am Ende nicht mehr weiß, ob ich neben Gideon oder neben Hanna liege. Am See oder in der Gärtnerei. Es ist für lange Zeit das letzte Mal, dass ich vergesse, dass es Hanna nicht mehr gibt.

Weil Gideon nicht aufhört zu zittern, ziehe ich, während ich rede, die Bettdecke unter mir hervor und decke uns beide damit zu. Wie soll einer allein warm werden. Dabei berührt meine Hand Gideons Oberschenkel, unabsichtlich, und auch nicht fest, aber Gideon zuckt, als wäre er geschlagen worden, und dann stößt mich so heftig weg, dass ich fast aus dem Bett falle. Ich stelle schnell einen Fuß auf den Boden, aber der Boden gibt nach. Es fühlt sich an, wie auf eine Eisdecke zu treten, die nicht dick genug ist, krachend zersplittert Holz und dann scheppern leise zwei tiefe Saiten. Ich bin in Gideons Gitarre getreten.

»Was war das? Benni?« Gideon steht auf, blass wie nach einem langen Tauchgang im Teich. Er geht um das Bett herum und hockt sich neben die kaputte Gitarre.

»Das wollte ich nicht, wirklich, das tut mir so leid, ich … ich kauf dir eine neue, ich geb dir das Geld, ich …«

Gideon sagt nichts. Er hockt neben der Gitarre und weint lautlos. Im Halbdunkel kann ich die Tränen nicht sehen, ich sehe nur, wie sein Gesicht immer nasser glänzt. Ich würde ihn gern anfassen, aber ich traue mich nicht. Irgendwann fällt mir der Walkman ein, und ich frage heiser, ob er Musik hören will. Da nickt er, steht auf und legt sich wieder neben mich.

Wir nehmen den Kopfhörer zwischen uns, drücken die Hörer an die Ohren:

And who shall I say is calling?

Gideon tastet nach meiner Hand und hält sie fest, wie ich früher seine festgehalten habe, wenn wir durch den Wald gelaufen sind. Seine Hand fühlt sich noch genauso an, weich, warm und pummelig wie eine Kinderhand. Nach und nach lockert sich der Griff, Gideon atmet ein letztes Mal mit leisem Knacken aus, dann schläft er.

Ich bin noch wach, als Lea kommt. Ich höre, wie sie leise die Klappe schließt und hustet. Ich stehe auf und schleiche mich in die Küche.

»Erschreck dich nicht«, flüstere ich und Lea erschreckt sich nicht. Sie lächelt mich müde an und will etwas sagen, hustet aber erst einmal nur.

»Alles okay?«, frage ich. Sie nickt, räuspert sich und sagt: »Wo sind deine Schuhe?«

Ihre Stimme klingt anders, irgendwie alt, und sie sieht auch alt aus. Ihre Haare sind ganz grau. Wahrscheinlich Asche. »Du bis doch nich auf Sockn hergekomm.«

»Nein«, ich lache, »Ich …«

»Ich weiß schon, wo du wars«, sagt sie, »und ich hab dir scho ma gesagt, wenn ihr das nich lasst, wenn *du* das nich lässt – has du den Schuppn untn gesehn? Weiß du, wie Lolli aussieht? Wills du auch nich sehn. Gibt Sachn, die verzeiht Gott nich. Und Sachn, die brenn ganz leicht.«

»Du spinnst«, sagte ich. Ich habe immer noch keine Angst, und es fühlt sich an, als würde ich nie wieder Angst kriegen. »Ihr spinnt alle hier, diese ganze Angstmacherei mit euren Märchen von der Hölle und dem Teufel. Und immer muss jemand schuld sein, das ist doch völlig bekloppt.«

Lea macht einen Schritt auf mich zu, ich glaube, sie weiß noch gar nicht, was sie machen will, sie hebt die Hand und zuerst sieht es aus, als würde sie sie wieder sinken lassen, aber dann schlägt sie doch. Nicht wie der Alte, mit der Handfläche, sondern irgendwie unbeholfen mit dem Handrücken. Ihre Fingerknöchel treffen genau auf meinen Wangenknochen. Es tut so weh, dass ich heulen möchte, laut aufheulen, aber ich gebe keinen Ton von mir.

Lea sagt heiser »Au« und hält mit der Hand, die mich nicht geschlagen hat, die andere fest umklammert. Ich berühre meine brennende Wange nicht, und ich fühle auch nicht mit der Zunge, woher der Blutgeschmack in meinem Mund kommt. Ich stehe nur da und starre Lea an. Sie beißt die Zähne zusammen und starrt zurück.

Nie davor oder danach hat sie Hanna so ähnlich gesehen. Wenn sie sich nicht bewegt hätte, wir würden heute noch so stehen. Aber irgendwann muss sie husten, und dann geht sie ins Schlafzimmer, um meine Turnschuhe zu holen. Sie wirft sie vor mir auf den Boden. Als ich mich bücke, um sie anzuziehen, schmecke ich Blut und mir tut plötzlich alles weh, die Haut, die Knochen, die Augen. Als würde ich krank werden, richtig krank.

Lea öffnet die Klappe und hält sie für mich auf.

»Geh nach Haus, Benni«, sagt sie, ohne zu lächeln. »Du has hier nix verlorn. Dein Vater merkt nich ma, ob du hier bis. Geh nach Haus und komm nich wieder.«

Ich klettere nach unten und bevor Lea die Klappe über mir schließt, sagt sie noch leise: »Ich werd für dich betn, Benni.«

You Look Like Shit

Einen Tag vor Weihnachten wurde ich aus dem Krankenhaus entlassen. Sie hatten mir gesagt, dass ich entlassen werden würde, aber dann war den ganzen Tag nichts passiert. Ich hatte im Bett gelegen, Frühstück bekommen, Mittagessen, und es dämmerte schon, als endlich ein Pfleger kam, mir einem prall gefüllten Briefumschlag gab und mich bat, mich zu beeilen, weil sie das Zimmer brauchten.

Ich zog mich an: die Jeans eines Engels, die von Lea gestrickten Socken, einen Pullover von Renée, der wie alles, was in meinem Rucksack war, durchdringend nach verbranntem Holz stank, und Jakobs Schuhe. Dann packte ich alles ein, was der Reitwein mir gebracht hatte.

Mein halb geschmolzenes Telefon hatte ich aufbekommen und meine Karte hatte tatsächlich in das alte Telefon von Reitweins Tochter gepasst. Zuerst hatte ich mich gefreut, dann nicht genau gewusst, was ich mit einem Telefon anfangen sollte, das weder Musik spielen noch Fotos zeigen konnte. Dann hatte ich Manuel eine SMS geschickt:

sorry ich bin im krankenhaus. nichts schlimmeres, übermorgen bin ich wieder da.

Er antwortete: *ich aber nicht, übermorgen ist weihnachten, du hättest gestern hier sein sollen*

Tut mir leid, tippte ich und wollte schreiben, weshalb ich nicht da war, aber es dauerte unerträglich lang, also rief ich ihn an. Er erkannte meine Stimme nicht gleich.

»Bist du das, Ben? Du klingst wie Batman.«

Ich lachte, hustete und sagte: »Ja, hier hat es gebrannt.«

»Ach du Scheiße.« Im Hintergrund bei ihm krähte das Baby.

»Was ist denn passiert?«

»Kerzen«, sagte ich, »aber mir geht es schon wieder gut, ich musste nur ein paar Tage im Krankenhaus bleiben, zur Beobachtung, weil ich eine Rauchvergiftung hatte. Und mein Telefon ist kaputtgegangen dabei, deshalb konnte ich dir nicht Bescheid sagen.«

»Alles gut, wir hatten eh nichts zu tun. Wie geht es dir denn jetzt?«

»Gut«, ich räusperte mich, »also schon viel besser. Morgen werde ich entlassen, ich weiß nur noch nicht wann genau. Und ich weiß nicht genau, wo ich dann hinsoll«, ich lachte. Er nicht.

»Ich besorg dir ein Monteurzimmer, über die Feiertage ist das gar kein Problem, da stehen die alle leer. Ich schick dir die Adresse. Und deine Sachen bring ich dann auch dahin.«

»Die sind noch da?«

»Ich hab sie reingeräumt.«

»Danke.«

Ich hatte erwartet, dass es kalt sein würde, aber als ich aus dem Krankenhaus kam, war der Wind warm wie Atem und hatte den an die Gehsteigränder geräumten Schnee zu festen, fleckigen Wällen zusammengeschmolzen, die den Weg so schmal machten, dass immer nur eine Person dort laufen konnte. Es waren überraschend viele Menschen unterwegs, die es überraschend eilig hatten für Welsumer – bis mir wieder einfiel, dass morgen Weihnachten war.

Auf dem Gehweg entlang der kurzen, steilen Straße, die von der Hauptstraße abzweigte und vorbei an der Buchhandlung zum Bahnhof führte, war der Schnee geräumt. Der zusammengeschobene Rest lehnte, zu einem unförmigen Wesen geformt, an einer Hauswand am Anfang der Straße. Kronkorken als Augen, ein dünner blauer Plastikbeutel auf dem Kopf und ein Zweigarm, der hinunter zur Buchhandlung wies.

Vor der Buchhandlung standen ein paar Jugendliche, und als ich näher kam, sah ich, dass auf dem Gehsteig ein Büchertisch aufgebaut war. Der warme Wind ließ die Taschenbuchdeckel flattern. Ein paar Leute schleppten Kisten vom Laden in einen kleinen Transporter. Heidi, in einem fast bodenlangen Mantel, mit einer dicken pinken Strickmütze auf dem Kopf, suchte mit fingerlosen Handschuhen Wechselgeld aus einer grünen Metallkassette.

»Hey«, meine Stimme klang schon beinah wieder normal. Es drückte nur leicht auf der Brust, wenn ich sprach.

»Hey«, sagte Heidi. Ein Mädchen trat mit einem angesengten Taschenbuch in der Hand zu uns: »Was kostet das?«

»Das schenk ich dir«, sagte Heidi.

Das Mädchen strahlte und steckte dann eine Münze in ein pinkes Sparschwein, das auf dem Büchertisch stand. *NEUSTART,* stand in fetten gelben Buchstaben auf der Seite. Von außen sah man nichts vom Feuer.

»Sieht es drinnen schlimm aus?«, fragte ich.

»Geh gucken«, sagte Heidi und wandte sich einem anderen Kind zu, das ein Buch in der Hand hielt und wissen wollte, was es kostete. »Schenk ich dir.«

Die Decke und die Wände im vorderen Raum waren schwarz vom Ruß, der Plastikbaum im Schaufenster zu einer großen, glitzernden weißen Lache geschmolzen, die immer noch flüssig aussah. In manchen Regalen standen noch Bücher, die Stapel auf dem Boden waren alle verschwunden. Stattdessen lagen dort feuchte Häufchen von Asche und Papier. Ich ging durch den schwarz angesengten Torbogen nach hinten. Der Ohrensessel war weg, stattdessen lag dort ein Haufen Holz, wie für ein Osterfeuer. Ein einziges Regal stand noch, seltsam unversehrt, und ganz ohne Bücher darin. Das Fenster zum Hinterhof stand weit auf. Draußen standen zwei Menschen und rauchten. Keiner davon war Luis. Ich ging wieder hinaus zu Heidi.

»Wo ist denn Luis?«

»Am Meer, mit Simon. Die werden auch nicht wiederkommen.«

»Wieso auch? Gehst du weg?«

Sie sah mich an, fassungslos.

»Ich dachte nur ...«, ich zeigte auf das Sparschwein, auf dem *Neustart* stand.

»Das?«, Heidi nahm es hoch und ließ die Münzen darin klappern.

»Das hat mir einer von eurer Sekte gebracht, ein älterer Herr in einem braunen Cordanzug. Sie haben für mich gesammelt. Aber nicht, damit ich hier wieder neu anfangen kann, sondern damit ich dorthin zurückgehen kann, wo ich herkomme.«

»Das war der Reitwein«, sagte ich, »für mich haben sie auch gesammelt.« Ich wies auf die Kleidung, die ich trug, aber natürlich wusste Heidi nicht, dass die Sachen gar nicht von mir waren. Sie hatte mich erst dreimal gesehen.

»Reitwein«, sagte sie, »so hieß auch einer von den Brandstiftern.«

Ich nickte. »Sein Sohn.«

»Ach, deshalb hat er mir so ausführlich erklärt, warum es viel besser ist, dass sie die Täter sofort wieder freigelassen haben. Vor allem für mich. Weil die Versicherung ja viel schneller zahlen kann, wenn es nicht zu einem Prozess kommt.«

»Aber mir haben sie bei der Polizei gesagt, dass die auf jeden Fall angeklagt werden«, sagte ich, »weil Brandstiftung eine gemeingefährliche Straftat ist.«

»Nicht hier«, sagte Heidi, »hier nennt man so was Unfall.«

Ein Mann kam aus dem Laden, einen großen Bildband mit einem Pinguin auf dem Cover in der Hand. Das Buch war eingeschweißt und ganz neu. Er fragte Heidi nach dem Preis und als sie ihn sagte, versuchte er zu verhandeln. Heidi erklärte ihm, dass das Buch neu und der Preis nicht verhandelbar war. Der Mann tippte sich an die Stirn, ließ das Buch fallen und ging.

Heidi sah mich an, als hätte ich das Buch hingeworfen. Dann nahm sie das Sparschwein, sagte: »Dein Zug kommt gleich« und ging in den Laden. Ich ging ihr nicht nach. Ich hob das Buch auf, wischte mit der flachen Hand den feuchten Schmutz von der Plastikfolie und legte es auf den Büchertisch. Dann ging ich weiter zum Bahnhof.

Es stieg niemand aus, und außer mir auch niemand ein. Der Waggon war leer bis auf ein älteres Paar, drei Reihen vor mir. Ich schaute nach draußen. Dunkle Regenwolken sammelten sich über dem Wald. Der Zug fuhr nicht los. Ich setzte mir den Kopfhörer auf, schaltete den Discman ein und betrachtete mein grünlich verdoppeltes Spiegelbild auf der Fensterscheibe, durch das zuerst nur einzelne Wasserfäden und dann immer breitere Ströme liefen. *You look like shit.*

Ich lachte leise und erinnerte mich daran, wie ich zum allerersten Mal in meinem Leben unten in Klaus' Bunker Musik gehört hatte, wirklich gehört hatte, mit höchster Aufmerksamkeit, weil ich überzeugt gewesen war, die Lieder seien Botschaften von Klaus.

Ich weiß nicht, warum ich dich nie leiden konnte.

Das hatte nicht bedeutet, dass es sich geändert hatte, dass er nur den Vierjährigen, der verheult aus dem Zug gestiegen war, an der Hand eines Schaffners, den er – nach vier Stunden allein im Zug – besser kannte als diese Schwarz-Weiß-Fotografie eines Vaters, nicht gemocht hatte, wohl aber den Vierzigjährigen, der daraus geworden war und nach fünfundzwanzig Jahren uneingeladen wieder bei ihm vor der Tür stand.

Endlich fuhr der Zug an, langsam, dann schneller, hinter der Fensterscheibe flappten Bäume vorbei, und ich wollte mich eben zurücklehnen und die Augen schließen, da wurde der Zug wieder langsamer und blieb stehen. Im Lautsprecher kratzte es. Ich hob den Kopfhörer an, aber es kam keine Durchsage. Das ältere Paar redete aufgeregt und undeutlich miteinander. Ich schaute aus dem Fenster. Das Gleis verlief hier ein Stück parallel zur Hauptstraße: Laterne, Kreuz, Laterne, Gideon. Er stand unter einer Laterne, in Marias Pelzmantel, und winkte. Ich war sicher, dass er mich sah, und hob die Hand und winkte zurück. Gideon grinste und lief über die Straße in den Wald. Dann fuhr der Zug wieder an.

It's Alright, Ma (I'm Only Bleeding)

Meine Wange brennt von Leas Schlag, aber ich weine immer noch nicht. Klaus' Taschenlampe habe ich in der Gärtnerei vergessen, aber an der Straße gibt es ja Laternen und jetzt fahren auch schon die ersten Autos. Ich habe keine Angst, dass mich eines überfahren könnte. Dass ich nicht tief einatmen kann, liegt an etwas anderem.

Im Glashaus ziehe ich meine Schuhe gar nicht erst aus. Ich packe meinen Rucksack, gehe in den Bunker und hole die Kiste mit den Kassetten heraus. Vierzehn Stück. Dreizehn stecke ich in meinen Rucksack, eine lege ich in meinem Walkman. Dann setze ich mich, Kopfhörer auf den Ohren, oben auf die Galerie, schaue auf den Wald und warte auf Frau Gothel.

Sie macht erschrocken *hm?*, als sie meine geschwollene Wange sieht, und läuft in die Küche, holt eine Tüte mit eingefrorenen Brokkoliröschen aus der Tiefkühltruhe, wickelt sie in ein Geschirrtuch und drückt mir das Päckchen an die Wange.

»Schön festhaltn, hm?«

Dann fährt sie mich zum Bahnhof. Sie steigt nicht mit aus, sie muss gleich weiter zum Frauenkreis, hm? Aber wir beten. Nicht nur für meinen Heimweg und dass meine Wange bald besser wird, sondern auch für den Alten, der immer noch in U-Haft ist, und für Lolli im Krankenhaus, und für Hanna, dass sie doch in den Himmel kommt, und für Gideon und für all die andern armen Seelen. Auch für meine. Frau Gothel sieht mich an, als wüsste sie, dass ich nie wieder komme.

Ich steige aus und gehe, die Tüte mit dem auftauenden, nach Furz stinkenden Brokkoli an meine Wange haltend, in die Unterführung hinunter. Als ich auf dem Bahnsteig wieder herauskomme und Frau Gothel wie immer winken will, ist sie schon gefahren. Ich werfe den Brokkoli in den Mülleimer, setze meinen Kopfhörer auf und dann tue ich so, als würde ich nicht nur auf den Zug, sondern auch noch auf eine Freundin warten. Oder einen Freund. Ich schaue abwechselnd in die Richtung, aus der der Zug kommen wird, und dann wieder auf die Unterführung. Ich spiele es für mich, denn außer mir ist keiner auf dem Bahnsteig. Und ich möchte mir gern glauben, aber ich weiß genau, dass niemand auftauchen wird. Hanna nicht, und Gideon schon gar nicht. Und selbst wenn, ich würde ihn doch nicht mitnehmen.

There is no sense in trying. Der Zug kommt und ich steige ein. *Just one more person crying.*

It Ain't Me Babe

Als ich in der Stadt ankam, war es dunkel. Der kälteste Tag des Jahres. Bei Vicky in der Wohnung brannte Licht. Ich wusste nicht, ob ich klingeln würde, bis ich vor der Tür stand und das Klingelschild sah. Sie hatte meinen Namen nicht bloß überklebt, wie die anderen im Haus das sonst machten, sondern das Papier unter dem Plastik austauschen lassen. Auch am Briefkasten. Ich löste ihren Wohnungsschlüssel von meinem Schlüsselbund, warf ihn in den Briefkasten und ging. Dann ging ich weiter zu dem Haus, in dem Manuel mir ein Zimmer gemietet hatte.

Go away from my window, leave at your own chosen speed.

Meine Sachen lagen auf einem Haufen, fast genauso wie Vicky sie vor der Werkstatt abgeladen hatte, in der Mitte des kleinen Zimmers. Die Müllsäcke und ein paar Dinge aus der Reisetasche waren verschwunden, aber die Schallplatten waren alle da. Als ich die erste herauszog, hingen zwischen Schutzhülle und Pappcover winzige Tröpfchen, und als ich die Platte aus der Hülle nahm, blieb eine Ecke vom Cover im Plastik hängen. Ich holte das feuchte Papier vorsichtig heraus und drückte es wieder an die Hülle, presste den Riss zusammen wie eine Wunde. Dabei sah ich mich im Zimmer um.

Die Wände waren gelb, nicht weiß, und vor dem kleinen Fenster hingen blaue Vorhänge. Auf dem Bett lag frisches Bettzeug. Es gab einen Tisch, einen Schrank, ein Nachtkästchen und in der Schublade eine alte kleine Bibel. Von den Gideons.

Ich ging in die Gemeinschaftsküche, holte mir ein paar Putzlappen und ging zurück, um meine Platten zu retten. Sehr, sehr vorsichtig nahm ich sie aus den feuchten Hüllen, tupfte die gewellten Pappcover trocken und legte sie auf dem Boden aus. Auf dem Tisch, auf dem Kleiderschrank, auf dem Bett, und dann auch im Flur. Außer mir war niemand in der Unterkunft, alle anderen Zimmer waren leer und abgesperrt. Ein kleiner Plastikbaum in der Küche, ohne Kugeln oder Lichter.

Nach einer Weile fühlte sich die Haut an meinen verbrannten Händen an, als würde sie reißen. Ich nahm die letzte glasgrüne Kapsel aus dem Krankenhaus und danach tat mir gar nichts mehr weh. Ich arbeitete ohne Pause, bis ich alle meine Schallplatten in der Unterkunft ausgelegt hatte.

Es war sieben Uhr, als ich fertig war. Abendbrot. Aber ich hatte keinen Hunger, ich war nur müde. Ich öffnete die Reisetasche und konnte sehen, wie wütend Vicky gewesen war, als sie meine Kleidung hineingestopft hatte. Die Sachen quollen mir entgegen und alles war leicht feucht vom Regen und stank intensiv nach dem Chlor, mit dem ich aus meiner Arbeitshose die Flecken entfernte. Die Hose fand ich auch, ganz unten. Papiersteif.

Hatte Vicky die Sachen gewaschen, damit nichts mehr nach ihr roch?

Ich stopfte alles wieder in die Tasche, trug sie, mir vorsichtig einen Weg zwischen Schallplatten suchend, ins Bad und hängte das Zeug über die Duschkabine zum Trocknen. Dann ging ich zurück in mein Zimmer, holte den Discman aus meinem Rucksack, zog die Engels-Jeans aus und legte mich in Renées nach Feuer stinkendem Pullover ins Bett, setzte mir den Kopfhörer auf und machte das Licht aus.

One

»Benni, du Blödmann! Wie oft habn wir dir gesagt, du solls das Licht anlassn!«

Ich war sicher, gerade erst ein paar Minuten geschlafen zu haben, als ich aufschreckte. Meine Wirbel knackten wie brechende Walknochen und ganz kurz dachte ich, ich wäre zurück im Glashaus und mein Herz wurde langsam, ganz langsam.

Ich setzte mich auf, um besser atmen zu können. Ich wusste längst, dass ich nicht im Glashaus war, vor mir auf dem Boden lagen meine Schallplatten, vor dem Fenster leuchtete nicht eine Laterne, sondern eine ganze Stadt. Aber mein Herz schlug nur noch langsamer. Blauwale verlangsamen ihren Herzschlag, wenn sie auf Tauchgang gehen, bis es nur noch zweimal in der Minute schlägt.

Lieber Herr Jesus, lass mich nicht sterben, dachte ich, aber mein Herz glaubte schon lang nicht mehr, dass es Ihn gab. Ich war nicht einmal sicher, ob es mich noch gab. Was, wenn ich tot war?

Die maximale Tauchtiefe eines Blauwals beträgt fünfhundert Meter, und wenn er nicht rechtzeitig daran denkt, wieder aufzutauchen, kann ein Wal genauso ertrinken wie ein Mensch. Vielleicht war ich im Krankenhaus gestorben, oder im Feuer, oder noch früher, im Bunker, als alles um mich herum schwarz geworden war. Oder noch viel früher, ganz am Anfang schon, an dem Morgen nach dem Weihnachtsmarkt, als ich meinen Turnschuh auf dem Platz liegen sah. Meinen ausgestreckten Arm, meine besiegte Hand.

(Eine Panikattacke dauert höchstens dreißig Minuten.)

Wo hatte ich das gehört? Im Krankenhaus, als der Pfleger meinen Arm eingipste und Hanna über den Flur gegangen war: Wenn Sie sich das nächste Mal so fühlen, schauen Sie einfach auf die Uhr.

Ich griff nach dem Telefon, das auf dem Nachttisch lag, wie nach einem Rettungsring, klappte es auf und schaffte es, die Stoppuhr einzuschalten. Mein Herz schlug nur noch alle drei Sekunden einmal. Freitaucher können bis zu zehn Minuten unter Wasser bleiben. Gideon schaffte sieben.

One is the loneliest number.

Nach zwölf Minuten und zweiundvierzig Sekunden war es vorbei. Erschöpft zitternd, eine Hand auf meinem Herz, saß ich auf dem Bett in dem fremden Zimmer und fühlte mich schuldig, weil ich immer noch lebte.

Exit Music (for a Film)

Es war noch dunkel, als ich am Friedhof ankam. Kein Gottesacker, in der Stadt werden die Seelen nicht geerntet, wer hier stirbt, ist für immer tot. Ein Gärtner war da und wusste, wo dein Grab lag. Ich ging, in meiner papiersteifen, laut raschelnden Arbeitshose, den schmalen Weg entlang. Ich hatte nicht in der Engels-Jeans kommen wollen.

Das Grab war wie das Grab in meinem Traum, mit Heidekraut und Silberblatt bepflanzt, aber auf dem Stein aus glatt poliertem Marmor stand kein Spruch, nur dein Name: Gregor.

Vor und auf dem Stein lagen Blumen, einzelne, noch sehr frisch aussehende Rosen, ein erfrierender Weihnachtsstern, ein kleiner Strauß getrockneter Disteln und ein Bild in einer Klarsichtfolie: ein lachendes Gesicht mit Herzen als Augen und vielen kleinen Aufklebern drumherum, darunter: *Ich hab dich lieb.* Ich hatte nichts, was ich hinlegen konnte. Keine Blume, keinen Stein. Hannas Wimpernzange hatte ich verloren.

»Es tut mir leid«, sagte ich halblaut. Zuerst kam ich mir noch albern vor dabei, zu einem Grabstein zu reden, aber nach einer Weile ging es ganz leicht und ich konnte gar nicht mehr aufhören.

Ich redete noch auf dem Heimweg mit dir, und in dem gelben Monteurzimmer, in dem ich Weihnachten und Silvester und die leeren Tage damit verbrachte, auf einem neuen Telefon winzige Wohnungen mit schmutzigen Wänden anzuschauen. Und ab und zu Vickys Fotos, oder Leas. Der Typ mit dem Einhorn-T-Shirt war an Silvester zu ihr gekommen, sie hatten nur zwei Straßen von meinem Zimmer entfernt gefeiert und sich geküsst, als es knallte. Lea hatte Deborahs Puppenhaus fertig gebastelt, und auf allen Fotos von den Feiertagen fehlte Simon.

»Am Ende ist einer tot«, sagte ich leise zu dir.

Ich redete noch mit dir, als ich längst wieder arbeiten ging. Flüsterte, damit Manuel mich nicht für verrückt hielt, während ich in breiten Streifen frisches Weiß auf neue Raufasertapeten oder ergraute Hausfassaden rollte oder die scheußlich bunten Wände meiner ersten eigenen Wohnung weiß überstrich. Ich rede bis heute mit dir, und manchmal höre ich, wie du antwortest. Leise, leiser noch als die winzigen, satt schmatzenden Geräusche, mit denen die frische Farbe die Rolle verlässt. *Today, we escape, we escape.*

Benjamins Playlist

So wahr ich lebe, spricht dein Gott
In the Cold, Cold Night
First We Take Manhattan
Still, still, still
Christus, der ist mein Leben
Pass auf, kleines Auge, was du siehst
Green Grass
Jesu, hilf siegen, du Fürste des Lebens
When the Wind Blows
Bonnie, Why'd You Cut My Hair
A Hard Rain's A-Gonna Fall
Down, Down, Down
Es brennt die erste Kerze
O Welt, ich muss dich lassen
Song to the Siren – Take 7
Jockey Full of Bourbon
I'm Your Man
Motorpsycho Nightmare
Careful with That Axe, Eugene
Love Is Just a Four-Letter Word
Dress Rehearsal Rag
Shelter from the Storm
Saved
Let Your Fingers Do the Walking
Verleih uns Frieden gnädiglich
Nowhere
Visions of Johanna

Don't Go Home With Your Hard-On
Niklaus komm in unser Haus
Guter Mond, du gehst so stille
1/f Rauschen
Gotta Serve Somebody
River of Men
Starving in the Belly of A Whale
Viel Glück und viel Segen
Solo Whale
The Ship Song
You Ain't Goin' Nowhere
Whatever Gets You Thru the Night
Es brennt die dritte Kerze
A Country Boy Can Survive
Changes
Selig sind, die den Frieden stiften
Guitar Solo, No. 5
Oscillate Wildly
Out of Time
Can I Sit Next to You Girl
Bird on the Wire
Paper Thin
In the Neighborhood
Always
Melancholy Mood
Octopus's Garden
Hoist That Rag
Can You Please Crawl Out Your Window?
Weißt du, wie viel Sternlein stehen
Take Care of All My Children
Birthday
You Think You're a Man

Mad World
Disappearing
Water
When Under Ether
Hunter's Lullaby
Play Dead
Wir sind nur Gast auf Erden
Who By Fire
You Look Like Shit
It's Alright, Ma (I'm Only Bleeding)
It Ain't Me Babe
One
Exit Music (for a Film)

Hier geht es direkt zu
Benjamins Playlist.

Astrid Sozio, geboren 1979, studierte nach einer Ausbildung zur Buchhändlerin unter anderem Wirtschaftswissenschaften in Deutschland und Creative Writing in England. Sie arbeitete als Buchhalterin, Texterin und Schuhverkäuferin mit Lebensstationen in Bochum, Frankfurt, Brüssel und London. Veröffentlichungen in Zeitschriften und Anthologien. Ihr Debütroman »Das einzige Paradies« erschien 2016 (Piper). Astrid Sozio lebt in Hamburg.